평원의 도시들

Cities of the Plain

세계문학전집 381

평원의 도시들

Cities of the Plain

코맥 매카시

김시현 옮김

민음사

차례

1부

그들은 입구에서 발을 구르고 모자를 흔들어 빗방울을 털어 낸 뒤 얼굴의 물기를 닦았다. 현란한 초록색, 빨간색 네온 등을 머금은 거리의 웅덩이는 드센 빗줄기에 정처 없이 찢기거나 소용돌이치고, 인도를 따라 늘어선 자동차들의 강철 지붕에는 빗방울이 춤을 추듯 튀어 올랐다.

이러다 빗물이 목구멍까지 차오르겠군. 빌리는 물이 뚝뚝 듣는 모자를 흔들며 말을 이었다. 미국 대표 카우보이는 어디 있지?

안에.

우리도 들어가자. 이쁜 뚱땡이들을 자기가 몽땅 독차지할라.

싸구려 옷을 야하게 차려입은 창녀들이 싸구려 소파에 앉아 있다 고개를 들었다. 가게는 텅 비어 있는 거나 마찬가지였다. 그들이 다시 발을 털고 바를 향해 걸어가 엄지로 모자를 젖힌 뒤 타일 덮인 배수로 위쪽 가로대에 발을 걸치자 바텐더가 위스키를 따랐다. 핏빛 조명과 어슬렁대는 연기 속에서 그들은 술잔을 잠깐 들어, 지금은 사라지고 없는 제4의 인물에게 인사라도 하듯 고개를 끄덕였다. 그런 뒤 한입에 술을 털어 넣고는 술잔을 내리고 손등으로 입가를 훔쳤다. 트로이가 바텐더에게 턱짓하며 손가락을 흔들어 빈 잔들을 가리켰다. 바텐더는 고개를 끄덕였다.

존 그래디, 물에 빠진 생쥐가 따로 없군.

안 그래도 망할 쥐새끼가 된 기분이에요.

바텐더가 위스키를 따랐다.

이렇게 줄기차게 퍼붓는 비는 생전 처음이야. 맥주나 할까? 여기 맥주 셋.

그래, 이쁜이는 골라 놨어?

소년은 고개를 저었다.

트로이, 누가 마음에 들어?

너랑 마찬가지지. 오늘은 뚱땡이랑 제대로 한번 놀아 봐야지. 이봐, 내 말 잘 들어. 일단 한번 맛이 들리면 마른 계집은 눈에도 안 들어올걸.

그 기분 잘 알지. 존 그래디, 너도 하나 골라 봐.

소년은 고개를 돌려 건너편의 창녀들을 바라보았다.

저기 초록색 파자마 입은 늙은 뚱땡이는 어때?

저년은 내가 찜해 놨어. 싸움 붙이지 말라고.

트로이가 말했다.

어서 가 봐. 여길 쳐다보잖아.

저년들 모두 여길 쳐다보는데, 뭘.

어서 가 봐. 네가 마음에 드는 모양이야.

올라타서 놀다 보면 머리가 팡팡 천장을 뚫을걸.

미국 대표 카우보이한테는 안 통하지. 찰거머리처럼 찰싹 붙어 있을걸. 푸른색 덩굴 커튼을 휘감은 애는 어때?

이 인간 말은 신경 쓰지 마, 존 그래디. 얼굴에 불이 붙었다가 갈퀴로 끈 것 같은 낯짝이잖아. 네 입맛에는 저쪽 끝에 있는 금발이 더 맞겠다.

빌리가 절레절레 고개를 저으며 술잔을 향해 손을 뻗었다. 머리 아프게 따질 것도 없어. 녀석한테 여자에 대한 입맛이 아직 있을 리 없잖아.

파햄만 잘 따라다녀. 그러면 한 수 제대로 배울 거야. 자기가 들 수 없는 여자랑은 사귀면 안 된다나 어쨌다나. 집에 불이라도 나면 어떡하냐는 거지.

아니면 마구간에 불이 나든가.

얼씨구나.

여기로 클라이드 스텝 데려왔을 때 기억나?

그럼, 정말 도덕에 목숨 거는 자식이었지. 그래서 내가 특별히 제대로 뚱뚱한 년을 붙여 주었지.

JC랑 몇몇이 그 뚱땡이한테 2달러를 찔러주고는 몰래 가서 엿보았지. 그리고 사진을 찍어 한참을 놀려 먹었지.

축구공에 빠구리하는 원숭이 같다고 했지. 녀석 완전히 환장하더군. 저기 빨간 옷 어때?

이 인간 말 듣지 마, 존 그래디.

1달러에 몇 킬로그램이나 사는 건지 계산해 봐. 녀석은 그 걸 계산해야 한다는 것도 모를걸.

형들이나 재미 봐요. 존 그래디가 말했다.

너도 골라 봐.

나는 됐어요.

이것 봐, 트로이. 너 때문에 녀석이 더 겁먹었잖아.

JC 말로는, 클라이드가 그 계집한테 빠져서 데리고 살려고 했대. 그런데 픽업트럭밖에 없어서 대형 트럭을 보내 달라고 한 거야. 하지만 그 무렵엔 클라이드가 정신을 차려 사랑도 시 들해지고 말았지. JC는 다시는 클라이드를 사창가에 데려가 지 않았어. 남자답지도, 책임감 있게 행동하지도 못했다고 말 이야.

어서 재미들 봐요. 존 그래디가 말했다.

매음굴 뒤편에서 비가 금속 지붕을 갈겨 대는 소리가 울렸 다. 위스키를 한 잔 더 주문한 그는 윤기가 흐르는 나무 바 위 에서 잔을 천천히 돌리며 낡은 브런즈윅[1] 선반의 누르스름한 유리에 비친 맞은편 풍경을 바라보았다. 창녀 하나가 다가와 그의 팔을 잡고 술 한잔 사 달라고 졸랐지만 그는 친구들을 기다리고 있을 뿐이라고 대답했다. 잠시 후 트로이가 돌아와 스툴에 앉아 위스키를 주문했다. 그는 교회에라도 온 양 두 손을 바 위에 맞대고 있었다. 그러다 셔츠 주머니에서 담배를

---

1) 1845년 창립하여 당구대, 캐비닛, 탁자 등 나무 제품을 시작으로 현재는 주로 선박, 스포츠용품 등을 생산하는 미국의 제조업체.

꺼냈다.

　모르겠어, 존 그래디.

　뭐를요?

　모르겠어.

　바텐더가 위스키를 따랐다.

　이 친구도 한 잔 더.

　바텐더가 잔을 채웠다.

　다른 창녀가 다가와 존 그래디의 팔을 잡았다. 얼굴에 바른 분이 마른 진흙처럼 얼기설기 갈라져 있었다.

　임질에 걸렸다고 해. 트로이가 말했다.

　존 그래디는 스페인어로 그렇게 말했다. 여자가 오히려 그의 팔을 당겼다.

　빌리도 언젠가 여기 와서 그렇게 말했더니, 여자가 괜찮다고 하더래. 어차피 길러 있다며.

　제3보병대 지포 라이터로 담배에 불을 붙인 트로이는 라이터를 담뱃갑에 포개어 놓고 번쩍이는 바를 따라 길게 연기를 뿜고는 존 그래디를 바라보았다. 창녀는 소파로 돌아가 있었고, 존 그래디는 선반 유리에 비친 무언가를 유심히 살펴보고 있었다. 트로이는 고개를 돌려 그의 시선을 따라갔다. 열일곱 살도 안 돼 보이는 여자애가 두 손을 컵처럼 무릎에 모은 채 소파 팔걸이에 앉아 눈을 내리깔고 있었다. 야한 옷의 끝자락을 여학생처럼 애써 단정히 모은 채. 그러다 그녀는 고개를 들어 그들을 바라보았다. 기다란 검은 머리가 어깨를 넘어오자 손등으로 천천히 쓸어 넘겼다.

얼굴이 꽤 반반한데? 트로이가 말했다.

존 그레디는 고개를 끄덕였다.

가서 재미 좀 봐.

됐어요.

망할, 어서 가라니까.

저기 나오네요.

빌리가 바로 걸어와 모자를 바로 했다.

내가 대신 데려다 주랴? 트로이가 말했다.

하고 싶으면 내가 직접 해요.

오트라 베스.(한 잔 더.) 빌리가 고개를 돌려 맞은편을 바라
보았다.

어서 가. 기다려 줄 테니.

저 조그마한 애 말이야? 열다섯 살도 안 됐겠는데.

그러게.

내가 재미 본 여자로 해. 얼마나 신나게 잘 달리는데.

바텐더가 위스키를 따랐다.

저기서 곧 나올 거야.

됐어요.

빌리는 트로이를 바라보았다. 그리고 몸을 돌려 술잔을 들
고는 가장자리로 넘쳐흐를 듯한 불그스름한 액체를 가만히
바라보다 한입에 털어 넣었다. 그리고 셔츠 주머니에서 돈을
꺼내, 지켜보고 있던 바텐더에게 턱짓했다.

갈까?

좋지.

뭐 좀 먹자. 비도 그친 것 같은데. 빗소리가 안 들려.

그들은 후아레스[2] 거리를 향해 이그나시오 메히아를 올라 갔다. 도랑마다 잿빛 물이 넘치고, 술집과 카페와 골동품 가게 의 불빛이 축축한 검은 거리를 느럭느럭 흘러갔다. 가게 주인 들이 소리를 쳐 대고, 보석이나 서라피[3]를 든 노점상들이 그 들 양편에 들러붙었다. 그들은 후아레스 거리를 가로질러 메 히아를 계속 올라 나폴레옹으로 들어가 창가 탁자에 앉았다. 제복 차림의 웨이터가 다가와 얼룩진 하얀 식탁보를 손빗자루 로 쓸었다.

카바예로스.(어서 오십시오.)

그들은 스테이크를 먹고 커피를 마시고 트로이의 전투담을 듣고 낡아 빠진 노란색 택시가 물에 잠긴 거리를 가로지르는 것을 보았다. 그리고 후아레스 거리로 가 다리로 향했다.

전차가 끊긴 데다 차도 사람도 없어 거리는 텅 비어 있었다. 가로등 불빛에 반짝이는 젖은 궤도가 초소를 지나 다리까지 뻗어 있어 커다란 수술용 겸자가 서로 다른 연약한 세계들을 죄어 물고 있는 듯했다. 프랭클린 산맥에서 남쪽으로 밀려온 먹구름이 별이 총총히 박힌 하늘을 등지고 우뚝 솟은 멕시코 의 시커먼 산맥을 향해 달려갔다. 살짝 술에 취해 모자를 살 짝 비스듬히 쓴 그들은 다리를 건너 회전식 개찰구를 차례로 밀어 엘패소[4] 남쪽 거리에 들어섰다.

---

2) 멕시코 치와와주의 북부에 있는 국경도시.

3) 멕시코 지방에서 남자가 어깨에 걸치는 기하학적 무늬의 도포.

4) 미국 텍사스주의 국경도시. 리오그란데강을 사이에 두고 후아레스와 다

존 그래디가 그를 깨운 것은 아직 어둑할 무렵이었다. 존 그래디는 벌써 일어나 옷을 차려입고 부엌에 갔다가 말들에게 말을 걸고 돌아와서는 빌리의 방문에 서서 캔버스 커튼을 문설주에 모아 붙인 채 한 손에 커피를 들고 있었다.

헤이 카우보이.

빌리는 끙끙거렸다.

일어나요. 잠은 겨울에 푹 자고요.

망할.

일어나요. 벌써 네 시간 가까이나 잤어요.

빌리가 자리에서 일어나 다리를 침대에서 내리고 두 손으로 머리를 감쌌다.

어떻게 여태껏 퍼질러 잘 수 있는지.

망할 자식, 그래 너는 아침형 인간이라 무지하게 좋겠다. 내 망할 커피는 어딨어?

내가 왜 형 커피까지 가져와요. 그 무거운 엉덩짝이나 얼른 일으켜요. 다른 사람들이 아침 다 먹어 치우기 전에.

빌리는 일어나 간이침대 위쪽에 박힌 못에서 모자를 집어 쓴 뒤 이리저리 모양새를 가다듬었다.

좋아. 일어났어.

존 그래디는 다시 마구간을 가로질러 본채로 향했다. 그를 보고 말들이 울어 댔다.

몇 시인지는 나도 알아.

리로 연결되어 있다.

마구간 끝 쪽 다락에 새끼줄이 묶여 늘어뜨려져 있었다. 그는 커피를 들이켜고 찌꺼기를 버린 뒤에 훌쩍 뛰어 새끼줄을 쳐서 요동치게 하고는 밖으로 나갔다.

빌리가 문을 밀고 들어오니 다른 사람들은 모두 식탁에 앉아 있었다. 소코로가 비스킷 접시를 집어 오븐으로 가더니 비스킷을 팬에 우르르 부어 보온기에 넣는 대신 뜨거운 비스킷을 담아 식탁으로 가져왔다. 식탁에는 스크램블드에그와 그리츠[5]와 소시지와 그레이비 소스와 잼과 피코 데 가요[6]와 버터와 꿀이 차려져 있었다. 빌리는 싱크대 개수대에서 세수를 하고 소코로에게서 수건을 받아 얼굴을 닦고 수건을 싱크대에 내려놓았다. 그러고는 식탁으로 가 빈 의자 너머로 다리를 넘겨 앉아 스크램블드에그 그릇으로 손을 뻗었다. 오렌이 신문 너머로 그를 힐긋 보더니 다시 신문을 읽었다.

빌리는 계란을 자기 접시에 담고 스크램블드에그 그릇을 내려놓은 뒤에 소시지 쪽으로 손을 뻗었다. 안녕하세요, 오렌. 안녕하세요, JC.

JC가 고개를 들었다. 자네도 밤새 곰이랑 싸웠나 보군.

곰이라고요?

빌리는 비스킷 하나를 집어 천을 벗긴 뒤 버터로 손을 뻗었다.

아니면 눈이 왜 그 모양이야.

---

5) 옥수수를 거칠게 갈아서 구운 멕시코 요리.
6) 멕시코식 샐러드.

아무렇지도 않은데요. 살사 소스 좀 주세요.

그는 살사 소스를 계란 위에 뿌렸다.

불은 불로 다스려야지. 안 그래, 존 그래디?

노인이 바지 멜빵을 늘어뜨린 채 부엌으로 들어왔다. 단추로 목깃을 잇는 구식 셔츠 차림이었는데, 깃도 없이 단추가 풀려 있어 목이 훤했다. 막 면도를 했는지 목과 한쪽 귓불에 면도 크림이 묻어 있었다. 존 그래디가 의자를 밀치고 일어났다. 여기 앉으세요, 존슨 씨. 저는 다 먹었어요.

그가 접시를 들고 싱크대로 갔지만 노인은 손사래를 쳐 말리고는 스토브로 갔다. 앉아 있게, 앉아 있어. 난 커피만 마실 거네.

소코로가 찬장 아래에서 하얀 도자기 머그잔을 꺼내 커피를 붓고 손잡이를 앞으로 해 건네자 노인은 머그잔을 받아 쥐고 고개를 끄덕인 뒤 다시 부엌을 가로질렀다. 그러다 식탁에서 멈추어 설탕을 두 숟가락 듬뿍 넣고 그 숟가락을 그대로 가지고 부엌을 떠났다. 존 그래디는 컵과 접시를 보조 탁자에 놓고 싱크대에 놓인 도시락을 집어 들고 나갔다.

어디가 아픈가? JC가 말했다.

멀쩡해 보이는데요. 빌리가 말했다.

존 그래디 말이야.

저도 알아요.

오렌이 신문을 접어 식탁에 놓았다. 어서들 나가지 않고 왜 이렇게 꾸물대. 트로이, 준비됐나?

그럼요.

그들은 의자를 밀치고 일어나 나갔다. 빌리는 자리에 앉아 이쑤시개로 이를 쑤시다가 JC를 바라보았다. 아침에 뭐할 거예요?

노인네랑 시내에 갈 거야.

빌리는 고개를 끄덕였다. 마당에서 트럭의 시동이 걸렸다.

날이 웬만큼 밝았나 보네요.

빌리는 일어나 부엌을 가로질러 싱크대에서 도시락을 집어 들고 밖으로 나갔다. JC가 손을 뻗어 신문을 집었다.

존 그래디는 시동을 걸어 놓고 트럭의 운전석에 앉아 있었다. 빌리는 차에 올라 도시락을 바닥에 내려놓은 뒤 문을 닫고 그를 바라보았다.

자, 일당 벌 준비는 됐겠지?

존 그래디가 기어를 넣자 차가 진입로를 따라 달려갔다.

해 뜰 때부터 허리가 부러지도록 일해서 금쪽같은 1달러를 버는 삶이라. 정말 멋지지 않아? 나는 이런 삶이 너무 좋아. 너도 그렇지? 정말 그 무엇하고도 안 바꿀 거야. 정말 좋아.

빌리는 셔츠 주머니로 손을 뻗어 담뱃갑을 꺼내 담배를 흔들어 빼서는 라이터로 불을 붙였다. 울타리와 기둥과 참나무의 기다란 아침 그림자 사이로 차가 달려갔다. 먼지투성이 앞유리에 내리꽂힌 햇발에 눈이 부셨다. 울타리를 따라 서 있던 소들이 트럭을 보고 울어 대자 빌리는 유심히 살폈다. 암소들이란.

목장 본채 남쪽으로 15킬로미터 떨어진 붉은 진흙 구릉지 중 풀이 돋은 언덕에서 그들은 점심을 먹었다. 빌리는 재킷을 말아 베개 삼아 받치고 누워 모자로 눈을 가렸다. 그는 곁눈질로 130킬로미터 서쪽 과달루페 산맥의 길게 뻗은 잿빛 자락을 힐긋 보았다.

나는 여기 오는 게 싫어. 무슨 놈의 땅이 울타리 기둥 하나 없는 지 몰라.

존 그래디는 책상다리를 하고 앉아 잡초 줄기를 질겅질겅 씹었다. 30킬로미터 남쪽에 리오그란데 계곡을 따라 생생한 초록빛 지대가 이어져 있었다. 앞쪽에는 울타리에 둘러싸인 잿빛 벌판이 펼쳐졌다. 잿빛 먼지가 가을 목화밭의 잿빛 고랑을 나아가는 트랙터 겸 경운기의 꽁무니를 쫓아다녔다.

존슨 씨 말로는, 군대에서 보낸 파견대가 남서부 일곱 개 주를 조사해 가장 척박한 곳을 보고했대요. 그런데 이 목장이 그 목록 딱 중간에 있대요.

빌리는 존 그래디를 바라보고 산맥을 바라보았다.

그게 정말일까요?

망할, 누가 알겠어.

영감님이 점점 미쳐 간다고 JC가 그러던데요.

그래도 JC보다는 훨씬 멀쩡해. 그럼 JC는 대체 뭐겠어?

글쎄요.

존슨 씨는 멀쩡해. 그저 나이가 많은 것뿐이야.

JC 말로는 따님이 돌아가신 후부터 제정신이 아니라고 하던데요.

글쎄. 제정신일 수가 없겠지. 딸을 목숨처럼 아꼈으니.

그렇죠.

델버트한테나 물어봐. 어떻게 생각하는지.

델버트는 보이는 것만큼 바보는 아니에요.

정말 그렇다면 오죽이나 좋을까. 어쨌든 그 노인네는 전부
터 약간 괴팍한 데가 있었어. 지금도 그렇고. 여기도 예전 같
지 않아. 결코 예전처럼 되진 않겠지. 어쩌면 우리 모두 조금
씩 미쳤는지도 모르고. 모두가 함께 미치면 아무도 그걸 알아
차리지 못하지. 어떻게 생각해?

존 그래디는 몸을 숙여 잇새로 침을 뱉고 잡초를 도로 입에
물었다. 사모님을 좋아했죠?

얼씨구. 그냥 친절한 사람이었을 뿐이야.

코요테 한 마리가 400미터 동쪽 덤불에서 나와 언덕을 빠
르게 지나갔다.

저 망할 자식 좀 봐.

소총 가져올게요.

네가 일어나기도 전에 달아날걸.

능선을 따라 종종대던 코요테가 우뚝 멈추어 뒤돌아보더니
비탈로 뛰어내려 다시 덤불 속으로 사라졌다.

대낮에 여기서 뭘 하는 걸까요?

코요테도 너를 보고 같은 생각을 할걸.

우리를 봤을까요?

노팔선인장 덤불로 뛰어들지 않은 걸로 봐서는 눈이 먼 것
같지 않은데.

존 그래디는 코요테가 다시 나타나기를 기다렸지만 영 소
식이 없었다.

재미있는 건 말이야, 사모님이 병이 났을 때 나는 그만두려고 마음먹고 있었다는 거야. 슬슬 몸이 근질거렸거든. 사모님이 돌아가신 후에는 더더욱 머물 이유가 없었고. 그런데도 계속 있었지.

사장님한테 형이 필요하다고 생각했나 보죠.

웃기고 있네.

돌아가실 때 몇 살이었죠?

몰라. 30대 후반. 어쩌면 40대였는지도. 여자 나이는 도통 모르겠더라고.

이제 슬픔을 어느 정도 극복한 것 같아요?

사장님 말이야?

네.

아니. 그런 여자는 결코 잊을 수 없지. 사장님은 지금도 슬픔에 잠겨 있고, 앞으로도 계속 그럴걸.

빌리는 일어나 앉아 모자를 쓰고 모양새를 가다듬었다. 준비됐나, 친구?

네.

빌리는 뻣뻣한 몸을 일으켜 팔을 뻗어 도시락을 집어 들고 한 손으로 엉덩이를 탁탁 털고는 다시 몸을 숙여 재킷을 집어 들었다. 그리고 존 그래디를 바라보았다.

언젠가 늙다리 카우보이한테 들었는데, 실내 화장실과 수도를 갖춘 집에서 자란 여자치고 제대로 된 여자를 본 적이 없대. 아주 골치 아픈 여자뿐이라나. 존슨 씨는 평생 카우보이로 잘 살았지만, 그 대가도 치러야 했지. 사장님이 열일곱 살인

사모님을 처음 만난 건 라스크루서스의 어느 교회 만찬회에서였어. 사모님은 편지에 달랑 그렇게만 써서 보냈지. 영감님은 평생 슬픔에서 헤어나지 못할 거야. 오늘도, 내일도, 앞으로도 영원히.

어둑해진 후에야 그들은 도착했다. 빌리는 트럭의 차창을 올리고 집 쪽을 바라보았다. 온몸이 천근만근이야.

장비를 트럭에 그냥 둘까요?

가져가자. 비가 올지도 몰라. 확실하지 않지만. U 자 못 상자도 챙기고. 녹이 슬 테니.

제가 챙길게요.

존 그래디는 트럭 짐칸에서 장비 등을 끄집어냈다. 마구간에 불이 들어왔다. 빌리가 손을 위아래로 흔들며 마구간에 서 있었다.

저 망할 것을 잡으려고 들 때마다 감전이 된다니까.

부츠에 못이 있으니 그렇죠.

그런데 왜 내 발은 감전이 안 되지?

그야 모르죠.

존 그래디는 장비를 못에 걸고 U 자 못 상자를 문 바로 안쪽 받침대에 얹었다. 칸막이 속 말들이 히힝거렸다.

존 그래디는 마구간 복도를 걸어가 마지막 칸의 문을 손바닥으로 세게 쳤다. 문 안쪽이 즉각 폭발하듯 쿵 울렸다. 먼지가 불빛 속에 풀썩 떠올랐다. 그는 빌리를 바라보며 씩 웃었다.

그래 실컷 약 올려라. 빌리가 말했다. 언젠가 저놈이 문짝을 박살 내고 말테니.

호아킨이 기대고 있던 판자 위쪽에 두 손을 얹은 채 뒤로 물러서더니 지독하게 끔찍한 장면이라도 목격한 양 고개를 숙였다. 사실은 침을 뱉으려는 것이었다. 그는 생각에 잠긴 듯 천천히 침을 뱉고 다시 앞으로 가 판자 너머를 바라보았다.

카바요.(말이라.)

총총히 걸어가는 말의 그림자가 판자와 그의 얼굴을 가로질렀다. 그는 고개를 저었다.

그들은 우리 꼭대기에 폭 5센티미터에 길이 30센티미터 판자가 덧대진 곳으로 걸어가 우리에 걸터앉았다. 그리고 부츠를 아래쪽 판자에 걸치고는 존 그래디가 망아지 다루는 것을 구경하며 담배를 피웠다.

저 미친 새끼를 대체 어떻게 하겠다는 거야?

빌리는 고개를 절레절레 저었다. 사장님 말이 맞나 봐. 사람은 꼭 저 같은 말한테 꽂힌다잖아.

머리에 씌운 건 대체 뭐야?

캐버슨[7] 고삐라던데.

보통 고삐면 어때서?

그야 저 녀석한테 물어야지.

트로이가 몸을 숙여 침을 뱉었다. 그리고 호아킨을 바라보았다. 케 피엔사스?(어떻게 생각해?)

호아킨은 어깨를 으쓱했다. 그리고 조련용 밧줄 끝에서 우리를 따라 맴도는 말을 바라보았다.

---

7) 사나운 말을 길들이기 위해 코에 씌우는 끈.

약간은 길이 든 모양이야. 트로이가 말했다.

그러게.

길들이는 과정을 반복할 셈인가 봐.

글쎄. 대체 무슨 생각인지 몰라도 어쨌든 해낼 것 같긴 하군. 빌리가 말했다.

그들은 말이 도는 것을 바라보았다.

설마 서커스용으로 훈련시키려는 건 아니겠지?

물론이지. 서커스는 이미 어제 저녁에 녀석이 올라탔을 때 한바탕 했는걸.

몇 번이나 내동댕이쳤지?

네 번.

몇 번이나 올라탔는데?

알면서 뭘 물어.

저 녀석은 싸가지 없는 말 전문인가?

가자. 오후 내내 저러고 있을 거야. 빌리가 말했다.

그들은 집으로 향했다.

호아킨한테 물어봐. 빌리가 말했다.

뭘?

저 녀석이 말을 제대로 아는 건지.

저 녀석은 자기 입으로 아무것도 모른다고 하잖아.

나도 알아.

그냥 말을 좋아하고, 말을 다루는 것이 즐겁대.

어떻게 생각해?

빌리의 질문에 호아킨은 고개를 저었다.

호아킨 생각에 저 녀석의 방법은 전통적이지 않대.

사장님도 그랬어.

호아킨은 문에 이를 때까지 아무 대꾸도 하지 않았다. 그러다 걸음을 멈추고 우리를 돌아보더니 마침내 입을 열었다. 내가 말을 좋아하든 말든 말이 나를 좋아하지 않는다면 아무소용이 없다고. 자기가 아는 최고의 조련사들은 말들이 찰싹붙어 떨어지지 않았다고. 빌리 산체스가 화장실에 가면 말들이 거기까지 쫓아가 서서 기다리곤 했다고.

그가 시내에서 돌아왔을 때 존 그래디는 마구간에 없었다. 그가 본채에서 저녁을 먹을 때도 존 그래디는 없었다. 트로이는 식탁에 앉아 이를 쑤시고 있었다. 그는 접시를 내려놓고 의자에 앉아 소금과 후추로 손을 뻗었다.

모두들 어디 있는 거야?

오렌은 막 나갔어. JC는 데이트하러 갔고. 존 그래디는 침대에 자빠져 있을걸.

아니, 거기 없던데.

그럼 어디 가서 생각에 잠겨 있든가.

무슨 일 있었어?

말이 녀석 위로 넘어졌어. 다리를 작살냈지.

녀석은 괜찮아?

그런 것 같아. 사람들이 욕을 한바탕 해 주고는 녀석을 병원에 데려갔지. 의사가 붕대를 감고 목발 두 개를 주더니 말하고는 담쌓고 지내라고 했다더군.

목발을 짚어야 해?

응. 그런 모양이야.

오늘 오후에 그런 거야?

응. 한동안 그렇게 스릴 넘치는 장면은 다시 보기 힘들걸. 호아킨이 달려와 오렌을 불렀어. 오렌이 가서 그만하라고 했지만 녀석이 말을 듣지 않았지. 오죽하면 오렌이 채찍질을 해야 하나 생각했다더군. 절뚝절뚝 돌다가 망할 놈의 말을 다시 타려고 덤볐다니. 결국 간신히 녀석의 부츠는 벗겼는데, 2분만 늦었어도 발목을 잘라야 했을 거래.

빌리는 고개를 끄덕이고는 생각에 잠겨 비스킷을 깨물었다.

녀석이 오렌한테 대들었겠네?

응.

빌리는 비스킷을 씹었다. 그러다 고개를 저었다.

부상이 심각해?

발목을 삐었대.

사장님은 뭐래?

아무 말도. 사장님도 녀석하고 같이 병원에 갔어.

사장님이 계시니 녀석도 별수 없었겠군.

물으나 마나지.

빌리는 다시 고개를 저었다. 그리고 살사 소스로 손을 뻗었다.

시내에 가느라 그런 멋진 구경거리를 놓치다니. 덕분에 녀석의 명성도 좀 깎이겠군. 안 그래?

글쎄, 꼭 그렇지도 않을걸. 호아킨 말로는, 녀석이 한 발만 등자에 걸고 나무처럼 서서 망할 자식을 탔대.

뭐하러?

난들 알아. 그 망할 새끼의 조련을 포기하기가 싫었나 보지.

잠든 지 한 시간쯤 되었으려나, 어둠에 감싸인 마구간이 요란하게 들썩였다. 그는 잠시 귀를 기울이며 누워 있다 결국 일어나 전등 줄로 손을 뻗어 머리 위 전등을 켰다. 그런 뒤 모자를 쓰고 문으로 걸어가 커튼을 젖혀 내다보았다. 말이 코앞을 스치듯 획 달려가 마구간 바닥을 쿵쿵 울리더니 몸을 돌려 씩씩대며 어둠 속에서 발을 굴렀다.

망할. 이봐?

존 그래디가 절뚝대며 지나갔다.

대체 무슨 짓을 하는 거야?

존 그래디가 불빛 밖으로 절뚝절뚝 멀어졌다. 빌리는 마구간 복도로 나왔다.

염병할 자식, 너 머저리냐? 대체 무슨 짓이야?

말이 다시 달리기 시작했다. 말발굽 소리에 말이 다가온다는 것을 알았지만 그는 방에 켜진 전구 한 알이 드리운 빛 속으로 말이 폭발하듯 들어섰을 때에야 문 뒤로 물러섰다. 입을 쩍 벌린 말의 머리에 두 눈이 달걀처럼 박혀 있었다.

우라질.

그는 침대의 쇠 발판에서 바지를 집어 꿰어 입고 모자를 바로 하고 다시 밖으로 나갔다.

말이 또다시 마구간을 질주했다. 그는 방 바로 옆의 칸막이 문에 몸을 바짝 붙였다. 마구간에 불이라도 난 양 말이 내달리다 마구간 문에 몸을 쾅 부딪고 방향을 틀더니 목청 높여 울어 댔다.

저 우라질 새끼를 왜 풀어 준 거야? 대체 머리에 뭐가 든 거야?

존 그래디가 올가미를 엮은 밧줄을 질질 끌며, 먼지를 잔뜩 머금은 불빛을 절뚝절뚝 지나 맞은편으로 갔다.

저 망할 새끼를 묶어 두지도 않으면 어쩌자는 거야. 빌리는 소리쳤다.

말이 쿵쿵 달려왔다. 안장이 씌워져 있어 등자가 펄럭댔다. 마당 전등의 가느다란 빛살이 새어드는 끝 쪽 판자에 등자 하나가 걸렸는지 우지끈 나무 부러지는 소리와 철커덩 소리에 이어 말이 뒷발로 판자벽을 걷어찼다. 1분 후 본채에 불이 켜졌다. 마구간에 먼지가 연기처럼 떠돌았다.

지것 봐. 집안사람들을 다 깨웠어.

말의 시커먼 형체가 막대기처럼 뻗은 빛살 속에서 움직였다. 그러다 기다란 목을 젖히고 울부짖었다. 마구간 문이 열렸다.

존 그래디가 밧줄을 들고 다시 절뚝거리며 걸었다.

누군가가 전등 줄을 당겼다. 오렌이 손을 저으며 서 있었다. 이런 망할. 저 새끼를 얼른 처넣지 않고 뭐해.

그에게서 3미터 떨어진 곳에 서 있던 미친 말이 눈을 끔벅였다. 그는 말을 쳐다보고, 마구간 중간에 밧줄을 들고 서 있는 존 그래디를 쳐다보았다.

대체 무슨 지랄이야?

그래, 어서 말해 봐. 입이 열 개라도 할 말은 없겠지만. 빌리가 말했다.

말이 고개를 돌려 빠르게 걷다 우뚝 멈춰 섰다.

어서 저 망할 새끼를 잡아. 오렌이 말했다.

밧줄 이리 줘.

빌리의 말에 존 그래디가 돌아보았다.

내가 밧줄도 제대로 못 던질까 봐 그래요?

그럼 어서 던져. 놓치기만 해 봐. 저 녀석이 너를 확 깔아뭉
갤걸.

둘 중 누구든지 얼른 잡아. 난장판은 이만하면 됐어. 오렌
이 말했다.

오렌 뒤에서 문이 열리더니 존슨 씨가 잠옷 바람에 모자와
부츠 차림으로 서 있었다.

문 닫아요, 어르신. 들어오려면 얼른 들어오고. 오렌이 말
했다.

존 그래디가 말의 목에 올가미를 씌워서는 밧줄을 따라 말
에게 다가가 올가미 사이로 손을 넣어 고삐를 잡은 후 올가미
를 벗겨 던졌다.

꿈에라도 올라탈 생각은 하지 마. 오렌이 말했다.

내 말이에요.

그건 사장님한테 얘기해. 조만간 나오실 테니.

이봐, 어서 말을 집어넣어. 빌리가 말했다.

존 그래디는 그를 바라보고 오렌을 바라보더니 몸을 돌려
말을 끌고 가 칸에 넣었다.

무식해서 용감한 것도 정도가 있지. 들어갑시다, 어르신. 젠

장. 오렌이 말했다.

노인이 몸을 돌려 나가자 오렌이 뒤따라 나가며 문을 쾅 닫았다. 존 그래디는 안장 머리를 잡아끌고서 절뚝절뚝 칸에서 나왔다. 등자가 흙바닥에 질질 끌렸다. 존 그래디는 마구간을 가로질러 마구실로 들어갔다. 빌리는 문설주에 기댄 채 바라보았다. 존 그래디가 마구실에서 나와 빌리를 쳐다보지도 않고 지나갔다.

넌 정말 별종이야. 그거 알아?

존 그래디는 자기 방 앞에서 고개를 돌려 빌리를 바라보더니 불 켜진 마구간 복도를 쳐다보다 소리 없이 흙바닥에 침을 뱉고 다시 빌리를 바라보았다.

남 일에 신경 꺼요.

빌리는 고개를 저었다. 내가 미친놈이지.

산에서 그들은 전조등 불빛에 휘감긴 사슴들을 바라보았다. 불빛 속에서 사슴들은 유령처럼 소리 없이 창백해졌다. 이 뜻밖의 태양을 향해 붉은 눈을 돌린 사슴들은 옆걸음으로 무리를 이루어 하나 둘 길가 도랑을 건너뛰었다. 자그마한 암사슴 한 마리가 자갈 포장도로에서 발을 헛디뎌 허우적대다 엉덩방아를 찧더니 벌떡 일어나 다른 사슴들을 쫓아 길가의 수풀 사이로 사라졌다. 트로이가 위스키 병을 계기판 불빛에 비추어 남은 양을 가늠한 뒤 뚜껑을 열어 들이켜다 도로 뚜껑을 닫고 빌리에게 건넸다. 이 동네에는 잡아먹을 사슴이 떨어지는 날이 없겠군.

빌리는 병 뚜껑을 열어 술을 마시고는 시커먼 도로 위의 하얀 선을 바라보았다. 그래 봐야 좋은 동네는 아닌 것 같아.

목장을 떠나기 싫은가 보군.

모르겠어. 특별히 떠날 만한 이유도 없고.

충직하기도 하셔라.

그런 게 아냐. 어떤 시점이 되면 이제 자리를 잡아야겠다는 생각이 들기 마련이야. 이봐, 난 스물여덟 살이라고.

그렇게 안 보여.

그래?

마흔여덟 살처럼 보이걸랑. 위스키 이리 줘.

빌리는 황량한 산을 바라보았다. 축 처진 전선이 어둠을 배경으로 달음질쳤다.

우리가 술을 마셨다고 싫어하시지 않을까?

형수님이야 달가워하지 않겠지. 하지만 어쩌겠어. 우리가 술에 취해 네 발로 기어 다니는 것도 아닌데.

너희 형도 술 마셔?

트로이가 진지하게 고개를 끄덕였다.

게 눈 감추듯 단번에 털어 넣지.

빌리는 술을 들이켜고는 병을 건넸다.

그 녀석은 무슨 생각으로 그랬대? 트로이가 말했다.

모르겠어.

둘이서 대판 싸우기라도 한 거야?

아니. 그런 건 아냐. 꼭 해야 할 일이 있었다고 하던걸.

녀석이라면 어떤 말이든 폭풍처럼 달리게 할 수 있을걸. 장담해.

그래, 그렇겠지.

하여튼 여간 골치 아픈 놈이 아니라니깐.

나쁜 녀석은 아냐. 그저 어떤 일에 고집이 너무 강해서 탈이지.

내 보기엔, 녀석이 그렇게 애지중지하는 그 말은 못돼 처먹은 망나니일 뿐이야.

빌리는 고개를 끄덕였다. 동감이야.

그런데 그 말이 대체 뭐가 좋다는 걸까?

아마 바로 그래서 좋은 거겠지.

아직도 말이 개처럼 녀석을 졸졸 따라다닐 거라고 믿어?

응. 그래.

내 두 눈으로 보기 전에는 절대 못 믿어.

돈이라도 걸래?

트로이는 계기판 위의 담뱃갑을 흔들어 담배를 빼서 입에 물고 라이터를 집으려다 밀쳐 버렸다. 네 돈을 뺏고 싶지는 않아.

어이, 걱정 붙들어 매시지.

내기는 다음에. 녀석이 목발을 질색하겠지.

아주 끔찍해하던데.

목발을 얼마나 짚어야 하는 거야?

모르겠어. 2주 정도. 발목을 삔 것이 부러진 것보다 더 나쁠 수 있다고 의사가 그랬대.

일주일도 안 돼 목발을 내팽개칠걸.

내 생각도 그래.

산토끼가 길 한가운데 얼어붙어 있었다. 빨간 눈이 번쩍였다. 젠장할. 빌리가 말했다.

트럭 아래에서 산토끼가 나직이 쿵 거렸다. 트로이가 계기판에서 라이터를 집어 들어 담배에 불을 붙이고 도로 내려놓았다.

막 제대했을 때 로데오랑 가축 쇼를 보겠다고 진 에드먼즈하고 애머릴로에 갔지. 일정은 진이 다 짜 두었고. 아침 10시에 개네 집에서 출발했는데도 엘패소를 지나는데 벌써 자정이 넘었더라고. 진은 새로 뽑은 올즈88을 몰았는데, 나한테 열쇠를 던지면서 운전을 하라고 하더군. 80번 고속도로에 들어가니까 나더러 속도 좀 내라는 거야. 차를 길들여야 한다면서 말이야. 그래서 130에서 140 정도로 속도를 높였지. 그래도 전속력까지는 꽤 멀었어. 진이 또 쳐다보길래 내가 그랬어. 대체 얼마나 밟으라는 거야? 그랬더니 너 편한 만큼, 이러는 거야. 젠장. 그래서 180까지 꾹 밟았지. 오래된 고속도로가 쭉 뻗어 있었지. 1000킬로미터쯤 말이야.

그런데 길이 온통 산토끼 천지였어. 녀석들이 전조등 불빛을 보고 얼어붙어 버리는 거야. 쿵. 쿵. 난 진을 쳐다보며 말했어. 토끼는 어떡하지? 진이 나를 보며 그러더군. 무슨 토끼? 누군가의 관심이 필요하다면 진은 절대 찾지 마. 꿀이 한 숟가락에 30센트나 한다고 해도 눈곱만큼도 신경 안 쓸 위인이야.

아무튼 해 뜰 무렵에 텍사스주 디미트의 한 주유소에서 차를 세웠어. 속도를 줄여 주유기 앞으로 갔지. 주유기 맞은편에 다른 차가 있었는데, 주유소 직원이 그 차에 주유관을 꽂아

놓고 앞 유리를 닦고 있었어. 차 안에는 여자 혼자 있었지. 운전자는 오줌을 누러 갔는지 보이지 않더군. 어쨌든 우리는 그 차 맞은편에 차를 세웠어. 나는 등받이에 몸을 기대고 편히 누워, 직원이 오기를 기다렸지. 앞쪽의 여자를 아무 생각 없이 쳐다보면서 말이야. 여자가 앉은 채로 두리번대더군. 그러다 상체를 곧추세우고는 칼이라도 맞은 것처럼 비명을 질러 대는 거야. 진짜 비명 말이야. 나는 벌떡 일어났어. 무슨 영문인지 몰랐지. 여자가 우리 쪽을 보고 있으니 진이 무슨 짓이라도 했나 했어. 옷을 벗었다든가 말이야. 무슨 일을 저지를지 알 수 없는 녀석이었거든. 하지만 진을 보니 녀석도 무슨 영문인지 모르는 기색이었어. 그때 화장실에서 남자가 나왔지. 덩치 한 번 우라지게 크더군. 나는 차에서 내려 차 앞으로 갔어. 정말 돌겠더군. 자동차 앞에 타원형 그릴이 국자처럼 움푹 패어 있고, 그 안에 산토끼 머리가 빼곡히 들어차 있는 거야. 100마리는 족히 됐을걸. 게다가 범퍼는 온통 피랑 내장으로 범벅이고. 부딪히며 머리가 비틀렸는지 토끼들이 하나같이 미치광이 눈을 하고 쳐다보고 있는 거야. 이빨이 쑥 튀어나온 입으로 씩 웃으며 말이야. 차마 말로 설명할 수 없는 광경이었지. 나도 비명이 튀어나올 뻔했다니깐. 차가 점점 뜨거워지는 건 알았지만, 그냥 속력 때문이려니 했지 그럴 줄 알았나. 그 남자가 화가 나서 덤비려고 하더군. 그래서 내가 말했어. 이봐요, 형씨. 겨우 토끼 갖고 왜 이래요? 젠장. 진이 나와서 고함을 쳐 대기에 나는 얼른 기어들어가 입 다물라고 했지. 남자가 다가오더니 여자더러 그만 좀 징징대고 닥치라고 했지만, 그냥 그렇게 싱겁게 끝낼 수는 없었지. 나는 덩치에게 달려가 주먹을 날렸고, 그것으로 끝이었어.

빌리는 주르르 펼쳐지는 밤 풍경을 바라보며 앉아 있었다. 길가의 덤불, 별들이 흩뿌려진 사막 하늘을 비쭉배쭉 잘라먹은 시커먼 산줄기. 트로이는 담배를 피웠다. 그리고 위스키로 손을 뻗어 뚜껑을 열고는 술병을 쥔 채 가만히 앉아 있었다.

우리는 샌디에이고에서 풀려났어. 첫 번째 버스를 잡아탔지. 버스에서 둘이서 어찌나 술을 퍼마셨는지 토할 것만 같았지. 나는 투손에서 내려 가게로 들어가 새 저드슨 부츠랑 양복 한 벌을 샀어. 대체 뭐하러 양복을 샀는지 몰라. 아마 양복 한 벌쯤은 있어야 한다고 생각했던 모양이야. 어쨌든 다른 버스를 잡아타고 엘패소로 가서, 그날 저녁에 앨라모고도로 가서 내 말 두 마리를 찾았어. 이 일대를 실컷 돌아다녔지. 콜로라도에서도 일하고, 팬핸들[8]에서도 일했어. 그러다 이름 모를 자그마한 동네에서 감옥에 갇혔지. 그래 봐야 텍사스주였어. 텍사스주. 나는 아무 짓도 안 했어. 그저 잘못된 시간에 잘못된 장소에 갔던 것뿐이야. 가고 싶어서 갔던 것도 아니고. 그런데 멕시코 놈과 싸움이 붙어 거의 죽일 뻔했지. 덕분에 9개월이나 감방에 박혀 있었어. 집에는 연락하지 않았지. 그러다 출소하고 말을 찾으러 가니 사료 값 때문에 팔아 버렸다는 거야. 한 마리야 상관없었지만 다른 한 마리는 오랫동안 함께한 녀석이었어. 그 말이 어떻게 됐는지 아무도 모르는 거야. 녀석

---

8) 주 외곽에 좁고 길게 뻗어 있는 돌출부 지역.

을 되찾으려고 했다가는 다시 감방에 처박힐 게 뻔했지. 그래도 사방에 묻고 다녔어. 결국 말이 다른 주로 팔려 갔다는 걸 알아냈지. 앨라배마인지 뭔지 하는 망할 곳으로 말이야. 내가 열세 살 때부터 기른 말인데.

나도 무척 아끼는 말을 멕시코에서 잃어버렸지. 아홉 살 때부터 길렀는데 말이야. 빌리가 말했다.

흔한 일이지.

뭐가? 말을 잃어버리는 게?

트로이가 병을 들어 벌컥벌컥 마시더니 병을 내려 뚜껑을 닫고 손등으로 입가를 훔친 뒤 병을 시트에 놓았다. 아니. 말한테 깊은 정이 드는 것.

30분 후 그들은 고속도로에서 벗어나 가축 탈출 방지용 도랑에 걸쳐진 파이프 다리를 덜컹덜컹 지나 흙길을 1.5킬로미터쯤 달려 목장 집에 이르렀다. 현관 등이 켜져 있었고, 개 세 마리가 튀어나와 트럭 옆을 뛰어다니며 마구 짖어 댔다. 엘턴이 모자를 쓴 채 나와 두 손을 뒷주머니에 꽂고 현관에 서 있었다.

그들은 기다란 부엌 식탁에서 식사를 하며 그리츠와 오크라[9]와 튀긴 스테이크와 비스킷 접시를 주고받았다.

정말 엄청 맛있네요, 아주머니.

엘턴의 아내가 빌리를 바라보았다.

아주머니라고 부르지 말아 줄래요?

---

9) 아프리카가 원산지인 아욱과의 한해살이 채소.

네, 아주머니.

내가 늙은 사람이 된 것 같잖아요.

네, 아주머니.

입에 배서 자기도 모르게 저래요. 트로이가 말했다.

그럼, 신경 쓰지 말아요. 여자가 말했다.

내가 그랬으면 난리 쳤을 거면서.

그게 다 도련님 하기 나름이죠.

앞으로 조심하겠습니다. 빌리가 말했다.

식탁에 앉아 있던 일곱 살배기 여자애가 눈을 동그랗게 뜨고 바라보았다. 그들은 계속 먹었다. 잠시 후 여자애가 말했다. 그러면 왜 안 돼요?

뭐가 말이냐?

아주머니라고 부르는 거요.

엘턴이 고개를 들었다. 안 될 것 없단다, 얘야. 네 엄마는 신여성입네 뭐네 하느라 저러는 거야.

신여성이 뭐예요?

어서 먹으렴. 아빠한테 괜히 잘못 말 시켰다가는 밤새 시달려야 해. 여자가 말했다.

그들은 현관 베란다에서 낡은 등나무 좌판을 댄 의자에 앉았다. 엘턴이 발 사이의 바닥에 술잔 세 개를 놓고 병 뚜껑을 열어 술을 부었다. 그런 뒤 뚜껑을 도로 닫아 병을 바닥에 내려놓고 술잔을 건네고는 흔들의자에 몸을 기댔다.

살루드.(건배.)

엘턴이 현관 등을 끈 덕분에 그들은 창문을 넘어 넘실대는 부드러운 사각 빛에 에워싸여 있었다. 엘턴이 술잔을 들어 불빛에 비추며 화학자처럼 살펴보았다.

벨네에 누가 와 있는지 상상도 못 할 거야.

그 여자 이름은 꺼내지도 마.

이런, 단번에 맞히는군.

달리 누구겠어?

엘턴이 등받이에 몸을 기대고 의자를 흔들었다. 개들이 현관 계단 발치에 서서 그를 바라보았다.

무슨 일인데. 결국 쫓겨나기라도 했대?

나도 몰라. 그냥 잠시 방문한 거래. 그런데 방문이 꽤나 길어지나 보더군.

그렇군.

위로가 좀 될까 싶어서.

위로는 무슨 얼어죽을.

엘턴이 고개를 끄덕였다. 그래, 위로가 될 리 없지.

빌리는 위스키를 마시고 먼 산을 바라보았다. 별이 사방에서 떨어졌다.

레이철이 알파인에서 우연히 마주쳤대. 순진한 미소를 지으며 인사를 하더라는군.

트로이가 팔꿈치를 무릎에 괴어 두 손으로 잔을 받쳤다. 엘턴이 의자를 흔들었다.

여자애 꾀러 블로이네에 가곤 했댔지? 녀석이 그 여자를 만난 것도 거기서야. 전도 집회에서였지. 그걸 보면 하느님의 뜻에 대해 다시 한 번 생각하게 된다니까. 녀석이 데이트를 신청하니까 그녀는 주정뱅이하고는 데이트 안 한다고 했다지. 녀석은 그녀를 똑바로 바라보며 그랬대. 술은 입에도 안 댄다고. 그녀는 쓰러질 뻔했지. 자기보다 더한 거짓말쟁이를 만났으니 충격이 이만저만했겠어. 하지만 녀석의 말은 진실이었어. 물론 그녀는 뻥치지 말라고 했지. 술 마시는 걸 다 알고 있다면서 말이야. 제프 데이비스 카운티에서 그걸 모르는 사람이 없었지. 그냥 마시는 게 아니라 말술로 처먹고 온 동네를 휘젓고 다녔으니. 녀석은 눈 하나 깜짝하지 않았어. 전에는 마셨지만 이제는 끊었다면서 말이야. 언제 끊었냐고 하니까 지금 이 순간 끊었다고 했어. 그래서 그녀는 녀석과 데이트를 했지. 그 후 녀석은 술이라면 한 방울도 입에 대지 않았어. 물론 차이고 나서는 아니었지만. 그동안 못 마신 것까지 왕창 퍼마셔 댔지. 술의 마력이 어쩌니저쩌니 해도 사실 그건 아무것도 아니야. 하지만 녀석은 그날 이후 완전히 변해 버렸지.

여전히 예쁜가?

나도 몰라. 직접 보지는 않았으니. 레이철 말로는 미모가 여전하다더군. 악마는 매력을 뿜어 내는 법이지. 그 커다란 푸른 눈하며. 남자의 머리를 돌아 버리게 하는 방법을 악마의 할머니보다도 더 많이 알고 있지. 대체 어디서 배우는지 몰라. 젠장, 그때 그 여잔 겨우 열일곱이었는데.

타고난 거지. 굳이 배울 필요도 없었을걸. 트로이가 말했다.

맞아.

그네들이 정말 배워야 하는 건 불쌍한 인간의 불쌍한 인생을 재미 삼아 망쳐 버리면 안 된다는 건데, 그런 건 도통 배우질 않는단 말이야.

빌리는 위스키를 홀짝였다.

잔 이리 줘. 엘턴이 말했다. 그리고 잔을 양발 사이에 놓고 위스키를 따르고 뚜껑을 닫은 뒤 손을 뻗어 술잔을 건넸다.

감사합니다. 빌리가 말했다.

전쟁 때 싸웠나? 엘턴이 말했다.

아뇨. 입대 신청을 했지만 거절당했어요.

엘턴이 고개를 끄덕였다.

세 곳이나 가서 신청해 봤지만 번번이 퇴짜 맞았어요.

그러게 말이야. 나도 해외로 나가고 싶었지만 전쟁 내내 펜들턴 캠프에서 지냈어. 조니는 태평양에서 싸웠지. 다른 분대원들은 모두 몰살당했는데, 그 애만 상처 하나 없이 멀쩡했어. 아마 그 일로 무척 괴로웠을 거야.

트로이가 잔을 건네자 엘턴이 받아 바닥에 놓고 술을 따른 뒤 잔을 도로 건넸다. 그는 자기 잔에도 술을 따랐다. 그리고 의자에 등을 기댔다.

뭘 보는 거야?

개한테 묻는 것이었다. 개가 시선을 돌렸다.

내 마음이 괴로운 건, 그래서 차마 털어놓을 수 없었던 건, 그날 아침 기회가 줄줄이 있었는데도 잡지 않았다는 거야. 나는 녀석의 얼굴에 대고 말했어, 너는 망할 머저리라고. 하긴 머저리는 머저리였지. 그리고 그 새끼한테 복수할 최고의 방법은 그 여자를 가지게 내버려 두는 거라고도 했지. 그냥 한 말이 아니라 사실이 그랬어. 그 무렵에는 그 여자에 대해 살살이 알고 있었거든. 이제는 그만 잊고 싶어. 한 번도 말한 적 없지만, 정말 끔찍했어. 살아 있는 녀석의 모습을 본 건 그게 마지막이었지. 그런 말은 하지 말았어야 했어. 그런 상태에 있는 사람한테는 함부로 말을 지껄이면 안 돼. 심지어 말을 하려고 해서도 안 되지.

트로이가 그를 바라보았다. 전에도 그 말 했어.

그래. 그랬겠지. 이제는 더 이상 녀석이 꿈에 안 보여. 전에는 늘 보였는데. 녀석과 이런 이야기를 나누곤 했지.

이제 잊고 싶다며.

그래. 하지만 그 일 말고는 말할 게 없잖아, 안 그래?

엘턴이 술병과 잔을 들고 의자에서 무겁게 일어났다. 마구간으로 가자. 잊고 있었겠지만, 존스가 낳은 새끼를 보여 줄게. 자, 다들 술잔 챙기고. 병은 내가 들 테니.

그들은 향나무가 드문드문 박힌 광활한 자갈 구릉지의 능선을 따라 아침 내내 말을 달렸다. 쿠에스타 델 부로 산맥을 에워싼 과달루페에서부터 프리시디오와 국경까지 뻗은 드넓은 남쪽 평원과 서쪽의 시에라 비에하스에 폭풍이 일고 있었다. 정오에 그들은 상류 쪽 개천을 건너 노란 낙엽 더미에 앉아 웅덩이에서 뒤집혀 떠내려가는 잎들을 바라보며, 레이철이 싸 준 점심을 먹었다.

이것 좀 봐. 트로이가 말했다.

뭔데?

식탁보야.

젠장.

그는 보온병에서 커피를 따랐다. 지금 먹고 있는 칠면조 샌드위치를 싸고 있던 것은 다름 아닌 식탁보였다.

다른 보온병에는 뭐가 들었어?

수프.

수프?

수프.

젠장.

그들은 먹었다.

형이 언제부터 여기 관리인으로 일했지?

2년쯤 됐어.

빌리는 고개를 끄덕였다. 그런데 같이 일하자고 안 하던?

했지. 같이 일하는 건 괜찮지만 형 밑에서 일하는 건 자신 없다고 했어.

그런데 왜 마음이 바뀌었어?

안 바뀌었어. 그냥 한번 생각만 해 보는 거야.

그들은 먹었다. 트로이가 남쪽을 턱으로 가리켰다. 이 골짜기에 백인이 1.5킬로미터마다 한 명씩 매복하고 있었다지.

빌리는 일대를 살폈다. 결국엔 다들 떠났나 보군.

식사가 끝나자 트로이는 남은 커피를 컵에 따르고 보온병을 닫아, 수프 보온병과 샌드위치 포장 천과 여전히 샌드위치를 감싸고 있는 식탁보 옆에 내려놓았다. 안장주머니에 도로 넣을 것들이었다. 그들은 앉아서 커피를 마셨다. 말들이 개천 아래에 나란히 서서 물을 먹다 고개를 들었다. 주둥이에 젖은 잎이 들러붙어 있었다.

엘턴 형은 그 일에 대해서만큼은 의견이 확고해. 조니 형이 그 여자를 만나지 않았더라도 어차피 사고를 쳤을 거라고. 아무도 막을 수 없는 인간이었다고. 엘턴 형은 조니 형이 변했다고 했지만, 결코 변하지 않았어. 나보다 네 살 위였으니, 그렇게 나이 차가 나는 것도 아니었지. 그런데도 도무지 이해가 되지 않아. 차라리 다행이지. 형이 고집불통이었다고들 하지만, 그게 다는 아니었어. 아버지랑 치고 박고 싸운 적도 있었다니까. 형은 그때 열다섯 살이었는데, 아버지한테 주먹을 날린 거야. 아버지도 화가 나서 형을 때렸지. 아버지를 존중하긴 해도 아버지가 한 말은 도저히 용납할 수 없다고 면전에 대고 말했으니, 원. 아버지가 뭐라고 잔소리 좀 했다고 말이야. 나는 아기처럼 울었지. 형은 울지 않았어. 계속 일어났지. 코가 깨져 온통 피칠갑을 하고서도 말이지. 아버지는 형더러 일어나지 말라고 계속 말했어. 젠장, 아버지도 울고 있었지. 그런 꼴은 두 번 다시 보고 싶지 않아. 지금도 그 생각을 하면 속이 울렁거려. 세상 그 누구도 형을 말릴 수는 없었을 거야.

그래서 어떻게 됐어?

결국 아버지가 걸어 나갔어. 자신이 졌다는 걸 아신 거지. 조니 형은 그대로 서 있었어. 제대로 서 있기도 힘든 몸으로 비틀대며 아버지더러 돌아오라고 소리쳤지. 아버지는 고개조차 돌리지 않았어. 그냥 집으로 걸어갔지.

트로이는 컵 안을 들여다보았다. 그러다 커피 찌꺼기를 가랑잎 덮인 바닥에 휙 뿌렸다.

단지 그 여자 때문이 아니었어. 원하는 것을 가질 수 없으면 차선책이 아니라 최악의 선택을 하는 인간이 있지. 엘턴 형은 조니 형도 그런 사람이었다고 생각해. 아마 맞을 거야. 하지만 형은 그 여자를 정말 사랑했어. 어떤 여자인지 알면서도 개의치 않았던 거야. 형이 정말 눈이 멀어서 제대로 못 본 건 바로 자기 자신이었던 거지. 나는 형이 그저 길을 잃었던 거라고 생각해. 이 세상이 형한테 적합하지 않았던 거지. 형은 제대로 걷기도 전에 세상을 벗어나 버린 거야. 결혼을 하다니, 젠장. 구두조차 견디지 못하던 사람이.

그래도 형을 좋아했나 봐.

트로이는 망연히 나무 사이를 바라보았다. 글쎄. 좋아했다는 게 적당한 표현인지는 모르겠어. 말로는 설명할 수가 없어. 형처럼 되고 싶었지. 하지만 나는 그런 사람이 아니었어. 그저 흉내만 내다 말았지.

아버지가 아들들 중 조니 형을 가장 아꼈을 것 같아.

그럼. 아무도 그걸 문제 삼지는 않았어. 그냥 그러려니 했지. 다들 받아들인 거지. 젠장. 심지어 어떻게 경쟁해 볼 여지도 없었어. 그만 일어날까?

그래.

트로이는 일어나, 손바닥을 허리에 대고 몸을 쭉 폈다. 그리고 빌리를 바라보았다. 형을 사랑했어. 엘턴 형도 마찬가지였지. 사랑하지 않을 수가 없었어. 그뿐이야.

트로이는 천을 접어 보온병과 함께 옆구리에 꼈다. 무슨 수프가 들었는지도 모른 채. 그리고 고개를 돌려 빌리를 바라보왔다. 그래, 이 동네가 맘에 들어?

응, 좋아.

나도 그래. 늘 맘에 들었지.

여기로 옮길 거야?

아니.

어스름이 내릴 무렵 그들은 포트 데이비스에 들어섰다. 스쳐 가는 오래된 연병장 위에서 쏙독새가 맴을 돌고, 뒤쪽의 산 너머 하늘이 핏빛처럼 시뻘겠다. 엘턴은 림피아 호텔 앞에 트레일러를 매단 트럭을 주차해 놓고 기다리고 있었다. 그들은 자갈 주차장에서 안장을 벗겨 트럭 짐칸에 놓고 말을 닦아 준 뒤 트레일러에 싣고 호텔 로비로 들어가 커피숍에 앉았다.

말이 잘 달리던가? 엘턴이 말했다.

네, 아주 맘에 들었어요. 호흡이 착착 맞던걸요.

그들은 메뉴판을 살폈다.

뭘로 할까? 엘턴이 말했다.

그들은 10시경에 떠났다. 엘턴은 손을 뒷주머니에 넣고 마당에 서 있었다. 차가 굽잇길을 돌아 고속도로로 향할 때까지, 현관 등을 등진 그의 실루엣이 여전히 붙박이로 서 있었다.

빌리가 차를 몰았다. 그러다 트로이를 바라보았다. 잠들지 마, 알았지?

응. 안 자.

마음은 정했어?

응, 그런 것 같아.

이젠 슬슬 옮길 때가 됐어.

응. 알고 있어.

내 생각은 묻지 않을 테지.

글쎄. 내가 안 오면 너도 안 올 테니. 물어봐야 소용도 없잖아?

빌리는 대답하지 않았다.

잠시 후 트로이가 말했다. 젠장. 여길 돌아올 줄이야.

응.

집구석이라고 돌아가 봐야 바뀌었으면 하는 건 전부 그대로 있고, 그대로 있었으면 하는 건 전부 바뀌어 있지.

무슨 말인지 알겠어.

특히 막내일 경우엔 더해. 너도 막내야?

아니. 장남이야.

막내로 안 태어난 걸 다행으로 여겨. 내 장담하는데, 막내는 만날 손해야.

그들은 산을 넘어 달려갔다. 166번 고속도로 교차로에서 1.5킬로미터쯤 갔을 때 멕시코인들의 트럭이 풀밭에 세워져 있었다. 그들은 길에 들어설 듯 서서 모자를 흔들어 댔다. 빌리는 속도를 늦추었다.

젠장, 뭐야. 트로이가 말했다.

빌리는 그들을 지나쳐 달려갔다. 백미러를 바라보니 시커먼 길과, 어둠이 자욱한 사막 말고는 아무것도 보이지 않았다. 그는 서서히 속도를 늦추어 트럭을 세웠다.

젠장, 빌리.

알아. 어쩔 수가 없어.

해 뜨기 전까지 도착하지 못하면 무슨 일을 당하지 몰라.

나도 알아.

빌리는 후진 기어를 넣고 트럭 아래로 달려 나오는 하얀 선으로 방향을 가늠해 서서히 길을 되짚어 갔다. 멕시코인들의 트럭 옆에 이르니 오른쪽 앞바퀴에 펑크가 나 있었다.

멕시코인들이 운전석 주위로 몰려들었다.

푼차다. 테네모스 우나 얀타 푼차다.(펑크예요. 바퀴에 펑크가 났다고요.)

푸에도 베를로.(한번 살펴보죠.) 빌리는 차를 길가에 세우고 내렸다. 트로이는 담배에 불을 붙이고는 절레절레 고개를 저었다.

잭이 없어서 저러고 있나 봐. 스페어타이어는 있을까?

시. 포르 수푸에스토.(네. 물론이죠.)

빌리가 트럭 짐칸에서 잭을 꺼내자 그들이 받아 들고 자기네 차로 가 앞쪽에 끼워 넣고 차체를 들어 올렸다. 스페어타이어가 두 개 있긴 했지만, 모두 바람이 샜다. 그들은 낡아 빠진 타이어 펌프로 스페어타이어 두 개에 차례로 바람을 넣었다. 그리고 종국에는 고개를 들어 빌리를 바라보았다.

빌리는 트럭 짐칸에서 장비를 꺼내고 운전석 아래에서 손전등과 패치 키트를 집어 들었다. 멕시코인들이 스페어타이어 하나를 길에 눕혀 놓고 타이어 비드를 떼어 내자, 빌리의 장비를 들고 있던 사내가 다른 이들이 지켜보는 가운데 타이어 고무를 림에서 들어 올렸다. 빠져나온 내부 튜브는 붉은 고무 재질로, 패치가 덕지덕지 붙어 있었다. 사내가 길에 내려놓은 튜브를 빌리가 손전등으로 비추었다.

아이 파르체스 소브레 로스 파르체스.(패치 위에다 패치를 덧
발랐군요.)

에스 베르다드.(그러게요.)

라 오트라? (다른 스페어타이어는요?)

에스타 페오르.(그건 더 심합니다.)

젊은 축에 속하는 남자 하나가 펌프질을 하자 튜브가 서서
히 부풀며 씻씻거렸다. 사내가 무릎을 꿇은 채로 엎드려 여기
저기 바람 새는 소리에 귀를 기울였다. 빌리는 패치 통의 양철
뚜껑을 열어 패치의 개수를 헤아렸다. 트로이가 차에서 내려
뒤쪽으로 가더니 조용히 담배를 피우며 타이어와 튜브와 멕
시코인들을 바라보았다.

멕시코인들이 트럭 옆에서 펑크 난 타이어를 떼어 내는 동
안 빌리는 손전등을 비추었다. 타이어 옆면에 너덜너덜한 구멍
이 큼직하게도 뚫려 있었다. 불독이 짓씹어 놓은 듯했다. 트로
이가 길바닥에 소리 없이 침을 뱉었다. 멕시코인들이 펑크 난
타이어를 트럭 짐칸에 던져 넣었다.

빌리가 패치 키트에서 분필 동강을 꺼내 튜브의 새는 곳에
원을 그리자 멕시코인들이 밸브에서 밸브스템을 풀고 튜브 위
에 앉더니 일어나 꾹꾹 밟아 바람을 마저 뽑아 냈다. 그리고
하얀 차선이 팔꿈치에 스칠 만큼 길 가운데 주저앉았다. 무수
한 별자리들이 바다 생물인 양 검은 하늘을 서서히 헤엄쳐 가
는 화려한 사막의 밤 아래에서 그들은 재단사나 그물 수선공
처럼 쪼그리고 앉아 무릎에 늘어진 붉은 고무를 수선했다. 패

치 키트 뚜껑에 달려 있던 자그마한 양철 강판으로 고무를 문지른 뒤 패치를 놓고 성냥으로 불을 붙여 하나씩 녹였다. 다시 튜브에 바람을 넣은 뒤 고요와 어둠에 젖은 사막의 도로에 앉아 가만히 귀를 기울였다.

오예 알고?(소리가 들리나요?) 빌리가 말했다.

나다.(아뇨.)

그들은 가만히 귀를 기울였다.

다시 밸브스템을 돌려 풀었다. 공기를 도로 뺀 튜브를 타이어에 밀어 넣어 림에 바짝 붙이고 밸브 자리를 맞추었다. 젊은 남자가 다시 펌프로 다가가 타이어에 바람을 넣었다. 그렇게 한참을 펌프질하다 비드가 림에 부딪자 사내는 펌프질을 멈추고 밸브에서 호스를 뽑았다. 그리고 입에 물고 있던 밸브스템을 빼내 씻씻대는 밸브에 꽂아 돌렸다. 그들은 뒤로 물러나 빌리를 바라보았다. 빌리는 침을 뱉고 몸을 돌려, 타이어 공기압 측정기를 가지러 트럭으로 갔다.

트로이는 앞좌석에서 잠들어 있었다. 빌리가 조수석 사물함에서 측정기를 꺼내 돌아가자 그들은 타이어를 검사한 뒤 트럭으로 굴려 바퀴 축에 끼워 너트를 조였다. 묵직한 쇠파이프에 소켓을 용접해 붙여 만든 렌치를 썼다. 이윽고 잭을 내려 트럭에서 빼내 빌리에게 건넸다.

그는 잭과 장비를 챙기고 패치 키트와 측정기를 셔츠 주머니에 넣고 손전등을 청바지 뒷주머니에 꽂았다. 그리고 그들 모두와 악수를 나누었다.

아돈데 반?(어디로 가십니까?) 빌리가 말했다.

사내는 어깨를 으쓱하고는 텍사스주 샌더슨으로 간다고 했다. 사내가 고개를 돌려 동쪽에 시커멓게 튀어나온 산자락을 바라보았다. 젊은 남자가 그쪽에 서 있었다.

아이 트라바호 아야?(그곳에 일자리가 있나 보지요?)

사내는 다시 어깨를 으쓱했다. 에스페로 케 시.(그러길 빌 뿐이죠.) 사내가 빌리를 바라보았다. 에스 바케로?(카우보이요?)

시. 바케로.(네. 카우보이입니다.)

사내가 고개를 끄덕였다. 이곳은 바케로(카우보이)의 땅이라 바케로가 아닌 이의 고통에는 냉담하다는 것 외에는 달리 할 말이 없었다. 그들은 다시 악수를 나누었고, 멕시코인들은 트럭 짐칸에 올라탔다. 크랭크를 돌려 시동을 걸자 트럭이 쿨럭쿨럭대다 서서히 나아갔다. 트럭 짐칸의 남자와 소년 들이 일어나 손을 들었다. 짙게 타오르는 코발트색 하늘을 등지고 시커먼 운전석 위에 올라선 이들도 있었다. 배선이 잘못되었는지 달랑 하나 켜진 미등이 신호인 양 깜박거리다 굽잇길을 돌아 사라졌다.

그는 잭과 다른 장비를 픽업트럭 짐칸에 넣고 차문을 열어 트로이를 깨웠다.

가자, 카우보이.

트로이가 몸을 바로 하고 앉아 텅 빈 길을 바라보았다. 그리고 뒤쪽을 돌아보았다.

어디로 갔지?

벌써 떠났어.

지금 몇 시야?

그야 모르지.

착한 사마리아인 노릇은 다 끝난 거야?

응.

빌리는 몸을 숙여 조수석 사물함을 열어 패치 키트와 타이어 측정기와 손전등을 넣고 사물함을 닫은 뒤 시동을 걸었다.

어디로 갔어?

샌더슨.

샌더슨?

응.

어디서 왔대?

모르겠는데. 말하지 않았어.

십중팔구 샌더슨으로 가는 게 아닐걸.

그럼 어디로 가는 건데?

젠장, 누가 알겠냐.

뭐하러 거짓말을 하겠어?

나야 모르지.

그들은 차를 출발시켰다. 오른쪽에 가파른 비탈을 낀 굽잇길을 도는데 느닷없이 하얀빛이 번쩍이더니 묵직한 쿵 소리가 울렸다. 트럭의 방향이 틀어지며 타이어가 끼익 소리를 냈다. 멈춰 선 트럭은 도로에서 반쯤 벗어나 도랑에 들어가 있었다.

젠장, 뭐야. 젠장. 트로이가 말했다.

커다란 올빼미가 운전석 쪽 앞 유리에 십자가 모양으로 뻗어 있었다. 조각난 선이 동심원을 이루며 살짝 팬 얇은 유리 위에 날개를 활짝 편 올빼미는 마치 거미줄에 걸린 거대한 나

방 같았다.

빌리는 시동을 껐다. 그들은 가만히 올빼미를 바라보았다. 올빼미가 발 하나를 파르르 떨며 발톱을 수그렸다가 다시 서서히 펴더니, 그들을 더 잘 보려는 듯 고개를 살짝 틀다가 결국에 숨을 거두었다.

트로이가 문을 열고 나갔다. 빌리는 올빼미를 바라보며 앉아 있었다. 그러다 전조등을 끄고 밖으로 나갔다.

올빼미는 폭신하고 부드러웠다. 머리가 젖혀져 대롱거리고, 부드럽고 따스한 몸이 깃털 속에서 쓱 늘어지는 듯했다. 빌리는 올빼미를 들어 울타리로 가 철사 줄에 걸고 되돌아갔다. 그리고 트럭에 앉아 전조등을 켠 뒤 이 상태로 운전을 할 수 있을지, 아니면 아예 유리를 발로 차 내야 할지 살폈다. 오른쪽 아래 귀퉁이에는 금이 가지 않아서 고개를 바짝 숙이면 바깥이 잘 보일 것 같았다. 트로이가 길로 올라가 오줌을 갈겼다.

빌리는 시동을 걸어 트럭을 다시 길로 되돌렸다. 트로이는 더 멀리 올라가 길가 풀밭에 앉아 있었다. 빌리는 그리로 차를 몰고 가 차창을 내리고 내다보았다.

왜 그래?

아무것도 아냐.

그만 갈까?

응.

트로이가 일어나 차 앞을 빙 돌아 올라탔다. 빌리는 그를 가만히 바라보았다.

괜찮아?

응. 괜찮아.

그냥 올빼미일 뿐이야.

나도 알아. 그것 때문이 아냐.

그럼 왜 그래?

트로이는 대답하지 않았다.

빌리는 바닥의 기어를 1단으로 옮기고 클러치에서 발을 뗐다. 차가 고속도로를 따라 달려갔다. 앞이 꽤 잘 보였다. 상체를 숙이면 중앙분리대 맞은편의 풀밭까지도 보였다.

괜찮아? 왜 그래?

트로이는 창밖을 스치는 어둠을 바라보고 있었다.

그냥 오만 게 다 문제지. 망할 것들. 젠장. 신경 쓸 것 없어. 위스키는 괜히 마셔 가지고.

그들은 반혼에서 기름을 넣고 커피를 마셨다. 트로이가 어린 시절을 보냈으며, 돌아갈까 생각 중이며, 죽은 형이 묻혀 있는 고장에서 한참 멀어져 있었다. 새벽 2시였다.

사장님이 트럭을 보면 한마디 하실걸.

빌리는 고개를 끄덕였다. 아침에 시내로 가서 수리하면 돼.

수리비가 얼마나 나올까?

모르지.

반반씩 나눌까.

좋지.

좋아.

정말 괜찮아?

응. 괜찮아. 그냥 무슨 생각이 떠올랐을 뿐이야.

응.

아무짝에도 도움 안 되는 생각 말이야.

응.

그들은 커피를 마시며 앉아 있었다. 트로이가 담배를 꺼내
불을 붙인 뒤 담뱃갑과 지포 라이터를 탁자에 놓았다. 아까는
왜 도와준 거야?

그냥.

꼭 도와야 한다며?

응.

왜? 종교 때문이야?

아니. 그런 게 아니야. 열일곱 살 때 생애 최악의 하루를 보
냈어. 나와 동생은 달아나는 중이었고. 그런데 동생이 부상을
당했지. 그때 난데없이 멕시코인들이 탄 트럭이 나타났어. 꼭
아까 그 트럭처럼 생긴 트럭. 덕분에 구사일생으로 목숨을
건졌지. 설마 그런 낡은 트럭이 말보다 빨리 달릴 수 있을까
싶었어. 우리를 도와줄 이유도 없었고. 그런데 트럭이 섰던 거
야. 그냥 갈 수도 있었는데. 그뿐이야.

트로이는 창밖을 바라보았다.

뭐, 그 정도면 괜찮은 이유로군.

뭐, 다른 이유를 더 대라고 해 봐야 댈 것도 없으니. 갈까?

좋지. 트로이는 커피를 털어 넣고 이어서 말했다. 가자.

그는 2페니를 내고 회전식 개찰구를 밀고 나와 다리를 건
넜다. 다리 아래 강기슭에서 자그마한 아이들이 장대 끝에 못

질한 양동이를 내밀어 구걸했다. 그는 다리를 건너 싸구려 보석과 가죽 제품과 담요를 사라고 떠들어 대는 행상들 사이를 헤치고 지나갔다. 그들은 바통을 주고받듯 번갈아 한참을 쫓아오다가, 후아레스 거리를 지나 이그나시오 메히아를 지나 산토스 데고야도에 이르러서야 떨어져 나갔다.

그는 바 끝에 서서 위스키를 주문하고 발을 가로대에 걸치고는 술집 안의 창녀들을 쭉 훑었다.

돈데 에스탄 수스 콤파녜로스?(친구들은 어디 있습니까?) 바텐더가 물었다.

그는 위스키 잔을 들어 돌렸다. 엔 엘 캄포.(목장에요.)

그리고 술을 마셨다.

그는 두 시간 동안 서 있었다. 창녀들이 한 명씩 다가와 꼬드기다가 차례로 돌아갔다. 그는 그녀에 대해 묻지 않았다. 위스키 다섯 잔을 마신 후 1달러를 내고 그 위에 팁으로 1달러를 얹은 뒤 그곳을 떠났다. 그러고는 후아레스 거리를 가로질러 메히아를 절뚝절뚝 올라가 나폴레옹으로 들어가 앞쪽 탁자에 앉아 스테이크를 주문했다. 음식이 나올 때까지 그는 커피를 마시며 거리의 삶을 바라보았다. 한 남자가 들어와 그에게 담배를 팔려고 했다. 다른 남자는 색칠한 셀룰로이드로 만든 성모상을 팔려고 했다. 또 다른 남자는 숫자판과 레버가 달린 이상한 기계를 가지고 와서는 감전사하고 싶으냐고 물었다. 얼마 후 스테이크가 나왔다.

다음 날 밤 그는 다시 갔다. 포트 블리스에서 온 군인 대여섯 명이 있었는데, 머리를 빡빡 민 풋내기 신병들이었다. 술에 취한 그들은 그를 유심히 보며 그의 부츠를 살폈다. 그는 바에 서서 천천히 위스키 세 잔을 마셨다. 그녀는 나타나지 않았다.

그는 행상과 포주 들을 뚫고 후아레스 거리를 걸었다. 한 소년이 박제한 아르마딜로[10]를 팔고 있었다. 술 취한 관광객이 갑옷 한 벌을 들고 인도를 비틀비틀 걸어갔다. 아름다운 젊은 여인이 거리에서 토하고 있었다. 개들이 그 소리를 듣고 머리를 돌려 부리나케 여자에게 달려갔다.

그는 틀락스칼라와 마리스칼을 지나 다른 매음굴에 들어가 바에 앉았다. 창녀들이 그의 팔에 달라붙었다. 그는 다른 사람을 기다리고 있다고 했다. 얼마 후 거기에서 나와 다리로 돌아갔다.

그는 발목이 나을 때까지 다시는 그 말을 타지 않겠다고 맥에게 약속했다. 일요일 아침 식사 후 그는 우리에서 그 말을 훈련시킨 다음 오후에 버드에 안장을 얹고 하리야스 산맥으로 달려갔다. 그리고 바위 절벽 위에 말을 세우고 일대를 돌아보았다. 물에 잠긴 소금 평원이 저녁 햇살에 100킬로미터 동쪽까지 아롱거렸다. 그 너머로 엘 카피탄 봉우리가 솟아 있었다. 뉴멕시코의 높은 산들이 붉은 평원과 오래된 크레오소트 덤불 너머 북쪽으로 점점 희미해졌다. 가파른 빛이 가로대를 댄 울타리 옆에 드리운 그림자가 마치 땅 위의 철도처럼 이어지고, 비둘기들이 맥뉴 목장의 물탱크를 향해 날아갔다. 자그

---

10) 중남아메리카의 건조 지대에 사는 야행성 포유동물.

마한 나무가 드문드문 박힌 땅은 과거 소 발굽에 다져졌을 터인데 이제는 소가 한 마리도 보이지 않았다. 비둘기들만 사방에서 구구거릴 뿐 바람 한 점 없었다.

어둑해진 후에야 목장에 돌아온 그는 안장을 벗겨 말을 마구간에 넣고 부엌으로 갔다. 이미 식탁을 치운 소코로가 설거지를 하고 있었다. 그가 커피잔을 들고 식탁에 앉자 소코로가 저녁을 차려 주었다. 한창 식사를 하고 있는데 맥이 복도 쪽 문가에 서서 시가에 불을 붙였다.

준비됐나?

예, 사장님.

서두를 것 없네. 천천히 들게.

맥이 복도로 걸어갔다. 소코로가 스토브 위에 놓인 단지를 가져와 남은 칼디요(그레이비 소스)를 퍼 주었다. 그리고 커피를 더 붓고는, 다른 잔에 커피를 따라 식탁 한쪽에 놓았다. 맥이 마실 커피가 모락모락 김을 피웠다. 존 그레디는 식사를 마치고 일어나 접시를 싱크대에 가져다 놓고 잔에 커피를 따른 뒤, 8년 전 켄터키에서 마차로 싣고 온 낡은 벚나무 찬장을 열어 낡은 목축 잡지와 반가죽 장정 장부와 가죽 표지 일지와, 산탄총 총알과 소총 탄약이 든 낡은 녹색 레밍턴 상자 사이에서 체스판을 꺼냈다. 위쪽 선반에는 열장이음식 나무 상자에 황동 저울추가 담겨 있었다. 화구(畵具)가 든 가죽 폴더. 오래전 한때 크리스마스 사탕을 담았을 유리 마차. 그는 찬장 문을 닫고 체스판과 나무 상자를 탁자로 가져가 체스판을 펼치고 상자의 뚜껑을 열어 말들을 쏟아 냈다. 조각을 새긴 호두

나무 말과 호랑가시나무 말이 제자리에 놓였다. 그는 커피를 마시며 앉았다.

맥이 들어와 맞은편 의자를 꺼내 앉아 묵직한 유리 재떨이를 케첩과 핫소스 병 사이에서 끌어당겨 시가를 내려놓고 커피를 마셨다. 그리고 존 그래디의 왼손을 턱으로 가리켰다. 존 그래디는 손을 펼쳐 졸을 체스판에 놓았다.

내가 다시 흰말이군.

예, 사장님.

존 그래디는 졸을 앞으로 옮겼다.

JC가 들어와 스토브 위의 커피를 따르고 탁자 곁에 다가와 섰다.

앉게. 자네 때문에 정신 사납잖나.

아니에요. 금방 나갈 거예요.

앉아요. 괜히 집중력 흩뜨리지 말고. 존 그래디가 말했다.

그러게. 맥이 말했다.

JC가 앉았다. 맥이 체스판을 살폈다. JC가 존 그래디의 팔꿈치에 쌓인 흰말들을 힐긋 보았다.

애야, 좀 봐 드려. 까딱하다가는 일만 잘하고 체스는 못 하는 다른 놈이 네 자리 채 가겠다.

맥이 팔을 뻗어 아직 남아 있는 비숍을 옮겼다. 존 그래디는 나이트를 옮겼다. 맥이 시가를 집어 조용히 연기를 뿜었다.

맥이 퀸을 옮겼다. 존 그래디는 다른 나이트를 옮기고 등받이에 등을 기댔다.

장군이에요.

맥이 체스판을 유심히 살폈다.

젠장.

맥이 고개를 들었다. 그리고 JC를 돌아보았다.

자네가 할래?

아뇨, 사장님. 저도 저 녀석한테는 자신 없어요.

그 기분 잘 알지. 빌런 노새보다도 더 독한 놈이야.

맥이 벽시계를 보더니 다시 시가를 집어 들어 입에 물었다.

한 판만 더하지.

예, 사장님.

소코로가 앞치마를 벗어 걸고 문가에 섰다.

안녕히 주무세요.

잘 자요, 소코로.

JC가 의자에서 일어났다.

커피 더 마실 사람?

그들은 체스를 두었다. 존 그래디가 검은 퀸을 잡자 JC가 의자를 밀치고 일어났다.

내가 충고했을 텐데. 곧 추운 겨울이 온다고.

JC가 부엌을 가로질러 컵을 싱크대에 놓고 문으로 갔다.

먼저 들어갑니다.

맥은 체스판을 바라보며 묵묵히 앉아 있었다. 불 꺼진 시가가 재떨이에 놓여 있었다.

잘 주무세요. 존 그래디가 말했다.

JC가 문을 열고 밖으로 나갔다. 방충문이 철컹하며 닫혔다. 시계가 재깍거렸다. 맥이 의자에 등을 기댔다. 그리고 시가 꽁초를 집어 들었다가 도로 내려놓았다. 패배를 인정하네.

아직 이기실 수 있습니다.

맥이 존 그래디를 바라보았다. 빈말 말게.

존 그래디는 어깨를 으쓱했다. 맥이 시계를 바라보았다. 그리고 존 그래디를 바라보았다. 이윽고 상체를 숙여 조심스레 체스판을 돌렸다. 존 그래디는 맥의 남은 검은 나이트를 움직였다.

맥이 입술을 모았다. 그리고 체스판을 유심히 살폈다. 그는 말을 옮겼다.

존 그래디는 다섯 번 말을 옮긴 후 하얀 킹을 쓰러뜨렸다. 맥이 고개를 저었다. 그만 잠이나 자세.

예, 사장님.

존 그래디는 말을 치웠다. 맥이 의자를 밀치고 일어나 커피 잔 두 개를 집어 들었다.

트로이와 빌리는 몇 시에 돌아온댔지?

그런 말 없었는데요.

왜 같이 안 갔나?

그냥 여기 있는 편이 나을 듯해서요.

맥이 잔을 싱크대로 가져갔다.

같이 가자고 안 하던가?

같이 가자고 했어요. 하지만 제가 꼭 따라가야 하는 건 아니잖습니까.

존 그래디는 나무 상자의 뚜껑을 닫고 체스판을 접고 일어났다.

트로이가 형 밑으로 갈 생각인가?

저는 모릅니다, 사장님.

존 그래디는 부엌을 가로질러 가서 체스판을 찬장에 넣고 문을 닫고 모자를 집어 들었다.

모르는 건가, 말하기 싫은 건가?

모릅니다. 말하기 싫은 거라면 그렇다고 했을 겁니다.

그렇겠지.

사장님.

그래.

델버트 때문에 마음이 찜찜합니다.

왜?

그게, 제가 델버트의 자리를 가로챈 것 같아서요.

아니야. 어차피 녀석은 떠났을 거네.

예, 사장님.

여기 사장은 나야. 알겠지?

예, 사장님. 안녕히 주무십시오.

마구간 불을 켜 두게.

잘 보이는데요.

불이 켜져 있으면 더 잘 보이잖나.

예, 사장님. 그런데 말들한테 방해가 되어서요.

말들한테 방해가 된다고?

예, 사장님.

존 그래디는 모자를 쓰고 문을 열었다. 맥은 그가 마당을 가로지르는 것을 바라보았다. 그런 뒤 부엌 등을 끄고 몸을 돌려 복도로 나갔다.

말들한테 방해가 된다니, 기가 막히군.

아침이 되어 깨우러 갔을 때 빌리는 방에 없었다. 침대에 잠을 잔 흔적은 있었다. 그는 절뚝거리며 칸막이 마방을 지나 부엌 쪽 마당을 둘러보았다. 마구간 옆으로 돌아가니 트럭이 세워져 있었다. 빌리가 운전대 위로 상체를 숙이고 앉아 앞 유리의 금속 고정 틀에서 나사를 돌려 빼 재떨이에 놓았다.

좋은 아침, 카우보이. 빌리가 말했다.

좋은 아침. 앞 유리는 왜 이래요?

올빼미.

올빼미?

올빼미.

마지막 나사를 뽑고 고정 틀을 빼낸 빌리는 움푹 팬 앞 유리의 가장자리에 스크루드라이버를 지레 삼아 꽂고는 앞 유리를 고무 틀에서 뜯어냈다.

차 앞으로 가서 좀 밀어 봐. 잠깐만. 여기 장갑 끼고.

존 그래디는 장갑을 끼고 절뚝절뚝 걸어가, 빌리가 스크루드라이버를 밀어 넣은 쪽의 유리 가장자리를 밀었다. 바닥을 따라 유리가 주르르 뽑혀 옆면에까지 이르자 빌리는 장갑을 다시 달라 하여 끼고 유리 전체를 한 번에 쑥 뽑아 운전대 위로 들어 조수석 바닥에 내려놓았다.

어쩌려고요? 머리를 바람에 내놓고 달리게요?

아니. 가운데에 앉아 유리가 멀쩡한 쪽을 내다보면 돼.

빌리는 계기판으로 넘어온 와이퍼를 밀어냈다.

아직 안 돌아왔는 줄 알았어요.

5시쯤에 왔어. 오늘 뭐 할 거야?

뭐 별로.

내가 없는 동안 설마 또 마구간 로데오를 벌인 건 아니겠지?

예.

발은 어때?

괜찮아요.

빌리는 와이퍼 스프링을 밀고는 스크루드라이버로 와이퍼를 뽑아 좌석에 내려놓았다.

새 유리 사러 갈 거예요?

호아킨더러 시내에 갔다 오는 길에 하나 사 오라고 할 거야. 사장님이 이 꼴을 보지 않아야 할 텐데.

젠장, 올빼미가 날아와서 부딪힌 건데요, 뭐.

나도 알아. 하지만 하필 내가 몰 때 부딪혔잖아.

존 그래디는 트럭 문의 열린 차창에 상체를 숙여 기대고 서 있었다. 고개를 돌려 침을 뱉은 뒤 상체를 좀 더 숙였다.

그게 뭐 어때서요.

빌리는 스크루드라이버를 시트에 내려놓았다.

말이 그렇다는 거지. 그냥 나온 말이야. 아침 다 됐나 들어가 보자. 사슴 한 마리라도 통째로 삼킬 수 있을 것 같아.

그들이 식탁에 앉자 오렌이 신문에서 고개를 들어 안경 너머로 존 그래디를 유심히 살폈다. 발은 좀 어때?

괜찮아요.

어련할까.

말을 타도 괜찮아요. 그게 궁금하신 거죠?

등자에 발을 걸 수 있나?

안 걸어도 돼요.

오렌이 다시 신문을 읽었다. 그들은 식사를 했다. 잠시 후 오렌이 신문을 내려놓고 안경을 벗어 식탁에 놓았다.

두 살짜리 암망아지를 보내겠다는군. 아내한테 선물할 거래. 나는 별말 안 했어. 혈통 말고는 그 말에 대해 아무것도 모르더군. 하긴 말에 대해 아는 게 있을 리 없지.

길이 들었나요?

마누라가, 말이?

둘 다 아니라는 데 오늘 일당을 걸지. 볼 것도 없어. JC가 말했다.

나도 모르네. 기본적인 훈련만 받았을걸. 2주간 맡기겠대. 그동안 가능한 훈련은 다 시키겠다고 하니 만족스러워하더군.

알겠습니다.

빌리, 이번 주에 여기서 계속 일할 건가?

그럴까 해요.

몇 시쯤 온다던가요? 존 그래디가 말했다.

아침 식사 후라고 하더군. JC, 준비됐나?

준비야 태어날 때부터 돼 있었죠.

오늘 하루도 시작이군.

오렌이 안경을 셔츠 주머니에 넣고 의자를 밀치고 일어났다.

8시 30분경 새 트레일러를 매단 픽업트럭이 마당에 들어섰다. 존 그래디는 그들을 맞으러 나갔다. 검은색 트레일러 옆면에 뉴멕시코의 어딘가에 있을 목장 이름이 황금색으로 적혀 있었는데, 존 그래디는 처음 보는 이름이었다. 사내 둘이 빗장을 젖혀 트레일러 문을 내리다 그에게 고개를 끄덕였다. 둘 중 키가 큰 쪽이 마당을 슬쩍 둘러보았다. 그들이 말을 뒷걸음질로 트레일러에서 내리게 했다.

오렌은 어디 있나? 키 큰 사내가 말했다.

존 그래디는 암망아지를 바라보았다. 초조한 기색이었는데, 낯선 곳에 부려졌으니 그럴 만도 했다. 그는 절뚝거리며 걸어가 옆에서 말을 살폈다. 암말의 시선이 그를 쫓았다.

좀 걸려 보세요.

뭐라고?

좀 걸려 보라고요.

오렌은 여기 있나?

아뇨, 안 계십니다. 제가 조련사예요. 그냥 잠시 걸려 보시면 제가 살펴보겠습니다.

사내는 한동안 가만히 서 있었다. 그러다 고삐를 다른 사내에게 건넸다. 좀 걸려 보게, 루이스.

사내가 존 그래디를 바라보았다. 존 그래디는 암망아지를 바라보았다.

언제 돌아오나?

저녁에 오실 겁니다.

그들은 자그마한 암망아지가 걸어갔다 걸어오는 모습을 바라보았다.

자네가 정말 조련사인가?

예.

뭘 찾고 있는 건가?

존 그래디는 암망아지를 유심히 살핀 후 사내를 바라보았다.

저 말은 절름발이예요.

절름발이라고.

예.

망할.

사내가 어깨 너머로 말을 돌아보았다. 그리고 소리쳤다. 자네 들었나, 루이스?

예. 들었습니다. 총으로 쏴 버릴까요?

대체 뭘 보고 절름발이라고 우기는 건가?

우기는 게 아닙니다. 왼쪽 앞다리를 절어요. 제가 발을 좀 봐도 될까요?

말을 이리로 데려오게, 루이스.

여기까지 걸어오는 건 문제없겠지?

글쎄요.

사내가 말을 데려오자 존 그래디는 다가가 어깨를 말에 기댄 채 말의 앞다리를 무릎 사이에 끼워 발굽을 들여다보았다. 엄지로 발굽 중앙의 연골을 훑은 뒤 발굽 바깥쪽을 살폈다. 그리고 말에게 몸을 붙여 말이 숨쉬는 것을 느낀 뒤 속삭여 주고는 뒷주머니에서 손수건을 꺼내 침을 뱉어 발굽을 닦았다.

누가 여기에 이걸 발랐죠?

바르다니 뭘?

이 물감요.

존 그래디는 손수건을 들어 발굽에서 묻은 얼룩을 보여 주었다.

모르겠는데.

사내가 말했다.

존 그래디는 접이식 칼에서 칼날을 빼내 발굽 옆을 아래로 쭉 훑었다. 사내가 바짝 다가와 바라보았다. 존 그래디는 칼날을 들어 보였다.

보이죠?

이건?

발굽이 갈라졌는데 누가 왁스를 채우고 그 위에 물감을 발라 놓았어요.

존 그래디는 몸을 일으키며 말의 발을 내려놓고 어깨를 다독여 주었다. 세 사람은 암망아지를 바라보며 서 있었다. 키큰 사내가 두 손을 뒷주머니에 쑤셔 넣었다. 그리고 고개를 돌려 침을 뱉었다.

망할.

고삐를 쥐고 있던 사내는 발끝으로 땅을 파다 고개를 틀었다.

사장님이 이 소식을 들으면 야단도 아니겠는데.

어디서 샀나요?

사내가 뒷주머니에서 한 손을 빼내 모자를 바로 했다. 그리고 존 그래디를 바라보다 다시 암망아지를 바라보았다.

그냥 맡기고 가면 안 될까?

안 됩니다.

오렌이 돌아올 때까지만 여기 두게. 그때 오렌과 얘기해 보지.

그럴 수 없습니다.

왜지?

그럴 수 없으니까요.

저 말을 도로 싣고 꺼지라는 건가?

존 그레디는 대답하지 않았다. 하지만 사내에게서는 시선을 떼지 않았다.

방법이 없는 것도 아니잖나.

방법이 없습니다.

사내는 고삐를 쥐고 있는 사내를 바라보았다. 그리고 집을 바라보고, 다시 존 그레디를 바라보았다. 그러다 엉덩이로 손을 뻗어 지갑을 꺼내 펼쳐서는 10달러짜리를 꺼내 접어 지갑을 도로 넣었다. 그는 지폐를 존 그레디에게 내밀었다. 여기, 받아 두게. 내가 줬다는 얘기는 아무한테도 말고.

그럴 수는 없습니다.

어서.

안 됩니다.

사내의 얼굴이 어두워졌다. 그는 지폐를 내민 채 서 있었다. 그러다 지폐를 셔츠 주머니에 쑤셔 넣었다.

그런다고 해서 자네 목이 달아나는 것도 아니잖나.

존 그레디는 대답하지 않았다. 사내가 고개를 돌려 다시 침을 뱉었다.

발굽을 치료해 달라고 우길까 봐 그러는 거라면 염려하지 말게.

그런 말은 한 적 없습니다.

서로 좀 돕고 살면 어때서 그래?

이런 식으로 도울 수는 없습니다.

사내가 존 그래디를 바라보았다. 그리고 다시 침을 뱉었다. 다른 사내를 바라보더니 주위를 쭉 둘러보았다.

갑시다, 칼. 젠장. 다른 사내가 말했다.

그들이 말을 도로 트럭으로 끌고 갔다. 존 그래디는 그들을 바라보며 서 있었다. 그들이 말을 싣고 트레일러 문을 닫고 빗장을 질렀다. 키 큰 사내가 트럭 옆으로 돌아 나왔다.

어이, 애송이.

예.

지옥에나 박혀.

존 그래디는 대꾸하지 않았다.

내 말 들었나?

예. 들었습니다.

그들은 트럭에 올라 차를 돌려 마당을 벗어나 진입로를 내려갔다.

부엌문 앞에서 그는 말의 고삐를 놓고 안으로 들어갔다. 소코로가 보이지 않아 소리쳐 부르고 기다리다 도로 밖으로 나갔다. 말에 오르는데 소코로가 문으로 나왔다. 그녀가 두 손으로 손차양을 하고 말했다. 부에노.(멋지네.)

아 케 오라 레그레사 엘 세뇨르 맥?(사장님은 언제 돌아오실까요?)

노 세.(글쎄.)

그는 고개를 끄덕였다. 그녀가 가만히 바라보다가 몇 시에 돌아올 거냐고 물었다. 그는 어두워질 무렵에라고 했다.

에스페라테.(기다려.)

에스타 비엔.(괜찮아요.)

노. 에스페라테.(아니. 기다려.)

그녀가 부엌으로 들어갔다. 그는 말 위에서 기다렸다. 말이 맨땅에서 발을 구르다 고개를 저었다.

괜찮아. 곧 출발할 거야. 그는 말했다.

밖으로 나온 소코로의 손에는 천에 싸인 도시락이 들려 있었다. 그녀는 등자 옆에 서서 도시락을 건넸다. 그는 감사 인사를 하고 손을 뒤로 뻗어 재킷 뒷주머니에 도시락을 넣고 고개를 끄덕인 뒤 말을 몰았다. 대문에 이른 그는 말에 앉은 채 상체를 숙여 빗장을 풀고 문을 열었다. 그리고 밖으로 나가서 말을 돌려 역시나 말에 앉은 채 대문을 닫고는 햇살을 양어깨에 받으며 천천히 나아갔다. 그녀는 가만히 바라보았다. 모자를 살짝 젖혀 쓴 그는 상체를 유달리 쭉 펴고 있었다. 부츠 없이 붕대만 감긴 발 쪽의 등자는 비어 있었다. 헤리퍼드 종[11]의 소와 송아지 들이 울타리를 따라 그를 쫓아오며 울어 댔다.

그는 브랜스퍼드 초지의 반(半)야생이나 다름없는 소 떼 사이로 하루 종일 나아갔다. 뉴멕시코 산줄기에서부터 차가운

---

11) 미국의 대표적인 육우 품종. 붉은색 바탕에 흰 무늬가 특징이다.

바람이 달려왔다. 그가 나타나자 소들은 종종걸음으로 비키거나 꼬리를 치켜들고 크레오소트가 돋은 자갈밭을 달려갔다. 그는 소의 움직임을 유심히 살피며 이리저리 가늠했다. 말 조련사인 만큼이나 소 선별사이기도 한 그였다. 그가 타고 있는 자그마한 푸른 말은 소몰이 말이 흔히 그렇듯 소를 깔보며 소떼를 울타리 쪽으로 바짝 몰아붙이고는 물어뜯으려고 했다. 존 그래디가 고삐를 늦추고 내버려 두자 말이 커다란 한 살배기 송아지를 무리에서 떼어 냈다. 존 그래디가 올가미를 씌웠지만 송아지는 순순히 따라오지 않았다. 송아지가 밧줄 끝에서 몸부림을 치자 자그마한 말은 다리를 쫙 벌리고 버텼다.

이제 어떡할까? 그는 말에게 물었다.

말이 방향을 틀어 뒷걸음쳤다. 송아지가 껑충 뛰었다.

설마 내가 한 발로 내려서 저 망할 덩치의 옆에 서리라고 생각하는 건 아니겠지.

그는 송아지가 크레오소트 사이 공터로 뛰어들 때까지 기다리다 말을 전속력으로 몰았다. 늘어지는 밧줄을 말 머리 위로 감으며 달려가 송아지 옆에 이르렀다. 송아지가 잰걸음으로 달아났다. 송아지의 목에 감긴 밧줄이 땅바닥에 늘어져 송아지 뒤쪽에 곡선을 그리며 뻗어 말의 오른쪽으로 이어졌다. 존 그래디는 감은 밧줄을 확인한 뒤 한 발로 등자를 밟고 서서 다른 발을 밧줄에 엉기지 않도록 빼냈다. 팽팽해진 밧줄이 송아지의 머리를 뒤로 휙 젖히며 뒷다리를 낚아챘다. 송아지가 180도로 휭 돌아 땅바닥에 쓰러지며 먼지구름이 피어났다. 송아지는 가만히 누워 있었다.

이미 말에서 내린 존 그래디는 밧줄을 따라 절뚝절뚝 걸어가 송아지가 일어나기 전에 머리맡에 무릎 꿇고 앉아 뒷다리 하나를 움켰다. 그리고 혁대에서 가는 밧줄을 빼내 묶고는 송아지가 얌전해질 때까지 기다렸다. 그는 몸을 숙여 뒷다리를 들어 유심히 살폈다. 다리 안쪽이 부은 탓에 기묘하게 뛰었고, 그 탓에 애당초 무리에서 떨어져 나와 올가미를 쓴 것이다.

나무토막이 피부 깊숙이 박혀 있었다. 그가 손가락으로 잡으려고 보니 토막이 부러질 것 같았다. 그는 손으로 토막을 더듬어 끝 부분을 엄지로 밀어 빼내려고 했다. 토막이 조금 빠져나오자 그는 결국 몸을 숙여 나무토막을 이로 물어 빼냈다. 물 같은 혈청이 흘러나왔다. 그는 나무토막을 코 아래에 대고 킁킁 냄새를 맡은 뒤 내던지고는 말에게로 돌아가 피어리스[12] 약병과 천을 꺼내 들었다. 그가 떠날 때쯤 송아지는 아까보다 더 힘겹게 뛰고 있었지만 괜찮을 성싶었다.

정오에 그는 북쪽과 서쪽의 범람지가 훤히 내다보이는 화산암 바위에서 점심을 먹었다. 바위와 바위 사이에는 고대의 그림문자가 새겨져 있었다. 동물, 달, 사람, 이제는 의미를 알 수 없는 상형문자. 햇살에 따스하게 데워진 바위에서 바람을 피해 앉은 그는 조용하고 텅 빈 땅을 바라보았다. 아무것도 움직이지 않았다. 잠시 후 그는 도시락 천을 접고 일어나 바위에서 내려가 말을 잡았다.

마구간 불빛을 받으며 땀투성이 말을 빗질하는데 빌리가

---

12) 가축용 연고 브랜드.

이를 쑤시며 들어와 그를 바라보았다.

어디 갔었어?

세더 스프링스에요.

종일 거기 있었어?

넵.

그 암망아지 주인이 사장님한테 전화했대.

그럴 줄 알았어요.

전혀 화를 안 냈대.

화낼 이유가 없죠.

너더러 와서 말을 좀 봐 달라고 했대.

그렇군요.

존 그래디는 말을 따라 빙 돌며 빗질했다. 빌리는 가만히
바라보았다.

얼른 오지 않으면 음식을 다 내다 버리겠다던데.

금방 끝나요.

알았어.

그래, 그 동네는 어땠어요?

꽤 멋졌어.

그래요?

나는 아무 데도 안 가. 트로이도 마찬가지고.

존 그래디는 말의 허리를 아래로 빗질했다. 말이 몸을 떨
었다.

군대가 여길 접수하면 우리 모두 어차피 어딘가로 가야
해요.

그래, 나도 알아.

트로이 형도 안 떠나요?

빌리는 이쑤시개 끝을 바라보다 다시 이를 쑤셨다. 마구간 불빛을 쫓아 사냥을 나온 박쥐의 그림자가 말과 존 그래디를 가로질렀다.

그냥 형을 보러 간 거야.

존 그래디는 고개를 끄덕였다. 몸을 숙여 양팔로 말을 안아 준 뒤 솔빗에서 털 뭉치를 빼내어 낙하하는 털을 바라보았다.

부엌에 들어서니 오렌이 아직도 식탁에 앉아 있었다. 그는 고개를 들었다가 다시 신문을 바라보았다. 존 그래디가 싱크대로 가서 손을 씻자 소코로가 오븐 위의 보온기를 열어 접시를 꺼냈다.

그는 식탁 맞은편에서 오렌이 읽고 있는 신문의 뒷면을 읽으며 저녁을 먹었다.

직접선거가 뭐냐? 오렌이 말했다.

난들 알아요.

잠시 후 오렌이 말했다. 뒷면 좀 그만 봐.

네?

신문 뒷면을 읽지 말라고.

네.

오렌이 신문을 접어 탁자에 내려놓고 커피잔을 들고 일어나 커피를 홀짝였다.

내가 뒷면을 읽는지 어떻게 알았어요?

느낌이 와.

그런데 뒷면을 읽으면 왜 안 돼요?

안 될 거야 없지. 그저 내가 초조해질 뿐이지. 그건 나쁜 습관이야. 다른 사람의 신문을 읽고 싶으면 그냥 달라고 해.

네.

네가 받아 주지 않은 암망아지의 주인이 전화해서 너를 좀 쓰고 싶다고 했어.

나는 벌써 일자리가 있는걸요.

페이번스로 같이 가서 말을 고르기만 하면 되는 일인가 보던데.

존 그래디는 고개를 끄덕였다. 아닐걸요.

오렌이 그를 가만히 바라보았다. 사장님 말로는 그랬어.

아니면 그게 다가 아니든지요.

오렌은 담배에 불을 붙이고 담뱃갑을 식탁에 놓았다. 존 그래디는 음식을 먹었다.

사장님은 뭐랬어요?

너한테 말해 본다고.

그럼, 제가 들었으니 됐네요.

오렌이 소리쳤다. 젠장. 주말에 말 좀 사러 가는 게 어때서 그래. 돈도 벌고.

저는 한 번에 한 사람 밑에서만 일해요.

오렌은 담배를 피우며 앳된 청년을 가만히 바라보았다.

세더 스프링스에 갔었어요. 부실한 놈들을 손 좀 봐 줬죠.

난 그러라고 한 적 없는데.

알아요. 왓슨의 푸른 말을 타고 갔어요.

말을 잘 듣던?

아주 잘요. 허풍이 아니에요. 내가 안장을 얹기 전부터 녀석은 좋은 말이었어요.

네가 그 말을 살 수도 있어.

알아요.

그 녀석의 어디가 그리 마음에 들었던 거니?

마음에 안 드는 구석이 하나도 없는 점이요.

이제는 녀석을 사고 싶지 않겠지.

네.

식사를 마친 그는 마지막 토르티야[13] 조각으로 접시를 깨끗이 닦아 먹은 뒤 접시를 밀치고 커피를 마시다 잔을 내려놓고 오렌을 바라보았다.

어디 하나 빠지는 데 없이 좋은 말이에요. 아직 조련이 완전히 끝난 건 아니지만 좋은 소몰이 말이 될 것 같아요.

그렇다니 기쁘군. 물론 너야 전기톱처럼 날아들어 마구간 벽에 머리나 박는 말을 좋아하겠지만.

존 그래디는 씩 웃었다. 내 꿈의 말은 그런 게 아니에요.

그럼 어떤 건데?

모르겠어요. 아저씨도 좋아할 만한 말일 거예요. 아닐 수도 있지만. 종이에 말이 가질 수 있는 장점을 모두 적어서 합쳐놓은 말이 있다 해도 그 말이 마음에 들지 안 들지는 알 수 없는 법이죠.

---

13) 멕시코에서 주식으로 먹는 둥글넓적한 옥수수빵.

말이 가질 수 있는 모든 단점을 합쳐 놓는다면?

글쎄요. 그 점에 대해서는 이미 아저씨가 마음을 정했을 것 같은데요.

네가 손볼 수도 없을 만큼 완전히 엉망인 말이 있을까?

네, 있을 거예요. 하지만 아저씨 생각만큼 많지는 않을 거예요.

그렇겠지. 말이 사람의 말을 이해할 수 있다고 보나?

단어 같은 것 말예요?

글쎄. 그러니까 사람이 하는 말을 말이 알아들을 수 있느냐 하는 거지.

존 그래디는 창밖을 바라보았다. 물방울이 유리창에 맺혀 있었다. 박쥐 두 마리가 마구간 빛 속에서 사냥을 했다.

아뇨. 하지만 사람이 한 말의 의미는 알아듣는 것 같아요.

그는 박쥐를 바라보았다. 그리고 오렌을 바라보았다.

제 느낌으로는요, 말이 걱정하는 건 주로 자기가 모르는 것에 대해서이지 싶어요. 그래서 말은 내가 보이는 걸 좋아하죠. 그게 안 되면 내 목소리라도 듣고 싶어 하죠. 내가 말을 걸어 주면 자기가 모르는 다른 짓은 하지 않을 거라고 생각하는 것 같아요.

말이 생각을 할 수 있다고 보나?

그럼요. 아저씨는요?

나도 그래. 하지만 흔히 그렇지 않다고들 하지.

글쎄요. 사람들 말이 다 옳은 건 아니니까요.

말이 무슨 생각을 하는지 너는 알아?

말이 무엇을 하고자 하는지는 알아요.

대체적으로 그렇겠지.

존 그래디는 씩 웃었다. 네. 대체적으로요.

사장님은 늘 말이 옳고 그름을 안다고 말씀하시지.

옳으신 말씀이에요.

오렌은 담배를 피웠다. 글쎄. 나로서는 전적으로 동의하기가 쉽지 않군.

말이 옳고 그름을 모른다면 조련을 시킬 수도 없다고 봐요.

조련이야 그저 조련사가 원하는 대로 행동하도록 말을 길들이는 거잖나?

수탉도 내가 원하는 대로 하도록 길들일 수 있어요. 하지만 진정으로 함께할 수는 없죠. 반면 말은 훈련을 시키면 진정으로 함께할 수 있어요. 말의 영역 안에서는요. 좋은 말은 자기의 영역에서 일어나는 일을 잘 헤아리죠. 말의 마음은 훤히 보여요. 내가 지켜보고 있을 때는 말을 잘 듣다가 내가 안 본다고 해서 딴짓을 하거나 하지는 않거든요. 말은 일편단심이에요. 그런 수준까지 훈련시키고 나면 아무리 애써도 말이 옳지 않은 일이라고 여기는 것은 시킬 수가 없어요. 실랑이가 한참 계속되죠. 말을 학대하면 그것만으로도 말을 죽이는 짓이에요. 좋은 말은 마음속에 정의감을 갖고 있죠. 내가 직접 봤어요.

자네는 나보다 말을 훨씬 더 높이 평가하는군.

말에 관해 특별한 의견이라 할 만한 것은 없어요. 어렸을 때는 말에 대해 모든 것을 알고 있다고 생각했지만 시간이 흐를수록 점점 더 알 수 없는 것만 같아요.

오렌이 씩 웃었다.

사람이 말을 정말로 이해한다면 말예요, 사람이 말을 정말로 이해한다면 그저 말을 보는 것만으로도 훈련시킬 수 있을 거예요. 아무것도 할 필요 없어요. 제 조련법은 전통적 방식하고는 거리가 멀지만, 역시나 완전한 이해하고도 거리가 멀죠. 그렇다고 완전한 이해가 아예 불가능한 건 아닐 거예요.

존 그래디는 다리를 길게 폈다. 그리고 뻗은 발을 다른 발 위에 꼬았다.

한 가지에 대해서는 아저씨 말씀이 옳아요. 말은 여기 오기 전에 대부분 망가져 버려요. 처음 얹은 안장에 망가지죠. 아니, 그 전에 망가지기도 해요. 최고의 말은 아이 주위에서 지낸 말이에요. 아니면 산 한가운데 살아서 사람을 한 번도 본 적이 없는 야생마든지. 그러면 머리에서 아무것도 지우지 않아도 되거든요.

그 점에 대해서는 다른 사람의 동의를 얻기가 쉽지 않을걸.

알고 있어요.

야생마를 길들인 적이 있나?

네. 하지만 훈련시키기가 쉽지 않죠.

왜?

사람들은 야생마를 훈련시키고 싶어 하지 않아요. 그저 길들이기만을 바라죠. 우리는 말 주인부터 훈련시켜야 해요.

오렌이 상체를 숙여 담배꽁초를 비벼 껐다. 무슨 말인지 알겠군.

존 그래디는 탁자 위 전등갓 쪽으로 올라가는 연기를 바라보았다. 어쩌면 사람을 한 번도 본 적이 없는 말이 최고라는 제 말은 틀렸을지도 몰라요. 말은 사람을 볼 필요가 있어요. 그냥 주위에 있는 사람을요. 조련사를 만나기 전까지는 사람을 단순히 나무처럼 생각해야 해요.

여전히 어둑했다. 다시 비가 내려 잿빛 어스름이 내려앉는 거리에서 행상들이 문간에 우르르 모여 빗줄기를 표정 없이 바라보았다. 그는 발을 굴러 물을 털어 내고 바로 들어가 모자를 벗어 스툴에 놓았다. 손님은 그뿐이었다. 소파에 앉아 빈둥대던 두 창녀가 무심하게 그를 바라보았다. 바텐더가 위스키를 따랐다.

그는 그녀의 모습을 설명했지만 바텐더는 어깨를 으쓱하며 고개를 저을 뿐이었다.

에스 무이 호벤.(무척 어려요.)

바텐더는 다시 어깨를 으쓱했다. 그리고 바를 닦고 뒤쪽 선반에 기대서는 셔츠 주머니에서 담배를 꺼내 불을 붙였다. 존 그래디는 위스키를 한 잔 더 달라고 손짓한 뒤 카운터에 동전을 얹었다. 그리고 모자와 술잔을 집어 들고 소파로 가 창녀들에게 물어보았지만 그들은 그저 그의 옷을 끌어당기며 술이나 한잔 사 달라고 조를 뿐이었다. 그는 그들의 얼굴을 바라보았다. 떡칠한 분과 루주와 검은 인디언 눈가에 칠해진 검은 아이라이너 뒤에 누가 있는지 보고 싶었다. 이질적이고 슬퍼 보였다. 소풍을 가려고 차려입은 미치광이 여인 같았다. 그는 그들 뒤쪽 벽에 달린 네온 사슴과, 플러시[14] 천과 포일과 끈으로 엮은 화려한 태피스트리를 바라보았다. 뒤쪽 지붕을 때리는 빗소리와, 천장에서 핏빛 카펫 웅덩이로 꾸준히 내려앉는 자그마한 물방울 소리. 그는 위스키를 털어 넣고 술잔을 나지막한 탁자에 놓고 모자를 썼다. 그들에게 고개를 끄덕이고 모자챙에 손을 댔다.

호벤.(이봐요.) 둘 중 나이 많은 창녀가 말했다.

시.(네.)

그녀는 슬쩍 주위를 살폈지만 엿들을 사람은 아무도 없었다.

야 노 에스타.(그 애는 여기 없어요.)

어디로 갔느냐고 물었지만 그들은 알지 못했다. 돌아오느냐고 묻자 아마 아닐 거라고 했다.

그는 다시 모자에 손을 댔다. 그라시아스.(감사합니다.)

안달레.(잘 가요.)

모퉁이에서 기다리고 있던, 번득이는 푸른색 서지[15] 양복 차림의 억세게 생긴 택시 운전사가 반갑게 인사했다. 그는 이 나라에서도 보기 드물 만큼 케케묵은 우산을 쥐고 있었다. 우산살 사이의 한 면에는 푸른색 셀로판지가 새로 발려 있었다. 우산 아래 보이는 운전사의 얼굴이 시퍼렜다. 그는 아가씨들을 보러 가지 않겠느냐고 물었고 존 그레디는 이미 봤다고 했다.

---

14) 벨벳과 비슷하나 길고 보드라운 보풀이 있는 비단.
15) 바탕이 올차고 내구성이 있는 모직물.

그들은 여기저기 움푹 패고 홍수 진 거리를 달려갔다. 운전사는 술에 약간 취해 있었는데, 그들 앞을 가로지르거나 문가에 서 있는 사람들에 대해 제멋대로 평을 늘어놓았다. 외모에서 유추 가능한 성격을 읽어 냈다. 그리고 개가 무슨 생각을 하는지, 어디로 가는지, 왜 가는지에 대해 늘어놓았다.

그들은 도시 외곽 어느 매음굴 바에 앉았다. 운전사는 여기 창녀들에게 어떤 장점이 있는지 집어 냈다. 밤을 즐기러 오는 남자는 다가오는 첫 번째 여자를 덥석 물기 일쑤지만 신중한 사람이라면 좀 더 가려야 한다고 했다. 그래야 겉모습에 속지 않는다고. 창녀에 관한 한 마음 가는 대로 자유로이 고르는 것이 최선이라고. 건강한 사회에서 선택은 항상 구매자의 특권이라고. 그리고 고개를 돌려, 꿈꾸는 듯한 눈을 가진 앳된 청년을 바라보았다.

데 아쿠에르도?(내 말 알겠소?)

클라로 케 시.(그럼요.)

그들은 술을 털어 넣고 나갔다. 어둠이 내린 거리에서 색색의 조명이 연약한 이슬비를 맞으며 어른거렸다. 그들은 레드콕이라는 술집의 바에 가 앉았다. 운전사가 잔을 높이 들어 건배하고 들이켰다. 그들은 창녀들을 살펴보았다.

여기 말고 다른 곳도 많다오. 아마 그 여자애는 집에 갔을 거요.

그럴지도 모르죠.

결혼을 했을 수도 있고. 이런 애들도 가끔은 결혼을 한다오.

2주 전에 봤는걸요.

운전사가 곰곰이 생각에 잠겨 담배를 피웠다. 존 그래디는 술잔을 털어 넣고 일어났다.

바모스 아 레그레사르 아 라 베나다.(베나다로 다시 가 봐요.)

카예 데 산토스 데고야도에서 그는 바에 앉아 기다렸다. 잠시 후 운전사가 돌아와 몸을 숙여 속삭이다 짐짓 조심스러운 태도로 주위를 둘러보았다.

마놀로와 만나 보시오. 마놀로만이 정보를 줄 수 있소.

그는 어디 있죠?

데려다 주리다. 아무렴. 약속을 해 놨소. 돈만 내면 돼요.

존 그래디가 지갑으로 손을 뻗었다. 운전사가 그의 팔을 막았다. 그리고 바텐더를 바라보았다.

아푸에라. 노 포데모스 아세를로 아키.(밖에 가서 줘요. 여기서는 안 돼요.)

밖에 나와 다시 지갑으로 손을 뻗었지만 운전사는 기다리라고 했다. 그리고 연극 배우처럼 주위를 둘러보고 나직이 속삭였다.

에스 펠리그로소.(아직 위험해요.)

그들은 택시에 탔다.

그는 어디에 있죠?

지금 만날 거요. 내가 데려다 주리다.

시동이 걸리더니 차가 거리를 내려가 오른쪽으로 돌았다. 그리고 블록을 반쯤 가다 말고 다시 골목으로 꺾어 들어가 멈추었다. 운전사가 엔진을 끄고 등을 껐다. 그들은 어둠 속에 앉아 있었다. 멀리서 라디오 소리가 웅웅거렸다. 카날레(처마)

의 빗방울이 골목 웅덩이로 뚝뚝 떨어졌다. 잠시 후 사내가 나타나 뒷문을 열고 올라탔다.

택시 차내등도 꺼져 있어서 사내의 얼굴이 보이지 않았다. 사내는 담배를 피우고 있었는데 시골 사람처럼 손으로 담배를 가리고 피웠다. 그의 몸에서 향수 냄새가 풍겨 왔다.

부에노.(좋소.) 사내가 말했다.

지금 돈을 줘요. 그럼 그 여자가 어디 있는지 알려 줄 거요. 운전사가 말했다.

얼마나 내야 하죠?

50달러. 사내가 말했다.

50달러?

아무도 대답하지 않았다.

50달러는 없어요.

사내는 잠시 앉아 있었다. 그러다 도로 문을 열고 나갔다.

잠깐만요. 존 그래디가 말했다.

사내는 한 손으로 문을 짚고는 골목에 서 있었다. 그의 모습이 보였다. 검은 양복에 검은 넥타이를 맨 차림이었다. 얼굴이 작고 뾰족했다.

그 애를 아나요? 존 그래디가 말했다.

당연하지. 괜히 시간만 버렸군.

어떻게 생겼죠?

열여섯 살이고 에필렙티카(간질 환자)요. 그런 애는 한 명뿐이거든. 2주 전에 여길 떠났소. 괜히 시간만 버렸군. 돈도 없이 내 시간만 버리다니.

돈을 구해 올게요. 내일 밤에요.

사내가 운전사를 바라보았다.

베나다로 갈게요. 베나다에 돈을 갖고 갈게요.

사내가 고개를 슬쩍 틀어 침을 뱉고 다시 바라보았다.

어련하려고. 이따위 일 때문에. 대체 머릿속에 뭐가 든 거요? 지금 얼마나 있소?

존 그래디는 지갑을 꺼냈다.

30달러 좀 넘어요.

그는 지폐를 셌다.

36달러예요.

사내가 손을 내밀었다.

주시오.

존 그래디는 돈을 건넸다. 사내는 보지도 않고 셔츠 주머니에 돈을 넣었다. 화이트 레이크. 사내가 말했다. 그리고 문을 쿵 닫고 가 버렸다. 골목길을 걸어가는 발자국 소리조차 들리지 않았다. 운전사가 돌아보았다.

화이트 레이크에 가겠소?

돈이 없어요.

운전사가 손가락으로 운전석 뒤쪽을 다다닥 두드렸다.

한 푼도 없소?

네.

운전사가 고개를 저었다.

없다니 할 수 없지. 그럼 아베니다로 돌아가겠소?

택시비를 낼 수 없어요.

괜찮소.

운전사가 시동을 걸고 큰길을 향해 차를 후진시켰다.

다음번에 주시오. 좋소?

좋아요.

좋소.

빌리의 방을 지나다 불이 켜져 있는 것을 보고 그는 걸음을 멈추고 캔버스 천을 젖혀 안을 들여다보았다. 빌리는 침대에 누워 있었다. 그가 읽던 책을 낮추어 책 너머로 쳐다보더니 책을 내려놓았다.

뭘 읽고 있어요?

데스트리.[16] 어디 갔었어?

화이트 레이크란 데 가 본 적 있어요?

응. 한 번.

엄청 비싼가요?

엄청 비싸지. 왜?

그냥 궁금해서요. 내일 봐요.

그는 캔버스 천을 내리고 돌아서서 마구간 복도를 따라 자기 방으로 향했다.

이봐, 화이트 레이크에는 발도 들이지 마. 빌리가 소리쳤다.

존 그래디는 커튼을 젖혀 열고 전등 줄을 찾아 더듬었다.

카우보이가 갈 곳이 못 돼.

---

16) 유명 서부 소설의 주인공.

전등 줄이 손에 잡히자 그는 당겨서 불을 켰다.

내 말 알겠지?

그는 아침 식사 후 손에 모자를 들고 절뚝거리며 복도를 걸어갔다. 사장님? 그가 소리쳤다.

맥거번이 사무실 문으로 나왔다. 손에 서류가 들려 있고, 겨드랑이에는 더 많은 서류가 끼여 있었다. 들어오게.

존 그래디는 문가에 섰다. 맥은 책상에 앉아 있었다. 들어와. 그래, 나한테 없는 뭐가 필요한 건가?

그가 서류에서 고개를 들었다. 존 그래디는 여전히 문가에 서 있었다.

가불을 할 수 있을까 해서요.

맥이 지갑으로 손을 뻗었다. 얼마나 필요한가.

그게, 괜찮으시면 100달러를 가불하고 싶습니다.

맥이 그를 바라보았다. 원한다면야 얼마든지 주겠네. 하지만 다음 달에는 어떡할 생각인가?

어떻게든 방법이 나올 겁니다.

맥이 지갑을 열어 20달러짜리 지폐 다섯 장을 꺼냈다. 글쎄. 하긴 자기 앞가림은 알아서 자기가 알아서 할 나이지. 무슨 일인지 물어봐도 소용없겠지?

그냥 돈이 필요해서 그럽니다.

알겠네.

맥이 지폐를 툭툭 쳐서 가지런히 모은 뒤 상체를 숙여 책상 너머로 내밀었다. 존 그래디는 다가가 돈을 받아 들고 접어 셔츠 주머니에 넣었다.

감사합니다.

됐네. 발은 좀 어떤가?

잘 낫고 있습니다.

자네는 여전히 그 말이 맘에 들겠지.

그렇습니다.

그 말을 정말 팔아도 되겠나?

예, 사장님.

울펀바거의 암망아지가 발굽이 갈라진 건 어떻게 알았나?

보였습니다.

절뚝거리지도 않았다던데.

예, 사장님. 하지만 귀를 보았죠.

귀라고?

예, 사장님. 그 발을 디딜 때마다 한쪽 귀가 조금씩 움직였습니다. 계속 바라보고 있었거든요.

일종의 포커텔[17]이로군.

예, 사장님. 비슷합니다.

울펀바거랑 말을 사러 안 가겠다고 했다며?

예, 사장님. 그분이랑 친하십니까?

안면이야 있지. 왜?

아무것도 아닙니다.

무슨 말을 하려던 거였나?

---

17) 포커 게임에서 패에 따라 바뀌는 사람들의 표정, 몸짓, 버릇.

아닙니다.

말해 보게. 어서.

그게, 몇 시간 도와드린다고 해서 그분이 만족할 것 같지가 않아서요.

아예 자네를 자기 밑에 들이려고 할 거란 말인가?

그런 말은 아닙니다.

맥이 고개를 저었다.

그만 나가 보게.

예, 사장님.

설마 그치한테 그 말을 한 것은 아니지?

예, 사장님. 그런 말은 안 했습니다.

그래. 참 창피한 일이야.

예, 사장님.

그는 모자를 쓰고 몸을 돌려 나가다 문가에서 다시 멈추었다.

감사합니다, 사장님.

됐네. 어차피 자네 돈인데.

저녁에 부엌에 돌아오니 소코로는 벌써 들어가고 없고 식탁에는 노인이 혼자서 직접 만 담배를 피우며 라디오 뉴스를 듣고 있었다. 존 그래디는 접시와 커피를 챙겨 식탁에 놓고 의자를 빼내 앉았다.

안녕하세요, 존슨 씨.

안녕한가.

새로운 뉴스라도 있나요?

노인이 고개를 저었다. 그러고는 창턱으로 손을 뻗어 라디오를 껐다.

이제는 뉴스 같은 게 없어. 온통 전쟁 이야기와 전쟁에 관한 루머뿐이지. 왜 이따위 걸 듣는지 나도 모르겠어. 나쁜 습관이야. 버리고 싶지만 점점 더 심해지는 것 같아.

존 그레디는 피코 데 가요를 쌀과 플라우타(빵) 위에 뿌리고 토르티야로 말아 먹었다. 노인이 가만히 바라보다가 부츠를 턱으로 가리켰다.

진창에서 뒹굴다 온 모양이군.

예, 어르신. 좀 그랬죠.

저런 기름기 도는 진흙은 오래되면 떼어 내기 힘들어. 올리버 리는 이 정도 형편없는 땅이면 아무도 가지려고 들지 않을 테니 자기 혼자 있을 수 있을 것 같아서 이리로 왔다고 떠들어 댔지만 말도 안 되는 생각이었지. 적어도 혼자 있을 수 있으리라는 건 영 틀린 생각이었어.

예, 어르신. 그런 것 같아요.

발은 좀 어떤가.

괜찮습니다.

노인이 씩 웃었다. 그리고 담배를 피우다 식탁 위 재떨이에 재를 털었다.

비가 내렸다고 해서 안심하지 말게. 이 동네는 어차피 가뭄으로 날아가게 되어 있어.

어떻게 아세요?

그냥 알아.

커피 좀 드시겠어요?

됐네.

청년은 자리에서 일어나 스토브로 가서 잔을 채우고 다시 자리로 돌아갔다.

여기 땅도 이제 끝이야. 사람들은 기억력이 짧지. 자기네가 알아서 떠나기 전에 군대가 접수해 줘서 기뻐하고 있을지도 몰라.

청년은 커피를 마셨다. 접수될 땅이 얼마나 될까요?

노인이 담배를 빨다 생각에 잠긴 채 꽁초를 비벼 껐다. 툴라로사 분지 전체일걸. 어디까지나 추측이지만.

그냥 자기네 마음대로 접수할 수 있는 건가요?

응. 자기네 마음이지. 주민들이야 열을 내고 탄식하겠지. 하지만 선택의 여지가 없어. 오히려 문 닫을 핑계가 생겨 기뻐해야 하는지도 몰라.

프래더 씨는 어떡할까요?

존 프래더야 자기 말대로 할걸세.

사장님이 그러시는데 관에 실려서가 아니면 절대 떠나지 않겠다고 했다던데요.

그럼 그렇게 떠나겠지. 전 재산을 걸어도 좋아.

존 그래디는 토르티야로 접시를 닦아 먹고 커피잔을 들어 의자에 기댔다.

이런 걸 물으면 실례인지 모르겠지만요.

뭐든 물어.

대답하기 싫으시면 안 하셔도 돼요.

알고 있네.

누가 파운턴 대령을 죽였을까요?

노인이 고개를 저었다. 그리고 오래도록 가만히 있었다.

제가 괜한 말을 했군요.

아니야. 괜찮아. 대령의 딸 이름도 매기였지. 파우턴더러 그 애랑 같이 가라고 한 사람이 바로 딸이었어. 겨우 여덟 살짜리 아이를 해칠 리 없다고 생각했지. 하지만 전혀 잘못 알았던 거야. 안 그런가?

그러게요.

올리버 리가 죽였다고들 하지. 나는 그치를 잘 알아. 우린 동갑이거든. 올리버한테도 아들이 넷이나 있었어. 절대 그런 짓을 할 사람이 아니지.

죽일 수 없었을 거라는 건가요?

그보다 더 강한 거야. 죽이지 않았을 거라는 거지.

어쩔 수 없는 상황이었다면요?

그거야 전혀 다른 문제지. 올리버가 그 죽음에 대해 눈물 흘릴 거라고는 생각하지 않아. 적어도 대령에 대해서는.

정말 커피 더 안 드실래요?

됐어. 까닥하다가는 밤새 뒤척이기 십상이야.

그들 부자가 아직 여기 어딘가에 묻혀 있을까요?

아니. 아닐 거야.

그럼 어떻게 됐을까요?

시신은 분명 멕시코로 가져갔을 거야. 고개 남쪽 어딘가에 묻어서 나중에 발각되든지, 50킬로미터를 더 가서 세상의 끝

에 시신을 떨어뜨리든지 둘 중 하나를 택해야 했겠지. 내 생각
엔 아무래도 후자 쪽이지 싶어.

존 그래디는 고개를 끄덕였다. 그리고 커피를 마셨다.

총격전을 벌인 적이 있나요?

그래. 딱 한 번 있었지. 철도 들기 전에 그런 짓부터 했어.

어디에서였죠?

클린트 동쪽 강에서. 1917년 형이 죽기 직전이었지. 우리는
도둑맞았다가 되찾은 말을 끌고 가려고 강가에서 어두워지기
를 기다리고 있었는데, 그만 자리를 잘못 잡았지. 놈들이 매복
하고 있다는 정보를 들었기에. 우리는 기다리고 또 기다렸어.
얼마 후 달이 떴어. 초승달이나 다름없는 가는 달이었지. 우리
뒤쪽에서 뜬 덕분에 강기슭의 숲 너머 자동차 앞 유리에 달빛
이 반짝이는 게 보였지. 웬델 윌리엄스가 나를 보고 말했어.
하늘에 달이 두 개 있군. 내 눈으로 직접 보지 않았다면 절대
믿지 않았을 거야. 그래서 내가 말했지. 그렇군. 그중 하나는
후진을 하고 있고. 그리고 우리는 소총을 갈겨 댔지.

그들도 반격했나요?

그럼. 우리는 거기 엎드려 총알 한 상자는 쏴 댔고 결국 그
들은 떠났지.

총에 맞은 사람이 있나요?

내가 알기로는 없어. 한두 발 자동차를 맞힌 게 다야. 앞 유
리가 쩍 갈라졌지.

말은 무사히 데려왔고요?

아무렴.

몇 마리였죠?

몇 마리 안 됐어. 일곱 마리쯤.

많네요.

많았지. 덕분에 보수도 짭짤했어. 하지만 총에 맞아 뒤질 만큼은 아니었지.

예, 어르신. 그랬겠네요.

사람의 머리에는 재미난 것이 있지.

어떤 거요?

총알에 맞으면 말이야, 진흙 같은 것이 확 퍼지지. 구멍이 뺑 뚫리면서. 그걸 보고 나면 생각이 완전히 바뀌게 돼. 어쩌면 그런 광경을 좋아하는 인간도 있겠지. 나는 아니지만.

혁명 때 참전하셨나요?

아니.

그때 멕시코에 계셨다면서요.

그래. 거기서 빠져나오려고 했지. 너무 오래 있었거든. 혁명이 시작되었을 때는 마냥 좋았지. 일요일 아침 어느 작은 도시에서 눈을 떴는데 사람들이 거리에서 서로 총질을 해 대는 거야. 무슨 일인지 영문을 모르겠더라고. 우리는 평생 거기 살고 싶었어. 그러다 그 끔찍한 꼴을 보게 된 거지. 몇 년이 지나도록 그때 일이 꿈에 보이곤 했어.

노인이 상체를 숙여 식탁에 팔꿈치를 괴고는 셔츠 주머니에서 담배 가루를 꺼내 담배를 말아 불을 붙였다. 그리고 식탁을 바라보며 앉아 있었다. 오랫동안 이야기를 계속하며. 도시와 마을 이름들. 흙으로 빚은 푸에블로(마을)들.

처형이 벌어지면 마른 피가 시커멓게 엉겨붙은 흙벽 위에 새 피가 덧발라지고, 총알 구멍에서 터져 나온 흙먼지가 쓰러진 사람을 쫓아 내려앉고, 총연이 느릿느릿 떠다녔지. 거리에는 시체가 겹겹이 쌓였고, 시신을 잔뜩 실은 카레타(수레)의 나무 바퀴가 자갈길이나 흙길을 덜컹덜컹 지나 이름 없는 무덤으로 향했지. 달랑 한 벌뿐인 양복 차림으로 전쟁에 간 사람이 수천 명이었지. 결혼할 때 입은 양복을 죽을 때도 입은 게지. 거리의 뒤집힌 수레나 짐짝 뒤에서 사람들이 코트와 넥타이와 모자를 차려입고 서서 분노한 회계사처럼 총질을 해 댔지. 바퀴 달린 자그마한 대포는 발사할 때마다 뒤로 벌컥벌컥 물러나서 다시 제자리에 돌려놓아야 했고, 깃발이나 현수막을 든 사람들이 끝도 없이 말을 타고 달리다 죽음을 맞았어. 그중에는 성모마리아가 그려진 텐트 같은 태피스트리를 기둥에 매달고 전장으로 달려간 이도 있었지. 하느님의 어머니야말로 그 모든 참화와 폭력과 광기의 창조자라는 듯 말이야.

높다란 괘종시계가 복도에서 10시를 알렸다.

이만 자야겠네.

예, 어르신.

노인이 일어났다.

이야기를 계속하고 싶네만, 어쩔 수 없군.

안녕히 주무세요, 어르신.

자네도 잘 자게.

택시 운전사는 높다란 벽돌담에 난 연철 대문을 지나 진입로를 올라가며 그를 보았다. 도시 외곽을 에워싼 어둠에 혹은 저 너머 황량한 평원에 위험이 감돌고 있다는 듯. 운전사는 아치 벽감에 늘어진 벨벳 줄을 당기고 콧노래를 부르며 기다렸다. 그러다 존 그래디를 바라보았다.

원하면 기다려 주겠소.

아뇨. 괜찮습니다.

문이 열렸다. 이브닝드레스 차림의 여자가 미소를 지으며 문을 잡은 채 물러섰다. 존 그래디가 들어가 모자를 벗자 여자가 운전사에게 뭐라고 말하더니 문을 닫고 돌아섰다. 여자가 손을 내밀자 존 그래디는 뒷주머니로 손을 뻗었다. 여자는 미소를 지었다.

모자 주세요.

그가 모자를 건네자 여자가 살롱을 향해 손짓했고 그는 몸을 돌려 손바닥으로 머리를 가다듬으며 안으로 들어갔다.

두 칸짜리 계단 바로 오른쪽에 바가 있었다. 그는 계단을 올라, 사내들이 술을 마시며 이야기를 나누고 있는 스툴을 지나쳤다. 은근한 조명이 마호가니 바를 비추고, 바텐더는 자그마한 자주색 재킷에 나비넥타이 차림을 하고 있었다. 살롱에는 붉은 다마스크[18] 천과 금빛 문직으로 짠 소파에 창녀들이 앉아 빈둥대고 있었다. 슬립이나 바닥까지 끌리는 가운이나 허벅지가 트인 자줏빛 벨벳 혹은 하얀 새틴 원피스 차림에 유

---

18) 능직이나 수자직 바탕에 금실, 은실 따위의 아름다운 실로 무늬를 짜 넣은 천.

리나 금빛 구두를 신고 붉은 입술을 내밀고서 짐짓 자세를 취하며 어스름 속에 앉아 있었다. 천장에는 컷글라스 샹들리에가 달려 있고, 오른쪽 무대 위에서는 현악삼중주가 연주되고 있었다.

그는 바의 끄트머리로 갔다. 그가 바에 손을 올려놓기 무섭게 바텐더가 냅킨을 깔았다.

어서 오세요, 손님.

안녕하세요. 올드 그랜다드랑 물 주세요.

알겠습니다.

바텐더가 멀어져 갔다. 존 그래디는 광이 나는 황동 발판에 한 발을 올려놓고 선반의 유리에 비친 창녀들을 살폈다. 바에 앉아 있는 사내들은 대부분 잘 차려입은 멕시코인이었고, 몇몇은 지나치게 얇은 꽃무늬 셔츠를 걸친 미국인이었다. 속이 훤히 비치는 가운을 두른 키 큰 여자가 유령 창녀처럼 살롱을 가로질렀다. 선반에 늘어선 병 뒤로 꼼지락대던 바퀴벌레 한 마리가 유리창을 오르다 제 모습을 보고 얼어붙었다.

그는 술을 한 잔 더 주문했다. 바텐더가 술을 부었다. 그가 다시 유리창을 바라보니 여자는 가운을 근사하게 늘어뜨리고 검은 벨벳 소파에 홀로 앉아 두 손을 무릎에 얹고 있었다. 그는 그녀에게서 눈을 떼지 않은 채 모자로 손을 뻗었다. 그리고 바텐더를 불렀다.

라 쿠엔타 포르 파보르.(계산서 주세요.)

그는 아래를 보았다. 모자를 현관에서 맡기고 온 것이 기억났다. 그는 지갑을 꺼내 5달러 지폐를 마호가니 위로 밀어 놓고 나머지 돈을 접어 셔츠 주머니에 넣었다. 바텐더가 잔돈을 내밀자 1달러를 도로 준 뒤 몸을 돌려 여자가 앉아 있는 곳을 바라보았다. 여자는 길을 잃은 듯 왜소해 보였다. 음악을 감상하듯 눈을 꼭 감고 있었다. 그는 위스키를 물잔에 붓고 술잔을 내려놓은 뒤 물잔을 들어 마시며 살롱을 가로질렀다.

거대한 유리 삼중관 불빛이 드리운 그의 희미한 그림자에 여자는 몽상에서 깨어난 듯했다. 여자가 그를 바라보며 화장한 어린애 입술로 희미한 미소를 머금었다. 그는 모자챙 쪽으로 손을 올릴 뻔했다.

안녕하세요. 여기 앉아도 될까요?

그녀는 자세를 바로 하고 가운 자락을 가다듬어 자기 옆에 앉을 자리를 마련했다. 벽을 따라 늘어선 그림자에서 웨이터가 나와 그들 앞의 나직한 유리 탁자에 냅킨 두 장을 깔고 기다렸다.

올드 그랜다드랑 물. 그리고 이분이 좋아하는 것도.

웨이터가 고개를 끄덕이고 사라졌다. 존 그래디는 그녀를 바라보았다. 소녀가 몸을 숙여 다시 옷자락을 가다듬었다.

로 시엔토. 페로 노 아블로 잉글레스.(죄송해요. 영어를 하나도 못 해요.)

에스타 비엔. 포데모스 아블라르 에스파뇰.(괜찮아요. 스페인어로 얘기하면 돼요.)

오. 케 부에노.(아. 잘됐어요.)

케 에스 수 놈브레?(이름이 뭔가요?)

막달레나. 이 우스테드?(막달레나. 당신은요?)

그는 대답하지 않았다.

막달레나.

소녀가 시선을 떨구었다. 자기 이름을 듣는 것이 불편한 듯.

에스 수 놈브레 데 필라?(본명인가요?)

시. 포르 수푸에스토.(네, 물론이죠.)

노 에스 수 놈브레…… 수 놈브레 프로페시오날.(그러니까…… 가명이 아닌 거군요.)

소녀가 손으로 입을 가렸다.

오, 노. 에스 미 놈브레 프로피오.(오, 그럼요. 본명이에요.)

그는 소녀를 가만히 바라보았다. 라 베나다에서 보았다는 이야기에 그녀는 고개를 끄덕일 뿐 놀라지 않았다. 웨이터가 술을 가져오자 그는 돈을 내고 팁으로 1달러를 주었다. 소녀는 잔에는 손도 대지 않았다. 말소리가 어찌나 나직한지 얘기를 듣기 위해서 그는 몸을 기울여야 했다. 소녀는 다른 여자들이 지켜보고 있지만 신경 쓸 거 없다고 했다. 자기가 신참이라 그런 것뿐이라고. 그는 고개를 끄덕였다.

노 임프로타.(상관없어요.)

소녀는 라 베나다에서는 왜 말을 걸지 않았느냐고 물었다. 그는 동료들이 있어서 그랬다고 답했다. 소녀는 라 베나다에 애인이 있느냐고 물었고, 그는 없다고 답했다.

노 메 레쿠에르다?(내가 기억나나요?)

소녀는 고개를 저었다. 그리고 고개를 들었다. 그들은 침묵 속에 앉아 있었다.

쿠안토스 아뇨스 티에네?(몇 살인가요?)

바스탄테스.(충분히 많아요.)

그는 말하고 싶지 않으면 말하지 않아도 된다고 했고 소녀는 대답하지 않았다. 소녀가 생각에 잠겨 미소를 머금었다. 그리고 그의 소맷자락을 쓰다듬었다.

푸에 멘티라. 로 케 데시아.(거짓말이었어요. 아까 한 말 말예요.)

코모?(네?)

그를 기억하지 못한다는 것은 거짓말이었다고 소녀는 말했다. 그는 바에 서 있었고, 자기한테 와서 말을 걸 줄 알았는데 그러지 않았으며, 다시 쳐다보니 가고 없더라고 했다.

베르다드?(정말요?)

시.(네.)

그는 소녀에게 거짓말을 한 것은 아니라고 했다. 그저 고개를 저었을 뿐이니. 하지만 소녀는 다시 고개를 젓고는 그런 것들이 가장 나쁜 거짓말이라고 했다. 화이트 레이크에 왜 혼자 왔느냐는 질문에 그는 손도 대지 않은 탁자 위의 잔들을 바라보며 그 질문과 거짓말에 대해 생각하다 고개를 돌려 소녀를 바라보았다.

포르케 라 안다바 부스칸도. 야 텡고 티엠포 부스칸돌라.(당신을 찾고 있었기 때문이죠. 지금까지 당신을 찾고 있었어요.)

소녀는 대꾸하지 않았다.

이 코모 에스 케 메 레쿠에르다?(나를 어떻게 기억하는 거죠?)

소녀가 고개를 반쯤 돌리고서 속삭이듯 말했다. 탐비엔 요.(나도 마찬가지거든요.)

만데?(네?)

소녀가 다시 고개를 돌려 그를 바라보았다. 탐비엔 요.(나도 마찬가지예요.)

방에서 소녀가 몸을 돌려 문을 닫았다. 그는 어떻게 여기까지 왔는지 기억이 나지 않았다. 소녀의 손을 쥐고 있었던 것은 기억났다. 자그마하고 차가우며 너무도 낯선 촉감. 샹들리에 아래를 지날 때는 색색의 빛 조각이 소녀의 벌거벗은 어깨에 강물이 되어 흘러내렸었다. 그는 어린애처럼 반쯤 비틀대며 소녀의 뒤를 따라갔다.

소녀는 침대 옆으로 가 양초 두 개를 켜고 램프를 껐다. 그는 손을 옆구리에 늘어뜨린 채 가만히 서 있었다. 소녀가 목 뒤로 손을 뻗어 가운의 끈을 풀고 등의 지퍼를 내렸다. 그는 셔츠 단추를 끌렀다. 방이 작아 침대 하나만으로도 꽉 차 보였다. 네 개의 침대 기둥에 와인 빛 오간자[19] 커튼과 차양이 달려 있어 촛불이 베개에 와인 빛을 드리웠다.

문에서 가벼운 노크 소리가 났다.

테네모스 케 파가르.(돈을 내야 해요.)

그는 주머니에서 접힌 지폐를 꺼냈다.

파라 라 노체.(오늘 밤 내내.)

에스 무이 카로.(매우 비싸요.)

쿠안토?(얼만데요?)

그는 지폐를 셌다. 82달러였다. 그는 돈을 소녀에게 내밀었다. 소녀는 돈을 보고 그를 보았다. 다시 노크 소리가 들렸다.

---

19) 나일론이나 실크로 만든 얇고 투명한 천.

다메 신쿠엔타.(50달러 주세요.)

에스 바스탄테?(그거면 되나요?)

시, 시.(네, 네.)

돈을 받아 든 소녀는 문을 열어 돈을 건네고는 복도의 사내에게 속삭였다. 키가 크고 마른 사내가 검은 실크 셔츠 차림으로 담뱃대에 담배를 끼워 피우고 있었다. 그가 살짝 열린 문틈으로 고객을 잠시 바라본 뒤 돈을 세고 고개를 끄덕이고 돌아서자 소녀는 문을 닫았다. 열린 지퍼 사이로 드러난 그녀의 벌거벗은 등이 촛불빛에 파리했다. 검은 머리가 반짝였다. 소녀가 돌아서서 팔을 소매에서 빼내며 옷의 가슴 부분을 꼭 쥐었다. 둥글게 웅덩이를 이룬 옷에서 발을 빼내어 옷을 의자에 걸치고 반쯤 투명한 커튼 뒤로 가 이불을 젖힌 뒤 어깨끈을 내려 슈미즈를 벗고 벌거벗은 채 침대로 들어갔다. 그녀는 새틴 퀼트 이불을 턱까지 당기고 모로 누워 팔베개를 하고 그를 바라보았다.

그는 셔츠를 벗고는 어디다 두어야 할지 몰라 두리번거렸다.

소브레 라 시야.(의자에 두어요.) 소녀가 속삭였다.

그는 셔츠를 의자에 걸치고는 앉아서 부츠를 벗고 양말을 그 위에 얹어 한쪽에 세운 다음 일어나 벨트를 풀었다. 벌거벗은 채 방을 가로지르자 소녀가 팔을 뻗어 그를 위해 이불을 젖혔고 그는 엷은 빛깔의 이불 아래로 들어가 베개에 머리를 대고 반듯하게 누워 하늘하늘 늘어진 차양을 바라보았다. 그러다 고개를 돌려 소녀를 바라보았다. 소녀는 시선을 피하지 않았다. 그가 팔을 들자 소녀는 벌거벗은 몸을 그에게 꼭 붙였다. 부드럽고 차가웠다. 그는 소녀의 검은 머리를 모아 쥐고 축복하듯 자신의 가슴에 늘어뜨렸다.

에스 카사도?(결혼했나요?)

노.(아니.)

그는 그게 왜 알고 싶은지 물었다. 소녀는 잠시 말이 없었다. 이윽고 그가 결혼했다면 이것은 더 나쁜 죄악이기 때문이라고 했다. 그는 그것에 대해 생각했다. 정말 그것 때문에 알고 싶었느냐고 묻자 소녀는 그에게 궁금한 것도 참 많다고 답했다. 그리고 몸을 숙여 키스했다. 새벽에 그는 잠든 소녀를 꼭 껴안고 있었고, 더 이상 아무것도 물을 필요가 없었다.

그가 옷을 입는데 소녀가 깨어났다. 그는 부츠를 신고 침대 곁으로 가 앉아 소녀의 뺨에 손을 갖다 댔다. 소녀는 고개를 돌려 잠기 어린 눈으로 그를 바라보았다. 촛대의 양초가 다 타서 조가비 모양 촛농에 까맣게 그을린 심지 동강만 남아 있었다.

티에네스 케 이르테?(꼭 가야 하나요?)

시.(응.)

바스 아 레그레사르?(다시 올 건가요?)

시.(응.)

소녀는 진정인지 확인하려는 듯 그의 눈을 바라보았다. 그는 몸을 숙여 키스했다.

베테 콘 디오스.(하느님의 축복이 함께하길.)

소녀가 속삭였다.

이 투.(너도.)

소녀가 그에게 팔을 두르고 가슴을 꼭 붙인 뒤 손을 풀자 그는 일어나 문으로 걸어갔다. 그러다 고개를 돌려 소녀를 바라보았다.

내 이름을 말해 봐.

소녀가 팔을 뻗어 커튼을 젖혔다. 만데?(네?)

디 미 놈브레.(내 이름을 말해 봐.)

투 놈브레 에스 후안.(당신 이름은 후안이에요.)

그래.

그는 문을 닫고 복도를 걸어갔다.

살롱은 비어 있었다. 퀴퀴한 연기와 달콤한 효모 냄새 사이로, 사라진 창녀들의 라일락 향과 장미 향이 희미하게 감돌았다. 바도 비어 있었다. 어스름한 빛이 카펫 위의 얼룩과 가구의 낡은 팔걸이와 담뱃불 자국을 드러냈다. 로비에서 그는 페인트가 칠해진 쪽문의 빗장을 풀고 좁은 휴대품 보관실로 들어가 모자를 찾았다. 그리고 현관문을 열어 차가운 아침 속으로 걸음을 옮겼다.

양철과 나무로 지은 나지막한 오두막들이 도시 외곽인 이곳의 풍경을 이루고 있었다. 황량한 흙밭과 자갈밭 너머로 샐비어와 크레오소트가 뒤덮은 평원이 이어졌다. 수탉이 울어대고 공기 중에 숯 냄새가 떠돌았다. 그는 잿빛 미명을 보고 동쪽으로 방향을 잡아 도시를 향해 출발했다. 차가운 새벽 시간, 사막의 도시들에 공통적인 소중한 고립을 제공하는 시커먼 산줄기 아래에 빛이 여전히 머물고 있었다. 한 남자가 장작을 산더미처럼 인 당나귀를 몰며 길을 내려왔다. 멀리서 교회

종이 울렸다. 남자가 그를 향해 은밀한 미소를 지어 보였다. 둘 사이에 비밀이라도 존재하는 양. 나이와 젊음과 권리와 권리의 정당함에 관한 그 무엇. 그리고 그것들에 대한 권리. 지난 세계와 다가올 세계. 그들의 공통된 무상함. 무엇보다도 아름다움과 상실은 같은 것임이 뼛속 깊이 새겨진 앎.

소녀를 제일 먼저 발견한 것은 늙은 애꾸눈 크리아다(하녀)였다. 찢어진 슬리퍼를 신고 냉정한 잰걸음으로 복도를 걸어 문을 벌컥 연 그녀는 몸이 활처럼 휜 채 침대에 누워 있는 소녀를 보고는 악귀라도 본 양 소리를 질렀다. 그녀는 열쇠 뭉치가 달린 짤막한 빗자루 손잡이를 가지고 다녔는데, 그것을 이불로 재빨리 말아 소녀의 입에 밀어넣었다. 소녀의 흰 몸은 뻣뻣했다. 크리아다는 침대로 올라가 소녀를 내리눌렀다. 또 다른 여자가 물잔을 들고 안으로 들어오자 크리아다가 고개를 저어 나가라고 했다.

에스 코모 우나 무헤르 디아볼리카.(악귀가 씌었나 봐.) 여자가 말했다.

베테. 노 에스 디아볼리카. 베테.(꺼져. 악귀 같은 건 없어. 꺼져.) 크리아다가 소리쳤다.

창녀들이 문간에 우르르 모여 방 안으로 밀고 들어왔다. 온갖 종류의 잠옷을 걸친 그녀들의 얼굴은 화장 크림으로 떡 져 있었고, 머리카락은 종이에 말려 있었다. 그들은 침대를 에워싸고 야단법석을 떨었다. 한 명은 얼른 성모상을 집어 들어 그것을 침대 위로 내밀었고, 다른 한 명은 소녀의 손을 잡고 가운 허리띠로 침대 기둥에 묶었다. 소녀의 입이 피투성이였다. 창녀 몇 명이 다가가 닦아 주듯 손수건을 댔지만 사실은 그 손수건을 몰래 간직할 셈이었다. 소녀의 입에서는 계속 피가 흘렀다. 그들은 소녀의 다른 한 팔도 잡아 묶었고, 몇 명은 기도문을 읊조리고 몇 명은 성호를 그었다. 소녀의 몸이 휘며 마구 버둥대다 뻣뻣하게 굳더니 눈이 하얗게 돌아갔다. 창녀들은 자기네 방에서 금박과 물감이 칠해진 석고 성물이나 자그마한 성상을 가져왔고, 몇 명은 초에 불을 붙였다. 그때 사장이 와이셔츠 차림으로 문가에 나타났다.

에두아르도! 에두아르도!

그들이 울부짖었다. 그는 손사래를 쳐 여자들을 내쫓으며 성큼성큼 방으로 들어왔다. 성상과 초를 바닥으로 쓸어버리고 늙은 크리아다의 팔을 움켜쥐어 내던졌다.

바스타! 바스타!(됐어! 됐어!) 그가 소리쳤다.

창녀들은 덜렁대는 가슴 주변의 옷자락을 여미고 자기들끼리 모여 훌쩍거렸다. 그리고 문으로 물러갔다. 꼿꼿이 서 있는 이는 크리아다뿐였다.

포르 케 에스타스 에스페란도?(왜 이렇게 꾸물대는 거야?) 그가 씩씩거렸다.

그녀의 하나뿐인 눈이 깜박거렸다. 그런 뒤 그녀는 꿈쩍도 하지 않았다.

그가 옷 어디에선가 이탈리아제 잭나이프를 꺼내자 검은 마노로 장식한 은빛 금속 손잡이에서 칼날이 튀어 나왔다. 그가 몸을 숙여 소녀의 손목을 묶은 끈을 자르고 벌거벗은 몸을 이불로 덮어 주자 칼날이 나타날 때와 마찬가지로 소리 없이 사라졌다.

노 라 몰레스테. 노 라 몰레스테.(내버려 둬요. 내버려 둬요.) 크리아다가 나직이 말했다.

카야테.(닥쳐.)

골페아메 시 티에네스 케 골페아르. 아 알기엔.(누군가를 꼭 때려야겠다면 나를 때려요.)

그가 몸을 돌려 늙은 여자의 머리채를 움켜쥐고 문으로 끌고 가 창녀들이 서 있는 복도에 내동댕이치고는 문을 닫았다. 빗장을 걸고 싶었지만 여기 방문은 오직 밖에서만 잠글 수 있었다. 그러나 할멈은 다시 들어오지 않았고 밖에 서서 열쇠가 필요하다며 소리쳤다. 그는 소녀를 바라보며 서 있었다. 빗자루 손잡이가 입에서 떨어져 나와 피로 얼룩진 시트에 놓여 있었다. 그는 그것을 집어 들고 문 쪽으로 가서 문을 열었다. 할멈이 움찔 물러서며 한 팔을 쳐들었지만 그는 쳉강대는 열쇠만 복도로 내던지고 다시 문을 쿵 닫았다.

소녀는 조용히 숨을 쉬며 누워 있었다. 그는 침대에 놓인 천을 집어 입가의 피를 닦으려는 듯 잠시 내밀었다가 도로 내던지고 몸을 돌려 난장판이 된 방을 돌아본 뒤 나직이 욕을 뱉고 밖으로 나가 문을 쿵 닫았다.

워드는 종마를 칸막이에서 꺼내 마구간을 내려갔다. 종마가 걷다 말고 우뚝 멈추어 서서 부들부들 떨더니 바닥이 꺼질지도 모른다는 듯 살금살금 걸음을 옮겼다. 워드가 곁에 바짝 붙어 속삭이자 종마가 고개를 위아래로 흔들어 열광적으로 동의를 표했다. 전에도 여러 번 있었던 일이지만 종마의 열정과 워드의 침착함은 사그라들 줄을 몰랐다. 다른 말들이 주위를 맴돌고 눈알을 굴려 대는 칸들을 종마는 의기양양하게 지나갔다.

존 그래디는 암말의 주둥이를 고정한 밧줄을 꽉 쥐고 있었다. 종마가 우리에 들어서자 암말이 앞발을 번쩍 쳐들려고 했다. 밧줄 끝에서 암말이 방향을 틀어 뒷발 하나를 걷어차더니 다시 앞발을 쳐들려고 했다.

꽤 예쁘장하네. 워드가 말했다.

예.

눈 한 짝이 왜 저래?

옛날 주인이 막대기로 때렸어요.

워드는 사팔눈이 된 종마를 끌고 우리 주위를 빙 돌았다. 막대기로 때렸다고.

예.

눈이 완전히 못 쓰게 됐군.

예.

진정해. 진정해, 애야. 저기 멋진 여자 친구가 있잖니.

예. 정말 멋진 여자 친구예요.

워드는 종마를 이따금 암말 쪽으로 끌고 갔다. 자그마한 암말의 성한 눈이 데굴데굴 구르다 못해 장님처럼 하얗게 뒤집혔다. JC와 다른 사내 하나가 우리로 들어와 문을 닫았다. 워드가 고개를 돌려 그들 너머 우리 벽을 바라보았다.

마지막으로 경고하는데 어서 집으로 가.

10대 여자애 둘이 나오더니 마당을 가로질러 집으로 향했다.

오렌은 어디 있지? 워드가 말했다.

존 그래디는 달려가는 암말을 따라 방향을 틀었다. 몸을 숙여 암말에게 기대면서 발이 말발굽에 밟히지 않도록 조심했다.

앨라모고도에 볼일이 있어서 가셨어요.

이제 잡아. 어서 잡아. 워드가 말했다.

종마가 거대한 남근을 흔들며 우뚝 섰다.

어서 잡아.

잡았어요.

어디 있는지 녀석도 알아.

암말이 다리 하나를 번쩍 들어 걷어찼다. 종마가 세 번째 시도 끝에 암말 위에 올라타 뒷발을 구르자 거대한 허벅지가 파르르 떨리고 정맥이 벌떡벌떡 솟았다. 꼰 밧줄 하나로 말들을 붙잡고 서 있는 존 그래디의 모습은, 마치 난데없는 마술로 이 세상에 나타나 숨을 헐떡이며 버둥대는 키메라를 끈으로 붙잡고 있는 아이 같았다. 그는 밧줄을 한 손에 쥐고 땀으로 범벅된 말의 목덜미에 얼굴을 갖다 댔다. 말의 폐가 느리게 횡횡거리고 핏줄기가 벌컥벌컥 흘러가는 것이 느껴졌다. 배의 깊은 곳에 박힌 엔진처럼 말의 심장이 느리고 둔탁하게 쿵쿵거렸다.

그와 JC는 암말을 트레일러에 실었다.

임신이 된 것 같아? JC가 말했다.

모르겠어요.

녀석이 요동질은 확실히 했겠지?

그들은 트레일러 문을 올려 닫고 양쪽에 빗장을 질렀다. 존 그래디는 몸을 돌려 트레일러에 기대서서 손수건으로 얼굴을 닦고 모자를 젖혔다.

사장님이 그 망아지를 팔았대요.

그 돈을 다른 데 안 써야 할 텐데.

왜요?

이 녀석은 전에도 두 번이나 교배했는데 두 번 다 실패했지.

워드의 종마랑요?

아니.

워드의 종마라면 내기를 걸어도 좋아요.

사장님도 같은 생각이더군.

그만 갈까요?

그래. 칸티나(술집)에 들렀다 갈까?

사 주는 거예요?

젠장. 셔플보드[20]나 하자고 할 줄 알았더니. 우리 재정 상태 좀 개선시키자.

지난번 게임 할 때는 재정이 문제가 아니었는데요.

그들은 트럭에 올랐다.

너 정말 한 푼도 없어?

먹고 죽으려 해도 동전 하나 없어요.

---

20) 숫자가 쓰인 바닥이나 보드 위에서 나무 막대기로 나무 원반을 밀어 점수를 내는 게임.

그들은 진입로를 따라 천천히 차를 몰았다. 트레일러가 뒤에서 덜컹거렸다.

트로이도 겨우 동전 몇 푼 남은 모양이던데.

맥주 두 잔 먹을 만큼은 있어요.

그거면 돼.

마지막 남은 1달러 35센트예요.

거 좋지.

그는 붉은 모래 언덕을 등지고 굽이치며 이어진 울타리를 따라 말을 타고 내려가는 빌리를 바라보았다. 빌리가 말을 멈추고 바람에 닳고 해진 땅을 둘러보다 고개를 돌려 존 그래디를 바라보았다. 그리고 몸을 숙여 침을 뱉었다.

완전 황무지군.

그러게요.

예전에는 등자 높이까지 그라마풀[21]이 자랐는데.

그랬다면서요. 소를 다시 본 적은 있나요?

아니. 모두 지옥으로 흩어져 버렸어. 사슴처럼 야생 동물이 됐지. 하루에 여기로 오려면 말이 세 마리는 있어야 해.

벨 스프링스 골짜기를 따라가면 어떨까요?

지난주에 갔었니?

아뇨.

좋아.

---

21) 북아메리카나 중남미가 원산지인 볏과의 풀. 주로 가축의 먹이로 쓰인다.

그들은 붉은 크레오소트 평원을 가로질러 붉은 바윗덩이 너머 마른 개천을 올라갔다.

존 그래디 콜이라는 못생긴 늙은이가 살았다네.

빌리가 노래 불렀다.

길이 바위를 지나 마른 개천을 가로질러 침식지를 감아 돌며 이어졌다.

사슴 가죽 배와 고무 똥꼬를 가졌다네.

한 시간 후 그들은 샘 곁에 말을 세우고 안장 위에 앉아 있었다. 소 떼는 왔다가 사라지고 없었다. 시에네가(늪) 남쪽 끝과 산마루 남쪽으로 이어진 길에 축축하게 젖은 발자국이 남아 있었다.

새로 태어난 송아지가 적어도 두 마리는 되는군. 빌리가 말했다. 존 그래디는 아무 대꾸도 하지 않았다. 말이 물이 뚝뚝 듣는 주둥이를 차례로 들어 올려 입바람을 불더니 고개를 숙여 다시 물을 먹었다. 배배 꼬인 창백한 미루나무에 매달린 죽은 잎들이 바람에 사각거렸다. 샘 위쪽 평원에 긴 세월 버려진 자그마한 어도비[22] 집이 폐허가 된 채 서 있었다. 빌리는 셔츠 주머니에서 담뱃갑을 꺼내 흔들어 담배를 빼내더니 어깨를 둥글게 해서 불을 붙였다.

이런 언덕에 자그마한 목장 하나 있으면 소원이 없겠다고 생각했었지. 몇 명만 일을 하고, 먹을 고기는 스스로 잡고 그런 데 말이야.

---

22) 햇볕에 말려서 만든 벽돌로, 미국 남서부와 멕시코에서 많이 사용한다.

언젠가는 그런 날이 오겠죠.

글쎄, 그럴까.

앞일은 아무도 몰라요.

뉴멕시코의 방목지에서 겨울을 보낸 적이 있어. 그러고 나면 자기 자신에 대해 상당히 잘 알게 되지. 하지만 두 번은 할 짓이 못 돼. 망할 오두막에서 얼어죽는 줄 알았어. 바람에 모자가 움푹 꺼질 지경이었다니까.

빌리는 담배를 피웠다. 말들이 고개를 들어 둘러보았다. 존 그래디는 밧줄을 묶은 라티고(끈)를 당겨 풀었다 다시 묶었다.

옛날 식으로 살고 싶어요?

아니. 어렸을 때는 그렇게 생각했지. 외딴 구석에서 뼈만 앙상한 소 떼를 생가죽 채찍으로 몰고 다니는 곳이 바로 천국이 아닐까 생각했으니. 하지만 지금은 아냐.

옛날에는 소들이 더 다부졌던 것 같아요?

더 다부졌던 건지, 더 맹했던 건지.

마른 잎이 사각거렸다. 저녁이 다가오고 있었기에 빌리는 추위에 대비해 재킷 단추를 잠갔다.

나는 이런 데서 살 수 있을 것 같아요. 존 그래디가 말했다.

너처럼 어리고 뭘 모른다면야 가능하지.

아니 살 수 있는 정도가 아니라 여기서 살고 싶어요.

내가 살고 싶은 곳은 어딘지 아니?

어딘데요?

스위치를 누르면 불이 켜지는 곳.

그렇군요.

철없을 때 원하는 거랑 지금 원하는 건 전혀 달라. 내 생각에 어릴 때 원했던 것은 진짜 원한 것이 아니야. 준비됐어?

예, 준비됐어요. 지금은 뭘 원하는데요?

빌리는 말에게 속삭여 주고 고삐를 당겨 방향을 틀었다. 그러다 자그마한 어도비 집과 열기를 잃어 가는 저 아래 푸른 땅을 돌아보았다.

젠장. 나도 내가 뭘 원하는지 모르겠어. 예전부터 그랬지.

그들은 어스름 속에서 돌아갔다. 그들이 나타나자 시커먼 소 떼가 뚱하게 비켜났다.

저것들도 곧 씨가 마를 거야.

그러게요.

그들은 나아갔다.

어릴 때는 누구나 세상 돌아가는 이치에 대해 나름의 의견을 가지고 있지. 그러다 조금씩 나이가 들면 그중 몇 가지를 접게 돼. 그러다가 고통을 최소화하는 방식으로 물러서고 말지. 어쨌든 이 동네도 예전 같지 않아. 모든 게 달라졌지. 전쟁이 세상을 완전히 바꾸어 버렸어. 그런데도 사람들은 그걸 알아차리지 못하는 모양이야.

서녁 하늘이 까매졌다. 차가운 바람이 불어왔다. 60킬로미터 너머 도시가 내뿜는 불빛이 휘황했다.

옷을 좀 두껍게 입지 그랬냐.

괜찮아요. 전쟁이 세상을 어떻게 바꾸었는데요?

그냥 바꾸었어. 더 이상 옛날 같지가 않아. 앞으로도 그렇겠지.

에두아르도는 뒷문에 서서 비를 바라보며 가느다란 시가를 피우고 있었다. 건물 뒤에는 철판으로 지은 창고가 하나 있을 뿐, 볼 것이라고는 비가 떨어지는 좁은 골목의 시커먼 물웅덩이와 뒷문 위에 설치된 전구의 부드러운 노란빛과 빗줄기뿐이었다. 대기가 시원했다. 연기가 빛 속을 떠돌았다. 지저분한 아마포를 쓰러질 듯 한아름 든 여자애가 말라빠진 다리 하나를 절뚝거리며 복도를 지나갔다. 잠시 후 그는 문을 닫고 사무실로 갔다.

티부르시오가 노크했지만 그는 돌아보지 않았다.

아델란테.(들어와.)

티부르시오가 들어왔다. 그리고 책상 앞에 서서 돈을 헤아렸다. 사무실에는 번쩍이는 유리와 과수목으로 짠 책상 외에 한쪽 벽에 붙여 놓은 하얀색 가죽 소파와 유리와 크롬으로 된 나지막한 커피 테이블이 있고, 다른 쪽 벽에 자그마한 바와 네 개의 하얀 가죽 스툴이 설치되어 있었다. 바닥의 카펫은 진한 크림 빛깔이었다. 알카우에테(포주)가 돈을 다 헤아리고는 기다렸다. 에두아르도는 고개를 돌려 그를 바라보았다. 알카우에테는 가느다란 콧수염 아래 엷은 미소를 머금고 있었다. 기름을 바른 검은 머리가 부드러운 조명에 반짝였다. 너무 뜨거운 다리미로 다린 탓인지 검은 셔츠 한쪽이 번들거렸다.

에두아르도는 시가를 입에 물고 책상으로 갔다. 그리고 내려다보았다. 보석을 낀 가느다란 손으로 유리 위의 지폐를 부채꼴로 펼친 뒤 입에서 시가를 빼내고 고개를 들었다.

엘 미스모 무차초?(그때 그 애인가?)

엘 미스모.(그렇습니다.)

그는 입술을 모으고 고개를 끄덕였다.

부에노. 안달레.(좋았어. 나가 보게.)

티브루시오가 나가자 그는 책상 서랍을 열쇠로 열어 안에 사슬로 연결된 기다란 가죽 지갑을 꺼내 지폐를 넣었다. 그런 뒤 지갑을 도로 서랍에 내려놓고 열쇠로 잠갔다. 그는 장부를 펼쳐 입금 내역을 기입하고 닫았다. 그러고는 문으로 가 조용히 담배를 피우며 서서 복도를 바라보았다. 두 손을 허리 뒤에 모아 쥐고 서 있었는데, 아마도 어디선가 읽었거나 해 보고 싶어 꿈꾸던 자세일 테지만 그의 나라 외의 다른 나라에서 그 자세는 겸손을 의미했다.

11월이 지났을 때 그는 소녀를 딱 한 번 더 보았다. 알카우에테가 문을 노크하고 가자 소녀는 그만 가야 한다고 했다. 옷을 모두 입고 침대 가운데에 책상다리로 앉은 두 사람은 서로의 손을 꼭 쥐었다. 그는 소녀에게 고개를 숙이고 아주 나직이 더없이 진실하게 속삭였지만 소녀는 너무 위험하다고, 알카우에테가 다시 문을 두드리면 이번에는 가지 않고 기다릴 것이라고 말할 뿐이었다.

프로메테메. 프로메테메.(약속해 줘. 약속해 줘.)

알카우에테가 손목으로 문을 두드렸다. 소녀가 두 눈을 크게 뜨고 그의 손을 꼭 쥐었다.

데베스 살리르.(가야 해요.) 소녀가 속삭였다.

프로메테메.(약속해 줘.)

시. 시. 로 프로메토.(네. 네. 약속해요.)

그는 텅 빈 살롱으로 들어갔다. 이 늦은 시간에 눈먼 피아니스트가 현악삼중주 대신 피아노 의자에 앉아 있었지만 연주를 하지는 않았다. 그의 어린 딸이 곁에 서 있었다. 피아노에는 여자애가 아버지의 연주를 돕기 위해 읽어 주는 악보가 놓여 있었다. 존 그래디는 살롱을 가로질러 마지막 남은 돈을 1달러만 빼고 전부 피아노 위의 술잔에 넣었다. 마에스트로가 미소 지으며 살짝 고개를 숙였다.

그라시아스.(감사합니다.)

코모 에스타스.(안녕하세요.)

존 그래디의 인사에 노인이 다시 미소 지었다.

젊은 친구. 평안하시오?

예, 감사합니다. 어르신도 평안하십니까?

노인은 어깨를 으쓱했다. 여윈 어깨가 음울한 검은 양복 속에서 올라갔다 도로 내려갔다.

평안하오. 평안하지.

이제 일은 다 마치셨습니까?

아니오. 저녁을 들려던 참이라오.

이렇게 늦은 시간에요?

그렇소. 이렇게 늦은 시간에.

눈먼 남자는 구세계의 영어를 했다. 다른 시간, 다른 공간에서 온 언어. 그는 균형을 잡고 일어나 뻣뻣하게 몸을 돌렸다.

함께 들겠소?

감사하지만 사양하겠습니다. 이만 가 봐야 해서요.

혼약은 잘되어 가오?

무슨 말인지 이해가 되지 않아 그는 가만히 속으로 그 단어를 가늠해 보았다.

아가씨를 말씀하시군요.

노인이 긍정의 의미로 고개를 끄덕였다.

모르겠어요. 잘돼 가는 것 같아요. 잘돼야 할 텐데요.

원래 이런 일은 불확실한 법이라오. 인내하고 또 인내하시오. 인내가 전부라오.

알겠습니다.

여자애가 피아노에 놓인 아버지의 모자를 집어 들고 일어섰다. 그리고 아버지의 손을 잡았지만 아버지는 조금도 떠나려 하지 않았다. 두 창녀와 바의 주정뱅이를 제외하고는 아무도 없는 살롱을 향해 그는 고개를 돌렸다.

우리는 친구라오.

예, 어르신.

존 그레디는 노인이 누구를 두고 하는 말인지 알 수 없었다.

비밀을 말해도 좋겠소?

그럼요.

아가씨도 호감이 있다오.

노인이 노랗게 바랜 섬세한 손가락 하나를 입에 댔다.

감사합니다. 정말 감사합니다.

물론이오.

노인이 한 손을 내밀자 여자애가 모자챙을 쥐어 주었고 노인은 두 손으로 모자를 쥐고 돌려 머리에 쓰고 고개를 들었다.

좋은 아가씨인 것 같습니까? 존 그래디가 말했다.

오 이런, 오 이런.

제 생각에는 그런 것 같은데요.

오 이런.

존 그래디는 미소 지었다.

식사를 하셔야 하니 이만 가 보겠습니다.

그는 여자애에게 고개를 끄덕이고 몸을 돌렸다. 그녀의 상황을, 상황을 알고 있소?

그는 고개를 돌렸다. 네?

알 수 있는 게 거의 없지. 그나마 대부분은 미신뿐이니. 여기에는 두 무리가 있소. 한쪽은 친절한 입장이지만, 다른 쪽은 그렇지 않소. 알고 있겠지만 말이오. 그러나 내 생각은 이렇소. 그녀는 기껏해야 방문자에 불과하다오. 기껏해야. 여기에 속하지 않지. 우리들과는 다르오.

예, 어르신. 여기에 속하지 않죠.

아니. 이 집을 말하는 게 아니오. 여기. 우리들을 말하는 거요.

그는 거리를 걸으며 눈먼 남자의 말을 자기 입장에서 곱씹어 보았다. 마치 그 말이 다가올 세계와의 계약이라는 듯. 후아레스의 사람들은 차가운 날씨에도 열린 문가에 서서 담배를 피우거나 서로를 불러 댔다. 밤 장사를 나온 행상들이 비포장 모랫길 위로 수레를 끌고 가거나 수레 앞에 매인 자그마한 당나귀를 몰았다. 리인야(자양작)라고 외치며. 케로시이이나(드응유)라고 외치며. 어둠에 잠긴 거리를 부지런히 돌아다

니며, 그들은 오래전 사라진 아가씨를 찾아 헤매는 늙은 구혼
자처럼 외쳐 댔다.

2부

기다려도 그녀는 오지 않았다. 그는 낡은 레이스 커튼을 모아 쥐고 거리의 삶을 내다보았다. 누구라도 고개를 들어 그를 보았다면 먼지 낀 허위의 유리창 너머에 어떤 사연이 있는지 능히 짐작했으리라. 오후는 점점 조용해졌다. 거리 맞은편에서 상인이 철물점 셔터를 내리고 열쇠로 잠갔다. 택시가 호텔 앞에 서자 그는 차가운 유리창에 얼굴을 바짝 붙였지만 사람이 내리는지 아닌지는 보이지 않았다. 그는 몸을 돌려 방을 가로질러 문을 열고 계단참으로 가 로비를 내다보았다. 아무도 들어오지 않았다. 다시 돌아가 창가에 서니 택시는 가 버리고 없었다. 그는 침대에 앉았다. 그림자가 길어졌다. 얼마 후 방이 어둠에 잠기고 호텔의 초록색 네온등이 창을 타고 넘어왔다. 얼마 후 그는 일어나 화장대에서 모자를 집어 들고 나갔다. 문에서 고개를 돌려 방을 돌아보고 문을 닫았다. 조금만 더 기다렸더라면, 그를 비롯한 여느 숙박객처럼 로비 대신 초라한 계단을 오르는 라 투에르타(애꾸눈) 크리아다와 마주쳤으리라. 그녀는 한쪽 눈을 잃은 여느 여자처럼 거리에서 호텔로 들어오려고 분투하고 있었다. 그는 시원한 저녁 속으로 걸어 나갔고, 그녀는 계단을 힘겹게 올라 문을 노크하고 기다리다 다시 노크했다. 복도 아래쪽 문이 열리며 남자가 내다보았다. 그리고 수건이 없다고 말했다.

마구간 숙소의 간이침대에 누워, 거친 판자로 짠 천장을 쳐다보고 있는데 빌리가 들어와 문가에 섰다. 그는 살짝 취해 있었다. 모자는 뒤로 젖혀 쓴 채였다.

이봐, 카우보이.

어이, 형.

어찌 지내냐?

잘 지내죠. 모두 어디 간 거예요?

메실라에 춤추러 갔지.

모두?

너만 빼고.

빌리가 문간에 주저앉아 한 발을 들어 문설주에 대고 모자를 벗어 무릎에 얹은 뒤 머리를 뒤로 젖혀 기댔다. 존 그래디는 가만히 바라보았다.

춤은 잘 췄어요?

엉덩이가 빠져라 췄지.

그렇게 춤을 좋아하는 줄은 몰랐네요.

안 좋아해.

혼신의 힘을 다해 추고 온 것 같은데요.

볼만하긴 했지. 네가 그렇게 죽고 못 사는 미친 말이 네 머리를 다 갉아먹었다고 오렌이 그러던대.

과장이 심하네요.

뭐라고 말하는 거야?

누구한테요?

말들한테.

몰라요. 진실요.

사업상 기밀인 모양이지.

아니에요.

어떻게 하면 말한테 거짓말할 수 있어?

빌리가 고개를 돌려 준 그래디를 바라보았다.

글쎄요. 말한테 어떻게 하면 거짓말할 수 있느냐는 건가요, 아니면 말한테 어떻게 거짓말할 마음을 먹느냐는 건가요?

어떻게 하면 말한테 거짓말을 하느냐고.

글쎄요. 나는 그냥 속에 있는 말을 해요.

말이 네 마음을 아는 것 같아?

네. 형은 안 그래요?

대답이 없었다. 잠시 후 빌리가 말했다.

아니. 나도 그렇게 생각해.

나는 거짓말에는 소질이 없어요.

아직 연습이 부족해서 그렇지.

마구간 복도 아래쪽 칸막이에서 말들이 히힝대며 발을 굴렀다.

그래, 연애 사업은 잘되고 있어?

존 그래디는 발목을 꼬았다.

아, 노력 중이에요.

JC가 그러더군.

어떻게 알았대요?

온갖 징후가 다 보였대.

징후요?

그래.

그게 뭔데요?

그 얘기는 않던데. 언제 한번 우리한테 소개시켜 주지 그러
냐?

예. 그럴게요.

그래.

빌리는 무릎에서 모자를 집어 머리에 쓰고 일어났다.

형?

응.

나중에 다 말해 줄게요. 지금은 약간 엉망이에요. 지쳐서
아무 말도 할 수 없어요.

알고 있어, 카우보이. 아침에 보자.

그다음 주에 그는 술 한 잔 마실 돈만 지닌 채 바에 갔다.
거울을 통해 그녀를 바라보았다. 그녀는 사교계에 막 데뷔한
아가씨처럼 두 손을 모으고 허리를 쭉 편 채 짙은 벨벳 소파

에 홀로 앉아 있었다. 그는 천천히 위스키를 마셨다. 다시 거울을 보니 그녀가 그를 바라보고 있었던 듯했다. 그는 위스키를 마시고 돈을 내고 몸을 돌렸다. 그녀를 똑바로 볼 생각은 아니었지만 그만 눈이 마주치고 말았다. 그는 그녀의 삶을 상상할 수 없었다.

그는 모자를 받아 들고 마지막 남은 동전을 여자에게 주었다. 여자는 미소 지으며 감사 인사를 했고 그는 모자를 쓰고 몸을 돌렸다. 화려한 마노 문손잡이를 잡는 순간 웨이터가 그 앞으로 다가왔다.

운 모멘토.(잠시만요.)

그는 멈춰 섰다. 휴대품 보관실 여자를 바라보고 웨이터를 바라보았다.

웨이터는 그와 문 사이에 서 있었다.

그녀 말해요, 당신 그녀 잊지 않는다고.

그는 살롱을 돌아보았지만 문에서는 그녀가 보이지 않았다.

디가메?(뭐라고요?)

그녀 말해요, 당신 그녀……

엔 에스파뇰, 포르 파보르. 디가메 엔 에스파뇰 로 케 디세에야.(스페인어로 말해요. 그녀가 뭐라고 했는지 스페인어로 말해 주세요.)

그러나 웨이터는 영어로 말을 반복하고는 몸을 돌려 가 버렸다.

그날 밤 그는 모데르노에 앉아 마에스트로 부녀를 기다렸다. 오래도록 기다리다 보니 그들이 이미 왔다 갔거나 오늘은 오지 않는 게 아닐까 하는 생각이 들었다. 여자애가 문을 열고 그를 보더니 말없이 아버지를 올려다보았다. 그들이 문 근처 탁자에 자리를 잡자 웨이터가 다가와 잔에 와인을 따랐다.

그는 일어나 카페를 가로질러 그들의 탁자 옆에 섰다.

마에스트로.

눈먼 남자가 고개를 들어 존 그래디 옆의 공간에 대고 미소를 지었다. 보이지 않는 또 다른 사람이 거기 서 있는 양.

부에나스 노체스.(안녕하시오.)

코모 에스타?(안녕하세요?)

아, 나의 젊은 친구로군.

예.

여기 앉아서 같이 들어요. 어서요.

감사합니다.

그는 앉았다. 그리고 여자애를 바라보았다. 눈먼 남자가 쩟쩟 소리를 내자 웨이터가 왔다.

케 토마?(뭘 마시겠소?) 마에스트로가 말했다.

저는 됐습니다.

주문해요. 어서요.

금방 일어나야 해서요.

트라이가 운 비노 파라 미 아미고.(내 친구에게 와인 한 잔만 갖다 주게.)

웨이터가 고개를 끄덕이고 물러났다. 존 그래디는 엄지로 모자를 젖히고 팔꿈치를 탁자에 괴어 몸을 숙였다.

여기는 어떤 곳입니까?

모데르노 말이오? 음악가들이 오는 곳이라오. 아주 오래된 곳이지. 언제나 여기 있었소. 토요일에 와서 봐야 하는데. 늙은이들이 많이 오지. 꼭 와서 보시오. 춤을 추러들 온다오. 매우 늙은 사람들이 춤을 추지. 여기서. 바로 이곳에서. 모데르노에서.

오늘 연주를 또 할까요?

그럼, 그럼. 아직 초저녁인걸. 그들은 내 친구라오.

매일 밤 연주하나요?

그래요. 매일 밤. 곧 다시 연주할 거요. 기다려 봐요.

아니나 다를까 바이올리니스트들이 내실에서 악기를 조율하기 시작했다. 첼리스트가 고개를 기울여 유심히 듣다 활로 현을 문질렀다. 맞은편 탁자에 있던 두 사람이 일어나 손을 마주 잡고 아치 아래에 서서 오래된 왈츠 음악에 맞추어 콘크리트 바닥에서 스텝을 밟았다. 마에스트로가 소리를 잘 들으려는 듯 몸을 기울였다.

사람들이 춤추고 있소? 춤추는 사람이 있소?

여자애가 존 그래디를 바라보았다. 존 그래디는 말했다. 예. 춤추고 있어요.

노인이 의자에 등을 기대고 고개를 끄덕였다. 좋았어. 좋았어.

프랭클린 산맥의 가파른 바위 절벽을 등지고 앉아 그들은 바람에 너울대는 모닥불을 바라보았다. 천 년 전 다른 사냥꾼들이 새긴 암벽화에 그들의 모습이 그림자가 되어 더해졌다. 저 아래 멀리서 개들이 달려가는 소리가 들렸다. 개들이 짖는 소리가 산 옆구리를 따라 사그라지다 다시 희미하게 울리더니 어둠 속 바위 골짜기에서 아물아물 흩어졌다. 남쪽 머나먼 도시의 불빛이 보석상의 검은 천 위에 놓인 왕관처럼 사막 평원에 휘황했다. 아처가 일어나 개들 소리를 더 잘 들으려고 몸을 틀더니 잠시 후 도로 쭈그리고 앉아 모닥불에 침을 뱉었다.

나무 위로 오르지는 않을 거야.

동감이유. 트래비스가 말했다.

그때 그 퓨마인지 어떻게 알아요? JC가 말했다.

트래비스가 주머니에서 담배 가루를 꺼내 손가락으로 종이 위에 고루 편 뒤 담배를 말았다. 전에도 이쪽으로 달아났거든. 곧장 이 동네를 벗어날걸.

그들은 가만히 앉아 귀 기울였다. 개 짖는 소리가 희미해지더니 이윽고 완전히 스러졌다. 땔감을 찾아 산허리로 갔던 빌리가 죽은 삼나무 그루터기를 끌고 왔다. 그리고 번쩍 들어서는 모닥불에 얹었다. 불꽃이 화르르 치솟으며 어둠 속을 떠다녔다. 그루터기가 온통 시커멓게 변해 작은 불덩이 위에서 타드득타드득 몸을 꼬았다. 어둠 속에서 튀어나온 무정형의 존재가 불덩이 사이에서 몸을 데우는 듯했다.

왜, 더 큰 건 없디, 파햄?

좀만 기다려 봐요.

아예 불을 작살낼 작정이구나. JC가 말했다.

원래 폭풍 전이 가장 어두운 법이에요. 좀만 기다리면 활활

탈 거예요.

그런 소리 자주 들었지. 트래비스가 말했다.

나도.

퓨마가 저기 큰 골짜기 위쪽 길이 끝나는 곳을 건넜어요.

루시가 오늘 밤엔 안 돌아오겠군.

녀석은 무슨 종이에요?

올드리지 혈통이야. 리 형제가 번식시킨 개지.

그들은 모닥불에 대해 깜박 잊어버렸다.

내가 키운 개 중 최고는 루시의 할아버지였어. 로스코 기억
나지, 트래비스?

아처가 말했다. 물론이죠. 사람들은 로스코한테 블루틱의
피가 섞였다고들 했지만, 누가 봐도 표범의 피가 섞인 잡종 개
였어. 한쪽 눈이 의안이었지만 대단한 싸움꾼이었지. 니아리
트에서 죽었어. 망할 재규어가 녀석을 거의 두 동강 내다시피
했지.

요즘은 거기서 사냥을 하지 않아.

그러게.

전쟁 전부터도 그랬어. 마지막으로 몇 번 사냥을 갔을 때
한 마리 잡는 데도 한참이 걸렸지. 리 형제도 그 무렵엔 결국
포기하려고 했어. 그네들이 재규어도 왕창 쫓아냈지.

JC가 고개를 숙여 모닥불에 침을 뱉었다. 나무 둥치 옆을
따라 불꽃이 꿈틀댔다.

멕시코로 가는 게 꺼림칙하지 않았나요?

그 동네 사람들이랑 친하게 지냈어.

문제에 빠지러 굳이 멀리까지 갈 필요는 없어. 문제를 원하면 바로 저 강 너머에서 기도만 하면 돼. 그럼 온갖 문제가 알아서 찾아올 테니. 아처가 말했다.

기도발이 대단하지.

저 강을 건너기만 하면 바로 다른 나라야. 국경선 근처의 늙은 카우보이들한테 물어봐. 혁명 때 일이라면 줄줄 늘어놓을걸.

혁명 때 일이 기억나나요, 트래비스 아저씨?

나보다야 아처 형이 더 잘 알지.

그때 너는 강보에 싸여 있었지. 안 그래, 트래비스?

한참 어린애였지. 어느 날 아침 일어나 창가로 가니 독립기념일이라도 된 것처럼 사방에서 총알이 빗발치고 있었지.

아처가 말을 받았다. 우리는 와이오밍 거리에서 살고 있었어. 아버지가 돌아가신 후였지. 엄마의 삼촌인 플레스는 알라메다(가로수 길)의 기계 판매점에서 일했는데, 멕시코인들이 대포 두 개에서 공이를 빼 와 새것으로 바꾸어 달라고 했지. 삼촌 할아버지는 공이를 바꾸어 주고 한 푼도 청구하지 않았어. 모두들 혁명군의 편이었지. 낡은 공이는 집으로 가져와 남자애들한테 주었어. 어떤 가게에서는 철도 축을 뽑아 대포를 만들었는데, 노새 두 마리가 대포를 매달고 강을 건넜지. 포드 트럭의 액슬하우징[23]으로 포이(砲耳)를 만든 대포를 나무틀에 얹어 농사용 수레의 바퀴를 떼어 붙였지. 그때가 1913년

---

23) 자동차의 종감속장치와 자동기어장치와 액슬 샤프트를 감싸는 튜브.

11월이었어. 비야[24]가 새벽 2시에 납치한 기차를 타고 후아레스에 들어왔지. 그야말로 불꽃 튀는 전쟁이었어. 엘패소에서는 불이 켜진 창을 향해 마구 총을 쏘아 댔지. 그 때문에 몇 명이 죽었어. 사람들이 강가에 주르르 서서 시합이라도 열린 양 구경했지.

비야는 1919년에 돌아갔어. 트래비스도 기억할 거야. 우리는 그리로 몰래 들어가 기념품을 찾았지. 빈 탄피 같은 것들 말이야. 거리에 말과 노새가 죽어 나자빠져 있고. 상점 유리창이 박살나 있고. 알라메다에 시신이 담요나 마차 포장을 덮고 누워 있고. 그걸 보니 정신이 번쩍 들더군. 우리가 돌아가려는데 멕시코인들이랑 같이 씻으라고 하더군. 옷이며 뭐며 왕창 소독을 해 댔지. 그때 티푸스가 돌아 사람이 줄줄이 죽어 나갔거든.

그들은 조용히 담배를 피우며 앉아 저 아래 골짜기 바닥 멀리 반짝이는 빛을 보았다. 개 두 마리가 어둠 속에서 나타나 그들 뒤를 지나갔다. 개의 그림자가 바위 절벽을 빠른 걸음으로 지나갔다. 개들은 바위 아래 마른 모래로 가 몸을 말고 금세 잠들었다.

다들 의미 없는 피를 흘렸던 거지. 뭐 의미가 있었는데 내가 듣지 못했을 수도 있고. 트래비스가 말했다.

저 동네를 구석구석 돌아다녔지. 스펄락 목장의 소 구매인으로 일했거든. 명목상으론 말이야. 그래 봐야 한낱 풋내기였

24) 멕시코의 혁명가.

지. 말을 타고 북멕시코를 여기저기 쏘다녔어. 젠장, 소는 한 마리도 없더군. 말할 것도 없지. 대부분은 그냥 한번 들러 본 거였어. 좋았거든. 그 나라랑 그 나라 사람들이 좋았어. 치와와는 안 가 본 곳이 없고, 코아우일라도 꽤 돌아다녔고, 소노라도 적잖이 다녔지. 한 번 가면 몇 주씩 걸렸어. 주머니에 땡전 한 푼 없었지만 상관없었지. 사람들이 재워 주고 먹여 주었거든. 말까지도 말이야. 그러다 내가 떠나면 눈물 흘리며 슬퍼했지. 영원히 머물러도 상관없었어. 자기네도 뭐 하나 제대로 가진 게 없었는데도. 예나 지금이나 마찬가지야. 앞으로도 그럴 거고. 하지만 산간 오지의 작은 목장에 들르면 혈육이라도 돌아온 양 맞아 주었지. 혁명은 그네들에게 아무 도움도 못 주었어. 아들을 모두 잃은 집이 태반이었어. 아버지와 아들을 다 잃은 집도 있었지. 아마 대부분이 그랬을 거야. 그러니 남한테 친절할 이유가 전혀 없었어. 그링고(외국인) 애송이한테야 오죽했을까. 그런데도 접시 가득 콩을 담아 주었지. 내쫓긴 적이 한 번도 없었어. 단 한 번도.

개 세 마리가 또 불 가를 지나 절벽 아래 잠자리를 찾았다. 별들이 서쪽을 향해 돌아갔다. 사냥꾼들이 이런저런 이야기를 하는 동안 다른 개 한 마리가 나타났다. 앞발 하나를 들고 있는 걸 보고 아처가 일어나 절벽 아래로 가 살폈다. 개가 낑낑댔다. 다시 돌아온 아처는 개가 싸움을 했다고 했다.

두 마리만 더 오면 한 마리 빼고 다 온 거야.

돌아가고들 싶으면 가게. 내가 기다리지. 아처가 말했다.

우리도 같이 기다릴게요.

좋을 대로 해.

같이 기다릴게요. 저기 콜 좀 깨워.

자게 둬요. 곰이랑 싸우느라 제대로 못 잔 모양이던데.

불이 사그라들며 추위가 더해졌다. 그들은 모닥불에 바짝 붙어 앉아, 바위 절벽 가장자리의 배배 꼬인 나무에서 꺾어 온 삭정이와 잔가지를 불에 보탰다. 그리고 옛 서부 이야기를 했다. 나이 든 이들이 이야기하고 젊은이들이 들었다. 위쪽 협곡에 빛이 들더니 아래쪽 황량한 평원도 희미하게나마 밝아졌다.

기다리던 개가 심하게 절뚝대며 나타나 모닥불 주위를 맴돌았다. 트래비스가 개를 불렀다. 개가 걸음을 멈추고 붉은 눈으로 그들을 바라보았다. 트래비스가 일어나 다시 부르자 개가 다가왔고, 그는 개목걸이를 쥐고 모닥불빛에 개를 비추어 보았다. 옆구리에 할퀸 자국 네 개가 피로 얼룩져 있었다. 어깨는 살이 덜렁덜렁 떨어져 나와 근육이 훤히 드러났다. 찢어진 한쪽 귀에서 피가 조금씩 흘러 모래 바닥에 뚜욱뚜욱 떨어졌다.

꿰매야겠어. 트래비스가 말했다.

아처가 벨트에 걸치고 있던 개줄을 하나 꺼내 개목걸이의 D 모양 고리에 걸었다. 개는 사냥이 있었다는 소식을 전해 줄 뿐이었다. 그날 밤 저곳에서 일어났으리라고 상상되는 혹은 짐작되는 일들은 속에 품은 채. 아처가 개의 귀를 만지자 개가 움찔했다. 아처가 손을 놓자 개가 뒤로 물러나 앞발로 버티고 서서 머리를 털었다. 피가 사냥꾼들에게 점점이 튀고 모닥불이 치익치익거렸다. 그들은 자리에서 일어났다.

가자, 카우보이. 빌리가 말했다.

존 그래디가 일어나 앉아 땅바닥의 모자를 향해 손을 뻗었다.

거참 대단한 사냥꾼이네.

껍질깎이 일어났냐? JC가 말했다.

일어났어요.

곰이랑 싸우던 사람이 퓨마를 사냥하려니 어디 성이 차겠어.

그러게 말예요.

볼일도 다 끝났는데 뭘 꾸물대는 거야? 노인네들 눈 밖에 나고 싶으면 내가 좀 거들어 주지, 애송이. 한뎃잠은 그만하면 됐어. 소나기라도 퍼부어야 정신을 차리려나. 꾸물대기 대회에 나온 줄 아나? 안 그래, 빌리?

그러게 말예요.

존 그래디는 모자를 바로 쓰고 절벽 가장자리를 따라 걸어갔다. 저 아래 차갑고 황량한 평원이 어스름 빛 속에서 푸르게 펼쳐지고, 북쪽에서부터 회색 겨울 나무들 사이로 달려온 강 위에 구불구불한 안개가 희미하게 뒤덮였다. 남쪽 머나먼 도시의 차가운 잿빛 격자무늬와, 강 건너편 황무지에 도장으로 찍은 듯한 더 오래된 도시. 그 너머로 멕시코의 산줄기가 뻗어 있었다. 사냥꾼들이 개를 분류하고 목줄을 채우는 동안, 부상당한 사냥개가 모닥불에서 떨어져 나와 존 그래디 곁에 서서 함께 저 아래 평원을 내려다보았다. 존 그래디가 주저앉아 발을 절벽 가장자리에 대롱거리자 개가 엎드려 피투성이 머리를 그의 다리 곁에 기댔다. 잠시 후 그는 개에게 팔을 둘렀다.

빌리는 식탁에 팔꿈치를 괴어 팔짱을 낀 채 앉아 있었다. 존 그래디를 바라보면서. 존 그래디가 입술을 모았다. 이윽고 남아 있는 흰 나이트를 움직였다. 빌리는 맥을 바라보았다. 맥이 곰곰이 궁리하더니 존 그래디를 바라보았다. 그러다 의자에 등을 기대고 앉아 체스판을 살폈다. 아무도 입을 열지 않았다.

맥이 잠시 검은 퀸을 집어 들고 있다 도로 놓았다. 그리고 다시 퀸을 집어 옮겼다. 빌리는 의자에 등을 기댔다. 맥이 손을 뻗어, 재떨이에 차갑게 식어 있는 시가를 집어 입에 물었다.

여섯 수 끝에 하얀 킹이 꼼짝없이 걸려들었다. 맥은 의자에 등을 기대고 시가에 불을 붙였다. 빌리는 식탁 너머로 긴 숨을 내쉬었다.

존 그래디는 체스판을 가만히 바라보며 앉아 있었다.

멋진 게임이었어요.

쥐구멍에도 볕 들 날이 있군. 맥이 말했다.

그들은 마당을 가로질러 마구간으로 향했다.

말해 봐. 빌리가 말했다.

뭘 말예요.

사실대로 말할 거지.

무슨 말을 하려는 건지 알 것 같아요.

그래서 답이 뭔데.

답은 아니라는 거죠.

아주 조금이라도 일부러 봐준 것 아냐?

아뇨. 전혀요.

그들이 마구간 복도를 지나가자 칸막이 속의 말들이 발을 구르며 코를 쿵쿵거렸다. 존 그래디가 빌리를 바라보았다.

사장님도 그렇게 생각할까요?

안 그래야 할 텐데. 사실을 알면 꽤나 화낼걸.

그렇겠죠.

그는 권총이 꽂힌 권총집 벨트를 어깨에 걸친 채 전당포로 들어갔다. 전당포 주인인 백발 노인은 가게 뒤편 유리 진열장 위에 신문을 펼쳐 놓고 읽고 있었다. 한쪽 벽을 덮은 선반에는 총이, 천장에는 기타가, 그리고 칼과 권총과 보석과 장비가 상자에 진열되어 있었다. 존 그래디가 권총집 벨트를 카운터에 올려놓자 노인이 권총을 보고 존 그래디를 보았다. 그리고 권총집에서 권총을 뽑아 공이치기를 반안전장치 눈금까지 젖히고 탄창을 돌렸다. 그러다가 잠금쇠를 젖혀 탄창을 빼내 살펴보고 도로 넣은 뒤 공이치기를 완전히 젖혔다가 되돌렸다. 노인은 권총을 뒤집어 총신과 방아쇠울과 손잡이에 새겨진 제품 번호를 살피고 총을 도로 총집에 꽂고 고개를 들었다.

얼마 받고 싶나?

40달러가 필요합니다.

노인이 이를 핥더니 근엄하게 고개를 저었다.

50달러에 사겠다는 사람도 있었어요. 하지만 그냥 저당만

잡히려는 거예요.

최대 25달러네.

존 그래디는 권총을 바라보았다.

30달러로 하죠.

전당포 주인은 회의적으로 고개를 저었다.

팔고 싶지 않아요. 그저 잠시 담보로 맡기려는 것뿐이에요.

벨트랑 권총집도?

예. 전부 다요.

좋아.

노인이 서류철을 꺼내 제품 번호를 천천히 베껴 적고 존 그래디의 이름과 주소를 쓴 뒤 서류를 뒤집어서는 읽고 사인하라고 했다. 그리고 서류를 뜯어 사본을 존 그래디에게 주고 권총을 가게 뒤쪽 창고로 가져갔다. 돌아온 노인은 쥐고 있던 돈을 카운터에 놓았다.

꼭 찾으러 올 거예요. 존 그래디가 말했다.

노인이 고개를 끄덕였다.

할아버지가 물려 주신 거예요.

노인이 두 손을 펼쳤다 다시 닫았다. 화해의 몸짓. 하지만 축복은 아닌. 노인은 낡은 콜트 권총 여섯 개가 진열되어 있는 유리장을 턱으로 가리켰다. 어떤 권총은 니켈 판이 덮여 있었고, 어떤 권총은 수사슴 뿔로 만든 손잡이가 달려 있었다. 낡은 구타페르카[25] 손잡이도 하나 있었고, 가늠쇠가 잘리고 없

---

25) 천연고무의 일종.

는 것도 있었다.

저것들도 모두 누군가의 할아버지 것이었지.

그가 후아레스 거리를 따라 걷는데 구두닦이 소년이 말을 걸었다.

어이, 카우보이 형님.

어이.

부츠 좀 번쩍번쩍 광내지 않을래요.

거 좋지.

그는 작은 접의자에 앉아, 조악하게 짠 나무 상자에 한 발을 얹었다. 구두닦이가 그의 바짓단을 걷어 올리고는 헝겊과 솔과 광택제를 꺼내 손 닿기 쉬운 곳에 두었다.

여자 친구 만나러 가나 봐요?

그래.

부츠를 이 꼴로 하고 가지 않아서 천만다행이에요.

그러게, 네 덕분이야. 하마터면 여자 친구가 질겁하고 달아날 뻔했구나.

구두닦이는 헝겊으로 부츠에서 먼지를 털어 내고 비누 거품을 칠했다.

결혼할 거예요?

왜 그렇게 생각하지?

몰라요. 그냥 그런 표정이었어요. 아닌가요?

글쎄. 아마도.

형 정말 카우보이예요?

그럼.

목장에서 일해요?

그래. 자그마한 목장이야. 너희 말로 에스탄시아라고 하지.

좋아요?

응. 좋아.

구두닦이는 부츠를 문질러 닦고 광택제 뚜껑을 열어 얼룩진 왼쪽 손가락으로 광택제를 퍼 부츠에 척척 발랐다.

일이 힘들죠?

응. 가끔은.

만약에 다른 일을 할 수 있으면 뭘 하고 싶어요?

그런 생각은 해 본 적 없는데.

그래도 다른 일을 할 수 있으면요?

존 그래디는 씩 웃었다. 그리고 고개를 저었다.

전쟁 때 싸웠나요?

아니. 그땐 너무 어렸지.

우리 형도 어렸는데 나이를 속였어요.

형이 미국인이었어?

아뇨.

몇 살이었는데?

열여섯요.

나이에 비해 덩치가 컸나 보다.

나이에 비해 뻥을 잘 친 거죠.

존 그래디는 씩 웃었다.

구두닦이가 광택제 뚜껑을 닦고 솔을 집어 들었다.

파추코(깡패)냐고 묻더래요. 그래서 형이 그랬다죠. 엘패소에 사는 모든 파추코를 다 아는데, 그중에 멕시코계는 한 명도 없다고요.

구두닦이가 솔로 부츠를 문질렀다. 존 그래디는 가만히 바라보았다.

형이 파추코였어?

그럼요. 당연하죠.

솔질이 끝나자 구두닦이는 솔을 상자에 던져 넣고 천을 꺼내 탁탁 당겨 편 뒤 몸을 굽혀 부츠 코에 천을 대고 삭삭 문질렀다.

형은 해군에 들어갔어요. 명예 전상장(戰傷章)을 두 개 받았죠.

너는?

내가 뭐요.

입대했느냐고.

구두닦이가 존 그래디를 힐끗 올려다보았다. 부츠의 다른 쪽을 천으로 닦고 있었다.

당연히 아니죠.

그럼 파추코야?

그것도 아니죠.

파추코가 아니야?

넵.

그럼 뻥쟁이구나?

그건 맞아요.

굉장한 뻥쟁이지?

꽤 굉장하죠. 저쪽 발 줘요.

가장자리에 까만 게 있잖아.

그건 마지막에 할 거예요. 걱정 붙들어 매세요.

존 그래디는 다른 발을 상자에 올려놓고 바짓단을 걷었다.

여자들은 외모를 중요시해요. 머리부터 발끝까지 샅샅이 살핀다고요.

여자 친구 있니?

젠장 없어요.

안 좋은 경험이라도 있었던 모양이지.

안 그런 사람도 있나요? 계집애랑 놀다 보면 다 그런 거죠.

언젠가는 네가 완전히 반할 멋진 여자가 나타날 거야.

그런 일은 없었으면 좋겠네요.

몇 살이니?

열넷요.

거짓말이지?

그럼요. 당연하죠.

그렇게 말하는 걸 보니 진짜 열넷인가 보다.

구두에 광택제를 문지르던 아이가 일순 멈칫하고는 부츠를 바라보았다. 그러다 다시 시작했다.

지금 상황이 맘에 안 들어서 맘에 드는 상황을 말하는 게 잘못이에요?

글쎄다.

안 그런 사람 있어요?

없겠지.

누구든 바른 말만 하고 살 수는 없어요.

형은 결혼했니?

어느 형요? 형이 셋이거든요.

해군에 들어간 형.

예. 결혼했죠. 형들은 다 결혼했어요.

다들 결혼했다면서 어느 형인지는 왜 물었니?

구두닦이가 고개를 저었다. 아이고야.

막내인 모양이구나.

아뇨. 열 살짜리 남동생이 있는데, 결혼해서 아이가 셋이라우. 물론 내가 막내죠. 무슨 생각을 하는 거예요?

너네 집안 혈통이 결혼 친화적인가 보다 하는 생각.

결혼 친화는 무슨. 어쨌든 난 별종이에요. 오베하 네그라.[26] 이 말 알아요?

그래. 알아.

오베하 네그라. 그게 나예요.

검은 양.

맞아요.

나도 마찬가지야.

구두닦이가 고개를 들었다. 그리고 손을 뻗어 상자에서 솔을 집어 들었다.

그래요?

---

26) 검은 양을 의미하는 스페인어. 영어로 검은 양은 외톨이, 이방인을 의미한다.

응.

별로 별종처럼 보이지 않는데.

어떻게 생겨야 그렇게 보이는데?

형처럼만 안 생기면 돼요.

구두닦이는 부츠를 솔질한 다음 솔을 상자에 넣고 천을 꺼내 탁탁 당겨 폈다. 존 그래디는 유심히 바라보았다.

너는? 너는 다른 게 될 수 있다면 뭐가 될래?

카우보이요.

정말?

구두닦이가 고개를 들어 질렸다는 표정을 지어 보였다.

염병할, 뺑이죠. 뭐 잘못 먹었어요? 나는 리코(부자)가 돼서 종일 드러누워 놀 거예요. 어때요?

뭔가를 꼭 해야만 한다면?

몰라요. 비행기 조종사도 괜찮겠네요.

그래?

그래요. 전 세계를 날아다니는 거죠.

비행기가 도착하면 어떡할 건데?

그럼 다른 곳으로 날아가죠.

구두닦이는 광내기가 끝나자 검은 구두약을 꺼내 천 뭉치로 부츠 뒷굽과 밑창 가장자리를 문질렀다.

저쪽요.

존 그래디가 다른 발을 상자에 올려놓자 구두닦이가 가장자리를 칠했다. 그리고 천 뭉치를 구두약 병에 넣고 뚜껑을 닫아 상자에 던져 넣었다.

다 됐어요.

존 그래디는 바짓단을 도로 내리고 일어나 주머니에서 동전을 꺼내 내밀었다.

수고했다.

그리고 부츠를 내려다보았다.

어떤 것 같니?

여자 친구가 집 안으로 들어오게는 해 줄 것 같네요. 꽃은 어디 있죠?

꽃?

당연하죠. 방법이란 방법은 다 동원해야죠.

그래, 맞아.

괜히 말해 줬네.

왜?

결혼해 봐야 개고생만 할 테니까요.

존 그래디는 씩 웃었다.

어디 출신이니?

여기요.

뻥치지 마.

캘리포니아에서 자랐어요.

어쩌다 여기로 온 거야?

여기가 좋아서요.

정말?

정말.

구두닦이 일이 좋아?

좋고말고요.

거리를 좋아하는구나.

그래요. 학교는 질색이죠.

존 그래디는 모자를 바로 하고 거리를 쭉 훑었다. 그리고 소년을 내려다보았다.

하긴 나도 학교는 별로 안 좋아했지.

별종 아니랄까 봐. 구두닦이가 말했다.

그러게. 하지만 네가 나보다 더 대단한 별종 같아.

그럴 거예요.

나야 이제 약간 요령을 익힌 정도지.

조언이 필요하거든 언제든 찾아와요. 내가 한 수 가르쳐 줄게요.

존 그래디는 씩 웃었다. 좋지. 또 보자.

아디오스, 바케로.(잘 가요, 카우보이.)

아디오스, 볼레로.(잘 있어, 구두닦이.)

아이가 활짝 웃으며 팔을 저었다.

사람 키만 한 거울 속에서 크리아다는 머리핀을 입에 물고 소녀 뒤에 서 있었다. 시프트 원피스[27]에 올림머리를 한 파리하고 여윈, 거울 속 소녀를 바라보며. 그러다 호세피나를 바라보았다. 호세피나는 가슴을 가로지른 팔 위에 다른 팔을 괴어 턱을 받친 채 곁에 서 있었다.

---

27) 허리선 없이 직선으로 떨어지는 원피스.

그녀가 무례한 자를 내쫓듯 고개를 젓고 팔을 흔들자 크리아다는 머리핀과 장식 빗을 소녀의 머리에서 빼냈다. 검은색 긴 머리가 다시 어깨와 등으로 흘러내렸다. 크리아다는 솔빗을 집어 들어 소녀의 비단 같은 검은 머리를 손바닥으로 받쳤다가 빗질하며 내려놓았다. 호세피나가 다가와 탁자에 놓인 은빗을 집어 들어 소녀의 머리를 옆으로 모아 붙인 뒤 빗을 꽂았다. 그리고 소녀와 거울 속 소녀를 유심히 살폈다. 크리아다는 뒤로 물러나 양손으로 솔빗을 들고 섰다. 그리고 호세피나와 함께 거울 속 소녀를 꼼꼼히 뜯어보았다. 소용돌이 무늬가 있는 황금빛 회반죽 거울 틀 속에서 탁자 위 램프의 노란빛에 물든 세 사람은 마치 그 옛날 플랑드르[28] 그림 속 인물들 같았다.

코모 에스, 푸에스.(딱 좋아.) 호세피나가 말했다.

소녀에게 한 말이었지만 소녀는 대답이 없었다.

에스 마스 호벤. 마스…….(훨씬 어려 보여. 훨씬…….)

이노센테.(순결해 보여요.) 소녀가 말했다.

여자는 어깨를 으쓱했다. 이노센테 푸에스.(순결하다라.)

여자가 거울 속 소녀의 얼굴을 유심히 살폈다. 노 레 구스타?(마음에 안 들어?)

에스타 비엔. 메 구스타.(좋아요. 맘에 들어요.) 소녀가 나직이 말했다.

---

28) 벨기에 서부를 중심으로 네덜란드 서부와 프랑스 북부에 걸쳐 있는 지방. 르네상스 시대에는 미술과 음악의 중심지였다.

부에노.(좋았어.) 여자가 소녀의 머리를 풀고 장식 빗을 크리아다의 손에 얹었다. 부에노.(좋았어.)

여자가 나가자 할멈이 장식 빗을 탁자에 놓고 다시 솔빗을 들고 앞으로 나왔다.

부에노.(좋기는.) 할멈이 고개를 젓고 혀를 찼다.

노 테 프레오쿠페스.(걱정 마세요.) 소녀가 말했다.

할멈이 소녀의 머리를 더욱 세차게 빗질하며 나직이 말했다. 베이시마. 베이시마.(아름다워. 아름다워.)

할멈이 조심스레 소녀를 도왔다. 염려를 담아 코르셋 망과 훅을 하나씩 채웠다. 라일락 빛 벨벳을 가로지른 두 손이 가슴을 차례로 한쪽씩 쥐고 옷의 경계에 절묘히 배치한 다음 드레스를 속옷에 고정시켰다. 보풀을 손으로 털어 냈다. 소녀의 허리를 잡고 인형처럼 돌려 발치에 무릎 꿇고 구두끈을 묶었다. 그리고 일어나 물러섰다.

푸에데스 카미나르?(걸을 수 있겠니?)

노.(아뇨.)

노? 에스 멘티라. 에스 우나 브로마. 노?(아니라고? 거짓말이지. 농담이지. 그치?)

노.(아뇨.)

크리아다가 내쫓듯 손을 저었다. 소녀는 높은 뾰족 굽이 달린 황금 슬리퍼를 신고 장난스레 거닐었다.

테 모르티피칸?(답답하니?)

클라로.(그럼요.)

소녀는 다시 거울 앞에 섰다. 할멈이 소녀 뒤에 섰다. 그리고 눈을 깜박였으나 감기는 것은 한쪽 눈뿐이어서 마치 공모의 윙크를 보내는 듯했다. 할멈은 소녀의 머리를 손으로 모아 쥐고 빗질한 다음 드레스의 어깨 부분을 잡아당겨 똑바로 했다.

코모 우나 프린세사.(공주님 같구나.) 할멈이 속삭였다.

코모 우나 푸타.(창녀 같아요.) 소녀가 말했다.

크리아다가 소녀의 팔을 움켜쥐었다. 쉿쉿대는 할멈의 눈이 램프 빛에 번쩍였다. 그녀는 소녀에게 말했다. 큰 부자와 결혼해 좋은 집에서 예쁜 아이들을 낳으며 살 거라고. 그런 경우를 숱하게 봤다고.

키엔?(누가 그랬는데요?)

무차스. 무차스.(많아. 많아.)

그녀보다도 예쁘지 않은데도, 그녀보다도 우아하지 않은데도 그러했다고 할멈이 말했다. 소녀는 대답하지 않았다. 희망을 에워싼 장애물을 묵묵히 견디는 자매처럼, 할멈의 어깨 너머로 거울에 비친 자신의 눈을 바라볼 뿐이었다. 화려한 다른 방 혹은 다른 세계와 경쟁하듯 화려하게 꾸며진 규방에 서서. 거울 속 자신의 모습이야말로 할멈의 경탄과 장담에 반하는 증거라는 듯 자신의 거짓 우아함을 주의 깊게 바라보면서. 타락의 서약을 감추고 있는 마녀의 선물을 거절하는 동화 속 아가씨처럼 서서. 결코 끝나지 않을 주장, 영원히 계속될 상황. 소녀는 거울 속 소녀에게 말했다. 길인지 모르고 들어섰더라도 어차피 길 위에 있는 것은 마찬가지라고.

만데? 쿠알 센다?(뭐라고. 무슨 길 말이야?)

쿠알키에르 센다. 에스타 센다. 라 센다 케 에스코하.(아무

길이든지요. 이 길요. 선택한 길요.)

하지만 할멈은 어떤 선택도 할 수 없는 사람이 있다고 말했다. 가난한 이에게 선택은 두 얼굴을 가진 선물이라고도 말했다.

할멈이 바닥에 무릎을 꿇고 드레스 치맛단에 다시 핀을 꽂았다. 입에서 핀을 빼내 카펫 위에 놓고는 하나씩 하나씩 집어 들었다. 소녀는 거울 속 자신을 바라보았다. 할멈의 잿빛 머리가 소녀의 발에 엎드려 절하고 있었다. 잠시 후 소녀는 말했다. 선택은 언제나 할 수 있다고, 설사 그 선택이 죽음일지라도.

시엘로스.(하느님.) 할멈은 재빨리 성호를 긋고 다시 핀을 꽂았다.

소녀가 살롱에 들어섰을 때 그는 바에 서 있었다. 음악가들이 무대에서 악기를 조립하고 조율하느라 음이나 화음이 의식의 시작을 알리듯 조용한 살롱에 울려 퍼졌다. 무대 너머 벽감의 어둠 속에 티부르시오가 흑금(黑金) 상감 장식을 한 얇은 흑단 담뱃대를 손가락 사이에 쥐고 담배를 피우며 서 있었다. 그는 소녀를 바라보고 바를 바라보았다. 청년이 몸을 돌려 돈을 내고 잔을 집어 들고는, 벨벳 줄 난간이 달린 넓은 계단을 내려가 살롱으로 들어갔다. 티부르시오는 자그마한 콧구멍으로 천천히 연기를 내뿜다 뒤쪽 문을 열었다. 잠시 잠깐 빛이 그를 에워싸 실루엣을 드러냈다. 가늘고도 긴 그림자가 살롱 바닥에 드리워졌으나 다시 문이 닫히자 그는 마치 처음부터 없었던 듯했다.

에스타 펠리그로소.(위험해요.) 소녀가 말했다.

코모?(뭐라고?)

펠리그로소.(위험해요.)

소녀가 살롱을 돌아보았다.

테니아 케 베르테.(당신을 꼭 만나야 해.)

그는 소녀의 손을 꼭 쥐었지만 소녀는 괴로워하며, 티부르시오가 서 있던 문 쪽을 바라보았다. 소녀가 그의 손목을 잡고 떠나라고 사정했다. 웨이터가 어둠 속에서 미끄러지듯 나왔다.

에스타스 로코. 로코.(미쳤군요. 미쳤어.) 소녀가 속삭였다.

티에네스 라손.(맞아.)

소녀는 그의 손을 잡고 일어났다. 그리고 고개를 돌려 웨이터에게 속삭였다. 존 그래디는 일어나 웨이터의 손에 돈을 쥐여 주고 소녀를 바라보았다.

데베모스 이르노스. 에스타모스 페르디도스.(어서 가요. 우리는 파멸하고 말 거예요.)

그는 그럴 수 없다고 했다. 다시는 물러서지 않겠다고, 우리는 꼭 만나야 한다고. 하지만 소녀는 너무 위험하다고 했다. 지금은 너무 위험하다고. 음악이 시작되었다. 첼로에서 길고도 낮은 음이 흘러나왔다.

메 마타라.(그가 날 죽일 거예요.) 소녀가 속삭였다.

키엔?(누가?)

소녀는 고개를 저을 뿐이었다.

키엔. 키엔 테 마타라?(누가. 누가 당신을 죽이지?)

에두아르도.(에두아르도.)

에두아르도.(에두아르도라고.)

소녀는 고개를 끄덕였다. 시. 에두아르도.(네. 에두아르도.)

그날 밤 그는 그녀가 한 말과, 그녀가 하지 않은 말을 모두 꿈에서 들었다. 입김이 하얗게 서리는 추운 방의 주름진 강철 벽에는 장식 천이 걸려 있고, 층층이 쌓인 단의 붉은 카펫 위에 구경꾼이 앉을 접이식 널빤지 의자가 늘어서 있었다. 생나무로 짠 연단은 축제의 무대 차처럼 가장자리에 장식이 달려 있고, BX 케이블 선이 이어진 아연 도금 쇠파이프 기둥에 빨간색, 파란색 혹은 초록색 셀로판으로 덮인 투과 조명기가 설치되어 있었다. 고리에 걸려 있는 압착 벨로어 커튼은 피처럼 붉었다.

관광객들은 목에 오페라글라스를 걸고 의자에 앉아 있고, 웨이터들은 음료를 주문받았다. 조명이 희미하게 켜지자 사회자가 판자 연단 위로 성큼성큼 걸어 나와 모자를 벗고 인사를 한 뒤 미소를 지으며 하얀 장갑 낀 두 손을 들어 올렸다. 무대 옆쪽에 알카우에테가 담배를 피우며 서 있고, 그 뒤로 음란한 축제 공연자들이 와글와글 정신없이 돌아다녔다. 가슴을 훤히 드러내고 온몸에 페인트칠을 한 창녀들, 검은 가죽 옷에 채찍을 든 뚱보 여자, 성직자복 차림의 젊은이 둘. 신부(神父), 여자 뚜쟁이, 자줏빛 크레이프 직물로 만든 깃을 발목마다 두른 금뿔 염소. 뺨에 루즈를 바르고 눈가를 까맣게 칠한 파리한 안색의 젊은 난봉꾼들은 촛불을 들고 있었다. 나환자 병원의 수용자처럼 비쩍 마른 여자 셋이 죽음처럼 파리한 얼굴을 화장품으로 떡칠한 채 똑같은 싸구려 옷차림을 하고 서로의 손을 잡고 있었다. 그 와중에 하얀 깁사[29] 드레스를 입은 소녀가 성 처녀처럼 단 위에 누워 있었다. 소녀를 에워싼 갖가지 파스텔 빛깔의 가짜 꽃은 햇볕에 희미하게 바래 있었다. 사막의 무덤에서 가져온 것처럼. 음악이 시작되었다. 약간은 군가 같은 케케묵은 론델[30]이었다. 커튼 뒤 어디선가 바늘 아래 돌아가는 검은 베이클라이트[31] 레코드판이 긁힌 자국 탓에 주기적으로 탁탁거렸다. 객석의 조명이 어두워지며 무대가 환해졌다. 의자에서 바스락거리는 소리. 몇 번의 기침 소리. 음악이 사그라듦에 따라 잘못 설정된 메트로놈처럼, 시계처럼, 조짐처럼 축음기 바늘의 속삭임만이 주기적으로 탁탁거렸다. 무엇인가의 주기를 재려는 듯. 그 외에는 오직 어둠만이 가질 수 있는 광대한 인내와 침묵뿐이었다.

그는 깨어났지만 이 꿈에서 깨어난 것이 아니라 다른 꿈에서 깼다. 꿈에서 꿈으로 가는 길 위에서 그는 헤매고 있었다. 바람이 쉴 새 없이 불어오는 황량한 풍경 속에 혼자 있었다. 앞서 이곳을 지나간 이들의 존재가 어둠 어딘가에 여전히 남아 있었다. 그들의 목소리가 들렸다. 혹은 어쩌면 그들 목소리의 메아리가. 그는 귀를 기울인 채 누워 있었다. 잠옷 바람의 노인이 마당을 돌아다니고 있었다. 존 그래디는 간이침대에서

---

29) 얇은 견직물.
30) 두 개의 운을 밟는, 대개 14행으로 이루어진 짧은 정형시.
31) 합성수지의 일종.

발을 내리고 바지를 꿰어 입고 일어나 벨트를 차고 부츠를 신었다. 밖으로 나가니 빌리가 팬티 바람으로 문가에 서 있었다.

내가 모셔다 드릴게요. 존 그래디가 말했다.

참 안됐어. 빌리가 말했다.

존 그래디는 마구간 모퉁이를 지나가는 노인을 붙잡았다. 어디로 가려던 것인지는 하느님만이 아시리라. 기다란 하얀 내복에 모자를 쓰고 부츠를 신은 노인의 모습은 늙은 카우보이 유령 같았다.

존 그래디는 그의 팔을 잡고 집으로 향했다.

가요, 어르신. 밖에는 아무것도 없어요.

부엌에 불이 켜지더니 소코로가 헐렁한 잠옷 차림으로 문가에 나타났다. 노인이 가다 말고 걸음을 멈추고 고개를 돌려 어둠을 바라보았다. 존 그래디는 그의 팔꿈치를 잡고 서 있었다. 그들은 다시 집으로 향했다.

소코로가 방충문을 활짝 열었다. 그리고 존 그래디를 바라보았다. 노인이 한 손을 문설주에 기대어 균형을 잡은 뒤 부엌으로 들어갔다. 커피가 있는지 소코로에게 물었다. 마치 커피를 찾고 있었다는 듯.

네. 끓여 드릴게요.

어르신은 괜찮아요. 존 그래디가 말했다.

키에레스 운 카페시토?(커피 마실래?)

노 그라시아스.(아뇨, 괜찮습니다.)

파살레. 파살레. 푸에데스 엥콘트라르 수스 판탈로네스?(들어와. 들어와. 어르신 바지 좀 찾아 줄래?)

시. 시.(네. 네.)

그는 노인을 식탁 의자에 앉힌 뒤 복도로 갔다. 맥이 불 켜진 자기 방 앞에 서 있었다.

괜찮으신가?

예, 사장님. 괜찮으세요.

그는 복도 끝의 왼쪽 방으로 들어가 침대 기둥에 걸린 노인의 바지를 집어 들었다. 주머니가 동전과 주머니칼과 현찰로 묵직했다. 오래전 잊어버린 문들의 열쇠 뭉치. 그는 바지 허리춤을 쥐고 다시 복도를 지나갔다. 맥은 여전히 문가에 서 있었다. 담배를 피우고 있었다.

벌거벗고 계신가?

내복 차림이세요.

노인네가 한밤중에 어치처럼 벌거벗고 돌아다니면 소코로가 여기를 그만두겠지.

그러지 않을 거예요.

알아.

지금 몇 시죠, 사장님?

5시 지났어. 어쨌든 일어날 때가 됐지.

그렇군요.

노인네 옆에 좀 있어 주겠나?

그럼요.

마음 상하지 않으시도록 조심하게. 평소처럼 일어난 듯이 굴라고.

예, 사장님. 그러겠습니다.

미치광이 목장에서 일하게 될 줄은 몰랐지?

어르신은 미친 게 아니에요. 단지 연세가 많으신 거죠.

아네. 가 보게. 노인네 감기 들기 전에. 그 낡아 빠진 내복으로 바람이 슝슝 들어올걸.

예, 사장님.

그가 노인과 앉아 커피를 마시는데 오렌이 들어왔다. 오렌은 그들을 보았지만 아무 말도 하지 않았다. 소코로가 달걀과 비스킷과 초리소(소시지)를 요리해 식탁에 차렸고 그들은 아침을 먹었다. 존 그래디가 접시를 싱크대에 갖다 놓고 밖으로 나가니 날이 밝아 오고 있었다. 노인은 여전히 모자를 쓴 채 식탁에 앉아 있었다. 그는 1867년 텍사스 동부에서 태어나 젊은 시절에 이 고장으로 왔다. 그가 살아가는 동안 이곳은 기름등과 말과 마차에서 벗어나 제트기와 원자폭탄의 시대로 접어들었지만 그것이 그를 혼란스럽게 만들지는 못했다. 사실상 그가 결코 익숙해질 수 없었던 것은 딸의 죽음이었다.

그들은 경매인 탁자와 가까운 앞쪽에 앉아 있었다. 오렌이 이따금 몸을 숙여 판자 사이 흙바닥에 조심스레 침을 뱉었다. 맥이 셔츠 주머니에서 작은 수첩을 꺼내 메모를 찾아본 뒤 수첩을 도로 주머니에 넣었다가 다시 꺼내 그대로 손에 들었다.

저 작은 말 보았던가?

예, 사장님. 존 그래디가 말했다.

맥이 다시 수첩을 살펴보았다.

데이비스네 거라고 했지만 아니야.

그러게요.

빈이에요. 빈 거예요. 오렌이 말했다.

그럴 줄 알았지. 맥이 말했다.

경매인이 확성기에 대고 소리쳤다. 경매장 끝 조명 장치에 걸린 스피커에서 경매인의 목소리가 메아리쳐 울렸다.

신사 숙녀 여러분 수정 사항이 있겠습니다. 이 말은 라일 빈 씨가 기른 것입니다.

경매는 500부터 시작되었다. 경매장 끝 쪽의 누군가가 모자챙을 만지자 경매인 조수가 한 손을 들어 올리며 몸을 돌렸고, 경매인이 말했다. 600 600 600입니다. 700 700 700 하실 분 안 계십니까. 자, 700입니다.

오렌이 몸을 숙여 흙바닥에 조심스레 침을 뱉었다.

저기 네 친구가 있다.

봤어요. 존 그레디는 말했다.

누구 말이야?

울펀바거요.

우릴 봤나?

예. 봤어요. 오렌이 말했다.

저치를 알고 있었나, 존 그레디?

예, 사장님. 한 번 왔었거든요.

같이 이야기하지는 않았군.

예.

그냥 여기 없는 척해.

예, 사장님.

언제 왔던가?

지난주에요. 모르겠어요. 수요일쯤.

신경 쓰지 마.

예, 사장님. 신경 안 써요.

지금 저치 말고도 신경 쓸 일이 태산이야.

예, 사장님.

80, 780 나왔습니다. 경매인이 소리쳤다. 이대로 넘기시겠습니까. 헐값입니다, 헐값.

기수가 말을 타고 경매장을 빙 돌았다. 비스듬히 경매장을 가로지르다 멈추고 뒤돌아갔다.

아주 쓸모 있는 녀석입니다. 말을 기막히게 잘 듣죠. 1000달러는 족히 받을 수 있는 말입니다. 좋습니다. 800 800 800 나왔습니다. 850. 850 850 850.

말은 825달러에 팔렸고, 이어서 아라비안 암말이 나와 1700달러에 팔렸다. 말을 도로 데려가는 모습을 맥이 유심히 살폈다.

나라면 저런 미친 암말은 안 사.

다음으로 근사하게 생긴 팔로미노 거세 수말이 나와 1300까지 가격이 올랐다. 맥이 수첩에서 고개를 들었다. 대체 사람들은 어디서 저런 돈이 나는 거지?

오렌이 고개를 저었다.

울펀바거가 경매에 참여했나?

그쪽은 보지 말라셨잖아요.

그래. 참여했나?

네.

그래도 사지는 않았지?

네.

내 말 안 듣고 잘도 보았군.

보지 않았어요. 불이라도 붙은 양 손을 마구 저어 대는 통에 저절로 보게 됐죠.

맥은 고개를 절레절레 젓고는 수첩을 들여다보았다.

저 성질 고약한 녀석이 이제 곧 경매에 오를 모양인데요. 오렌이 말했다.

우리가 지금 어떤 돈 얘기하는 것 같나?

한 마리당 100달러면 충분할 텐데.

나머지 세 마리는 어떡하실 거예요? 입찰하실 건가요?

그래도 좋지만, 그냥 팔리게 두는 게 더 나을 수도 있어요.

맥이 고개를 끄덕였다. 그러게. 그리고 연단을 흘끗 보았다. 저 망할 자식이 깝죽댈 걸 생각하니 끔찍하군.

그러게요.

맥은 담배에 불을 붙였다. 그들은 마부가 다음 말을 데려오는 것을 보았다.

저치가 살 생각인가 봐요. 오렌이 말했다.

그러게.

레드네 말마다 전부 경매에 참여할 거예요. 두고 봐요.

나도 알아. 우리가 조금만 바람을 잡아 주면 될걸.

오렌은 대답이 없었다.

돈을 가진 바보라니. 존 그래디, 저 말은 어디가 잘못됐어?

제가 아는 한 멀쩡해요.

그때 무슨 잡종이라고 하지 않았나? 화성인 피가 섞였다던가 뭐라던가.

그냥 좀 냉정할 뿐이에요.

오렌이 판자에 침을 뱉고 씩 웃었다.

냉정하다고?

예, 사장님.

300달러에 경매가 시작되었다.

저거 몇 살이지? 기억나?

열한 살요.

거참. 6년 전쯤에 열한 살이었을걸. 오렌이 말했다.

경매가가 450까지 올랐다. 맥이 귀를 잡아당겼다.

장난 한번 쳐 볼까.

경매인 조수가 경매인에게 손짓했다.

500 500 500. 500 나왔습니다. 경매인이 소리쳤다.

경매장에서 장난치는 것 싫어하시는 줄 알았는데요. 오렌이 말했다.

내가 뭘 했다고? 맥이 말했다.

경매가가 600에 이어 650까지 올랐다.

이 녀석은 입도 안 벌리고 고개도 안 젓고 아무 짓도 하지 않습니다. 이보단 좀 더 쳐 주셔야죠. 경매인이 말했다.

말은 700에 팔렸다. 울펀바거는 아예 경매에 참여하지 않았다. 오렌이 맥을 힐긋 보았다.

깜찍한 데가 있군. 안 그래? 맥이 말했다.

한마디 해도 될까요?

말해.

저치가 여기 없는 것처럼 하자고 해 놓고는 왜 그렇게 안 하시는 거죠?

단단히 버릇을 고쳐 주려는 게지. 남 따라 할 생각 말고 소신껏 하라고.

대단하시네요.

하긴. 저런 애송이가 경매장에서 취할 수 있는 최고의 전략이긴 하지.

마부가 맥키니 목장의 네 살배기 흰 점박이 밤색 말을 끌고 오자 경매가 600에서 시작되었다.

아까 그 말은 누구한테 낙찰됐지? 맥이 말했다.

모르겠어요.

이 녀석으로 해야겠어.

맥이 귀에 손가락을 댔다. 경매인 조수가 손을 들었다. 경매인의 목소리가 높은 스피커에서 쩌렁쩌렁 울렸다. 600 600 600 나왔습니다. 700 없습니까? 700 부르실 분. 700 700 700. 700 나왔습니다.

저치도 손을 드는데요.

나도 봤어.

경매가 700에 이어 750, 800으로 높아졌다. 850이 나왔다.

입찰자들이 전부 들러붙는데요. 오렌이 말했다.

그러게.

별수 없죠. 저 말의 값어치가 얼마나 될까요?

글쎄. 팔리는 게 값이겠지, 존 그래디?

마음에 드는 녀석이에요.

앞쪽에 나왔더라면 좋았을걸.

마음속으로 정해 둔 금액이 있으시죠.

그래.

우리에 있든 여기에 있든 같은 말이에요.

말하는 게 신사 같군.

경매가는 850에서 멈춰 있었다. 경매인이 물을 마시는 중이었다. 멋진 말이에요, 여러분. 이런 멋진 말을 놓친다는 건 말도 안 되죠.

기수가 말을 타고 내려가다 말 머리를 돌려 도로 올라갔다. 그는 고삐도 없이 목에 두른 밧줄 하나로 말 머리를 돌려 말을 세웠다.

솔직히 말씀드리죠. 저는 이 말하고 털끝만큼도 관련이 없지만 훈련된 좋은 말이라고 단언하는 바입니다. 경매인이 소리쳤다. 녀석의 어미와 교배하려면 1000달러는 족히 들 겁니다. 어떻습니까, 여러분?

경매인 조수가 손을 들었다.

900 900 900 나왔습니다. 자, 50 50 50 없습니까? 950. 50. 900 하고도 50.

한마디 해도 되나요? 존 그래디가 말했다.

안 그래도 입 좀 열어 주었으면 하고 기다리던 참이네.

저 말을 팔려고 사시려는 건 아니죠?

물론이지.

원하는 말은 꼭 가지시리라 믿겠습니다.

어지간히 마음에 드나 보군.

예, 사장님.

오렌이 절레절레 고개를 젓고 몸을 숙여 침을 뱉었다. 맥은 수첩을 바라보며 앉아 있었다.

어떻게 해도 돈이 나가게 생겼군. 쳐다보기만 해도.

말 말인가요?

아니, 저 망할 말 말고.

경매가가 950에 이어 1000에 이르렀다.

존 그래디는 맥을 바라보고 경매장을 둘러보았다.

저기 체크무늬 셔츠를 알지. 맥이 말했다.

저도요. 오렌이 말했다.

자기네 말을 도로 사는 걸 꼭 보고 싶군.

저도요.

맥이 그 말을 1100달러에 낙찰받았다.

이러다 파산하기 딱 좋지.

좋은 말이에요. 존 그래디가 말했다.

좋은 말인 줄은 나도 알아. 위로하려고 들 것 없어.

사장님한테 신경 꺼. 자기 입으로 자랑을 못 하니 네가 대신 해 줬으면 하는 거야.

이 껑다리 녀석 때문에 내가 얼마나 손해를 본 거지?

이건 손해 축에도 안 낄걸요. 아마 다음 경매 때 제대로 피를 보지 않을까. 오렌이 말했다.

마부가 마구간 흙바닥에 호스로 물을 뿌리고 있었다. 말 네 마리가 한 번에 경매에 오르자 맥이 그 말들 역시 사들였다.

어둠 속의 도둑처럼, 104번이 525달러에 팔렸습니다. 경매인이 소리쳤다.

그나마 좀 낫군.

억세게 운이 좋았어요.

그래.

맥이 다음 말을 끌고 나오는 마부를 보았다.

저 말 기억나나, 존 그래디.

예, 사장님. 전부 다 기억해요.

맥이 엄지로 수첩을 넘겼다. 뭐든 다 적어 두는 습관을 들이는 게 좋을 거야. 좀만 더 나이 먹어 봐. 아무것도 기억이 안 나.

애초에 메모를 하게 된 게 기억이 안 나서잖아요. 오렌이 말했다.

이 작은 녀석을 잘 알지. 울펀바거가 사면 좋겠군.

그냥 알아서 하게 내버려 둘 줄 알았는데요.

곡마단이라도 차릴지 누가 아나.

연륜 있는 아홉 살짜리 말입니다. 경매인이 소리쳤다. 말 잘 듣고 쓸모 있는 녀석이죠. 보이는 것보다 훨씬 뛰어납니다.

울펀바거가 저 말을 꼭 사야 할 텐데. 똑바로 걷는 것만 빼고 뭐든 다 할 줄 아는 말인데 말이야. 지금 저치한테 딱이야.

기수가 연단 앞에서 고삐를 바투 쥐고 말을 힘들게 몰고 갔다 되돌아갔다.

500 500 500. 좋은 말입니다. 제가 보장합니다. 열심히 일하지요. 스토브 파이프 속의 고양이처럼요. 자, 이제 550 550 550.

맥이 귀를 당겼다.

550 나왔습니다. 600 600 600.

오렌이 혐오스럽다는 표정을 지었다.

젠장. 장난 좀 친다고 해될 거 없잖나?

경매가가 700까지 올랐다. 말 주인이 입찰석에 앉아 있다 벌떡 일어났다. 이봐 내 장담하지. 저치를 입찰에 끼게 하면 내가 한턱 단단히 쏠게.

경매가가 750에 이어 800까지 올랐다.

존 그래디, 노인네한테 눈먼 말을 판 전도사 이야기 들어 봤나?

아뇨, 사장님.

그자는 매사를 성서 구절로 정당화시켰지. 어떻게 노인한테 그런 짓을 할 수 있느냐고 사람들이 물으면 전도사는 말했어. 낯선 자를 들일지니.[32]

지난번에도 들었던 것 같네요.

맥은 고개를 끄덕였다. 그리고 엄지로 수첩을 넘겼다.

저치가 아무래도 경매에 어떻게 참여하는지 모르는 것 같아. 그래서 어리둥절한 모양이야.

예, 사장님.

말 한 마리 살 때는 됐지.

그럴지도요.

---

32) He was a stranger and I took him in. 'take in'에 '들이다'라는 의미 외에 '속이다'라는 의미도 있는 점을 이용한 말장난이다.

자네 포커 치나?

한두 번 친 적은 있어요.

이 말이 1000달러 아래에 팔릴 것 같나?

아뇨. 그럴 것 같지는 않은데요.

1000달러를 넘겨 얼마나 갈 것 같나?

모르겠는데요.

나도 몰라.

맥이 850에 입찰한 뒤 950에 다시 입찰했다. 입찰이 잠깐
중지되었다. 오렌이 몸을 숙여 침을 뱉었다.

오렌이 이해할 수 없는 것은 저 애송이 주머니에 든 돈이
많으면 많을수록 웰번네 말 때문에 내가 더 많은 돈을 치르게
된다는 거야.

이해를 못 하긴 뭘 못 해요. 저치는 사장님이 계속 입찰해
결국 저 말을 살 테니 괜히 경쟁에 낄 필요가 없다고 생각하
고 있어요. 어쨌든 카터가 가진 알약보다 더 돈이 넘쳐나는 모
양이던데.

경매인 조수가 손을 들었다.

1000 1000 1000 나왔습니다. 1100 1100 1100 없습니까?

경매가 1100으로 오르자 울펀바거가 1200에 입찰했고
맥이 1300에 입찰했다.

나는 책임 없어요. 오렌이 말했다.

사장님이 알아서 하실 거예요.

지금 어떤 말이 경매 중인지는 아는 거야?

예. 알아요.

그럼 계속하세요.

불쌍한 오렌. 맥이 말했다.

울펀바거가 1700달러에 그 말을 샀다.

거참 먹음직스러운 말고기인데. 저치 입맛에도 맞을 거야. 맥이 말했다. 그리고 주머니에 손을 넣어 1달러를 꺼냈다. 가서 콜라 좀 사 오게, 존 그래디.

예, 사장님.

오렌은 그가 입찰석 사이로 내려가는 것을 바라보았다.

녀석이 사장님께 말을 사야 할 때와 사지 말아야 할 때를 알려 줄 거라고 생각하죠?

응. 그래.

저도 그래요.

저런 녀석이 딱 여섯만 있으면 좋을 텐데.

녀석이 스페인어로 말하는 말이 있다는 거 알아요?

녀석이 그리스어를 하든 어디 말을 하든 상관 안 해. 왜?

그냥 별난 것 같아서요. 정말 샌앤젤로 출신일까요?

자기가 그렇다는데 그렇겠지.

하긴 거짓말 같지는 않아요.

녀석은 책을 보고 말에 대해 배웠대.

책요?

호아킨 말로는, 말 뼈의 이름까지 다 안다더군.

오렌은 고개를 끄덕였다.

그럴 수도 있겠죠. 하지만 녀석이 책에서 배우지 않은 것도 분명 있어요.

물론이지.

다음 말이 나오자 경매인이 서류 상의 내용을 길게 늘어놓았다.

성서에 나오는 말이라도 되는 모양이군.

맥이 말했다.

순 뻥이 분명해요.

가격이 1000달러에서 시작해 1850까지 갔을 때 판매자가 경매를 취소했다. 오렌이 몸을 숙여 침을 뱉었다.

말에 정이 딱 붙어 안 떨어지는 경우가 많죠.

누구나 그래. 맥이 말했다.

웰번네 말이 종종걸음으로 나오자 맥이 1400달러에 샀다.

이보게들, 이만 집에 가자고.

좀 더 눌러앉아서 울펀바거의 돈이나 왕창 날리게 하지 그래요?

울펀바거가 누군데?

소코로는 수건을 접어 걸고 앞치마를 벗어 걸었다. 그리고 문으로 돌아섰다.

부에나스 노체스.(안녕히 주무세요.) 그녀가 말했다.

부에나스 노체스.(잘 자요.) 맥이 말했다.

소코로가 문을 닫았다. 그녀의 낡은 양철 시계 태엽이 따그락따그락 감기는 소리가 들렸다. 잠시 후 장인이 복도의 높다란 괘종시계 태엽을 찰칵찰칵 감았다. 유리문이 나직이 닫혔다. 고요가 뒤를 이었다. 집 안과 집 밖이 모두 고요했다.

그는 담배를 피우며 앉아 있었다. 스토브가 식어 가며 타닥거렸다. 멀리 집 뒤쪽 언덕에서 코요테 한 마리가 울었다. 목장 남동쪽의 옛 집에서 겨울을 날 때면 잠들기 전 마지막으로 기차 소리를 듣곤 했다. 엘패소를 빠져나온 기차는 동쪽으로 달려갔다. 시에라 블랑카, 반혼, 마르파, 알파인, 마라톤. 밤을 뚫고 푸른 평원을 가로질러 랭트리와 델리오로 향했다. 선로 옆 어둠 속에 석탄처럼 떠 있는 소들의 눈과 사막의 덤불을 전조등의 하얀 빛기둥이 비추었다. 어깨에 서라피를 두르고 언덕에 선 목동들이 달려가는 기차를 바라보고, 자그마한 사막 여우가 어스름이 깃든 철로 아래로 들어와 기차 꽁무니를 향해 코를 킁킁거리고, 따스한 강철 레일이 밤새 윙윙거렸다.

목장의 그 부분은 오래전에 황폐해졌고, 나머지 부분도 곧 같은 신세가 될 터였다. 그는 차갑게 식은 커피를 털어 넣은 뒤 잠자기 전 마지막 담배에 불을 붙이고 의자에서 일어나 전등을 끄고 돌아와 어둠 속에 앉아 담배를 피웠다. 그날 오후에 폭풍의 선발대가 북쪽에서 추위를 몰고 왔다. 비는 오지 않았다. 아마 동쪽 지역에는 비가 내리리라. 새크라멘토에는. 흔히들 가뭄이 들면 다음 몇 년 동안은 풍년이 오겠거니 생각하지만 이는 기실 주사위를 던져 7이 나오기를 기대하는 것과 다를 바 없었다. 가뭄은 지난번 가뭄이 언제 왔는지 알 리 없었고, 아무도 다음 가뭄이 언제 올지 알 수 없었다. 어차피 목장은 문을 닫으려던 참이었다. 그는 천천히 담배를 피웠다. 불이 환해지다 사그라들었다. 그의 아내는 3년 전 2월에 죽었다.

스코로의 성촉절[33] 날이었다. 칸델라리아(성촉절). 성모와 관련된 어떤 기념일. 하긴 안 그런 날이 있을까나. 멕시코에는 하느님이 없다. 성모만이 있을 뿐. 그는 담배를 비벼 끄고 일어나 어슴푸레하게 불이 밝혀진 마구간을 바라보았다.

아, 마거릿.

JC는 모드 앞에 차를 세우고 내려 트럭 문을 쾅 닫은 뒤 존 그래디와 함께 안으로 들어갔다.

잘난 분들께서 이제야 오는군. 트로이가 말했다.

그들은 바에 서 있었다.

뭘로 할래. 트래비스가 말했다.

둘 다 블루리본스로 주세요.

트래비스가 냉장고에서 병을 꺼내 뚜껑을 따 바에 놓았다.

내가 낼게요. 존 그래디가 말했다.

내가 내. JC가 말했다. 그리고 바에 45센트를 놓고 병을 들어 꿀꺽꿀꺽 들이켠 뒤 손등으로 입을 닦고 바에 기댔다.

안장 위에서 힘든 하루를 보낸 모양이네요. 트로이가 말했다.

나는 보통 밤에만 타거든. JC가 말했다.

빌리는 셔플보드 앞에 상체를 숙이고 원반을 이리저리 밀고 있었다. 그러다 트로이를 바라보고 JC를 바라보더니 원반

---

33) 성모마리아가 예수를 낳고 40일 만에 정결예식을 치르고 예루살렘 성전에서 하느님께 봉헌한 것을 기념하는 기독교 축일.

을 나무 통로로 휙 밀었다. 끝의 핀들이 휙 올라가며 점수판에 스트라이크 불이 켜지고 작은 종들이 점수를 알렸다. 트로이가 씩 웃더니 입꼬리에 문 담배를 내려놓고 다가가 원반을 집어 들고는 셔플보드 앞에 상체를 숙이고 섰다.

한판 붙을까?

JC한테 말해 봐.

JC 할래요?

응. 아무렴 해야지. 뭘 걸까?

트로이가 셔플보드에서 스트라이크를 내고는 뒤로 물러나 손가락을 탁탁 튕겼다. 나랑 JC가 편먹고, 너랑 애스킨스가 편먹어.

애스킨스는 한 손을 뒷주머니에 꽂고, 다른 손으로는 맥주 잔을 쥔 채 기계 옆에 서 있었다. 나랑 제시가 편먹고, 너랑 트로이가 편먹으면 하지.

빌리는 담배에 불을 붙였다. 애스킨스를 바라보았다. 그리고 JC를 바라보았다.

그럼 너랑 트로이랑 편먹고서 저 두 사람이랑 해.

좋아, 하자.

자, 편이 정해졌으니 어서 하자.

뭘 걸 건데? JC가 말했다.

아무거나.

네가 정해.

뭘 걸까, 트로이?

아무거나 좋아.

1달러 어때.

이런 도박꾼들. 25센터나 기계에 넣어. 제시, 할 거야?

그럼 하지. 제시가 말했다.

빌리는 바의 스툴에 앉아 있는 존 그래디 옆에 가서 앉았다. 두 사람은 동료들이 기계에 25센트를 넣는 것을 바라보았다. 숫자가 되감기며 종이 울렸다. 트로이가 캔에 담긴 가루 왁스를 통로에 뿌리고 원반을 들어 앞뒤로 문지른 뒤 상체를 굽혀 원반을 칠 준비를 했다.

자, 잘 보고 한 수 배워. 트로이가 말했다.

제대로 하기나 하고 말해.

이 몸의 숙련된 솜씨에 놀라 자빠지지나 마라.

트로이가 원반을 밀쳤다. 종이 울렸다. 트로이가 뒤로 물러나 손가락을 튕겼다. 세상에는 평생 도움이 되는 것들이 있지.

할 말이 있어요. 존 그래디가 말했다.

빌리는 담배 연기를 훅 뿜었다. 말해.

뒤로 가요.

좋아.

그들은 맥주를 들고, 탁자와 의자와 무대와 반질대는 콘크리트 무도장이 자리한 가게 뒤켠으로 갔다. 의자 두 개를 걷어차듯 빼내 앉아 탁자에 맥주를 놓았다. 어둑한 공간에서 퀴퀴한 냄새가 풍겼다.

무슨 말일지 안 들어도 알겠다. 빌리가 말했다.

예. 맞아요.

빌리는 엄지손톱으로 맥주병 라벨을 떼어 내며 존 그래디의 말을 들었다. 고개조차 들지 않은 채. 존 그래디는 소녀와 화이트 레이크와 에두아르도에 대해 이야기하고, 눈먼 마에스트로가 한 말을 이야기했다. 말을 마쳤는데도 빌리는 여전히 고개를 들지 않은 채 맥주 라벨을 벗기던 손만 멈추었다. 아무 말도 하지 않았다. 이윽고 빌리가 주머니에서 담배를 꺼내 불을 붙이고 담뱃갑과 라이터를 탁자에 놓았다.

너 지금 장난치는 거지?

아뇨. 아니에요.

대체 머리가 어떻게 된 거야? 시너라도 마셨어?

존 그래디는 모자를 뒤로 젖혔다. 그리고 무도장 너머를 바라보았다.

아뇨.

그러니까 어디 정리해 보자. 나더러 멕시코 후아레스의 매음굴에 가서 창녀를 돈 주고 사 와서 강을 건너 목장으로 데려오라는 말이지? 이게 얼마나 엄청난 일인지 알고나 하는 말이야?

존 그래디는 고개를 끄덕였다.

젠장. 지금 웃자고 하는 얘기지? 염병. 너 정신이 완전히 나간 거야냐?

그런 거 아니에요.

웃기고 있네.

그녀를 사랑해요, 빌리 형.

빌리는 의자에 몸을 파묻었다. 두 팔이 힘없이 늘어졌다.

아이고 하느님. 아이고 하느님.

나도 어쩔 수가 없어요.

다 내 탓이다. 너 같은 놈을 그런 데 데려가는 게 아니었는데. 내가 미쳤지. 내가 미쳤어. 대체 무슨 말을 해야 할지도 모르겠다.

빌리는 몸을 숙여 양철 재떨이에 놓아둔 담배를 집어 한 모금 빤 뒤 탁자 너머로 연기를 뿜었다. 그러고는 고개를 절레절레 저었다.

뭐 하나 물어보자.

네.

그 여자를 거기서 데리고 나오면 그다음에는 어떡할래? 물론 만약에 하는 말이지만.

결혼할 거예요.

담배를 입으로 가져가던 빌리가 우뚝 멈추었다. 담배가 도로 내려갔다.

그래. 그래. 목에 개목걸이를 차게 해 달라는 말이구나.

진심이에요, 형.

빌리는 의자에 등을 기댔다. 잠시 후 한 손을 번쩍 들었다.

도저히 내 귀를 믿을 수 없어. 내가 미쳐서 헛들은 거야. 그게 아니라면 내가 개자식이지. 너 망할 정신이 완전히 나갔지? 그래, 내가 개새끼다. 이런 헛소리를 다 듣다니.

알아요. 어쩔 수가 없어요.

염병할 새끼.

도와주실 거죠?

아니, 미쳤냐. 그놈들이 널 어떻게 할 것 같아? 기계에다 네

대가리를 얹고 스위치를 눌러 잘난 머리를 바싹 튀겨서 후회
고 뭐고 다시는 못 하게 해 줄걸.

진심이에요, 형.

내 말은 진심이 아닌 것 같냐? 놈들이 전선을 꽂을 때 내가
팔 걷어붙이고 도울 거야.

나는 거기 갈 수 없어요. 놈이 날 알아요.

이봐, 애야. 너는 지금 말도 안 되는 헛소리를 하고 있어. 그
놈들이 어떤 인간인지나 알고 하는 소리야? 시장에서 칼을 사
고팔듯 사람을 사고파는 멕시코 포주 놈한테 가서 흥정을 한
다는 게 말이 돼?

어쩔 수가 없어요.

그 말 좀 그만해, 자식아. 어쩔 수 없다는 게 대체 뭔 헛소
리야?

그냥 없던 일로 해요. 됐어요.

됐다고? 염병.

빌리는 의자에 무너지듯 몸을 기댔다.

맥주 더 할래?

아뇨. 위스키나 왕창 마실래요.

그러고도 싶겠지.

그 말을 들으니 기쁘네요.

빌리는 담배를 꺼내려고 담뱃갑을 흔들었다.

저기 불붙인 담배가 아직 있어요.

그 말에 빌리는 신경도 쓰지 않았다.

어차피 너는 돈도 없어. 그런데 어떻게 창녀를 사 오라는 거

야, 망할 자식아.

돈은 구할 거예요.

어디서?

구할 거예요.

얼마에 살 생각인데?

2000달러요.

2000달러라.

예.

네가 미쳐도 단단히 미쳤구나. 그러지 않고서야 어떻게 이런 헛소리를. 너 미쳤지?

나도 모르겠어요.

나는 알아. 대체 무슨 수로 네깟 놈이 2000달러를 구해?

몰라요. 어쨌든 구할 거예요.

1년을 모아도 어림없어.

알아요.

너 지금 엄청나게 위험한 발언을 하고 있다는 것 알아?

그럴지도요.

전에도 이런 꼴을 본 적이 있지. 너 다리가 부러진 뒤부터 쭉 이상하게 굴고 있어. 어떻게 생각해? 날 봐. 지금 아주 진지하게 하는 말이야.

난 미치지 않았어요, 빌리 형.

우리 둘 중 하나는 분명히 미쳤어. 젠장. 그래 내 탓이야, 내 탓. 내가 죽일 놈이다.

형 잘못이 아니에요.

아니기는.

됐어요. 그냥 없던 일로 해요.

빌리는 의자에 등을 기대 재떨이에서 타고 있는 담배 두 개비를 응시했다. 그러다 모자를 젖히고 손으로 눈과 입을 문지르다 도로 모자를 눌러쓰고 술집을 돌아보았다. 바에서 셔플보드 종이 울렸다. 빌리는 존 그래디를 바라보았다.

어쩌다 이런 진창에 빠진 거야?

모르겠어요.

어떻게 이렇게 될 때까지 있었던 거야?

나도 모르겠어요. 도저히 어쩔 수가 없어요. 그냥 원래 이런 것 같아요. 예전부터 쭉 이랬던 것처럼요.

빌리는 슬픔에 젖어 고개를 저었다.

더 미치기 전에 그만둬. 아직 안 늦었어.

늦었어요.

너무 늦은 때란 없어. 그냥 마음만 단단히 먹으면 돼.

마음은 이미 단단히 먹었어요.

그럼 그 단단히 먹은 걸 확 풀어. 다시 시작하는 거야.

두 달 전이었다면 형 말에 동의했을 거예요. 하지만 지금은 아니에요. 세상에는 마음대로 안 되는 일이 있어요. 아무리 마음을 다잡아도 안 되는 일이요.

그들은 오래도록 앉아 있었다. 빌리는 존 그래디를 바라보고 술집을 돌아보았다. 먼지투성이 무도장, 텅 빈 무대. 덮개를 뒤집어쓴 드럼. 빌리는 의자를 밀치고 일어나 조심스레 탁자 아래 밀어 넣고 몸을 돌려 술집을 가로질러 바를 지나 문으로 나갔다.

그날 밤 늦은 시간 불 꺼진 숙소에 누워 있던 그는 부엌문
이 닫히고 방충문이 이어서 닫히는 소리를 들었다. 그는 가만
히 누워 있었다. 그러다 일어나 앉아 다리를 침대에서 내려 청
바지를 걸치고 부츠를 신고 모자를 쓰고 밖으로 나갔다. 거의
보름달에 가까운 달이 떠오른 싸늘한 늦은 밤, 부엌 굴뚝에서
는 연기가 피어오르지 않았다. 코트 차림의 존슨 씨가 뒷계단
에 앉아 담배를 피우고 있었다. 존 그래디를 쳐다보더니 고개
를 끄덕였다. 존 그래디는 존슨 씨 옆에 가 앉았다.

모자도 안 쓰고 밖에서 뭐하세요?

모르겠어.

괜찮으세요?

응. 괜찮아. 가끔은 밤에 바깥바람이 쐬고 싶을 때가 있지.
담배 피울 텐가?

아네요.

자네도 잠이 안 오나 보지?

예. 그런가 봐요.

새로 온 말들은 어때?

잘 산 것 같아요.

우리에 망아지들이 유령처럼 있더군.

그중 몇 마리는 파실 것 같아요.

말 매매라니.

노인이 고개를 흔들었다. 그리고 담배를 피웠다.

어르신도 말 길들이는 일을 하셨나요?

한 적은 있지. 대부분은 어쩔 수 없이 했어. 아무리 봐도 나는 말을 길들이는 데는 영 젬병이야. 한번은 심하게 다치기도 했지. 대체 속을 알 수 없는 녀석들을 보고 있으면 겁이 더럭 나더라고. 그 콩알만 한 녀석들 속을 도통 모르겠더라니까.

하지만 말을 타는 건 좋아하시잖아요.

그래. 마거릿이 나보다 두 배는 더 잘 탔지. 말을 그렇게 잘 다루는 여자는 본 적이 없어. 나보다 훨씬 나았지. 남자로서 이런 말을 하기가 쉽지는 않지만, 진실은 진실이지.

투우사 밑에서도 일했다면서요?

그래. 그랬지.

어땠어요?

오지게 힘들었지. 그때는 그랬어.

지금도 그렇겠죠.

십중팔구 그럴걸. 그래. 나는 목축업을 한 번도 좋아한 적이 없어. 그저 할 줄 아는 거라곤 그것뿐이라 한 거지.

노인이 담배를 피웠다.

뭐 하나 여쭤 봐도 될까요? 존 그래디가 말했다.

말해.

몇 살에 결혼하셨어요?

안 했어. 평생 짝을 못 만났지.

노인이 존 그래디를 바라보았다.

마거릿은 형님의 딸이야. 형님 내외가 1918년에 유행성 독감으로 다 돌아가셨지.

몰랐어요.

마거릿은 친부모를 거의 기억하지 못했어. 아기였으니. 다섯 살인가 그랬지. 자네, 코트는 어디 뒀나?

괜찮아요.

나는 그때 콜로라도주 포트콜린스에 있었어. 그런데 연락이 왔더라고. 말을 배에 싣고 갔다가 기차를 타고 돌아왔지. 그렇게 있다가는 감기 걸릴 텐데.

괜찮아요. 염려 마세요. 감기 안 걸려요.

결혼을 하긴 해야 했지만 마거릿에게 맞을 만한 사람을 찾을 수 없었어.

맞을 만한 사람이라뇨?

엄마 말이야. 엄마. 결국 우리는 포기했지. 어쩌면 그게 실수였는지도 모르겠어. 소코로가 그 애를 키우다시피 했지. 마거릿이 소코로보다 스페인어를 더 잘했다니까. 정말 끔찍한 일이었어. 소코로도 그때 죽은 거나 다름없어. 지금도 완전히 회복하진 못했지. 앞으로도 힘들 거야.

예, 어르신.

그 애는 엇나갈 이유가 수두룩했는데도 바르게 자랐어. 어떻게 그럴 수 있었는지 나도 모르겠어. 기적이었던 것 같아. 내 덕분은 절대 아니야. 그거 하나는 분명하지.

예, 어르신.

저길 봐.

노인이 달을 턱으로 가리켰다.

네?

지금은 안 보이는군. 조금만 기다려 봐. 이런. 가 버렸네.

뭐가요?

새들이 달을 가로질러 날아갔어. 기러기 같아. 정확히는 몰라도.

저는 못 봤어요. 어느 쪽으로 갔죠?

북쪽으로. 아마 벨렌 근처의 강가 습지로 가는 모양이야.

네.

밤에 말 타는 걸 좋아했지.

저도 그래요.

밤이면 사막에서 알 수 없는 것들을 보지. 말도 그것들을 봐. 때로는 겁을 낼 때도 있지만, 전혀 겁을 내지 않는데도 뭔가를 봤다는 걸 알 수 있을 때가 있어.

어떤 것들 말이죠?

나도 모르지.

유령 같은 것 말인가요?

아니. 뭔지는 모르겠어. 말이 그것들을 본다는 걸 알 뿐이지. 저 밖에는 뭔가가 있어.

그냥 여우 아닐까요?

아냐.

놀란 것도 아니고요?

아냐. 녀석이 아는 무언가야.

하지만 어르신은 모른다는 거죠.

그래. 맞아.

노인이 달을 바라보며 담배를 피웠다. 새들은 더 이상 날아가지 않았다. 잠시 후 노인이 말했다. 유령 이야기를 하는 게 아냐. 그냥 존재하는 그 무언가가 있어. 자네도 알면 좋을 텐데.

그러게요, 어르신.

언젠가 오가얄라의 플랫강에서 밤을 보냈는데, 난 야영지에서 멀찍이 떨어진 곳에 담요를 깔고 잤지. 꼭 오늘 밤처럼 달빛이 환하고 추웠어. 봄이었지. 그러다 잠결에 소리를 듣고 깼어. 사방에서 좀 크게 속삭이는 듯한 소리가 났지. 기러기 수천 마리가 강을 따라 상류로 날아가고 있었어. 다 날아가는 데 한 시간은 족히 걸렸지. 달이 새카맣게 뒤덮일 지경이었으니. 소들이 일어나지 않을까 했지만 잠만 쿨쿨 자더군. 나는 일어나 걸어가 새 떼를 바라보았어. 다른 젊은 카우보이 몇 명도 일어나 내복 바람으로 바라보았지. 그냥 속삭이는 소리 같았어. 하늘 높이 날아가는데, 전혀 요란하지 않았어. 이런 소리에 잠에서 깬 게 오히려 놀라웠지. 밤에는 주로 부저라는 이름의 말을 즐겨 탔는데, 녀석이 내게 다가왔어. 녀석도 소들이 일어날 줄 안 모양이지만, 정작 소는 아무 기척이 없었지. 그냥 땅에 딱 박혀 있더군.

가축들이 미친 듯이 달아난 적도 있나요?

있지. 1885년에 애빌린까지 소를 몰고 가던 중이었지. 나는 당시 똘마니에 불과했어. 그런데 양아치 같은 자식이 따라붙은 거야. 놈은 도앤의 가게에서 우리를 따라 레드 강을 건너 인디언 구역으로 들어왔지. 덕분에 소 떼를 다시 모으느라 어찌나 고생을 했던지. 녀석을 잡았을 때 녀석의 몸에서 나던 석유 냄새가 아직도 생생해. 녀석은 밤에 몰래 다가와 고양이에 불을 붙여 소 떼에 집어던졌지. 투석기로 쏘듯이 말이야. 월터 데버로가 밤에 망을 보고 있다가 소리를 듣고 돌아보았지. 혜성이 울부짖으며 달려오는 것 같았다지. 소들이 뿔뿔이 흩어졌어. 다시 모으는 데 사흘이 걸렸으니. 거기서 떠날 때 40마리 넘게 사라졌거나 다리를 절거나 도난당했거나 했고, 말도 두 마리나 없어졌지.

그 애는 어찌 되었나요?

그 애?

고양이를 던진 애요.

아. 잘 풀리지는 않았지.

그랬겠죠.

사람은 무슨 짓을 할지 몰라.

예, 어르신. 그래요.

오래 살다 보면 온갖 꼴을 다 보지.

예, 어르신. 그래요.

존슨 씨는 아무 말도 하지 않았다. 담배꽁초가 천천히 붉은 호를 그리며 마당으로 날아갔다.

여기에는 탈 게 없지. 이 고장 초원에 불이 났던 게 기억나.

제가 벌써 온갖 꼴을 다 봤다는 뜻은 아니었어요.

나도 아네.

그냥 이런 일 저런 일 많이 봤다는 거예요.

나도 알아. 이 세상에는 힘들게 배우는 게 있지.

그중 가장 힘든 건 뭔가요?

글쎄. 사라진 것은 이미 사라졌다는 거 아닐까. 다시는 돌아오지 않지.

예, 어르신.

그들은 가만히 앉아 있었다. 얼마 후 노인이 말했다.

1917년 3월에 쉰 번째 생일을 맞은 다음 날 와일드 우물의 옛 군사 기지에 말을 타고 갔지. 울타리에 죽은 늑대 여섯 마리가 걸려 있더군. 나는 울타리를 따라 말을 몰며 손으로 늑대를 쓰다듬었어. 늑대의 눈을 보았지. 정부에서 고용한 덫 사냥꾼이 전날 밤 가져온 거였어. 스트리키닌인가 뭔가 하는 독미끼를 써서 죽인 거였지. 새크라멘토 위쪽에서 말이야. 일주일 후 그자가 네 마리를 더 가져왔어. 그 후 이 고장에서 늑대를 봤다는 이야기는 두 번 다시 못 들었지. 좋은 일이겠지. 가축을 잡아먹는 악귀니. 하지만 나는 아무래도 미신적인가 봐. 내가 종교적이지 않은 건 알아. 하지만 살다가 죽는 것이 있는 반면, 늑대는 영원히 존재하는 그 무엇이라는 생각을 평생 떨칠 수가 없어. 늑대를 독살시키다니 상상도 할 수 없는 일이었지. 30년 넘게 늑대 우는 소리를 못 들었어. 어디 가야 들을 수 있는지도 모르고. 어쩌면 그런 곳은 이제 이 세상에 없는지도 모르지.

마구간으로 돌아가니 빌리가 문가에 서 있었다.

어르신은 잠자리에 드셨어?

네.

뭘 하셨던 거야?

잠이 안 온다고 하시던데요. 형은요?

마찬가지지. 너는?

마찬가지죠.

공기 중에 뭐가 있나 봐.

모르겠어요.

뭐라고 하시던?

그냥 이런저런 얘기요.

이런저런 얘기 뭐?

소가 기러기가 날아가는 것과 고양이가 불타는 것을 구별할 수 있다고 하셨던 것 같아요.

어르신이랑 너무 가까이 지내지 않는 게 좋을 거야.

글쎄요.

서로 참 잘 통하는 모양이다.

어르신은 미치지 않았어요.

글쎄. 하지만 미쳤는지 안 미쳤는지 물어볼 사람으로 너는 별로 적당하지 않은 것 같다.

그만 잘게요.

잘 자.

잘 자요.

그는 여자에게 모자를 가지고 가겠다고 스페인어로 말한 다음, 바를 향해 2단짜리 계단을 오르고는 모자를 도로 썼다. 바 앞에 서 있는 멕시코인 사업가들을 지나치며 고개를 끄덕여 인사했다. 그들도 무뚝뚝하게 고개를 끄덕였다. 바텐더가 바에 냅킨을 깔았다.

세뇨르?(손님?)

올드 그랜다드랑 물.

바텐더가 멀어졌다. 빌리는 담배와 라이터를 꺼내 바에 얹었다. 그리고 선반 거울을 들여다보았다. 창녀들 여럿이 소파에 늘어져 있었다. 가장무도회에서 온 난민들 같았다. 바텐더가 위스키를 가지고 돌아와 술잔에 붓고 물잔을 곁에 두었다. 빌리는 술잔을 들어 천천히 돌리다 쭉 들이켰다. 담배를 향해 손을 뻗으며 바텐더에게 턱짓했다.

오트라 베스.(한 잔 더.)

바텐더가 술병을 가지고 왔다. 잔에 술을 따랐다.

돈데 에스타 에두아르도.(에두아르도는 어디 있나.) 빌리가 말했다.

키엔?(누구요?)

에두아르도.(에두아르도.)

바텐더는 생각에 잠겨 술을 따랐다. 그러다 고개를 저었다.

엘 파트론.(사장 말이야.)

엘 파트론 노 에스타.(안 계십니다.)

쿠안도 레그레사?(언제 돌아오시지?)

노 세.(모르겠는데요.) 바텐더는 술병을 쥔 채 서 있었다. 아이 운 프로블레마?(무슨 문제라도 있습니까?)

빌리는 담뱃갑을 흔들어 담배를 빼서 입에 물고 라이터로 손을 뻗었다. 노. 노 아이 운 프로블레마.(아니. 문제는 없어.) 그저 사업상 만나고 싶을 뿐이지.

어떤 사업이지요?

빌리는 담배에 불을 붙인 뒤 라이터를 담뱃갑에 얹고 바 너머로 연기를 뿜고는 고개를 들었다.

자네하고 할 얘기는 아닌 것 같은데.

바텐더는 어깨를 으쓱했다.

빌리는 셔츠 주머니에서 10달러짜리 지폐를 꺼내 바에 놓았다.

이건 술값이 아냐.

바텐더가 사업가들이 서 있는 쪽을 바라보았다. 그리고 빌리를 보았다.

이런 일이 얼마인지 알고 있나?

네?

이런 일이 얼마인지 알고 있냐고?

팁을 후하게 주시겠다는 뜻인가 보군요.

아니. 이런 일을 사려면 얼마나 드는지 알고 있냐고?

일을 산다는 얘기는 처음 듣는데요.

멕시코에서는 자주 사고팔잖아?

아닙니다.

바텐더는 술병을 쥔 채 서 있었다. 빌리는 다시 돈을 꺼내 10달러 위에 5달러짜리 두 장을 얹었다. 바텐더가 손바닥으로 돈을 덮어 주머니에 넣었다.

운 모멘토. 에스페라테.(잠시만요. 기다리세요.)

빌리는 위스키 잔을 들어 돌린 뒤 마셨다. 술잔을 내려놓고 손등으로 입술을 훔쳤다. 선반 거울을 보니 알카우에테가 루시퍼처럼 그의 왼쪽 팔꿈치에 서 있었다.

시 세뇨르.(예 손님.)

빌리는 고개를 돌려 그를 바라보았다.

당신이 에두아르도요?

아뇨. 무슨 일로 그러시죠?

에두아르도를 만나고 싶소.

무슨 일로 사장님을 찾으시죠?

할 말이 있소.

예. 제게 말씀하십시오.

빌리는 바텐더를 향해 고개를 돌렸지만 그는 이미 다른 곳으로 가 다른 손님들을 접대하고 있었다.

개인적인 일이오. 젠장, 죽이려고 찾아온 건 아니니 염려 마시오.

알카우에테의 눈썹이 살짝 치켜 올라갔다.

그렇다면 다행이군요. 마음에 안 드는 거라도 있습니까?

사장이 흥미로워할 사업 건이 있소.

딜러는 누구죠?

뭐요?

딜러는 누구냐고요.

나요. 내가 딜러요.

티부르시오는 한참 동안 그를 살펴보았다.

당신이 누군지 압니다.

내가 누군지 안다고?

네.

내가 누구요?

당신은 트루하만(상담자)입니다.

그게 뭐요?

스페인어를 못하시나요?

할 줄 아오.

모르디다(뇌물)를 가지고 온 게로군요.

빌리는 돈을 꺼내 바에 놓았다.

내가 가진 거라곤 18달러가 전부요. 아직 술값도 내지 않았
는데.

술값을 내시지요.

뭐요?

술값을 내십시오.

빌리는 바에 5달러를 남겨 놓고 13달러와 담뱃갑과 라이터
를 셔츠 주머니에 넣고는 가만히 기다렸다.

따라오십시오.

빌리는 그를 따라 살롱을 가로질러 잘 차려입은 창녀들을
지나쳤다. 머리 위 샹들리에가 만화경처럼 쏟아 내는 빛 조각
과 텅 빈 무대를 지나 뒤쪽 문으로 향했다.

와인 빛 베이즈[34]로 덮인 문에는 손잡이가 없었다. 어떻게
열었는지 알카우에테가 그 문을 열자 푸른색 복도가 나타났
다. 문 위쪽 천장에 딱 하나 박힌 전구가 푸른빛을 뿜었다. 알
카우에테가 문을 잡고 서 있다 빌리가 들어서자 문을 닫고는
몸을 돌려 복도를 나아갔다. 그의 향수에서 배어나온 사향 향
이 공기 중에 맴돌았다. 복도 끝에서 걸음을 멈춘 그는 은박

---

34) 책상보나 커튼에 쓰이는 올이 거친 모직물.

에 돌을새김 무늬를 넣은 문을 손가락 관절로 두 번 두드렸다. 그리고 몸을 돌려 두 손목을 교차한 채 기다렸다.

버저가 울리자 알카우에테가 문을 열었다.

기다리시오.

빌리는 기다렸다. 늙은 애꾸눈 여자가 복도를 내려와 어떤 문을 두드렸다. 여자는 빌리를 보더니 성호를 그었다. 문이 열리자 늙은 여자가 사라졌고 문이 닫히면서 복도는 다시 한 번 부드러운 푸른빛 속에서 텅 비었다.

은빛 문이 열리더니 알카우에테가 반지 낀 가느다란 손가락을 모아 쥐고 안으로 들어오라고 손짓했다. 빌리는 안으로 들어가 섰다. 모자를 벗었다.

에두아르도가 가느다란 검은 시가를 피우며 책상 뒤에 앉아 있었다. 발을 꼬아 열린 책상 서랍에 비스듬히 걸쳐서는 번쩍이는 도마뱀 가죽 부츠를 살펴보는 듯했다.

무슨 일로 날 찾았소?

빌리는 티부르시오를 돌아보았다. 그리고 다시 에두아르도를 바라보았다. 에두아르도가 서랍에서 발을 들어 천천히 의자를 돌렸다. 검은 양복 아래 받쳐 입은 연초록색 셔츠는 위쪽 단추가 풀려 있었다. 에두아르도가 시가를 쥔 쪽 팔을 번쩍이는 유리 깔개에 얹었다. 무심한 듯한 태도였다.

사업상 제안할 것이 있소. 빌리가 말했다.

에두아르도는 자그마한 시가를 들어 유심히 살폈다. 그리고 다시 빌리를 바라보았다.

구미가 당길 거요.

에두아르도가 엷은 미소를 지었다. 빌리 너머 알카우에테를 보더니 다시 빌리를 보았다.

나도 운이 좀 트이려나. 거참 잘됐군.

그는 느긋이 시가를 빨았다. 시가를 든 손을 기묘하면서도 우아하게 돌려 손바닥을 위로 향했다. 보이지 않는 무엇인가를 받치는 양. 혹은 이미 사라진 무엇인가를 쥐고 있는 데 너무 익숙해진 양.

단둘이 말하고 싶소. 빌리가 말했다.

에두아르도가 고개를 끄덕이자 알카우에테가 밖으로 나가 문을 닫았다. 에두아르도는 의자에 등을 기대고 다시 몸을 돌려 부츠를 꼬아 서랍에 얹었다. 그리고 고개를 들어 가만히 기다렸다.

여기 아가씨 하나를 사고 싶소.

산다고.

그렇소.

산다니, 어떻게 말이오?

돈을 주고 아가씨를 여기서 데리고 가겠소.

여기 아가씨들이 억지로 갇혀 있다고 믿나 보지.

그런 것은 잘 모르오.

하지만 그렇게 생각하는군.

아무 생각도 안 하오.

어련하실까. 안 그러면 어떻게 아가씨를 사겠다고 하지?

나도 모르오.

에두아르도가 입술을 모았다. 그리고 시가 끝을 유심히 살폈다.

모른다고.

그럼 여기 아가씨가 마음대로 밖으로 나갈 수 있다는 말이
오?

그것 참 좋은 질문이군.

좋은 대답도 듣고 싶소.

개인적으로는 자유라고 할 수 있지.

뭐요?

개인적으로는 자유라고. 아가씨들이 여기서 자유롭냐고?

에두아르도가 검지를 관자놀이 옆에 댔다.

글쎄, 그걸 누가 알까?

그럼 여길 떠나고 싶으면 얼마든지 떠날 수 있다는 거군요.

그네들은 창녀요. 갈 데가 어디 있겠소?

누군가 결혼을 원한다면?

에두아르도는 어깨를 으쓱했다. 그리고 빌리를 바라보았다.

뭐 하나 물어보지.

좋소.

당신은 대리인이오, 본인이오?

뭐요?

당신 본인이 사려는 거요?

그렇소.

화이트 레이크에 자주 왔소?

한 번 왔소.

그럼 여자는 어디서 만났소?

라 베나다에서.

그런데 지금 그 여자랑 결혼을 하겠다고.

빌리는 대답하지 않았다.

포주는 느긋하게 담배를 빨고는 연기를 부츠를 향해 나릿나릿 뿜었다.

내 생각에 당신은 대리인이오.

아니, 그렇지 않소. 난 뉴멕시코주 오로그란데 근방 프로스포어스에서 맥 맥거번 밑에서 일하오. 얼마든지 확인해 보시오.

당신이 여기 온 건 당신 여자를 사기 위해서가 아니야.

나는 당신에게 사업상 제안을 하기 위해 온 거요.

에두아르도는 담배를 피웠다.

현찰로 주겠소.

그 여자애는 병이 있지. 당신 친구는 그걸 알고 있소?

친구가 있다는 말은 안 했소.

그 애가 사실대로 말하지 않았군. 내 말이 틀렸소?

어느 여자인지 어떻게 아시오?

이름이 막달레나지.

빌리는 그를 가만히 바라보았다.

라 베나다 때문에 눈치챈 거군.

그 애는 여길 떠나지 않을 거요. 당신 친구는 그 애가 기꺼이 떠날 거라 생각하나 본데 전혀 아니오. 하긴 어쩌면 떠날 생각일 수도 있겠지. 워낙 어리니. 뭐 하나 물읍시다.

말하시오.

창녀를 사랑하다니 당신 친구는 어디가 잘못된 거요?

나도 모르오.

그 애가 진짜 창녀는 아니라고 생각하는 거요?

나도 모르오.

친구를 설득은 해 봤소?

그렇소.

그 애는 뼛속까지 창녀요. 내가 잘 알지.

어련하겠소.

당신 친구는 대단한 부자요?

아니오.

그럼 여자한테 뭘 해 줄 수 있소? 그 애가 대체 왜 떠나겠소?

나도 모르오. 그 여자도 자기를 사랑한다고 생각하는 것 같소.

기가 막히군. 설마 당신도 그렇게 믿는 건 아니겠지?

나는 모르오.

정말 그렇게 믿소?

아니오.

그럼 어쩔 셈이오?

모르오. 내가 녀석한테 뭐라고 말해 주면 좋겠소?

아무 말도. 당신 친구는 술을 많이 마시오?

아니오. 그다지 썩.

나는 당신을 도우려는 거요.

빌리는 모자로 허벅지를 탁탁 두드렸다. 에두아르도를 바라보고, 사무실을 둘러보았다. 모퉁이에 자그마한 바가 설치되어 있었다. 하얀 가죽을 씌운 소파 하나. 위판이 유리인 커피

테이블 하나.

나를 믿지 않는군. 에두아르도가 말했다.

그 여자한테 투자한 돈이 없으리라고는 생각지 않소.

내가 언제 그렇다고 했소?

그러지 않았소?

그 애가 나한테 빚이 있기는 하지. 옷이며 보석이며 산다고
가불을 해 갔지.

얼마나 되오?

나도 같은 걸 물어도 되겠소?

모르겠소. 내가 답을 할 입장은 아닌 것 같은데.

당신은 나를 노예상으로 여기는군.

그렇게 말한 적 없소.

그렇게 생각하잖소.

내 친구한테 뭐라고 전할지 말하시오.

내가 뭐라고 한다고 해서 달라지겠소?

달라질지도 모르지.

당신 친구는 열정에 사로잡혀 분별을 잃었소. 무슨 말을 해
도 소용없을 거요. 자기 머릿속에 이야기 하나를 갖고 있지.
일이 어떤 식으로 진행될 것이라는. 그 이야기 속에서 그는 행
복할 거요. 그 이야기의 어디가 잘못되었는지 아시오?

그야 당신이 더 잘 알겠지.

그 이야기의 문제는 진실이 아니라는 거요. 사람들은 세계
가 어떤 식이며, 그 세계에서 자신이 어떻게 될 것이라는 생각
을 나름 갖고 있지. 기실 세계는 전혀 다른데도, 결코 현실이

될 수 없는 세계를 꿈꾸지. 어떻게 생각하오?

빌리는 모자를 썼다. 시간 내주어 고맙소.

별말씀을.

빌리는 돌아섰다.

내 질문에 대답하지 않았소. 에두아르도가 말했다.

빌리는 다시 돌아섰다. 그리고 포주를 바라보았다. 담배를
쥐고서 우아하게 모아 쥔 손가락과 값비싼 부츠를. 창이 없는
방을. 단지 이 장면을 위해 이곳에 설치된 듯한 가구를.

나도 모르오. 아니, 알고는 있지만 말하고 싶지 않소.

왜지?

배신처럼 느껴지기 때문이오.

진실이 배신이 될 수 있을까?

어쩌면 그럴 수도. 어쨌든 원하는 것을 얻는 사람도 있는 법
이오.

그런 사람은 없소. 그저 잠시 얻었다가 다시 잃을 뿐이지.
혹은 꿈꾸던 세계를 마침내 현실로 만들었는데 알고 보니 자
기가 원하던 그 세계가 아니든가.

음.

어떻게 생각하오?

이렇게 말하리다.

말해 보시오.

그 문제에 대해 곰곰이 생각해 보겠소.

포주는 고개를 끄덕였다.

안달레 푸에스.(얼마든지.)

어떤 신호도 몸짓도 없이 문이 저절로 열렸다. 티부르시오 가 서서 기다리고 있었다. 빌리는 다시 몸을 돌렸다가 뒤돌아 보았다.

당신도 내 질문에 대답하지 않았소.

그랬소?

그랬소.

다시 물어보시오.

대신에 다른 질문을 하겠소.

좋소.

내 친구가 지금 곤경에 처해 있는 거요?

에두아르도가 씩 웃었다. 책상의 유리판 너머로 시가 연기 를 뿜었다.

그야 물으나 마나지.

야심한 시간이건만 부엌에는 여전히 불이 켜져 있었다. 그 는 트럭에 잠시 앉아 있다 엔진을 껐다. 열쇠를 꽂아 둔 채 차 에서 내려 마당을 지나 집으로 향했다. 소코로는 잠자리에 들 고 없었지만 오븐 위 보온기에는 옥수수빵이, 접시에는 프라 이드치킨 두 조각과 감자와 콩이 담겨 있었다. 그는 접시를 식 탁에 갖다 놓고 식기건조대에서 포크를 챙기고 컵에 커피를 따른 뒤 주전자를 스토브에 도로 놓았다. 스토브 안에서 석 탄이 희미한 붉은빛을 띠고 있었다. 그는 커피를 들고 식탁으 로 가서 자리에 앉아 음식을 먹었다. 천천히 기계적으로. 식 사를 마친 뒤 그릇을 개수대에 놓고 냉장고 문을 열어 디저트

거리를 찾았다. 푸딩이 있기에 싱크대로 가져가 작은 접시를 꺼내 덜어 담고 남은 푸딩을 도로 냉장고에 넣고 커피를 더 따른 뒤 푸딩을 먹으며 오렌의 신문을 읽었다. 시계가 복도에서 째깍거렸다. 스토브가 식어 가며 타닥거렸다. 존 그래디가 들어오더니 스토브로 가 커피를 따라 식탁에 와 앉아서는 모자를 뒤로 젖혔다.

벌써 일어난 거야? 빌리가 말했다.

설마요.

지금 몇 시지?

몰라요.

빌리는 커피를 마셨다. 그리고 주머니로 손을 뻗어 담뱃갑을 꺼냈다.

방금 도착한 거예요?

응.

물으나 마나 잘 안 됐겠죠.

잘 아네, 말귀신.

하긴.

너도 이렇게 될 줄 알았지?

예. 돈 얘기도 했나요?

아, 방문은 아주 순조로웠어.

뭐라고 하던가요?

빌리는 담배에 불을 붙이고 라이터를 담뱃갑 위에 얹었다. 그리고 그녀가 그곳을 떠나고 싶어 하지 않는다고 말했다.

거짓말이에요.

그럴 수도 있겠지. 하지만 그자 말로는 떠나지 않을 거래.

떠날 거예요.

빌리는 식탁 너머로 천천히 연기를 뿜었다. 존 그래디가 가만히 바라보고 있었다.

내가 미쳤다고 생각하죠?

알면서 뭘 물어.

하긴.

너 자신을 좀 봐. 네 꼴이 어떤가. 말을 팔겠다고 하질 않나. 말도 안 되는 옛일을 들먹이질 않나. 너는 헛소리 같은 이야기에 이성을 잃은 거야. 말도 안 되는 헛소리지. 아무렴.

형 눈에는 그렇게 보이겠죠.

길 가는 사람 아무나 붙잡고 물어봐라.

빌리는 상체를 숙여 담배를 쥔 손의 손가락을 하나씩 하나씩 꼽았다.

그 여자는 미국인이 아니야. 시민권도 없어. 영어도 못 해. 매음굴에서 일해. 아니, 내 말 끝까지 들어. 손가락은 엄지 하나만 남아 있었다. 무엇보다도 결정적으로, 망할 새끼 손 안에 있어. 네가 그 놈이랑 부닥치면 바로 죽은 목숨이라는 데 내 목을 걸지. 이봐, 이 동네에도 여자는 많아.

그녀 같은 여자는 없어요.

네가 말하니 나도 말하겠는데, 하긴 대체 어디에 그런 여자가 있겠냐.

빌리는 담배를 비벼 껐다.

아무튼 나는 할 수 있는 데까지 다 했어. 이만 자야겠어.

그래요.

빌리는 의자를 밀치고 일어났다.

네가 미쳤다고 내가 생각하는 것 같아? 천만에. 아니야. 너는 광기의 역사를 다시 썼어. 네가 미친놈이면 정신병원에 갇혀 문 아래로 밥 받아먹는 인간들은 전부 풀어 줘야 해.

빌리는 담배와 라이터를 셔츠 주머니에 넣고 컵과 그릇을 싱크대로 가져갔다. 그리고 문에서 다시 걸음을 멈추고 뒤돌아보았다.

아침에 보자.

형?

응.

고마워요. 정말이에요.

천만에라고 말한다면 내가 거짓말쟁이겠지.

나도 알아요. 어쨌든 고마워요.

정말 말을 팔 셈이야?

모르겠어요. 네.

어쩜 울펀바거가 살지도 모르겠군.

나도 그 생각 했어요.

그랬겠지. 아침에 보자.

존 그래디는 빌리가 마당을 가로질러 마구간으로 걸어가는 모습을 바라보았다. 그러다 몸을 숙여 창문에 맺힌 물방울을 소맷자락으로 문질렀다. 빌리의 그림자가 점점 짧아지더니 마구간 문 위의 노란 전구를 지나 사라졌다. 존 그래디는 커튼을 도로 내리고는 고개를 돌려 빈 잔을 응시했다. 잔 바닥에 찌꺼기가 가라앉아 있었다. 그는 잔을 흔들고 다시 바라보았다.
그리고 도로 되돌리겠다는 듯 잔을 반대 방향으로 흔들었다.

　그는 강을 등지고 버드나무 숲에 서서 길과, 길을 오가는
자동차를 바라보았다. 통행이 별로 없었다. 몇 대 안 되는 차
가 뿜은 먼지는 차가 사라진 후에도 메마른 대기 위에서 오래
도록 미적댔다. 그는 강으로 걸어가 웅크리고 앉아서 흘러가
는 뿌연 흙탕물을 바라보았다. 돌멩이를 던졌다. 또다시. 그러
다 고개를 돌려 길 쪽을 바라보았다.
　택시가 도로에서 서더니 후진으로 방향을 돌려 울퉁불퉁
한 흙길을 덜컹덜컹 달려와 공터에서 멈추었다. 그녀가 맞은
편 문에서 내려 요금을 치르며 뭐라고 짧게 이야기하자 운전
사가 고개를 끄덕였고, 그녀는 뒤로 물러섰다. 운전사가 기어
를 넣고 한 팔을 등받이에 대고 후진한 다음 방향을 돌렸다.
운전사가 강을 바라보았다. 그리고 도로로 들어가 도시로 돌
아갔다.
　그는 그녀의 손을 쥐었다.
　테니아 미에도 케 노 벤드리아스.(오지 않을까 봐 얼마나 마음
졸였는지 몰라.)
　그녀는 아무 말도 하지 않았다. 가만히 그에게 몸을 기댈
뿐. 검은 머리가 어깨에 찰랑거렸다. 비누 냄새. 옷 아래 살아
숨쉬는 살과 뼈.
　에 아마스.(나를 사랑해?) 그가 말했다.
　시. 테 아모.(네. 사랑해요.)

그는 쓰러진 미루나무에 앉아, 자갈 여울로 들어가는 그녀를 바라보았다. 그녀가 고개를 돌려 미소 지었다. 원피스 자락을 갈색 허벅지께에 모아 쥐고. 그도 웃으려고 했지만 목이 메어 고개를 돌려 버렸다.

그녀가 곁에 앉자 그는 그녀의 발을 차례로 쥐고 손수건으로 닦은 뒤 구두의 자그마한 버클을 채웠다. 그녀가 몸을 숙여 그의 어깨에 머리를 기댔다. 그는 키스를 한 뒤 그녀의 머리카락과 가슴과 얼굴을 눈먼 사람처럼 더듬었다.

이 미 레스푸에스타?(어떡할 거야?)

그녀는 그의 손을 잡고 입을 맞추고는 자기 가슴에 댄 채 말했다. 자신은 그의 것이며, 그가 원하는 것은 무엇이든 한다고, 설령 죽어야 한다 하더라도.

그녀는 치아파스주[35) 출신으로, 열세 살에 도박 빚 때문에 팔려 갔다. 가족은 없었다. 마을에 있을 때 달아나 수녀원으로 가 보호를 청했다. 다음 날 아침 포주가 수녀원 계단에 나타나 빛이 훤히 드는 곳에서 수녀원 원장에게 돈을 주고 그녀를 도로 데려갔다.

그자는 그녀를 벌거벗겨서는 트럭 타이어 튜브로 만든 채찍으로 휘갈겼다. 그리고 그녀를 껴안고는 사랑한다고 했다. 그녀는 다시 달아나 경찰서로 갔다. 경찰 세 명이 그녀를 지하실 방으로 데려갔다. 그곳에는 더러운 매트리스가 깔려 있었다. 그들은 차례로 볼일을 본 후 그녀를 다른 경찰에게 팔았

---

35) 태평양 연안에 면한 멕시코 남부의 주.

다. 그리고 담배나 몇 페소를 받고 죄수들에게도 팔았다. 마지막으로 포주에게 연락해 돈을 받고 그녀를 되넘겼다.

그자는 그녀를 주먹으로 치고 벽에 밀쳐 쓰러뜨려 발로 걷어찼다. 다시 한 번만 더 달아나면 죽이겠다고 했다. 그녀는 눈을 감고 그를 위해 입을 벌렸다. 분노에 사로잡힌 그가 그녀의 팔을 쥐자 팔이 부러졌다. 마른 삭정이처럼 나직이 탁 소리를 내며. 그녀는 고통에 숨이 막혀 비명을 내질렀다.

미라. 미라, 푸타, 케 아스 에초.(봐. 보라고, 네가 무슨 짓을 했는지, 이 망할 년.)

포주가 소리쳤다.

어느 쿠란데라(여자 치료사)한테 치료를 받았지만 지금도 팔은 똑바로 펴지지 않았다. 그녀는 팔을 보여 주었다.

미레스.(봐요.)

그 집은 라 에스페란사 델 문도(세상의 희망)라고 불렸다. 온몸을 치장하고 얼룩진 기모노를 입은 아이는 그녀의 품에 안겨 소리 없이 울다가 2달러도 안 되는 돈에 남자와 함께 뒷방으로 갔다.

그는 몸을 숙여 그녀를 팔로 감싼 채 눈물을 흘렸다. 그는 그녀의 입을 손으로 막았다. 그녀가 그 손을 치웠다.

아이 마스.(더 있어요.)

노.(그만해.)

그녀는 더 말하려고 했지만 그가 다시 손가락을 그녀의 입에 댔다. 그리고 알고 싶은 것은 오직 한 가지라고 말했다.

로 케 키에라스.(뭐든 대답할게요.)

테 카사스 콘미고.(나와 결혼해 줘.)

시, 케리도. 라 레스푸에스타 에스 시.(그럼요, 내 사랑. 좋아요.) 우리 결혼해요.

부엌에 들어서니 오렌과 트로이와 JC가 앉아 있었다. 그는 그들에게 고개를 끄덕인 뒤 스토브로 가 아침 식사와 커피를 챙겨 식탁으로 갔다. 트로이가 의자를 살짝 옮겨 자리를 내주었다.

그렇게 열심히 연애하다 쓰러지는 것 아냐?

젠장. 꿈에라도 저 녀석 따라 할 생각은 하지 마. JC가 말했다.

크로퍼드에게 네 말 이야기를 했다. 오렌이 말했다.

뭐라던가요?

금액만 맞으면 살 만한 사람이 있대.

여전히 그 금액으로요?

그래.

그렇게는 팔 수 없어요.

어쩌면 약간 더 받을 수도 있어. 그래 봐야 얼마 안 되겠지만.

존 그래디는 고개를 끄덕였다. 그리고 식사를 했다.

경매로 팔면 더 받을 텐데.

3주나 기다려야 하잖아요

2주 반이지.

325달러면 팔겠다고 해 주세요.

JC가 일어나 접시를 싱크대로 가져갔다. 오렌이 담배에 불을 붙였다.

언제 만나실 거예요? 존 그래디가 말했다.

네가 원한다면 오늘이라도 만나지.

부탁드릴게요.

존 그래디는 먹었다. 트로이가 일어나 접시를 싱크대에 갖다 놓고 JC와 함께 나갔다. 존 그래디는 마지막 남은 비스킷 조각으로 접시를 깨끗이 닦아 먹은 뒤 의자를 밀치며 일어났다.

아침을 4분 만에 먹다니, 노조에서 가만 안 둘걸. 오렌이 말했다.

사장님을 어서 만나야 해서요.

존 그래디는 접시와 컵을 싱크대에 놓고 두 손을 바지 옆에 문질러 닦은 뒤 부엌을 가로질러 복도로 갔다.

사무실 문설주에 노크를 하고 안을 들여다보았지만 텅 비어 있었다. 그는 복도를 따라 맥의 침실로 가서 열려 있는 문을 두드렸다. 맥이 목에 수건을 두르고 모자를 쓴 채 욕실에서 나왔다.

잘 잤나.

안녕히 주무셨어요. 잠시 이야기 좀 할 수 있을까요?

들어오게.

맥은 수건을 의자 등받이에 걸고 구식 옷장으로 가 셔츠를 꺼내 흔들어 펴서는 단추를 풀었다. 존 그래디는 문가에 섰다.

들어오게. 망할 모자는 얼른 쓰고.

예, 사장님.

그는 계단참 두 개를 올라 방으로 들어가 모자를 쓰고 가만히 기다렸다. 맞은편 벽에 걸린 액자들에 말 사진이 들어 있었다. 화장대의 화려한 은빛 액자에는 마거릿 존슨 맥거번의 사진이 있었다.

맥이 셔츠를 입고 단추를 잠갔다.

앉게.

괜찮습니다.

앉아. 심각한 일인 모양인데.

침대 건너편에 짙은 가죽으로 감싸인 묵직한 참나무 의자가 있었다. 그는 방을 가로질러 의자에 가서 앉았다. 의자 팔걸이 한쪽에 맥의 옷이 아무렇게나 걸쳐져 있었다. 그는 다른쪽 팔걸이에 팔꿈치를 괴었다. 맥이 셔츠를 탁탁 펴서는 앞에서부터 뒤로 끝자락을 바지 안에 밀어 넣고 바지 단추를 채우고 벨트를 하고 화장대에서 열쇠와 잔돈과 지갑을 집었다.

그래, 이보다 더 좋은 기회는 없을 테니 어서 말해 보게.

존 그래디는 모자를 다시 벗으려다 손을 무릎 위에 얹었다. 그리고 몸을 숙여 양쪽 팔꿈치를 무릎에 댔다.

그냥 속 시원히 털어놓게.

예, 사장님. 그게, 제가 결혼을 하려고요.

맥이 양말을 신다 뚝 멈추었다. 그러다 다시 양말을 당기고 부츠를 향해 손을 뻗었다.

결혼을 한다고.

예, 사장님.

알겠네.

결혼을 하려는데, 사장님만 괜찮으시면 제 말을 팔려고 합니다.

맥은 한쪽 부츠를 신고 다른 쪽 부츠를 집어 든 채 가만히 앉아 있었다.

이보게, 결혼하고 싶은 마음이야 이해하네. 나도 스무 살을 한 달 앞두고 식을 올렸지. 우리는 마치 서로를 키우는 것 같았어. 그래도 난 자네보다는 상황이 조금 나았네. 필요한 돈을 마련할 수 있다고 보나?

모르겠습니다. 그래서 말을 팔려고요.

얼마나 오래 생각한 건가?

꽤 됐습니다.

꼭 결혼해야 할 사정이 생긴 건 아니겠지?

네. 그런 건 아닙니다.

그럼 잠시 미루는 게 어떻겠나. 좀 더 생각해 보게.

그럴 수가 없습니다.

그게 무슨 말인가?

문제가 좀 있어서요.

시간이야 얼마든지 있으니 다 말해 보게.

예, 사장님. 그게, 첫째로 그녀는 멕시코인입니다.

맥은 고개를 끄덕였다.

그런 경우야 종종 있지.

맥은 나머지 부츠를 신었다.

그래서 이리로 데리고 오기가 쉽지 않습니다.

맥이 발을 내려놓고 두 손을 무릎에 얹었다. 그리고 앳된 청년을 바라보았다.

이리로?

예, 사장님.

그럼 강 건너편에 산다는 건가?

예, 사장님.

멕시코에 사는 멕시코인이라고?

예, 사장님.

이런, 망할.

맥은 고개를 돌려 바라보았다. 태양이 막 마구간 위에 떠오른 참이었다. 그는 창문에 달린 하얀 레이스 커튼을 바라보았다. 그리고 자기 아버지의 의자에 뻣뻣하게 앉아 있는 앳된 청년을 바라보았다.

쉽지는 않겠군. 하지만 그보다 더 힘든 경우도 많지. 그래 아가씨는 몇 살인가?

열여섯입니다.

맥은 아랫입술을 깨물었다.

점점 사정이 나빠지는군. 영어는 할 줄 아나?

아뇨.

한 마디도?

예, 사장님.

맥은 고개를 절레절레 저었다. 밖에서 소들이 길가 울타리를 따라 늘어서서 우는 소리가 들렸다. 맥은 존 그래디를 바라보았다.

이보게, 생각은 충분히 한 건가?

예, 사장님. 충분히 했습니다.

마음을 단단히 먹은 모양이군.

예, 사장님.

하긴 그렇지 않았다면 여기 오지도 않았겠지.

예, 사장님.

어디에서 살 계획인가?

그게, 그 얘기도 드리려던 참이었습니다. 사장님만 괜찮으시다면 벨 스프링스의 옛 집을 제가 고쳐 썼으면 싶어서요.

젠장. 지붕도 다 무너졌을 텐데?

다는 아닙니다. 살펴보았는데, 수리하면 쓸 만했습니다.

수리하려면 보통 일이 아닐 텐데.

할 수 있습니다.

아마 할 수 있겠지. 아마도. 하지만 돈은 어쩌고? 자네 봉급을 올려 줄 수는 없네. 자네도 알고 있겠지만.

그건 꿈도 꾸지 않습니다.

빌리와 JC도 봉급을 올려 줘야 해. 젠장. 오렌도 마찬가지고.

예, 사장님.

맥은 상체를 숙이고는 두 손을 깍지 낀 채 앉아 있었다.

이보게, 아무리 생각해도 결혼은 좀 미루는 게 좋겠어. 하지만 정 확고하다면 할 수 없지. 내가 도울 수 있는 일은 돕겠네.

감사합니다, 사장님.

맥은 손으로 무릎을 짚고 일어났다. 존 그래디도 일어났다. 맥이 희미하게 웃으며 고개를 저었다. 그리고 앳된 청년을 바라보았다.

예쁜가?

예, 사장님. 정말 예쁩니다.

당연히 그렇겠지. 여기로 데려오게. 정말 보고 싶군.

예, 사장님.

영어를 못한다고?

예, 사장님.

젠장.

맥이 다시 고개를 저었다.

그래, 알겠네. 그만 가 보게.

예, 사장님.

그는 문으로 가다가 걸음을 멈추고 몸을 돌렸다.

감사합니다, 사장님.

됐네.

그는 빌리와 함께 말을 타고 세더 스프링스로 향했다. 골짜기 꼭대기까지 올라간 그들은 소 떼를 몰며 마을로 내려갔다. 의심 가는 놈은 무조건 올가미를 던져 머리와 발을 묶었다. 짐승들은 비명을 질러 대며 쓰러졌고 그들은 말에서 내려 고삐를 놓았다. 말들이 뒷걸음치면서 올가미 밧줄이 팽팽해졌다. 갓난 송아지 몇 마리는 배꼽에 벌레가 슬어 있어 피어리스를 듬뿍 발라 닦아 낸 뒤 다시 바르고 풀어 주었다. 저녁에 그들은 벨 스프링스로 가 말에게 물을 먹였다. 존 그레디는 혼자서 말에서 내려 사커톤[36] 풀밭을 가로질러 낡은 어도비 건물

------

36) 소의 먹이로 쓰이는 풀의 일종.

로 가 문을 힘껏 밀어 안으로 들어갔다.

그는 꼼짝도 하지 않고 가만히 서 있었다. 서쪽 벽의 자그마한 창문에서 쏟아진 햇살이 방 끝까지 뻗어 갔다. 단단히 다져 기름을 바른 흙바닥에 흐트러진 파편과 헌옷과 통조림 깡통 사이에는 기묘한 원뿔형 흙덩이들이 자리했는데, 흙 지붕으로 스며든 물방울이 라티야(서까래) 틈으로 낙하하며 옛 세계의 흰개미집 모양으로 빚어 놓은 것이었다. 모서리에 놓인 철제 침대 틀의 맨 스프링에는 빈 맥주캔이 아무렇게나 꽂혀 있었다. 뒷벽에 걸린 클레이 로빈슨 회사의 1928년 달력 속에서는 카우보이가 떠오르는 달 아래에서 홀로 소들을 몰고 있었다. 존 그래디가 기다란 빛 기둥을 가로지르자 먼지가 춤추듯 피어올랐다. 그는 문이 없는 문틀을 지나 다른 방으로 들어갔다. 화구가 두 개인 자그마한 스토브는 나무로 때는 것이었는데, 뒤쪽에 녹슨 파이프가 떨어져 우르르 쌓여 있었다. 낡은 아버클[37] 커피 상자 두 개가 벽에 못질되어 있고, 상자 하나는 바닥에 나동그라져 있었다. 집에서 만든 콩, 토마토, 살사 병조림 서너 개. 바닥의 유리 파편들. 전쟁 전에 나온 해묵은 신문. 너덜너덜해진 피시 비옷 한 벌과 낡은 가죽 마구가 부엌문 옆벽에 걸려 있었다. 그가 돌아서니 빌리가 문가에서 바라보고 있었다.

여기가 신혼집이냐?

알면서 뭘 물어요.

---

37) 1860년대에 인기를 끌었던 미국의 유명 커피 상표.

빌리는 문설주에 기대서서 셔츠 주머니에서 담뱃갑을 꺼내 흔들어 담배를 뽑아 불을 붙였다.

바닥에 죽은 노새 한 마리만 있으면 완벽하겠다.

존 그래디는 뒷문으로 가 밖을 내다보았다.

트럭을 여기로 몰고 올 수 있을까?

우리가 온 쪽 말고 다른 쪽으로 오면 될 것 같아요.

대체 이게 무슨 지랄인지. 머리에 똥이라도 찼냐?

존 그래디는 씩 웃었다.

부엌문에서 하리야스의 바위 능선에 걸린 석양이 보여요.

문을 닫은 그는 빌리를 돌아보고는 스토브로 걸어가 주철 화구 덮개를 들어 안을 살핀 뒤 도로 닫았다.

내가 잘못 알고 있는 건지는 모르겠지만, 전기와 수돗물에 익숙해진 사람이 원시시대로 돌아가기란 쉽지 않아.

일단 살다 보면 익숙해질 거예요.

그 여자가 저절로 요리를 할까?

존 그래디는 씩 웃었다. 그리고 빌리를 지나 다른 방으로 갔다. 빌리는 몸을 똑바로 세워 그에게 공간을 내준 뒤 그를 바라보았다.

그 여자가 시골 출신이길 빈다.

내려갈 때는 다른 쪽으로 가요. 가면서 옛길 좀 살피게요.

너 하고 싶은 대로 해. 대신 엄청 늦을 거야.

존 그래디는 문가에 서서 쭉 훑어보았다.

그럼 됐어요. 일요일에 다시 오죠.

빌리는 그를 가만히 바라보았다. 그러다 문설주에 기댔던 몸을 떼어 방을 가로질렀다.

그리로 가자. 어차피 이러나저러나 늦는데.

빌리 형?

응.

아무리 그래도 소용없어요. 다른 사람이 뭐라든 조금도 상관 안 해요.

그래. 나도 알아.

정말 경치가 좋죠. 안 그래요?

그는 개울 맞은편의 말들을 바라보았다. 말들이 자기들의 시커먼 그림자가 드리운 여울에서 고개를 들어 집과 미루나무와 산과 그 너머 붉은 놀이 깔린 저녁 하늘을 바라보았다.

나중에는 결국 질려 버릴 거라고 생각하죠?

아니. 안 그래. 전에는 그랬는데, 지금은 아냐.

내가 너무 멀리 간다고 생각하지 않나요?

그렇지 않아. 너는 그런 인간이 아니지. 대부분 사람들은 관심이 있어도 어느 정도 지나면 시들해지지. 너는 보면 볼수록 내 동생 보이드가 생각나. 그 녀석한테는 뭘 시키려면 그걸 하지 말라고 말해야 했지.

예전에는 샘에서 이 집까지 수도관이 설치되어 있었어요.

그럼 다시 만들면 되겠군.

네.

물이 여전히 쓸 만하다면 말이야. 여기 위쪽에는 아무것도 없어.

빌리는 마당으로 나가 담배를 길게 빨며 말들을 바라보았다. 존 그래디는 문을 닫았다. 빌리가 그를 바라보았다.

사장님이 뭐라시던?

별말씀 안 하셨어요. 내가 미쳤다고 생각하더라도 그런 말을 하기엔 너무 점잖은 분이잖아요.

그 여자가 화이트 레이크에서 일한다는 걸 알면 뭐라고 하실 것 같아?

모르겠어요.

어련하겠냐.

형만 아무 말 안 하면 알 리 없어요.

안 그래도 그 생각을 하던 중이야.

네?

놀라서 입에 거품을 물걸.

빌리는 담배꽁초를 내던졌다. 어스름이 이미 짙어져 빛이 포물선을 그리며 사그라들었다. 포물선 안의 포물선들.

그만 가자.

그는 울펀바거에게 말을 팔지 않았다. 토요일에 맥거번의 친구가 와서 트럭 흙받이에 기대어 담배를 피우며 동행과 이야기를 나누는 동안 존 그래디는 말에 안장을 얹어 끌고 나왔다. 말을 본 그들이 벌떡 일어섰다. 그는 그들에게 고개를 끄덕인 뒤 말을 우리로 끌고 갔다.

맥이 부엌에서 나와 그들에게 고개를 끄덕였다.

어서 오게.

그리고 마당을 가로질렀다. 크로퍼드가 동행을 소개한 뒤

세 사람은 우리로 걸어갔다.

샤베스 영감이 타던 말이랑 비슷하게 생겼군.

내가 알기론 혈연관계는 없어.

그 말한테는 재미난 일화가 있었지.

그래, 그랬지.

말이 정말 죽은 사람을 애도할 수 있다고 보나?

아니. 자네는?

나도 아니야. 하지만 여전히 재미난 일화는 일화지.

그래.

존 그래디가 말을 잡고 있는 동안 사내가 말을 빙 돌며 살폈다. 말의 앞다리 뒤쪽에 손을 대 본 뒤 눈을 들여다보았다. 말에 기대어 밀어 보고 뒷다리 하나를 들었다가 내려놓았지만 발굽을 살피거나 입 안을 들여다보지는 않았다.

세 살이라고?

예.

한번 타 보게.

존 그래디는 말을 앞으로 몰고, 뒤로 몰고, 방향을 틀고, 보통 속도로 우리를 따라 돌았다. 그들은 가만히 바라보았다.

저런 말을 왜 팔까?

맥은 대답하지 않았다. 그들은 말을 바라보았다. 얼마 후 맥이 말했다. 돈이 필요해서 그렇소. 아주 좋은 말인데.

어때, 주니어?

나한테 묻지 마. 괜히 말 잘못해서 맥한테 미움이나 사려고.

내 말이 아니네. 맥이 말했다.

어떻게 생각해?

크로퍼드는 침을 뱉었다. 생긴 것 하나는 죽이는군.

얼마면 사겠나?

나라면 달라는 대로 주겠네.

그들은 서 있었다.

두 장 반이면 살 텐데.

맥은 고개를 저었다.

자기가 타던 말이겠죠?

맥은 고개를 끄덕였다. 그렇소. 하지만 녀석이 지 말을 250에 판다면 해고해 버리겠소. 말의 값어치도 모르는 인간을 쓸 수는 없지. 그렇게 무식해서야 무슨 사고를 칠지 모르니.

사내는 발끝으로 맨땅을 팠다. 그리고 크로퍼드를 바라보고 다시 말을 바라보고 맥을 바라보았다.

석 장이면 팔까요?

석 장에 살 거요?

그렇소.

존 그래디. 맥이 불렀다.

예?

이분의 말을 이리 데려오게. 자네 안장은 벗기고.

예, 사장님.

그날 밤 부엌에 들어서니 오렌과 트로이가 그때까지 식탁에서 커피를 마시고 있었다. 그는 보온기에서 접시를 꺼내 잔에 커피를 따르고 식탁에 동석했다.

뚜벅이 신세가 되었다며. 오렌이 말했다.

그런 셈이죠.

그런 미친 말은 도저히 가망이 없다고 판단했나 보지.

그냥 돈이 필요했을 뿐이에요.

말을 타 보지도 않고 사더라고 사장님이 그러던데.

예.

미처 녀석의 명성을 듣지 못했나 봐.

글쎄요.

지금 어떤 꼴을 하고 있을지 궁금하군.

글쎄요.

하긴 우리 카우보이께서야 말은 정신이 멀쩡한데 사람이 미쳤다고 생각하니. 트로이가 말했다.

일리가 없지는 않군.

대체 어떤 말을 타고 다녔기에.

대체 어떤 사람을 만났는지가 더욱 중요하지.

글쎄요. 나는 멀쩡한 사람만 만나지던데. 트로이가 말했다.

그래, 어떡할 셈인가?

존 그레디는 고개를 들었다. 그리고 씩 웃었다. 오렌은 담뱃갑에서 담배를 꺼내고 있었다.

말은 원래 다 미쳐 있어. 어느 정도씩은 말이야. 말의 유일한 장점은 그걸 숨기지 않는다는 거지.

오렌이 나무 성냥을 의자 아래에 그어 담배에 불을 붙인 뒤 흔들어 끄고 재떨이에 버렸다.

왜 미쳤다는 거죠? 존 그레디가 말했다.

내가 왜 그리 생각하느냐는 건가, 말이 왜 미쳤냐는 건가?

말이 왜 미쳤냐고요.

그냥 그렇게 타고났어. 말한테는 뇌가 두 개 있지. 그래서 양쪽 눈으로 동시에 같은 것을 보지 않아. 눈이 각각 다른 쪽을 보지.

물고기도 그렇잖아요. 트로이가 말했다.

그래. 맞아.

그럼 물고기도 뇌가 두 개인가요?

몰라. 물고기한테 뇌가 하나라도 있던가?

물고기는 너무 멍청해서 미치지도 못할걸요.

일리 있는 말이야. 하지만 말은 절대 멍청하지 않아.

너무 멍청해서 그늘에서 더위를 피할 줄도 모르는걸요. 머저리 소도 그 정도는 하는데.

물고기도 그 정도는 하지. 방울뱀도 마찬가지고.

뱀이 물고기보다 더 멍청하다고 생각해요?

젠장, 트로이. 내가 어찌 알겠냐. 그런 걸 아는 사람이 세상에 있을까? 어쨌든 둘 다 머저리인 건 마찬가지야.

화나게 하려는 건 아니었어요.

화나지 않았어.

그럼 이야기나 마저 해요.

이야기가 아니야. 그냥 말을 관찰한 결과지.

어쨌든 해 보세요.

몰라. 잊어버렸어.

기억하면서.

말의 뇌가 두 개라는 이야기를 하던 중이었어요. 존 그래디가 말했다.

오렌은 담배를 빨았다. 존 그래디를 바라보며. 그러다 몸을 숙여 재떨이에 재를 털었다.

내 말은, 흔히들 생각하는 것과는 말이 매우 다르다는 거야. 많은 사람들이 잘 모르고 헷갈려하는 게 오른쪽으로 타는 말과 왼쪽으로 타는 말의 차이야. 말에 안장을 얹은 뒤 빙 돌아가 오른쪽에서 타려고 해 봐. 어찌 될 것 같나?

당연히 난리법석이 나겠죠.

맞아. 말은 자네를 아예 보지도 못하고 있지.

오렌이 팔을 쳐들어 놀란 듯이 오른쪽을 막았다. 젠장. 누구야?

트로이가 실실 웃었다. 존 그래디는 커피를 마시고 잔을 내려놓았다.

그냥 사람이 그쪽에서 타는 게 익숙하지 않아서 그런 걸 수도 있잖아요?

그래. 하지만 핵심은 말의 반쪽 뇌에게 나를 보았는지, 아니면 어느 쪽으로 타면 좋을지 물어볼 수가 없다는 거야.

말의 두 뇌가 서로 전혀 소통하지 않는다면 문제가 아주 심각할 것 같은데요. 몸이 반으로 나뉘어 각기 다른 방향으로 달리려고 하면 어떡해요?

오렌은 담배를 피웠다. 그리고 트로이를 바라보았다.

나는 말 뇌 전문은 아니야. 그냥 카우보이로서의 경험을 이야기하는 거지. 말은 둘로 나뉘어 있어. 내 경험상, 말의 한쪽을 부리려면 다른 쪽은 그냥 내버려 두어야 해.

말만 그런 게 아니라 사람도 그런 사람이 있죠. 사실 한둘이 아니고요.

그래. 나도 그런 사람을 보았지. 하지만 그건 인위적인 거야. 반면, 말은 그렇게 타고난 거고.

말의 양쪽을 동시에 훈련시킬 수는 없다고 보세요?

거참 귀찮게도 구는군.

젠장. 이 정도는 물을 수 있잖아요.

정 그렇다면야. 글쎄. 그러기는 어려울 거야. 네가 두 사람이라면 또 모를까.

그럼 쌍둥이 형제가 있다면요?

원칙적으로 쌍둥이 형제라면 가능하겠지. 글쎄. 하지만 그렇게 훈련을 시킨 뒤에는 어떡할 건데?

양쪽이 균형 잡힌 말이 되잖아요.

어림없어. 그냥 네가 두 명 있다고 생각하는 말을 얻을 뿐이야. 어느 날 쌍둥이 둘을 한쪽에서 보게 되면 어떡할까?

네 쌍둥이라고 생각하겠죠.

오렌은 담배를 비벼 껐다. 아니. 다른 말들과 똑같이 생각할 거야.

뭐라고요?

네가 똥통의 쥐처럼 미쳤다고.

오렌은 의자를 밀치고 일어났다. 그럼 아침에들 보세.

부엌문이 닫혔다. 트로이가 고개를 저었다. 오렌 아저씨의 유머 감각이 예전 같지가 않아.

존 그래디는 씩 웃었다. 접시를 식탁 안쪽으로 밀쳐 내고 의자에 등을 기댔다. 창문 너머로 오렌이 모자를 바로 하며 걸어가는 모습이 보였다. 길 끝의 자그마한 집에서 그는 고양이와 함께 살았다. 죽어 사라진 세계를 보려면 고통이 따른다는 듯. 평생 카우보이로만 산 사람은 아니었다. 북부 멕시코에서 광부로 일했고, 전쟁과 혁명 때 참전했고, 페르미안 베이진의 유전에서 잡부 노릇을 했고, 세 개의 각기 다른 깃발을 단 배를 탔다. 한 번 결혼한 적도 있었다.

존 그래디는 바닥에 가라앉은 시커먼 찌꺼기까지 다 마시고는 잔을 식탁에 내려놓았다. 그리고 말했다. 오렌 아저씨 말이 맞아.

3부

골짜기 꼭대기를 가로지르던 그는, 말이 아까부터 맡았을 냄새를 그제야 맡았다. 선선해지는 저녁 공기를 가르며 한 구역에서 썩은 고기의 악취가 떠돌고 있었다. 그는 말을 세우고 그대로 앉은 채 몸을 틀어 코를 킁킁댔지만 냄새는 이미 지나간 뒤였다. 그는 말 머리를 돌려 골짜기를 내려다보다 좁은 오솔길을 따라 내려갔다. 말이 덤불 사이로 움직이는 소들을 유심히 살피며 귀를 쫑긋 세웠다.

네가 알아야 할 것이 있으면 내가 알려 줄 테니 염려 마. 존 그레디는 말했다.

100미터 아래 맞은편 비탈에서 다시 냄새가 풍기자 그는 말을 세웠다. 말이 가만히 서서 기다렸다.

나를 위해 죽은 소 좀 찾아 주지 않을래?

말은 가만히 서 있었다. 그가 다시 말을 몰아 400미터쯤 더 가니 말이 처음부터 그랬던 양 알아서 방향을 택해 걸었다. 말은 멀찍이 떨어진 소들한테는 신경도 쓰지 않았다. 얼마 후 그는 말을 세우고 코를 킁킁거렸다. 가만히 있어 보았다. 그러다 말 머리를 돌려 왔던 길을 되짚어 갔다.

흔적을 쫓아가니 드디어 독한 냄새가 훅 끼쳐 왔다. 어스름 속에서 그는 말에서 내려 파리로 뒤덮인 송아지 시체를 바라보았다. 송아지는 탁 트인 지대에 둥글게 원을 그리며 자란 크레오소트 덤불들 가운데로 질질 끌려가 있었다. 2주 동안 비가 내리지 않아 자갈 위로 끌린 흔적이 뚜렷했다. 그는 발자국이 찍혀 있을 만한 모래나 흙 땅을 찾아 흔적을 되짚어 보았지만 발자국은 없었다. 다시 돌아간 그는 고삐를 쥐고 말에 올라 주위를 살펴 이곳의 위치를 파악하고는 말을 몰고 골짜기를 내려갔다.

죽은 송아지를 함께 굽어보며 서 있던 빌리가 질질 끌려온 흔적을 되짚어 걸어가다 일대를 휙 돌아보았다.

어디까지 가 봤어?

그리 멀리는 안 갔어요.

이렇게 큰 송아지를 끌고 온 걸 보면 덩치가 보통이 아니겠는데.

퓨마일까요?

아니. 퓨마였다면 뭘로 덮어 놨을 거야. 적어도 애라도 썼겠지.

그들은 말에 올라 흔적을 따라갔다. 단단한 땅에는 아무

자취도 없었지만 계속 가니 다시 끌린 자국이 나왔다. 빌리가 빛의 각도에 따라 고개를 들었다 내렸다 하며 자갈 위의 흔적을 쫓았다. 송아지가 끌려간 곳은 티가 난다고 했다. 존 그래디도 한동안 바라보았지만 아무 차이도 느껴지지 않았다. 대기는 시원했다. 아침 시간과 날씨 덕에 기운이 생생한 말들은 근심걱정이 하나도 없어 보였다.

레인지 라이더[38]들이로군. 빌리가 말했다.

레인지 라이더라.

꼭 탐정이 된 것 같아.

핑커턴[39]처럼요.

송아지는 탁 트인 평원에서 무리에서 떨어져 나와 쫓기다 죽음을 당했다. 빌리가 말에서 내려 주위를 둘러보았다. 바위 위에 피가 햇볕에 까맣게 말라 있었다.

코요테 짓은 아닌 것 같죠? 존 그래디가 말했다.

그래.

뭐일 것 같아요?

뭔지 알겠어.

뭔데요?

개 떼.

개 떼요?

그래.

---

38) 1950년대에 방영된 미국의 유명 서부 드라마 속 주인공.
39) 1850~1860년대에 활동한 미국의 유명 사립탐정.

이 근방에서 개는 한 번도 못 봤는데.

나도 마찬가지야. 하지만 여기 있어.

다음 며칠간 죽은 송아지가 두 마리 더 나왔다. 그들은 세더 스프링스 목초지를 지나 그 아래 범람지를 가로질러 일대를 에워싼 검은 화성암 절벽과, 옛 탄광을 향해 동쪽으로 뻗은 고원을 훑었다. 개들이 지나간 흔적은 있었지만 개들 자체는 보이지 않았다. 그 주가 끝나기 전 죽은 지 하루도 안 된 송아지가 한 마리 더 발견되었다.

마구실 선반에는 낡은 오네이다[40] 3번 이중 스프링 덫이 몇 개 있었다. 빌리는 그것을 삶아 밀랍을 바른 뒤 다음 날 송아지 시체 주위에 설치했다. 해 뜨기 전 살피러 가니 덫은 모두 파헤쳐져 있었다. 그중 하나는 심지어 파헤쳐진 자리에 입을 벌린 채 그대로 놓여 있었다. 송아지 시체는 뼈와 가죽 말고는 남은 게 거의 없었다.

개들이 이렇게까지 영리할 줄은 몰랐어요. 존 그레디가 말했다.

그러게. 녀석들도 우리가 이렇게까지 멍청할 줄 몰랐겠지.

개들을 덫으로 잡아 본 적 있어요?

아니.

이제 어떻게 하죠?

빌리는 입을 벌리고 있는 덫을 집어 쥠틀 아래로 손을 넣어 엄지로 촉발 장치를 건드렸다. 조용한 아침 대기 속에 생기 없

---

40) 미국의 유명 덫 제조 회사.

는 금속성 외침을 지르며 덫이 닫혔다. 빌리는 철사를 끊어 덫의 고리에 꿰어 안장 머리에 걸고는 말에 올랐다. 그리고 존 그래디를 바라보았다.

그놈들이 주로 다니는 통로를 아직 찾아내지 못한 것뿐이야. 블라인드 덫을 설치하면 걸릴 거야.

트래비스 아저씨네 개가 녀석들을 쫓을 수 있을까요?

빌리는 고원의 바위에 드리운 기다란 아침 햇살을 바라보았다.

글쎄. 꽤 괜찮은 질문인데.

짐말에 싣고 온 부엌 용품과 침낭으로 그들은 야영 준비를 했다. 양철 컵에 담긴 커피를 마시며 앉아서는, 바람의 부채질에 너울대다 사그라드는 모닥불을 바라보았다. 저 아래 머나먼 평원에서는 뱀처럼 구불구불 흐르는 시커먼 강이 격자무늬에 갇혀 반짝이는 도시들의 불빛을 가르고 있었다.

해야 할 일이 또 있을 텐데. 빌리가 말했다.

그래요.

좀 미루어도 되나 보지.

희망 사항이죠. 사실 이렇게 미루어도 될지 모르겠어요.

자금 문제를 잊지 않고 있다니 다행이군.

잊을 수가 없죠.

그래도 내가 계속 참견을 해 대니 귀찮겠지.

그럴 만하니까 그러는 건데요 뭐.

그들은 커피를 마셨다. 바람이 불었다. 그들은 어깨에 담요를 둘렀다.

샘나서 이러는 게 아냐.

누가 그렇대요.

알아. 하지만 속으로는 그렇게 생각할지도 모르잖아. 사실은 말이야, 억만금을 준대도 결혼은 싫어.

알아요.

빌리는 모닥불에서 장작을 하나 빼내 담배에 불을 붙이고 도로 모닥불에 넣었다. 그리고 담배를 피웠다.

여기 올라와서 보니 훨씬 더 멋져 보이는군. 안 그래?

예. 그래요.

멀리서 보면 멋져 보이는 것들이 많지.

그래요?

그래.

나도 그럴 때가 있어요. 예를 들어, 형의 삶이 그래요.

그래. 네가 곧 살게 될 삶 역시 그럴지 모르지.

그들은 토요일을 야영으로 보내고 일요일 오전에 절벽 아래를 돌던 중 정오경 범람지 자갈밭에서 새로 죽은 송아지를 발견했다. 어미 소가 곁에 서서 새끼를 바라보고 있었다. 그들이 쫓아내자 어미 소가 울부짖으며 가더니 우뚝 서서 뒤돌아보았다.

옛날의 얼룩소라면 자기 새끼를 포기하지 않았을 텐데. 개들이 감히 엄두도 못 냈을걸. 빌리가 말했다.

맞아요. 존 그래디가 말했다.

야, 이 자식아, 너는 먹고 싸는 것 말고는 할 줄 아는 게 없냐? 빌리가 소에게 말했다. 소는 멍하니 쳐다볼 뿐이었다.

개들은 절벽 아래 바위 사이에 굴을 파서 살고 있을 거예요.

그래. 나도 알아. 하지만 말을 그리로 몰고 가느라 버릴 시간도 없고, 그리로 걸어갈 생각도 없어.

존 그래디는 죽은 송아지를 내려다보았다. 그리고 몸을 숙여 침을 뱉었다.

이제 어떡하죠?

짐을 싸서 돌아간 뒤 트래비스 아저씨에게 의견을 구해 봐야지.

좋은 생각이에요. 오늘 저녁에 같이 와서 매복을 하는 거예요.

하지만 아저씨가 안 올걸. 분명해.

왜요?

망할. 그 영감탱이는 일요일에 사냥 안 해.

존 그래디는 씩 웃었다.

소가 도랑에 빠졌다고 하면요?

소 떼가 단체로 빠졌다고 해도 콧방귀도 안 뀔걸. 너랑 나랑 사장님이 해결하는 수밖에.

그래도 개는 빌려 줄 거예요.

어림없어. 개도 일요일에는 사냥 안 해. 기독교도 개라나 뭐라나.

기독교도 개라니.

그래. 기독교도로 키웠대.

그들은 범람지 위쪽 경계선을 따라 나아가다 또 다른 소가 울부짖는 소리에 말을 세우고 아래쪽 일대를 쭉 훑었다.

보여?

네. 저기 있네요.

아까 그 소야?

아뇨.

빌리는 몸을 숙여 침을 뱉었다.

저게 무슨 뜻인지는 너도 알지? 저리로 갈 거야?

가 봐야 소용도 없을 텐데요.

화요일 어둑새벽에 그들은 골짜기 사이의 드넓은 크레오소트 평원을 가로질렀다. 아처가 레오 트럭의 짐칸에 개 우리 여섯 개를 실었다. 트럭이 낮은 기어에 신음하자 전조등의 연노란색 기둥이 일렁이며, 어둠을 가르며 앞서 나아가는 말 탄 이들과 크레오소트 덤불을 비추었다. 말이 고개를 틀거나 트럭 앞을 가로지를 때마다 말의 눈이 빨갛게 달아올랐다. 우리 속의 개들은 소리 없이 밀치락달치락하고, 말 탄 이들은 담배를 피우거나 나직이 이야기를 나누었다. 모자를 눌러쓰고 재킷의 코르덴 목깃을 세운 채. 드넓은 골짜기 바닥을 트럭에 앞서 천천히 나아가며.

트럭이 골짜기 위쪽 자갈밭에서 멈추자 기수들은 말에서 내려 고삐를 놓고는, 개를 우리에서 꺼내 굵은 가죽끈을 채우는 트래비스와 아처를 거들었다. 개들이 뻗대고 날뛰고 낑낑대는 와중에 몇몇이 주둥이를 쳐들어 길게 울음을 내지르자, 그 소리가 절벽을 따라 메아리쳐 사라졌다 다시 울려 왔다. 트래비스가 첫 번째 개 무리를 트럭 앞쪽 범퍼에 반매듭으로 묶자 전조등 불빛에 그들의 입김이 하얗게 엉겨붙었다. 말들은 어둠 가장자리에서 발을 구르고 콧김을 내뿜다 노란 빛기둥에 시험 삼아 코를 댔다. 사람들은 트럭 맞은편에서 개목걸이를 움켜쥐고서 개를 우리에서 끄집어 내려 역시나 가죽끈을 채웠다. 동쪽의 별이 하나씩 하나씩 바래고 있었다.

개들이 짖어 대며 자갈밭을 나아가는 동안 빌리와 존 그래디는 아래쪽에서 말을 타고 가다 중간중간 끼어들어 물가의 죽은 송아지쪽으로 방향을 잡았다. 살이란 살은 다 먹힌 송아지의 뼈다귀가 여기저기 흩어져 있었다. 자갈밭에 뒤집힌 둥근 갈빗대가 마치 불모의 새벽에 먹이를 삼킨 거대한 식충식물 같았다.

그들이 조련사들에게 소리치자 트래비스가 맞받아 외쳤다. 그리고 아처와 함께 커다란 블루틱과 트링 워커 하운드를 데리고 침식지를 내려왔다. 목줄에 묶인 개들이 돌진하며 침을 흘리고 코를 쿵쿵거렸다. 그러다 송아지 유해 앞에서 우뚝 멈추더니 물러서서 땅바닥에 코를 쿵쿵대다 트래비스를 바라보았다.

말을 잘 잡아 둬. 이제 신나게 한판 놀아 보는 거야.

트래비스가 외쳤다. 그리고 목끈을 풀고 개더러 달리라고 격려했다. 개들이 땅바닥에 코를 대고 쿵쿵대며 돌아다니자 아처의 개들이 마구 짖으며 끙끙거렸다. 아처가 개들을 풀어 주었다. 개들이 골짜기 아래로 달려 나갔다.

트래비스가 말을 탄 빌리에게로 걸어왔다. 그리고 가죽끈을 한데 모아 어깨에 걸친 채 귀를 기울였다.

잘될 것 같아요? 빌리가 말했다.

글쎄.

송아지를 죽인 망할 놈들이 아직 이 근처에 있을 거예요.

동감이야.

어떨 것 같아요?

글쎄. 스모크가 놈들을 내쫓지 못한다면 앞으로도 계속 골치 좀 썩이겠지.

스모크가 최고의 개인가요?

아니. 하지만 이 일엔 딱이지.

왜요?

전에도 개들을 내쫓은 적이 있거든.

스모크는 그 일을 어떻게 여기던가요?

아무 말 않던데.

어둠 속에서 개들이 돌아왔다가 다시 달려 나갔다.

놈들이 여기서 사방으로 흩어졌나 봐요. 몇 마리나 될까요?

모르지. 서너 마리쯤.

그보다는 많을 거예요.

그럴 수도 있고.

저기 찾았나 봐요.

개 한 마리가 흔적을 찾아내고는 마구 짖어 대며 출발했다. 다른 개들이 크레오소트 덤불 사이에서 튀어나오더니 삽시간에 하운드 여덟 마리가 요란한 울부짖음에 동참했다.

말라빠진 땅에서 기운차게도 짖는군. 내 말은 어디 있지? 트래비스가 말했다.

JC가 데리고 있었는데, 아무래도 간 것 같아요.

어디로 갔는지 알아?

저기 고원 아래 바위 쪽으로 갔지 싶은데요.

아처가 트래비스의 말을 끌고 왔다. 트래비스가 안장에 올라 동쪽을 바라보았다. 조금만 있으면 앞이 보일 만큼 환해질 거야.

저기 바위에서 화끈한 개싸움이 벌어질걸.

그러게. 어서 가자.

아처와 트래비스와 빌리가 말을 타고 나아가는데 존 그래디와 JC가 침식지 위쪽 가장자리에 말을 세운 채 서 있었다.

트로이와 호아킨은?

갔어요.

가자.

들었어요?

뭘?

들어 봐요.

범람지 서쪽 가장자리 멀리 절벽에서 하운드가 뒤를 쫓으며 짖어대는 소리 사이로 짧게 컹컹 하는 소리와 슬프게 우짖는 소리가 들렸다.

저 멍청한 자식들이 답을 하네. 빌리가 말했다.

같이 달리기 시합이라도 하고 싶은가 보지. 어차피 시합을 하게 될 텐데, 그것도 모르다니. 아처가 말했다.

그들이 바위 절벽 아래에 이르렀을 때는 하운드들이 이미 개들을 바위 밖으로 내쫓은 뒤였다. 개들이 달려가며 싸우는 소리에 이어, 부서진 돌 더미 사이로 질주하며 길게 울부짖는 소리가 들렸다. 그 무렵 사위가 잿빛으로 밝아져 그들은 절벽 아래에서 일렬로 말을 몰며 빠르게 나아갔다. 추락한 검은 화성암 돌덩이 사이로 오솔길이 굽이굽이 이어져 있었다. 트래비스가 존 그래디 옆으로 말을 몰았다. 그리고 말의 목에 손을 얹자 존 그래디는 속도를 늦추었다.

잘 들어. 트래비스가 말했다.

그들은 말을 멈추고 귀를 기울였다. 빌리가 말을 몰고 다가왔다.

이보게들, 올가미를 묶어. 트래비스가 말했다.

올가미를 제대로 던질 수 있을 만큼 앞이 보일까요?

두고 보면 알겠지.

그들은 밧줄을 묶은 매듭을 풀었다.

서두르지 마. 놈들이 이리로 튀어나올 거야. 빈터로 가게 돼. 이제부터 조심해야 해. 애꿎은 우리 개한테 올가미 걸지 말고. 트래비스가 말했다.

그들은 밧줄로 올가미를 짓고는 말을 앞으로 몰았다.

작게 만들어. 작게. 까닥했다가는 고양이한테 쏟아진 소금 덩이처럼 후르르 지나갈걸.

바로 앞쪽 거대한 낙석을 따라 오솔길이 꺾어 들어간 곳에서 느닷없이 하운드 짖는 소리가 가까이 들렸다. 형체 세 개가 바위에서 바위로 껑충껑충 뛰었다. 또 다른 형체도 둘 보였다. 존 그래디는 왓슨의 푸른빛 도는 암갈색 말을 타고 있었는데, 말의 갈빗대에 발꿈치를 붙이자 말이 곧장 엉덩이를 숙였다

달려 나갔다. 빌리는 바로 뒤에 있었다.

뒤를 쫓던 하운드들이 바위 사이에서 요란하게 짖어 대며
나타나자 존 그래디는 고삐를 오른쪽으로 당겼다. 그와 빌리
는 개들을 보기 위해 안장에 앉은 채로 고개를 쭉 뺐다. 개들
이 위쪽 오솔길로 달려가자 존 그래디는 뒤를 돌아보았다. 빌
리가 작은 올가미를 들어 흔들고 있었다. 30미터 뒤쪽 바위
사이에서 트래비스의 애펄루사41) 빛깔 개들이 달려 나왔다.
존 그래디는 말의 목덜미에 바짝 몸을 숙여 속삭여 주고는 상
체를 바로 하고 주위를 살폈다. 누런 개 세 마리가 기다란 자
갈밭에 올가미에 묶인 채 죽어 나란히 쓰러져 있었다. 존 그래
디는 몸을 숙여 다시 말에게 말을 걸었지만, 말은 이미 죽은
개들을 본 뒤였다. 그가 빌리를 힐끗 뒤돌아보고 다시 앞을 보
니 제일 뒤쪽에 쓰러져 있던 개가 달아나고 없었다. 그는 말을
비탈 아래로 몰고 가 개를 쫓아 평원을 쿵쿵 달렸다.

올가미가 너무 작아 무게가 얼마 안 나가서 그는 올가미를
두 겹으로 짓고 높이 들어 빙빙 돌리다 올가미를 다시 잡고
네 겹으로 엮었다. 말이 왼쪽 귀를 스치며 돌아가는 밧줄을
보더니 양쪽 귀를 납작 젖히고는 처절한 응징이라도 하겠다는
듯 입을 벌린 채 잡종개를 맹렬히 쫓았다.

개는 사냥감으로서의 경험이 전혀 없었던지 주위를 확인하
거나 방향을 트는 법 없이 무조건 달리기만 했다. 존 그래디는
올가미를 던지고는 안장 머리 위로 몸을 숙였다. 개가 방향을

---

41) 말의 품종 중 하나로, 얼룩덜룩한 무늬나 반점이 있다.

틀지 않을까 생각했지만, 개는 말보다 빨리 달릴 수 있다고 자신하는 모양이었다. 감긴 밧줄이 휘휘 풀려 나가며 올가미가 굽이치듯 날아갔다. 말이 머리를 쳐들고 앞발을 자갈밭에 박고 웅크리자 존 그레디는 밧줄 끝을 번들대는 가죽 안장 머리에 감았다. 밧줄이 탁 소리와 함께 팽팽해지더니 개가 소리 없이 공중으로 튀어 올랐다. 그리고 여전히 소리 없이 옆으로 빙빙 돌다 부드러운 퍽 소리와 함께 자갈밭에 떨어졌다.

트래비스와 호아킨도 평원을 가로지르는 다른 개 세 마리를 쫓고 있었다. 두 사람이 30미터 앞에서 세차게 달려가자 존 그레디는 말을 몰아 동참했다. 뒤에서 누렁이가 10미터짜리 용설란 밧줄에 매달린 채 바위와 크레오소트에 쿵쿵 부딪치며 따라왔다. 다른 사람들과 하운드들은 바위 절벽에서 서쪽으로 나와 범람지를 일렬로 나아갔다. 개를 끌고 달려가던 존 그레디는 고삐를 바짝 당겨 말을 세우고 뛰어내려서는 올가미를 벗기기 위해 뒤로 달려갔다. 피투성이가 되어 흐느적대는 개는 안구에서 눈알이 반쯤 빠져나온 채 자갈밭에 누워 웃고 있었다. 그는 발 하나를 개 위에 올려놓고 올가미를 벗긴 다음 밧줄을 감으며 잰걸음으로 말에게 돌아갔다.

사방이 꽤 환해져 있었다. 앞쪽 평원에는 이미 네 사람이 긴 포물선을 그리며 늘어서서 달려가고 있었다. 그는 말에 올라 밧줄을 어깨에 걸치고는 그들을 쫓아 전속력에 가깝게 달려갔다.

그가 지나쳐 달려가자 호아킨이 뭐라고 소리쳤지만 알아들을 수 없었다. 그는 올가미로 말을 때리며 트래비스와 JC와 트래비스의 하운드들을 쫓았다. 그러다 침입자 개를 거의 밟을 뻔했다. 개는 엉금엉금 기어나와 그리스우드 덤불에 숨었다. 개가 마지막 순간 이성을 잃고 달아나지 않았다면 아마도 못 보고 지나쳤을 터였다. 어찌나 세게 고삐를 당겼는지 그는 말에서 굴러떨어질 뻔했다. 빌리가 그의 오른쪽으로 지나쳐 달려갔다. 개가 방향을 틀어 말의 앞쪽을 가로지르려고 하자 빌리가 속도를 줄이며 몸을 숙여 올가미를 던졌다. 말이 몸을 웅크리며 먼지구름 속에서 미끄러지듯 멈추는데도 개는 그대로 달려가다가 펄쩍 튀어 올라 나동그라져서는 기듯이 일어나 주위를 둘러보았다. 빌리가 말 머리를 틀어 개를 쓰러뜨렸지만 개는 다시 일어나 올가미에 묶인 채 달아나려고 했다. 존 그래디가 지나쳐 가는데 그 개가 일어나 몸을 배배 꼬며 밧줄을 앞발로 긁어 댔다. 빌리가 발꿈치로 말을 치자 개가 휙 나가떨어졌다. 범람지에서 호아킨이 말을 이리저리 몰며 고함을 질러 댔고, 개들은 흩어져 달려가며 요란하게 짖고 싸워 댔다. 트래비스가 올가미를 쳐들어 돌리고 존 그래디가 한쪽으로 고삐를 당기는데 쫓기던 개가 느닷없이 말 앞쪽으로 뛰어들어 달렸다. 존 그래디가 쫓아가자 개가 다시 방향을 틀려고 했지만 그는 올가미를 던진 뒤 밧줄을 안장 머리에 감고 말을 오른쪽으로 틀었다. 개는 공중에서 휘리릭 돌다 떨어지더니 벌떡 일어나 달려가며 방향을 틀었지만 다시 내동댕이쳐졌다. 존 그래디가 말에 박차를 가하자 개가 크게 포물선을 그리며 소리 없이 부딪고 튀어 오르다 덤불과 자갈 사이로 질질 끌려 왔다.

존 그래디는 늘어진 빈 밧줄을 감으며 돌아갔다. 트래비스와 호아킨과 빌리가 말 위에 앉아 숨을 돌리고 있었다. 이제는 두 번째 하운드 팀이 범람지의 저지대 경계선을 따라 바위와 자갈 사이로 개들을 쫓으며 싸워 대고 있었다. 호아킨이 싱글 벙글 웃었다.

개들이 완전히 신난 모양이네요. 존 그래디가 말했다.

그러게. 호아킨이 말했다.

JC 좀 봐. 어서. 벌 떼랑 싸우는 사람 같아. 빌리가 말했다.

망할 자식들이 몇 마리나 될까요?

모르겠어. 저기 널따란 침식지 너머에서 아처 아저씨가 다른 무리를 찾아냈어.

개를 잡았을까요?

아닐걸. 트로이가 바위 때문에 걸어서 쫓아갔거든.

하운드 두 마리가 덤불 사이에서 나와 빙글빙글 돌며 주둥이를 땅에 대고 킁킁대더니 어찌해야 좋을지 모르는 듯 서 있었다.

어이. 어서 안 쫓고 뭐해. 트래비스가 소리쳤다.

이봐 친구, 말이 완전히 죽은 게 아니라면 이만 가서 재미나 좀 볼까?

빌리는 발꿈치로 말을 차며 대꾸했다.

두말하면 잔소리지.

먼저들 가 봐. 나는 좀 있다 따라갈 테니. 트래비스가 말했다.

개잡이라. 내 이리될 줄 알았지.

빌리가 큰 소리로 말하자 호아킨이 씩 웃으며 말을 빠르게 몰아 달려가며 머리 위로 주먹을 쳐들어 소리쳤다. 아델란테, 무차초스.(전진하라, 젊은이여.)

페레로스.(개잡이들.)

톤테로스.(멍청이들.)

트래비스는 멀어지는 그들을 바라보았다. 그리고 절레절레 고개를 젓고는 몸을 숙여 침을 뱉은 뒤 말 머리를 돌려 아까 아처가 있던 쪽으로 갔다.

황량한 초지를 벗어나, 위쪽 고원에서 굴러떨어진 거대한 돌덩이가 널려 있는 비탈을 오르는데 존 그래디가 말을 세우고 손을 들었다. 그들은 가만히 귀를 기울였다. 존 그래디가 등자에 발을 받치고 일어나 서서 위쪽 비탈을 쭉 훑었다. 빌리가 말을 몰아 다가갔다.

고원 꼭대기 쪽으로 갔나 봐.

그런 것 같아요.

거기까지 오를 수 있을까?

글쎄요. 아마 가능할 거예요. 그러니 그리로 갔겠죠.

보여?

아뇨. 염병할 누런 덩치 하나랑 참한 얼룩이 하나가 있었어요. 모두 서너 마리쯤 되었던 것 같아요.

사냥개들을 따돌렸나 보군.

그런가 봐요.

우리가 저 위로 오를 수 있을까?

저리로 가는 길을 하나 알아요.

빌리는 실눈을 뜨고 돌벽을 바라보았다. 그리고 몸을 숙여 침을 뱉었다.

저리로 말을 데리고 가기도 싫고, 갈 수도 없어.

동감이에요.

게다가 개도 없이 저 망할 새끼들을 얼마나 잘 몰 수 있을지도 모르고. 어때?

녀석들이 달아나기 전에만 올라가면 될 거예요. 위는 탁 트인 평지예요.

좋아, 앞장서.

그럴게요.

서두를 것 없어.

그래요.

땅 단단히 살피고. 괜히 오도 가도 못 하게 하지 말고.

알았어요.

빌리는 왔던 길을 되짚어 내려가는 존 그래디를 뒤따랐다. 1.5킬로미터는 족히 갔을 즈음 그들은 방향을 틀어 침식지를 따라 올라갔다. 길이 점점 가팔라지며 좁아졌다. 그들은 안장에서 내려 말을 끌고 갔다. 마른 개천에서 뼈와 사금파리와 함께 쓸려 내려온 옛 마을의 흙무더기로 빚어진 잿빛 띠를 가로지르고, 사냥꾼과 무당과 모닥불과 사막의 양이 천 년도 전에 새겨진 이교도의 바위 아래를 지났다. 어린애들이 모양을 오려 낸 종이를 바위에 대고 색칠한 양 손에 손을 쥐고 둥글게 서서 춤추는 사람들 그림 아래를 지나갔다. 그들은 모자암 아래 선반처럼 튀어나온 바위 위에서 방향을 틀어 범람지와 황무지를 돌아보았다. 트래비스와 JC와 아처가 개들을 끌고 트럭으로 가고 있었고, 트로이가 말을 타고 그들 쪽으로 가고 있었다. 호아킨은 그 어디에도 보이지 않았다. 저 멀리 25킬로 미터 너머 나지막한 구릉지 사이로 고속도로가 뻗어 있었다. 말들이 푸르르 입바람을 불었다.

이제 어디로 갈까, 카우보이? 빌리가 말했다.

존 그래디는 위쪽을 턱으로 가리키고는 다시 말을 끌고 나 아갔다.

바위 선반이 갈수록 좁아지더니 끝내 사라졌다. 길이 너무 좁아 말들을 일렬로 끌고 갔지만 빌리의 말이 뻗대며 가지 않 으려고 했다. 뒷걸음치고 고개를 젖혀 고삐를 휙 잡아당기더 니 혈암 위로 위험하게 발을 디뎠다. 빌리는 좁은 통로를 올려 다보았다. 가파른 바위벽이 푸른 하늘을 향해 치솟아 있었다.

이봐, 정말 이쪽이 맞아?

존 그래디는 고삐를 말 위에 얹고 재킷을 벗어 들고는 빌리 에게로 갔다.

내 말을 잡아요.

뭐?

내 말을 잡아요. 아니, 왓슨 말 말예요. 녀석은 전에 여기에 온 적이 있거든요.

존 그래디는 빌리에게서 고삐를 받아 들고 말을 다독인 뒤 온몸을 말에 딱 붙인 채 재킷을 말의 눈에 두르고 소맷자락 을 묶었다. 빌리가 암갈색 말에게로 조심스레 걸어가 고삐를 쥐고 바위 사이로 이끌자 말발굽이 혈암을 할퀴고, 헐렁한 박 차가 쨍강거렸다. 좁은 길 꼭대기를 돌진하듯 기어올라 고원에 이른 말들은 입바람을 불고 부들부들 떨었다. 존 그래디가 말의 머리에서 재킷을 벗기자 말은 숨을 내쉬며 주위를 둘러보았다. 1.5킬로미터 떨어진 곳에서 개 세 마리가 껑충껑충 뛰며 뒤를 돌아보았다.

형이 그 말을 탈래요? 존 그래디가 말했다.

그러지, 뭐.

저기 놈들이 있어요.

그들은 기대듯 납죽 엎드려 말을 나란히 몰아 밧줄을 휘두르고 소리를 지르며 고원을 가로질렀다. 1.5킬로미터쯤 달리니 개들이 반쯤 따라잡혔다. 개들이 고원 안을 달리면서 앞쪽의 고원이 점점 넓어졌다. 가장자리를 따라 달리면 말이 쫓아올 수 없는 퇴각로를 찾아낼 수 있을 텐데도, 개들은 무엇이 쫓아오든 더 빨리 달릴 수 있다고 생각하는 모양이었다. 두 마리는 나란히, 나머지 한 마리는 뒤처져 기다란 그림자를 옆에 드리우고 달려갔다. 드문드문 자란 회갈색 풀 위로 일그러진 태양이 따라갔다.

개들이 흩어지기 전에 따라붙은 빌리는 몸을 숙여 맨 뒤의 개에게 올가미를 던졌다. 그리고 밧줄을 안장 머리에 감지도 않고 손목에 두 번 휘감고는 확 잡아당겨 개를 내동댕이친 뒤 한 손으로 밧줄을 쥔 채 개를 질질 끌며 나아갔다.

다시 개들을 따라잡자 빌리는 앞을 가로막기 위해 추월해 달려갔다. 개들은 황망한 눈으로 혀를 빼문 채 고개를 들었다. 죽은 동료가 밧줄 끝에 매달려 그들 사이로 미끄러져 갔다. 빌리는 뒤를 돌아보고는 말 머리를 오른쪽으로 틀어 죽은 개를 개들 앞으로 끌어 길게 포물선을 그리며 달려갔다. 존 그래디가 힘껏 달려오고 있었다. 빌리는 암갈색 말을 연달아 껑충 뛰게 하여 세우고는 안장에서 뛰어내려 개에게서 올가미를 벗겨 낸 뒤 밧줄을 감으며 달려가 다시 안장에 올랐다.

빌리가 먼저 개들을 따라잡고는 앞서 가는 커다란 누렁이에게 올가미를 던졌다. 얼룩이는 거의 말 다리 아래로 지나다시피 하여 방향을 꺾은 뒤 고원 가장자리로 달려갔다. 누렁이가 구르고 펄쩍거리다 다시 일어나더니 목에 올가미를 쓴 채 달려갔다. 존 그래디는 빌리 뒤로 달려가 올가미를 던진 뒤 누렁이를 쫓으라며 두 겹으로 접은 밧줄 끝으로 말을 채찍질한 뒤 안장 머리에 감았다. 빌리의 밧줄이 땅바닥에 늘어져 씩씩대다 멈추는 순간 누렁이가 벌떡 일어나 두 밧줄 사이로 정신없이 달아나자 밧줄들이 잠시 둔탁한 음을 내지르더니 개가 폭발해 버렸다.

태양이 뜬 지 한 시간도 채 안 된 무렵, 고원을 납작하게 가로지른 빛살 속에서 대기로 터져 나온 시뻘건 핏방울은 유령처럼 예기치 않은 것이었다. 무(無)에서 전혀 설명할 수 없는 무엇인가가 튀어나온 것만 같았다. 개의 머리가 옆으로 데굴데굴 구르고, 밧줄이 공중으로 튀어 오르고, 개의 몸뚱이가 퍽 소리와 함께 바닥에 내동댕이쳐졌다.

망할. 빌리가 말했다.

고원 아래쪽에서 긴 함성 소리가 들렸다. 호아킨이 하운드 세 마리를 데리고 달려오고 있었다. 처음부터 끝까지 모두 지켜본 그는 모자를 흔들며 웃어 댔다. 하운드들이 말 곁에서 펄쩍펄쩍 뛰었다. 고원 가장자리로 달아나고 있는 얼룩 개를 아직 보지 못한 모양이었다.

아예에 무차초스.(어이, 꼬맹이들.)

호아킨이 함성을 지르고 웃어 대다 몸을 숙여 발치의 개들에게 모자를 흔들었다.

망할. 네가 올가미를 던질 줄은 몰랐다.

나도 마찬가지예요.

염병할.

빌리는 밧줄을 잡아당겨 감았다. 존 그래디는 머리를 잃은 채 피범벅이 되어 풀밭에 누워 있는 개의 몸뚱이 쪽으로 말을 몰고 갔다. 그리고 안장에서 내려 개의 다리에 걸린 올가미를 풀고는 다시 말에 올랐다. 하운드들이 목털을 곤두세우고 시체 주위를 돌며 피를 향해 코를 킁킁거렸다. 그중 한 마리가 존 그래디의 말 주위를 돌다 물러서서는 마구 짖어 댔지만 그는 신경도 쓰지 않았다. 그저 밧줄을 손에 감은 뒤 말 머리를 돌려 말의 옆구리를 차 마지막 개를 향해 달릴 뿐이었다. 그 무렵 호아킨 역시 그 개를 알아차리고는 두 겹으로 접은 밧줄로 말을 채찍질하고 개한테 고함치며 뒤를 쫓고 있었다. 빌리는 그대로 말 위에 앉아 그들을 바라보았다. 밧줄을 감아 묶은 뒤 피 묻은 손을 바지 자락에 문질러 닦고 그는 고원 가장자리에서 벌어지고 있는 추격전을 가만히 바라보았다. 얼룩 개는 벗어날 길 없이 가장자리를 따라 달리느라 지쳐 가는 듯했다. 하운드들이 짖는 소리에 개는 다시 안쪽으로 방향을 틀어 호아킨의 뒤쪽을 가로질렀지만, 호아킨이 말 머리를 돌려 단번에 따라잡아 1.5킬로미터도 못 가서 올가미를 씌웠다. 빌리는 고원 가장자리의 바위로 가 말에서 내린 후 담배에 불을 붙이고 앉아서는 남쪽 일대를 둘러보았다.

그들은 하운드를 발치에 거느린 채 고원을 다시 가로질렀다. 호아킨이 죽은 개를 밧줄 끝에 매단 채 풀 사이로 질질 끌고 왔다. 반쯤 껍질이 벗겨져 피투성이가 된 개의 눈이 번들거리고 빼문 혀가 풀이파리와 겨 따위로 범벅이 되어 있었다. 가장자리 바위에 이르자 호아킨이 말에서 내려 죽은 개에게서 밧줄을 벗겨 냈다.

여기 어디 강아지가 있을 거야. 호아킨이 말했다.

빌리는 걸어가 개를 바라보았다. 젖이 퉁퉁 불은 암캐였다. 빌리는 말에게로 가 안장에 올라 존 그래디를 돌아보았다.

편한 길로 돌아서 가자. 험한 길은 한 번이면 족해.

존 그래디는 모자를 벗어 안장 머리에 걸었다. 얼굴에 피가 줄을 긋고 있고, 셔츠도 피범벅이었다. 그는 소매 뒤쪽으로 이마를 닦고 모자를 다시 썼다.

나야 좋죠. 호아킨 형은요?

좋지.

호아킨이 태양의 방향을 가늠했다.

저녁 먹기 전에 도착할 수 있겠다.

모조리 소탕한 것 같아?

그야 알 수 없지.

버릇을 단단히 고쳐 놓은 것만은 분명해.

아무렴.

아처 아저씨네 개를 몇 마리 데리고 왔지?

세 마리.

이런, 지금 두 마리뿐이잖아.

그들은 안장에서 몸을 돌려 고원을 쭉 훑었다.

어디로 갔을까?

나야 모르지. 호아킨이 말했다.

저 너머로 내려갔나 봐.

호아킨이 몸을 숙여 침을 뱉고 말 머리를 돌렸다.

가자. 녀석이야 어디든 있겠지. 집에 가기 싫어하는 놈은 어
디나 하나씩 있는 법이니까.

존 그래디가 그를 깨웠을 때는 아직도 어둠이 짙은 새벽이
었다. 그는 툴툴거리며 몸을 돌리고는 베개로 머리를 덮었다.

일어나요, 카우보이.

대체 몇 신데 지랄이야?

5시 30분.

너 뭐 잘못 먹었냐?

개를 찾아보고 싶지 않아요?

개? 무슨 개? 대체 지금 무슨 헛소리를 하는 거야?

강아지들 말예요.

젠장. 빌리는 말했다.

존 그래디는 문가에 앉아 문설주에 부츠 하나를 대고 있
었다.

빌리 형?

뭐, 망할.

그냥 거기 가서 한 번 둘러보기만 하면 돼요.

빌리는 몸을 굴려, 어둠 속에서 문간에 비스듬히 앉아 있는 존 그래디를 바라보았다.

너 때문에 내가 돌겠다.

흔적이 있을 거예요. 분명 찾을 수 있어요.

어림없는 소리 마.

트래비스 아저씨한테 개 두 마리를 빌려 가면 좋을 것 같아요.

누가 빌려 준다디? 고집 좀 작작 부려라.

녀석들 굴이 어디인지 알아요.

잠 좀 자자, 잠 좀.

저녁 때까지는 돌아올 수 있어요. 장담해요.

제발 나 좀 그냥 둬. 이렇게 사정한다. 너를 총으로 쏘고 싶지 않아. 사장님한테서 너의 비극적 결말을 듣고 싶지 않단 말이야.

녀석들이 커다란 자갈 무더기 아래에서 처음 튀어나왔잖아요? 거기서 15미터 안에 굴이 있을 거예요. 형도 커다란 바위들을 봤잖아요.

손잡이가 긴 삽과 곡괭이와 120센티미터짜리 쇠지렛대를 안장 머리에 가로었고 그들은 길로 나왔다. 아까 먹을거리를 찾는데 소코로가 머리를 종이로 만 채 잠옷 바람으로 나오더니 그들을 식탁으로 내쫓고는 달걀과 소시지를 요리하고 커피를 끓였다. 그들이 아침을 먹는 동안 그녀는 도시락을 쌌다.

빌리는 창문으로 안장을 얹은 채 부엌문 앞에 서 있는 말들을 바라보았다. 어서 먹고 가자. 우리가 어디로 가는지는 얘기하지 말고.

알았어요.

잔소리 듣고 싶지 않아.

해도 뜨기 전에 그들은 발렌시아나 초지를 가로질러 옛 우물을 지났다. 소들이 어스름 빛 속에서 길을 내주었다. 빌리는 삽을 어깨에 걸친 채 말을 몰았다.

한 가지 말해 둘 게 있어.

뭔데요?

바위 사이에 도저히 삽으로 팔 수 없는 곳에 강아지가 박혀 있을 수도 있어.

예. 알아요.

범람지 서쪽 가장자리 오솔길에 다다르자 막 고원에서 떠오른 태양의 빛살이 그들 위쪽 바위를 가로질렀다. 서서히 새 날이 시작되고 있었지만 그들은 여전히 짙푸른 어둠에 묻혀 남은 밤을 보내고 있었다. 빌리는 앞장서서 범람지 위쪽 끝까지 갔다가 다시 되돌아오며 말의 어깻죽지에 팔목을 기댄 채 말 양쪽의 땅을 유심히 살폈다.

형이 수색자예요? 존 그래디가 말했다.

수색하는 머저리지. 새가 낮게 날아간 자리까지 알 수 있어.

뭐가 보여요?

망할, 아무것도 안 보인다.

햇살이 바위를 타고 내려와 갈라진 땅을 지나 그들을 향했다. 그들은 말을 세웠다.

소들이 지나간 길을 놈들도 따라가고 있어. 아니 따라갔었지. 모두 한 굴에 살았던 게 아닌가 봐. 두 무리로 나뉘어 있었던 것 같아.

그럴 수도 있겠네요.

저기 너머에 그럴 만한 데가 있을까?

네?

여기 바위가 온통 개털 천지야. 그러니 이 주위를 맴돌면서 두 눈 크게 뜨고 살펴보자.

그들은 절벽 아래에 바짝 붙어 돌덩이와 돌 더미 사이로 골짜기를 올라갔다. 바위 주위를 돌며 땅바닥을 살폈다. 마지막 비가 내린 것이 몇 주 전의 일이라 흙길에 박힌 개 발자국은 이미 소들한테 짓밟힌 뒤였다. 마른 땅에는 개의 흔적이 전혀 남아 있지 않았다.

여기서 다시 올라가 보자. 빌리가 말했다.

그들은 바위 절벽에 바로 붙은 비탈 위쪽을 따라 나아갔다. 자갈 무더기를 지나, 거대한 판석에 새겨진 늙은 무당과 기록 없는 신비 아래로 나아갔다.

어디 있는지 알겠어.

빌리는 좁은 오솔길에서 말 머리를 틀어 바위 사이로 되돌아갔다. 존 그래디가 뒤를 따랐다. 빌리가 말을 멈추고 고삐를 놓고 안장에서 내렸다. 바위 사이 좁은 틈으로 걸어 들어갔다가 도로 나오더니 언덕 아래를 가리켰다.

발자국이 세 방향에서 이리로 향하고 있어. 바로 저 아래 바위까지만 소들이 오고 풀밭에는 안 들어갔어. 저기 키 큰 풀 보여?

보여요.

풀이 저렇게 웃자란 건 소들이 들어와서 먹지 못했기 때문이야.

존 그래디는 말에서 내려 그를 따라 바위틈으로 들어갔다. 두 사람은 이리저리 서성이며 바닥을 유심히 살폈다. 말들이 바위틈 안을 들여다보며 서 있었다.

잠시 쉬었다 하자.

그들은 앉았다. 바위틈 안은 시원했다. 땅바닥이 차가울 지경이었다. 빌리는 담배를 피웠다.

소리가 들려요. 존 그래디가 말했다.

나도 들었어.

그들은 일어나 귀를 기울였다. 가냘픈 칭얼거림이 뚝 그쳤다. 그러다 다시 들려왔다.

굴은 바위 모서리에 비스듬히 얹힌 돌덩이 아래에 있었다. 그들은 풀밭에 배를 깔고 누워 귀를 기울였다.

냄새가 나. 빌리가 말했다.

그래요.

그들은 가만히 소리를 들었다.

어떻게 꺼내죠?

빌리는 그를 바라보았다.

어림없어.

어쩌면 알아서 나올 수도 있어요.

왜?

우유를 가져와 앞에 놓아두면 될 거예요.

어림없어. 소리로 보아 굉장히 어린 녀석들이 분명해. 눈도 아직 못 떴을걸. 그렇게 어린 것들을 데려가서 어쩌려고?

모르겠어요. 여기에 둘 수는 없잖아요.

낚싯대로 낚아 올리자. 기다란 오코티요[42]를 쓰면 되겠다.

존 그래디는 바위 아래 어둠 속을 응시한 채 엎드려 있었다.

담배 좀 줘 봐요.

빌리는 담배를 건넸다.

출구가 여기 말고 또 하나 있을 거예요. 여기서 바람이 나오잖아요. 연기 보이죠?

빌리는 손을 뻗어 담배를 집었다.

그래. 하지만 바위가 여전히 막고 있잖아. 그것도 집채만한 게.

어린애라면 여기로 기어들어갈 수 있을 텐데.

어디서 애를 구해? 게다가 잘못해서 애가 저 안에 껴서 오도가도 못 하면?

다리를 밧줄로 감고서 들여보내면 되죠.

그 애한테 무슨 일이라도 생기면 네 목에 밧줄이 감길걸. 칼 좀 줘 봐.

존 그래디에게서 주머니칼을 건네받은 빌리는 일어나 밖으

---

42) 미국과 멕시코 사이의 돌투성이 사막에서 자라는 선인장과의 나무.

로 나갔다가 잠시 후 오코티요 줄기를 들고 돌아왔다. 3미터는 족히 돼 보였다. 빌리는 앉아서 손잡이가 될 곳에서 가시를 쳐냈다. 그리고 다음 30분 동안 그들은 엎드려 오코티요 줄기를 구멍 아래로 밀어넣고 이리저리 돌려 강아지의 털이 가시에 걸리기를 빌었다.

깊이가 얼마나 되는지도 모르는데 이런 짓을 하고 있다니.

굴 아래쪽이 굉장히 넓을 수도 있어요. 운이 엄청 좋아서 줄기 끝이 강아지 배를 스치지 않는 이상 소용없어요.

어떻게 한 마리도 깽깽대질 않지.

구석으로 다들 피했을 거예요.

빌리는 일어나 앉아 오코티요 줄기를 끄집어내 끄트머리를 살펴보았다.

털이 묻어 있어요?

응. 조금. 하지만 저 아래는 온통 개털 천지일 텐데, 뭘.

바위 무게가 얼마나 될까요?

망할.

살짝만 기울이면 될 텐데.

5톤은 족히 나갈걸. 대체 무슨 수로 바위를 움직인다는 거야?

그렇게 힘들지는 않을 거예요.

바위를 어느 쪽으로 밀 건데.

이쪽으로요.

그러면 바위가 아예 구멍을 덮어 버리잖아.

그럼 어때요? 강아지들이야 구석에 있는데.

너는 어쩜 그렇게 똥고집이냐? 말을 이 안으로 끌고 들어올 수 없어. 설령 말이 들어온다 해도 바위가 말들을 깔아뭉갤 거야.

말이 들어올 필요는 없어요. 밖에서 당기면 돼요.

그렇게 긴 밧줄은 어디서 구하고.

밧줄을 묶어서 연결하면 돼요.

어림없어. 바위를 감는 데만 밧줄 하나가 다 들어갈걸.

그럭저럭 될 것 같아요.

안장주머니에 밧줄 늘이개라도 있나 보지? 어쨌든 말 두 마리로 저 바위를 움직이는 건 택도 없어.

지렛대를 같이 쓰면 돼요.

저 망할 놈의 고집. 너 같은 최악은 내 생전 처음이다.

침식지 위쪽에 딱 적당한 크기의 어린 나무가 있어요. 곡괭이로 잘라다 지렛대로 쓰면 돼요. 지렛대 끝에 밧줄을 묶으면 굳이 바위를 밧줄로 두를 필요도 없고요. 한마디로 돌 하나로 새 두 마리를 잡는 거죠.

돌 하나로 말 둘에 카우보이 둘을 잡는 거겠지.

이럴 줄 알았으면 도끼를 가져오는 건데.

돌아가고 싶으면 깨워. 나는 낮잠이나 잘 테니.

그렇게 해요.

존 그래디는 곡괭이를 안장 머리에 가로 얹은 채 침식지로 돌아갔다. 빌리는 몸을 쭉 뻗고 누워 발목을 꼰 뒤 모자로 얼굴을 가렸다. 절대 침묵만이 가득했다. 바람 소리도, 새 소리도 들리지 않았다. 소 울음소리도. 막 잠이 들려는데 곡괭이

날이 둔탁하게 부딪히는 소리가 울렸다. 빌리는 어두운 모자 안에서 미소를 머금은 채 잠이 들었다.

존 그래디는 우듬지를 자르고 가지를 쳐낸 어린 미루나무를 말 뒤에 끌며 돌아왔다. 길이 5미터에 밑동 지름이 15센티미터쯤 되는 나무였다. 안장 머리에 묶인 밧줄이 감당하는 무게 때문에 안장이 벗겨져 나갈 것 같았다. 그는 왼발은 나무 줄기 너머로 대롱거리고 오른쪽 등자에만 발을 끼운 채 엉거주춤 서서 말을 몰았다. 말의 걸음이 위태위태했다. 바위에 이르자 그는 내려서서 안장 머리에서 올가미를 풀어 나무를 바닥에 부리고는 빌리의 부츠를 걷어찼다.

얼른 일어나요. 불타 죽기 싫거든.

망할 너부터 불타 죽어.

어서 좀 거들어 줘요.

빌리는 모자를 얼굴에서 젖히고 올려다보았다.

하여튼 자식.

그들은 존 그래디의 밧줄이 묶인 나무 기둥을 바위 뒤에 세워서는 바로 이웃 바위에 돌무더기를 쌓아 나무 밑동을 받쳤다. 존 그래디는 자기 밧줄 끝에 빌리의 밧줄을 매듭지어 잇고는, 그 끝자락으로 두 말의 안장에 닿을 만큼 커다란 Y자 올가미를 만들었다. 그들은 말을 나란히 세워 안장 머리에 올가미를 걸고는 나무 밑동에서 늘어진 밧줄을 올려다보다 서로의 얼굴을 마주 본 뒤 굴레를 쥐고 말을 앞으로 끌었다. 밧줄이 팽팽해졌다. 나무 지렛대가 고개를 숙였다. 그들의 독려에 말이 몸을 굽혀 힘껏 당겼다. 빌리는 밧줄을 올려다보았다.

저게 부러지면 다시 구멍을 쑤셔야 할 거야.

지렛대가 느닷없이 옆으로 미끄러지다 멈추어서 파르르 떨었다.

젠장.

알았어요. 지렛대가 안 먹히면 구멍을 하나가 아니라 열 개라도 쑤실게요.

차라리 장의사를 부르지.

그럼 어떡할 생각인데요?

이건 네가 벌인 일이야, 카우보이.

존 그래디는 걸어가 지렛대를 살핀 뒤 돌아왔다.

말을 조금 왼쪽으로 몰아요.

알았어.

그들은 말을 천천히 움직였다. 밧줄이 팽팽해지더니 매듭이 서서히 풀리기 시작했다. 그들은 밧줄을 보고 말을 보았다. 그리고 서로를 보았다. 그때 바위가 움직였다. 천 년 세월을 보낸 안식처에서 주뼛주뼛 몸을 일으켜 비틀대다 쿵 소리와 함께 구멍 쪽으로 쓰러졌다. 부츠까지 진동이 밀려왔다. 지렛대가 바위 사이에서 덜걱대고, 말들이 평정을 되찾고는 가만히 서 있었다.

기똥차군. 빌리가 말했다.

그들은 바위가 물러난 자리를 파헤쳤다. 태양의 열기를 머금지 않은 맨땅을 20분쯤 파자 굴이 드러났다. 강아지들이 옹기종기 엉겨붙은 채 먼 쪽 구석에 박혀 있었다. 존 그래디는 배를 깔고 엎드린 뒤 손을 뻗어 한 마리를 꺼내 햇빛에 비추어 보았다. 겨우 손바닥만 한 통통한 강아지가 자그마한 주둥이를 두리번대더니 낑낑대며 하늘 빛 눈을 깜박였다.

형이 좀 잡고 있어요.

몇 마리나 있어?

모르겠어요.

그는 다시 구멍으로 팔을 뻗어 다른 강아지를 꺼냈다. 빌리는 책상다리를 하고 앉아 무릎 사이에 강아지들을 모았다. 네 마리였다.

이 조막만 한 것들이 지금 쇳덩이라도 삼킬 듯 배가 고플 걸. 이게 다야?

존 그레디는 뺨을 흙바닥에 댄 채 엎드려 있었다.

그런 것 같아요.

강아지들이 빌리의 무릎 아래로 기어들며 숨으려고 했다. 빌리는 자그마한 목덜미를 쥐어 한 마리를 들어 올렸다. 녀석이 양말처럼 대롱거리며 촉촉한 눈으로 세상을 멍하니 응시했다.

잠깐만 들어 봐요.

그들은 가만히 귀를 기울였다.

더 있어요.

존 그레디는 엎드려 손으로 구멍 안을 더듬으며 아래의 어둠을 감지했다. 눈을 감았다.

찾았어요.

그가 끄집어낸 개는 죽어 있었다.

너랑 딱이네. 빌리가 말했다.

자그마한 개는 몸을 옹송그린 채 뻣뻣이 굳어 앞발로 얼굴을 가리고 있었다. 존 그래디는 강아지를 내려놓고 어깨를 구멍 깊이 밀어넣었다.

찾을 수 있겠어?

아뇨.

빌리가 일어났다.

내가 해 볼게. 내 팔이 너보다 길잖아.

그래요.

빌리는 흙바닥에 엎드려 손으로 구멍을 더듬었다.

이놈의 새끼야, 얼른 나와라.

찾았어요?

응. 어디 물려고 덤벼, 망할 자식.

그의 손에 잡힌 개가 낑낑대며 몸을 비틀었다.

이게 무슨 강아지야.

어디 좀 봐요.

완전히 뚱보가 따로 없네.

존 그래디는 강아지를 받아 들고는 두 손을 모아 감쌌다.

저 굴 속에서 혼자 뭘 하고 있었을까요?

죽은 놈 곁을 지켰나 보지.

존 그래디는 개를 높이 들어 주름진 자그마한 얼굴을 바라보았다. 그리고 말했다. 이 녀석은 이제 내 거예요.

그는 12월 내내 오두막에서 일했다. 그리 춥지 않은 저녁이면 말에 장비를 싣고 벨 스프링스 오솔길을 올라 길가에 곡괭이와 삽을 내려놓고 직접 길을 손봤다. 홍수에 깎여 나간 곳을 메우고, 덤불을 쳐내고, 도랑을 파고, 울퉁불퉁한 곳을 다듬고, 웅크리고 앉아 일대를 살펴 물이 지날 만한 지형을 탐색했다. 3주 동안 보기 흉한 쓰레기를 다른 곳으로 치우거나 불태우고, 스토브를 새로 칠하고, 지붕을 수리했다. 처음으로 옛길로 몰고 온 트럭의 짐칸에는 기다란 푸른색 새 연통과 페인트 통과 석회와 부엌에 달 새 소나무 선반이 실려 있었다.

알라메다의 고물상에서 그는 겹겹이 쌓인 창문 더미 사이를 서성이며 줄자로 높이와 폭을 재고, 셔츠 주머니의 수첩에 적힌 숫자와 비교했다. 딱 맞는 창틀을 끄집어낸 뒤 트럭을 후진해 입구에 대고는 고물상 주인의 도움을 받아 창문을 트럭에 실었다. 고물상 주인이 깨진 유리를 대신할 유리 몇 장을 팔고는 크기에 맞추어 선을 긋고 자르는 법을 일러 주더니 유리용 칼을 그에게 주었다.

그는 소나무로 짠 낡은 메노파[43] 식탁을 샀다. 고물상 주인이 식탁을 트럭에 싣는 것을 거들고는 서랍을 빼 놓으라고 했다.

커브를 돌 때 튀어나올 수 있거든.

그렇군요.

차 밖으로 떨어지기 일쑤지.

네.

유리판은 운전석 옆에 싣고 가야 안 깨져.

---

43) 16세기 네덜란드 신학자 메노 시몬스가 창시한 급진적인 기독교 종파로, 재세례파의 한 갈래.

알겠습니다.

그럼 가 보게.

예, 아저씨.

그는 늦은 밤까지 일했다. 돌아와서는 마구간의 부분적 어둠 속에서 안장 벗긴 말을 빗질해 준 뒤 부엌으로 가 보온기에서 저녁을 꺼내 약하게 켠 등불 옆에서 홀로 음식을 먹으며, 복도의 낡은 시계가 새기는 완벽한 기록과 어둠 너머 황야의 해묵은 침묵에 귀 기울였다. 그는 의자에 앉은 채로 잠이 들었다가 엉뚱한 시간에 깨어나 비틀비틀 마구간으로 가 강아지를 찾아 침대 곁의 상자에 집어 넣고는 침대 아래로 팔을 늘어뜨린 채 엎드리기도 했다. 그의 손이 상자에 있어야 강아지가 울지 않기 때문이었다. 그는 옷을 입은 채로 이내 잠들었다.

크리스마스가 왔다가 갔다. 1월 첫 번째 일요일 오후에 빌리는 자그마한 개천을 가로질러 집을 향해 크게 소리치고는 말에서 내렸다. 존 그래디가 문으로 나왔다.

뭐하고 있어?

창틀을 칠하는 중이에요.

빌리는 고개를 끄덕였다. 그리고 집을 둘러보았다.

들어오라고도 안 해?

존 그래디는 소매로 코 옆을 문질렀다. 한 손에는 페인트 붓이 들려 있고, 양손이 모두 파랗게 물들어 있었다.

미처 생각하지 못했어요. 들어와요.

빌리는 들어가 섰다. 주머니에서 담배를 꺼내 불을 붙이고 집 안을 둘러보았다. 옆방으로 들어갔다가 나왔다. 어도비 벽이 하얗게 회칠되어 있어 좁은 집 안이 환하면서도 수도원처럼 금욕적인 분위기를 풍겼다. 흙바닥이 깨끗하게 쓸려 있었다. 아래쪽에 판자를 댄 울타리 기둥을 보고 아이디어를 얻은 존 그래디가 직접 만든 나무 망치로 단단히 다져져 있었다.

이만하면 나쁘지 않은데. 저쪽 구석에는 산토(성상)라도 갖다 둘 건가 보지?

그래도 좋고요.

빌리는 고개를 끄덕였다.

도움만 얻을 수 있다면 무슨 짓인들 못 하겠어요. 존 그래디는 말했다.

어련하겠냐.

빌리는 새파란 창틀을 바라보았다.

색이 왜 이 모양이야?

그래도 이게 가장 가까운 색이라던데요.

문도 같은 색으로 칠할 거야?

네.

페인트 붓 더 있어?

예. 하나 더 있어요.

빌리는 모자를 벗어 문 옆의 못에 걸었다.

어디 있는데?

존 그래디가 페인트를 빈 통에 나눠 붓자 빌리는 한쪽 무릎을 꿇고 앉아 붓으로 페인트를 저었다. 통 가장자리에 붓의 넓적한 면을 조심스레 문지른 뒤 새파란 페인트를 창틀에 칠했다. 그리고 어깨 너머를 돌아보았다.

왜 붓이 하나 더 있는 거야?

어떤 바보가 나타나서 도와주겠다고 할지 몰라서요.

일은 해 지기 전에 끝났다. 차가운 바람이 하리야스의 봉우리 사이로 와르르 달려왔다. 그들은 트럭 곁에 섰다. 빌리는 담배를 피우며, 서쪽 산 위에서 시뻘겋게 타오르던 노을이 어둠에 물드는 광경을 가만히 바라보았다.

이봐, 여긴 겨울에 무지 추울 거야.

알아요.

춥고 고독하겠지.

고독하지는 않을 거예요.

너 말고 여자 말이야.

본인만 좋다면 목장에서 소코로 아줌마랑 같이 일해도 된다고 사장님이 그랬어요.

잘됐군. 그런 날에는 식탁에 빈 의자가 남아나지 않을걸.

존 그래디는 씩 웃었다. 그렇겠죠.

마지막으로 만난 게 언제야?

좀 됐어요?

얼마나?

모르겠어요. 3주쯤.

빌리는 고개를 저었다.

여전히 그곳에 있어요.

그 애를 어지간히 믿나 보군.

예, 그래요.

소코로 아줌마와 만나면 어떤 일이 벌어질 것 같아?

아는 걸 다 얘기하지는 않을 거예요.

그 애가, 소코로 아줌마가?

둘 다요.

그래야 할 텐데.

다들 좋아할 거예요. 단순히 얼굴만 예쁜 게 아니거든요.

빌리는 담배를 마당에 휙 던졌다.

슬슬 돌아가지.

형이 트럭을 타고 가요.

됐어.

타고 가요. 저 늙다리는 내가 타고 갈게요.

빌리는 고개를 끄덕였다. 나보다 빨리 가겠다고 덤불 사이로 몰고 가려는 거지. 그러다 뱀한테 물리기라도 하면 나더러 어쩌라고.

타고 가요. 형 뒤를 얌전히 따라갈게요.

저런 말은 어둠 속에서 타려면 특별히 신경 써야 해.

알고 있어요.

녀석한테 자신감을 조금씩 심어 줘야 해.

존 그레디는 씩 웃으며 고개를 절레절레 저었다.

밤에 말이 무엇을 필요로 하고 어떤 식으로 움직이는지를 명심해야 해. 소가 잠자는 곳을 지날 때는 천천히 몰고. 왼쪽에서 오른쪽으로. 말이 화를 내면 노래를 불러 주고. 성냥을 켜거나 하면 안 돼.

명심할게요.

할아버지가 오솔길 오르는 법에 대해 가르쳐 주셨니?

예. 조금요.

고향에는 다시 가 볼 생각이야?

아마 안 갈 거예요.

갈 거야. 조만간. 뭐, 네가 살아 있다면 말이지.

트럭 타고 갈래요?

아니. 너나 타. 나는 뒤따라갈게.

알았어요.

내 디저트에 손대지 말고.

알았어요. 이렇게 와서 도와주어서 고마워요.

어차피 할 일도 없었어.

아무튼요.

다른 일이 있었으면 여기 안 왔어.

집에서 봐요.

그래, 집에서 보자.

호세피나는 문가에서 지켜보고 있었다. 방에서 크리아다가 소녀의 검은 머리를 잘 보이도록 한 손으로 들고서 돌아보았다.

부에노. 무이 보니타.(좋아. 참 예쁘군.)

크리아다는 머리핀을 문 입술로 가늘게 미소 지었다. 호세피나가 복도를 돌아보고 다시 문 안으로 몸을 내밀고서 나직이 속삭였다. 엘 비에네.(그가 와.) 그리고 몸을 돌려 복도를 소리 없이 걸어갔다. 크리아다는 소녀를 재빨리 돌려 찬찬히 살피며 머리를 매만진 뒤 물러섰다. 엄지로 입술을 훑어 머리핀을 모아 쥐었다.

에레스 라 치나 포블라나 페르펙타. 페르펙타.(이 마을 최고의 미인이야. 완벽해.)

에스 베야 라 치나 포블라나?(정말 예뻐요?)

소녀의 말에 크리아다는 놀라서 눈썹을 치켜세웠다. 주름진 눈꺼풀이 파리한 먼 눈 위에서 파르르 떨렸다.

시. 시. 포르 수푸에스토. 토도 엘 문도 로 사베.(그럼. 그럼. 당연하지. 세상 사람들이 다 아는걸.)

에두아르도가 문가에 서 있었다. 크리아다는 소녀의 눈을 보고 돌아보았다. 그가 턱짓을 하자 크리아다는 화장대로 가서 빗을 내려놓고 머리핀을 도자기 접시에 얹은 뒤 그를 지나 문밖으로 나갔다.

그가 안으로 들어와 문을 쾅 닫았다. 소녀는 방 가운데 조용히 서 있었다.

볼테아테.(돌아 봐.)

그가 검지를 빙빙 돌렸다.

소녀는 돌았다.

벤 아키.(이리 와.)

소녀는 천천히 다가가 섰다. 그가 손바닥으로 소녀의 턱을 받쳐 얼굴을 올리고는 화장한 눈을 들여다보았다. 소녀가 얼굴을 내리자 그는 목덜미에 묶인 머리를 획 당겨 다시 얼굴을 젖혔다. 소녀의 눈이 천장을 향했다. 창백한 목이 훤히 드러났다. 목 양쪽의 굵은 동맥이 뚜렷이 박동치고, 입가가 살며시 떨렸다. 자기를 보라는 그의 말을 소녀는 순순히 따랐지만, 속눈썹 아래 검은 눈은 일부러 불투명하게 만든 듯했다. 눈 속에 엄연히 존재하는 깊이를 사라지게 하거나 보이지 않게 하려고. 그렇게 해서 눈 속의 세계를 감추려고. 그가 소녀의 머리칼을 다시 잡자 소녀의 광대뼈를 덮은 부드러운 피부가 팽팽해지며 눈이 커졌다. 자기를 보라고 그가 다시 명령했지만 소녀는 이미 그를 보고 있었으며 아무 대꾸도 하지 않았다.

아 키엔 레 레사스?(누구에게 기도하지?) 그가 나직이 말했다.

아 디오스.(하느님에게요.)

키엔 레스폰데?(누가 답하지?)

나디에.(아무도 안 해요.)

나디에.(아무도 안 한다라.)

그날 밤 침대에 벌거벗고 누운 소녀는 차가운 영혼이 다가오는 것을 느꼈다. 소녀는 몸을 돌려 방에 서 있는 고객에게 소리쳤다.

최대한 서두르고 있어. 그가 말했다. 그리고 옆에 눕는데 소녀가 비명을 지르며 온몸이 뻣뻣해지더니 눈이 하얗게 뒤집혔다. 흐릿한 불빛 탓에 아무것도 보지 못한 그는 손을 얹고서야 소녀의 몸이 휘면서 파르르 떨리고 작은 북처럼 팽팽해지는 것을 느꼈다. 전율이 윙윙대며 온몸으로 흐르고 있었다.

왜 그래? 왜 그러는 거야?

그는 반벌거숭이 꼴로 복도로 나와 옷을 마저 입었다. 느닷없이 티부르시오가 나타났다. 그는 손님을 밀치고 들어가 소녀의 침대에 무릎 꿇고는 혁대를 휙 뽑아 들고 접어 소녀의 턱을 억지로 벌려 혁대를 물렸다. 손님은 문가에서 바라보고 있었다.

나는 아무 짓도 안 했소. 손도 대지 않았소.

티부르시오가 일어나 문으로 성큼성큼 걸어갔다.

그냥 저절로 저렇게 됐소.

아무한테도 말하지 마시오. 내 말 알겠소?

물론이오, 친구. 그냥 내 신발만 돌려주면 돼요.

알카우에테는 그를 내보내고 문을 닫았다. 소녀는 혁대를
입에 문 채 거칠게 숨을 쉬었다. 그는 침대에 앉아 이불을 젖
혔다. 아무 표정 없이 소녀를 살폈다. 검은 실크 셔츠가 소녀
위로 살짝 늘어졌다. 부드러운 거짓 속삭임. 섬뜩한 관음증 장
의사. 성향이 불확실한 몽마(夢魔)나, 그도 아니면 네온 거리
에서 우연히 들어섰다가 창백하고 가는 손으로, 보았거나 들
었거나 상상한 치유 행위를 어설프게 흉내 내는 검은 멋쟁이.

너는 뭐지? 아무것도 아냐.

그는 말했다.

현관으로 나와 방충문을 손에서 놓는데 존슨 씨가 현관 베
란다 가장자리에 팔꿈치를 무릎에 괴고 앉아 지는 해를 바라
보고 있었다. 프랭클린 산맥 너머 서쪽에서 노을이 점점 짙게
너울거렸다. 멀리 기러기 떼가 호르나다(이동로)를 따라 하류
로 날아가고 있었다. 새들은 현란한 황혼 위에 그어진 가느다
란 선처럼 보였고, 너무 멀어 소리는 들리지 않았다.

어디 가나? 노인이 말했다.

존 그래디는 현관 베란다 가장자리로 걸어가 이를 쑤시며
일대를 둘러보았다. 제가 왜 어디 간다고 생각하시죠?

쥐새끼처럼 머리를 바짝 넘겨 붙이고 부츠도 번쩍번쩍하 잖나.

그는 노인 곁에 앉았다. 시내에 가려고요.

노인이 고개를 끄덕였다. 그래. 여전히 거기 있겠지.

예.

거기도 기억이 까마득하군.

엘패소에 마지막으로 가신 게 언젠데요?

모르겠어. 1년쯤 됐나. 어쩌면 더 전일 수도.

늘 여기만 계시는 게 지겹지 않으세요?

지겨워. 가끔은.

세상 돌아가는 거라도 구경하게 한 번씩 가시지 그래요?

시내에 간다고 해서 뭘 알게 될 것 같지는 않은데. 사실 세 상사라는 것 자체를 안 믿어.

후아레스에도 가시곤 했나요?

그래. 술을 끊기 전에는 자주 갔어. 마지막으로 간 게 1929년 이었지. 바에서 총에 맞은 사람을 봤어. 어떤 남자가 바에서 맥주를 마시고 있는데 다른 남자가 들어와 그 남자 뒤로 걸어 가더니 혁대에서 거버먼트 45구경을 뽑아 뒤통수에 대고 쐈 지. 그리고 총을 도로 끼우고는 몸을 돌려 걸어 나갔어. 아주 유유히.

총에 맞은 사람은 죽었나요?

그래. 선 채로 죽었어. 순식간에 쓰러지던 모습이 아직도 기 억에 생생해. 사람이 죽으면 무게가 더 나가거든. 영화에서는 그런 걸 제대로 살리지 못하지.

어르신은 어디 계셨어요?

나는 바로 옆에 서 있었어. 바 선반 거울로 모두 목격했지. 그 일 때문에 지금까지도 한쪽 귀가 잘 안 들려. 그 남자는 머리가 거의 나가떨어지다시피 했지. 온 사방이 피며 뇌로 범벅이 됐고. 그때 난 완전히 새 옷인 스트라디바리 개버딘 셔츠에 꽤 좋은 스테츤[44] 모자를 쓰고 있었는데, 부츠만 빼고 전부 다 태워 버렸지. 목욕도 연속해서 아홉 번은 했을걸.

노인이 서쪽을 쭉 돌아보았다. 하늘에 어둠이 짙어지고 있었다.

옛 서부 이야기지.

그렇군요.

많은 사람들이 총에 맞아 죽었어.

왜 그랬을까요?

노인은 손끝으로 턱을 쓸었다.

글쎄. 그때 사람들은 대부분 테네시나 켄터키주 출신이었지. 사우스캐롤라이나주의 에지필드나 미주리 남부 출신도 있었고. 산(山) 사람들이었어. 옛 지역의 산에서 살던 이들이었지. 그들은 늘 총질을 해 댔어. 여기에서만 그런 게 아니야. 그네들이 서부로 오다 여기에 이르렀을 무렵 샘 콜트가 6연발 권총을 발명했지. 덕분에 허리에 차고 다니는 총을 처음으로 살 수 있게 된 거야. 그뿐이야. 이 땅 때문이 아니고. 서부여서가 아니라 어디든 마찬가지였을 거네. 곰곰이 생각해 보았지

---

44) 일명 카우보이라 불리는 모자의 유명 상표.

만 결론은 그뿐이야.

전에는 술을 얼마나 드셨어요? 괜한 질문이라면 죄송해요.

엄청 마셨지. 사람들이 기억하는 것만큼은 아니지만. 그렇다고 가볍게 마셨다고는 할 수 없고.

그렇군요.

뭐든 개의치 말고 물어보게.

예, 어르신.

내 나이가 되면 예의 같은 건 벗어던지게 돼. 그래서 사위가 때때로 당황하긴 하지만. 어쨌든 마음껏 물어보게.

예, 어르신. 그럼 그 바 사건으로 술을 끊으신 건가요?

아니. 술에 워낙 깊이 빠져 있었거든. 끊었다가 다시 마시고, 끊었다가 다시 마셨지. 그러다 완전히 끊게 됐어. 아마 나이 탓이었을 거야. 하긴 뭐 좋은 거라고.

술이요, 아니면 금주가요?

둘 다. 더 이상 할 수가 없어서 끊은 것은 결코 미덕이 아니야. 아무렴.

노인이 노을을 턱으로 가리켰다. 짙붉은 판. 다가오는 어둠의 시원함을 머금고서 세상을 에워싸고 있었다.

예, 어르신. 그렇죠.

노인이 셔츠 주머니에서 담뱃갑을 꺼냈다. 존 그래디는 씩 웃었다. 그래도 담배는 여전히 피우시네요.

땅에 묻힐 때 주머니에 담배 한 갑은 꼭 챙겨 갈 거야.

저세상에서도 담배가 필요할까요?

아니. 하지만 혹시 모르잖아.

노인이 하늘을 바라보았다. 겨울에 박쥐는 어디로 갈까? 뭐든 먹어야 하잖아.

따뜻한 곳으로 옮겨 가겠죠.

그래야 할 텐데.

제가 결혼해야 한다고 생각하세요?

이보게, 내가 어찌 알겠나?

어르신은 한 번도 안 하셨죠.

하지만 하려고 한 적은 있었지.

왜 안 하셨는데요?

여자가 원칠 않았지.

왜요?

내가 너무 가난해서 여자 마음에 차지 않았던 거지. 아니면 여자 아버지의 마음에 차지 않았거나. 모르겠어.

그 여자 분은 어떻게 되었나요?

딱하게 됐지. 나를 잊고 다른 남자랑 결혼했는데 아이를 낳다가 죽었어. 당시에는 그런 일이 흔했지. 참 예뻤는데. 스무 살도 안 된 나이였을 거야. 아직도 생각이 난다네.

서녘 하늘에서 마지막 빛깔이 사그라들었다. 하늘이 짙푸른색으로 변했다가 이윽고 까매졌다. 부엌 불빛이 창문을 넘어 그들 옆에 드리워졌다.

누가 어찌 되었는지 모르겠어. 지금 어디서 사는지, 어떻게 지내는지, 죽었으면 어디서 죽었는지. 빌 리드 생각이 나. 때때로 혼잣말을 하기도 하지. 빌 리드는 어찌 되었을까? 아마 영원히 알 수 없겠지. 그래도 우리는 참 좋은 친구였어.

그리고요?

그리고 뭐?

또 뭐가 그리우세요?

노인은 고개를 저었다. 시작하자면 한도 끝도 없지.

많나요?

전부 다 그리운 건 아니야. 대장간용 부젓가락으로 이빨을 뽑고는 차가운 우물물로 감각을 마비시키던 건 하나도 안 그리워. 하지만 옛날 목장 생활은 그립네. 네 번이나 그곳을 찾아갔지. 가장 행복했던 시절이었어. 아무렴. 집을 떠나 새로운 고장을 보았으니. 세상에 그렇게 멋진 곳은 다시없었지. 앞으로도 없을 거고. 소들이 잠든 고요한 저녁에 모닥불 앞에 앉아 늙은 카우보이의 이야기를 들으며 커피를 마셨지. 담배를 말고. 잠을 자고. 정말 꿀맛 같은 잠이었어. 아무렴.

노인이 어둠 속으로 담배를 던졌다. 소코로가 문을 열고 내다보았다. 존슨 씨, 그만 들어오세요. 너무 추워요.

곧 들어가겠네.

이만 가 보겠습니다. 존 그래디가 말했다.

그래, 얼른 가 보게. 기다리다 목들이 빠지겠군.

예, 어르신.

어여 가 봐.

존 그래디는 일어났다. 소코로가 도로 안으로 들어갔다. 그는 노인을 내려다보았다. 여전히 잘못된 선택이라고 생각하시죠?

뭐에 대해서 말인가?

결혼요.

그런 말은 한 적이 없는데.

그래도 그렇게 생각은 하시죠?

마음 가는 대로 따라야 한다고 생각하네. 어떤 일이든 말이야.

관광객들 틈에 섞여 후아레스 거리를 걷는데 구두닦이 아이가 모퉁이 자기 자리에서 손을 흔들었다.

여자 친구 만나러 가나 봐요.

아니. 그냥 친구 만나러 가는 길이야.

애인하고는 여전히 잘돼 가나요?

그럼.

언제 결혼해요?

곧.

청혼했어요?

응.

좋다고 해요?

그래.

아이가 씩 웃었다. 오트로 마스 데 로스 페르디도스.(또 한 사람이 무덤으로 가는군.)

오트로 마스.(그러게.)

안달레 푸에스.(잘 가요.) 이제 와서 어쩌겠어요.

그는 모데르노로 들어가 모자를 벗어, 문가의 기다란 벽걸이에 늘어선 모자와 장비들 사이에 걸고는 마에스트로가 앉는 식탁 바로 옆에 자리 잡았다. 바텐터가 카페 맞은편에서 고개를 끄덕이고는 한 손을 들어 소리쳤다. 부에노스 타르데스.(안녕하세요.)

부에노스 타르데스.(안녕하세요.)

존 그래디는 탁자 위에 두 손을 포갰다. 우중충한 검은 무대복 차림의 늙은 악사 둘이 모퉁이의 탁자에 앉아 있다, 마에스트로의 친구인 그를 보고 예의를 차려 고개를 끄덕였다. 존 그래디도 같이 고개를 끄덕였다. 하얀 앞치마를 걸친 웨이터가 콘크리트 바닥을 가로질러 다가와 인사했다. 그가 테킬라를 주문하자 웨이터가 고개를 숙였다. 그의 결정을 사뭇 진지하게 받아들이겠다는 듯. 거리에서는 아이들이 소리를 지르고, 행상들이 고함을 쳐 댔다. 저 앞에 창살을 댄 창문에서 네모난 빛살이 비스듬히 떨어져 창백한 사다리꼴로 바닥에 추락했다. 그 한가운데에서 제 몸을 닦고 있는 커다란 레몬 빛 집고양이는 찌그러져 문이 열린 우리 속의 그 무엇인 듯 보였다. 고양이가 머리를 흔들더니 하품을 했다. 그리고 고개를 틀어 그를 바라보았다. 웨이터가 테킬라를 가져왔다.

존 그래디는 주먹 위쪽을 혀로 축여 소금통의 소금을 뿌리고 테킬라를 들이켜고는 접시에서 얇게 잘린 레몬을 집어 입안에 눌러짠 뒤 접시에 내려놓고 주먹의 소금을 핥았다. 그리고 테킬라를 한 번 더 마셨다. 악사들이 조용히 앉아 그를 바라보았다.

테킬라를 다 마신 그는 한 잔 더 주문했다. 고양이는 사라지고 없었다. 빛의 우리가 바닥을 따라 움직였다. 이윽고 벽을 타고 오르기 시작했다. 웨이터가 다른 방에서 전등을 켰고,

세 번째 악사가 들어와 먼저 온 두 사람과 합석했다.

그리고 마에스트로가 딸과 함께 나타났다.

웨이터가 다가와 그가 코트 벗는 것을 거들고 의자를 빼 주었다. 짧은 이야기가 오간 뒤 웨이터가 고개를 끄덕이고 여자애에게 미소를 짓더니 마에스트로의 코트를 들고 가 옷걸이에 걸었다. 여자애가 의자에서 살짝 몸을 틀어 준 그래디를 바라보았다.

코모 에스타스?(안녕하세요?)

비엔. 이 투?(그럼. 너도 잘 지내지?)

비엔, 그라시아스.(네, 감사합니다.)

눈먼 남자가 장난스레 몸을 기울여 그들의 대화를 들었다.

안녕하시오. 이리 와서 같이 앉아요.

감사합니다. 네, 기꺼이 가겠습니다.

어서 이리 와요.

그는 의자를 밀치고 일어났다. 그가 다가가자 마에스트로가 빙그레 미소 지으며 어둠 속으로 손을 뻗었다.

잘 지내시오?

네, 감사합니다.

눈먼 남자가 딸애에게 스페인어로 말했다. 그리고 절레절레 고개를 저었다. 마리아가 워낙 부끄럼을 많이 탄다오. 포르 케 노 아블라스 잉글레스 콘 누에스트로 아미고?(왜 영어로 얘기하지 않니?) 보시오. 이 애는 입도 안 뗄 거요. 고집이 어지간해야지. 웨이터는 어디 있소? 뭘 들겠소?

웨이터가 주문받은 것을 가져오자 마에스트로가 그를 대

신해 주문했다. 그리고 존 그래디의 술이 오기 전에 딸애가 먼저 마시지 않도록 여자애의 팔에 손을 얹었다. 웨이터가 떠나자 눈먼 남자가 고개를 돌렸다. 자, 그래 그 일은 어찌 되었소?

청혼했어요.

그녀가 거절하던가요? 말해 봐요.

아뇨. 수락했어요.

정말 장엄하군. 소름이 돋을 지경이오.

여자애가 눈알을 굴리다 시선을 피했다. 존 그래디는 그 말이 무슨 뜻인지 이해하지 못했다.

부탁이 있어서 왔습니다.

물론이오. 내가 할 수 있는 것은 뭐든 하겠소.

그녀에게는 가족이 없어요. 대부도요. 그래서 선생님이 그녀의 파드리노(대부)가 되어 주시면 감사하겠습니다.

아.

마에스트로가 두 손을 깍지 껴 턱을 받쳤다가 도로 탁자에 내려놓았다. 그들은 기다렸다.

정말 영광이오. 하지만 이는 매우 진지한 문제요. 잘 알겠지만.

네. 잘 압니다.

결혼 후 미국에서 살 계획이오?

네.

미국이라. 그렇군.

그들은 가만히 앉아 있었다. 눈먼 남자의 침묵은 두 곱절의 침묵이었다. 모퉁이의 세 악사들 역시 그를 바라보고 있었다. 그의 말이 들릴 리 없건만 그들도 그가 말을 잇기를 기다리는 듯했다.

파드리노가 된다는 것은 단순한 의식이 아니오. 친척이나 친구가 된다는 뜻은 아니지. 눈먼 남자가 입을 뗐다.

네. 이해합니다.

이는 매우 진지한 문제요. 그리고 타당한 이유가 있다면 대부가 되어 달라는 청을 거절하는 것은 모욕이 아니오.

네.

이런 문제는 이성적으로 다루어야 하오.

마에스트로가 한 손을 들어 손가락을 펼친 채 가만히 있었다. 무언가를 불러내거나 물리치려는 듯. 아마도 그가 눈이 멀지 않았더라면 단순히 손톱을 살피는 것처럼 보였으리라.

나는 건강이 좋지 않소. 설령 건강하다 해도 막달레나는 새로운 삶을 살 새로운 나라에 조언자를 두는 것이 타당하오. 그렇게 생각하지 않소?

글쎄요. 받을 수만 있다면 모든 도움을 다 받으면 좋겠죠.

물론 그렇소.

선생님의 눈 때문에 그러십니까?

눈먼 남자가 손을 내렸다. 아니오. 눈하고는 상관없소.

그는 눈먼 남자의 이야기를 계속 기다렸지만 남자는 말을 하지 않았다.

따님 앞에서 할 수 없는 말이라도 있습니까?

따님? 마에스트로가 눈먼 미소를 머금으며 고개를 저었다. 오 이런. 아니, 아니오. 우리 사이에는 비밀이 없다오. 눈먼 아비가 어찌 비밀을 가지겠소? 아니, 그런 건 전혀 아니오.

미국에는 파드리노가 없습니다. 존 그래디가 말했다.

웨이터가 와서 존 그래디 앞에 술잔을 내려놓자 마에스트로가 웨이터에게 고맙다고 말하고는 나무 탁자 위로 손가락을 밀어 자신의 잔을 찾았다.

보다(결혼)를 위해. 눈먼 남자가 말했다.

감사합니다.

그들은 마셨다. 여자애는 레프레스코(탄산음료) 병에 빨대를 꽂고는 고개를 숙여 음료수를 빨았다.

지성과 감성을 갖춘 사람이라야 대부가 될 자격이 있지. 어떻게 생각하오?

저는 선생님이 바로 그런 분이라고 생각합니다.

눈먼 남자는 포도주를 마신 뒤 술잔을 탁자에 새겨진 둥근 원 위에 정확히 내려놓고는 팔짱을 끼고 생각에 잠겼다.

해 주고 싶은 이야기가 있소.

말씀하십시오.

이런 일은 요청을 받는 순간 벌써 책임감을 느끼는 법이오. 설령 거절해야 한다 하더라도 말이오.

저는 다만 그녀를 생각해서 한 말입니다.

나도 마찬가지요.

그녀에게는 의지할 사람이 없습니다. 친구도 없지요.

하지만 파드리노가 되는 것이 꼭 친구가 되는 것은 아니오.

뭔가 중요한 사람이지요.

특정 임무를 기꺼이 맡을 사람이지. 그뿐이오. 대부는 친구일 수도 있고, 아닐 수도 있소. 다른 가문의 경쟁자일 수도 있지. 음모나 나쁜 혈통이나 정치로 인해 멀어졌다가 다시 친해진 친척일 수도 있고. 심지어 집안과 거의 관계가 없는 사람일 수도 있소. 더구나 적일 수도 있고.

적요?

그렇소. 그런 경우를 하나 알지. 바로 이 도시에서 일어난 일이오.

누가 적에게 파드리노가 되어 달라고 하겠습니까?

좋은 이유들이 있지. 아니면 나쁜 이유든지. 문제의 그 남자는 막내가 태어났을 때 죽어 가고 있었소. 아들이었지. 유일한 아들. 그래서 그 남자가 어떻게 했는 줄 아시오? 한때는 친구였다가 이제는 불구대천의 원수가 된 이를 불러서 자기 아들의 파드리노가 되어 달라고 청했소. 물론 원수는 거절했소. 뭐? 자네 미쳤나? 분명 굉장히 놀랐을 거요. 긴 세월 서로 말한마디 안 나누었고, 둘 사이에 쌓인 에네미스타드(원한)는 깊고도 쓰라렸으니. 둘이 애초에 친구가 된 바로 그 이유 때문에 서로 적이 되지 않았나 싶소. 그런 일이 왕왕 있지. 하지만 남자는 고집을 굽히지 않았소. 그리고 뭐라고 하더라, 엘 나이페? 엔 수 망가.(에이스? 소매에 말이오.) 그게 있었소.

에이스 말이로군요.

그래요. 소매에 에이스 카드를 감추고 있었소. 자신이 죽어가고 있다고 적에게 말한 것이오. 나이페가 탁자 위에 펼쳐진 거지. 더 이상 거절할 방법이 없었소. 선택권이 손에서 사라진 거지.

눈먼 남자는 연기 자욱한 공중으로 한 손을 들어 미끄러지

듯 살짝 올렸다.

그러자 사람들 입에 이 일이 온통 오르내렸소. 끝도 없었지. 어떤 이들은 죽어 가던 남자가 우정을 회복하고자 그리했다고 했고, 다른 이들은 친구에게 큰 잘못을 저질러서 세상을 떠나기 전에 바로잡으려고 그리했다고 했소. 정말 의견들이 분분했지. 하지만 눈에 보이는 것이 다는 아니지. 내 생각은 이렇소. 죽어 가던 남자는 감성적인 사람이 아니었소. 그역시 죽음으로 친구를 잃어 본 경험이 있었기에 환상을 가지고 있지 않았소. 우리가 마음에 품기를 간절히 바라는 것들은 종종 마음에서 사라지는 반면, 제발 마음에서 지우고 싶은 것은 오히려 그런 소망 때문에 더없이 강력하게 우리 마음에 들러붙는다는 것을 그는 잘 알고 있었소. 사랑하는 이에 대한 기억이 얼마나 쉽게 잊히는지 알았던 거요. 눈을 감고 사랑하는 이에게 말을 하며, 그 목소리를 다시 한 번만 더 듣기를 간절히 소망하지만 사랑하는 이의 목소리와 추억은 점점 희미해져서는, 한때 살과 피였던 것이 이제 메아리와 그림자가 될 뿐이오. 결국 그것마저 사라져 버리지.

반대로 적은 언제나 우리 마음에 머물러 있소. 증오가 크면 클수록 그들에 대한 기억 역시 끈질겨서 참으로 잔혹한 적은 절대 죽지 않는다오. 나에게 큰 상처를 주거나 부당한 짓을 한 자는 나의 마음에 영원한 손님으로 머물게 되지. 아마도 용서만이 그자를 마음에서 내보낼 수 있을 거요.

그 남자는 바로 이렇게 생각했소. 나름 선의에서 그리했던 거지. 그의 논리에 따르면 파드리노는 누구보다도 강력하게 그와 연결되어 있었소. 더구나 이점이 또 있었지. 원수를 아들의 파드리노로 삼음으로써 세상의 이목을 집중시켰던 거요. 친구가 아들의 대부가 되었다면 그만한 감시를 받을 수 없지. 하지만 원수라면? 그물에 원수를 제대로 잡아넣은 거지. 사실상 그 원수는 양심적인 사람이었소. 멋진 적이었지. 이제 원수이자 파드리노가 된 그 남자는 죽어 가는 남자를 영원히 자신의 마음에 새겨야 했소. 세상의 이목에 영원히 시달려야 했지. 그렇게 되면 더 이상 자기 뜻대로 살 수 없는 법이라오.

아이 아버지가 죽었을 때 사실상 그도 죽은 거요. 파드리노가 된 원수는 이제 그 아이의 아버지가 되어야 했소. 온 세상이 지켜보았지. 죽은 남자를 대신해서 말이오. 그 남자는 대담무쌍한 전략으로 세상을 자기 손아귀에 넣은 거지. 세상은 양심을 가지고 있지만, 사람들은 그것과 싸우곤 한다오. 세상의 양심이란 각 개인의 양심이 합쳐진 것이라는 의견도 있지만, 세상의 양심은 자기 나름으로 존재하고 각 개인의 양심은 세상의 양심의 불완전한 일부라는 의견도 있소. 죽은 남자는 후자의 의견을 따랐지. 나 역시 마찬가지고. 일부에서는 이 세상이, 뭐더라? 움직인다고 믿지.

유동적이라고요.

유동적? 그런 말은 모르오. 그냥 움직인다고 합시다. 하지만 세상은 움직이지 않소. 세상은 언제나 똑같아요. 그는 세상을 자신의 목격자로 만듦으로써 적이 임무를 다할 수밖에 없게 했소. 적은 임무를 충실히 수행해야 했고, 실제로 그렇게 했소. 적어도 나는 그렇게 믿었소. 지금도 때때로 그렇게 믿고.

그래서 어떻게 되었나요?

참 묘하게 되었소.

눈먼 남자는 잔으로 손을 뻗었다. 술을 마시더니 살펴보듯 잔을 얼굴 앞에 들었다가 다시 탁자에 내려놓았다.

참 묘했지. 상황이 그런 만큼 파드리나스고(대부의 임무)는 삶의 중심이 될 수밖에 없었소. 그에게서 좋은 점을 끌어냈지. 아니, 좋은 것 이상이었소. 오랫동안 잊고 있던 미덕이 다시 한번 활짝 꽃을 피웠고, 모든 부덕이 사라졌소. 심지어 그는 미사에도 참석했지. 새로운 임무가 그의 깊은 곳에 숨어 있던 명예와 의리와 용기와 헌신을 끌어낸 듯했소. 그의 변화는 말로 할 수 없을 정도였지. 누가 그렇게 되리라고 예상이나 했겠소?

그래서 어떻게 되었나요?

눈먼 남자는 고통이 어린 눈먼 미소를 머금었다.

대충 감을 잡았나 보군.

네.

그렇소. 해피엔딩이 아니었지. 이 이야기에는 교훈이 있을 수도 있고, 없을 수도 있소. 그건 각자가 판단할 몫이오.

어찌 되었나요?

원수가 죽어 가며 한 부탁으로 인해 삶이 영원히 바뀌어 버린 남자는 결국 파멸하고 말았소. 원수의 아이가 곧 그의 삶이 되었지. 아니, 삶 이상이었소. 아이에게 맹목적으로 헌신했다는 말로는 부족할 정도니. 하지만 결과는 너무도 나빴소. 다시 한 번 말하지만, 죽은 이의 의도는 좋은 것이었을 거요. 하지만 다르게 보는 사람도 있지. 아버지가 아들을 희생하는 경우야 얼마든지 있다고 말이오.

아이는 거칠고 불안정한 성품으로 자라났소. 범죄자가 되었지. 작은 도둑. 도박사. 그리고 이런저런 사고를 쳤소. 급기야 1907년 겨울에 오히나가라는 도시에서 사람을 죽였소. 그때 열아홉 살이었으니 당신과 비슷한 나이였겠군.

저도 열아홉입니다.

그렇군. 아마 그게 그의 운명이었을 거요. 파드리노가 어떻게 했든 그를 구하진 못했을 거요. 아버지였더라도 마찬가지였을 거고. 파드리노는 전 재산을 뇌물과 사례금으로 썼소. 하지만 소용이 없었지. 한 번 그런 식으로 길이 나면 끝이 없게 마련이고, 그는 가난뱅이가 되어 홀로 죽었소. 하지만 결코 분노하지 않았소. 배신당했다는 생각조차 안 하는 듯했소. 한때는 강하고 가차 없는 사람이었지만 사랑은 사람을 바보로 만드는 법이오. 나 역시 사랑의 희생자가 된 적이 있어서 잘 알지. 자기 안위는 내던져 버리고 운명이 주는 자비에 스스로를 맡기지만, 그 자비란 것은 거의 없거나 아예 없지.

운명은 계획도 목적도 없이 그냥 흘러가는 것이라고들 하오. 하지만 그렇다면 대관절 그게 무슨 운명이겠소? 이 세상에서 되돌릴 길 없는 모든 행동 앞에는 다른 행동이 있고, 그 앞에는 또 다른 행동이 있소. 끝도 없이 이어지는 광대한 그물이지. 사람들은 자기 스스로 선택을 내린다고 믿지. 하지만 우리에게는 이미 주어진 조건에 맞추어 행동할 만큼의 자유만 있을 뿐이오. 선택은 세대의 미로 속에 사라지고, 미로 속의 각 행동은 다른 모든 대안을 없애고 제한 속으로 더 깊이 몰아넣어 노예로 만드오. 기실 우리네 삶은 곧 제한들로 이루어지지. 죽은 남자가 모든 원한을 다 용서했다면 달라졌을 수도 있겠지. 아들은 아버지의 복수를 한 것일까? 죽은 아버지가 아들을 희생시킨 것일까? 우리의 계획은 우리가 알 수 없는 미래 위에 세워진 것이오. 세상은 매 시간 만물을 이리 재고 저리 재어 형체를 바꾸기에 우리가 파악할 길이 없는데도 우리는 세상을 파악하려고 기를 쓰고 있는지도 모르지. 우리에게는 하느님의 법칙만이 있고, 그 법칙을 충실히 따랐을 때 얻게 될 지혜가 있을 뿐이오.

마에스트로는 상체를 숙이며 두 손을 탁자에 놓았다. 그리고 텅 빈 와인 잔을 집어 들었다.

보이지 않는 자는 이미 지난 일에 의지해야만 하오. 빈 잔을 마시려고 기울이는 멍청한 짓을 하지 않으려면 내가 술잔을 다 비웠는지 아닌지 기억해야 하지. 아까는 파드리노가 된 그 남자가 늙어서 죽은 것처럼 얘기했지만, 기실 그렇지 않소. 지금의 나보다도 젊었지. 그의 양심이나 세상의 이목이나 혹은 둘 다가 그를 대부로서의 임무에 열성을 다하게 만들었다는 듯 얘기했지. 하지만 그따위는 이내 아무것도 아닌 것이 되어 버렸소. 그를 슬픔으로 이끈 것은, 그게 슬픔이라면 말이오, 바로 그 아이에 대한 사랑이었소. 어떻게 생각하오?

잘 모르겠습니다.

나도 마찬가지요. 내가 아는 것은, 마음이 없는 행동이나 몸짓은 결국 다 들키게 마련이라는 거요.

그들은 침묵 속에 앉아 있었다. 주위에 소음 하나 없었다. 존 그래디는 손도 대지 않은 술잔 위의 물방울을 바라보았다. 눈먼 남자가 빈 잔을 탁자에 내려놓고 밀어냈다.

그녀를 얼마나 사랑하오?

그녀를 위해 기꺼이 죽을 수도 있을 만큼요.

알카우에테가 그녀를 사랑하고 있소.

티부르시오요?

아니. 대장 알카우에테 말이오.

에두아르도요.

그렇소.

그들은 조용히 앉아 있었다. 야외 홀에 악사들이 도착해 악기를 준비하고 있었다. 존 그래디는 바닥을 응시한 채 앉아 있었다. 잠시 후 고개를 들었다.

할멈은 믿을 수 있나요?

라 투에르타?

네.

오 이런. 눈먼 남자는 나직이 말했다.

할멈이 그녀에게 결혼할 수 있을 거라고 말했어요.

그 할멈은 티부르시오의 모친이오.

존 그래디는 의자에 등을 기대고 말없이 앉아 있었다. 그러다 눈먼 남자의 딸을 바라보았다. 여자애가 그를 마주 보았다. 조용하고. 친절하고. 속을 알 수 없는 얼굴로.

몰랐나 보군.

네. 그녀는 알고 있나요? 하긴, 당연히 알고 있겠죠.

그렇소.

에두아르도가 자길 사랑한다는 걸 아나요?

그렇소.

악사들이 가벼운 바로크 변주곡을 시작했다. 늙은 사람들이 춤을 추러 무도장으로 나왔다. 눈먼 남자는 두 손을 탁자에 올려놓은 채 앉아 있었다.

그녀는 에두아르도가 자기를 죽일 거라고 생각해요.

그 말에 눈먼 남자는 고개를 끄덕였다.

정말 그럴까요?

맞아요. 그럴 거요.

그래서 대부가 되고 싶지 않으신 건가요?

그렇소. 바로 그 때문이오.

책임을 져야 해서요.

그렇소.

깨끗하게 쓸고 닦은 콘크리트 바닥 위에서 사람들이 경직된 공손함을 갖추어 춤을 추었다. 영화 속 인물들처럼 옛 시절의 우아함을 담은 채.

제가 어떻게 해야 할까요?

나로서는 조언을 해 줄 수 없소.

그러시겠군요.

그래요.

그녀를 보호하지 못할 것 같으면 차라리 포기하겠어요.

가능하다면.

포기할 수 없다고 생각하시는군요.

생각보다 훨씬 많이 힘들 거요.

어떡해야 하죠?

눈먼 남자는 가만히 앉아 있었다. 잠시 후 입을 열었다. 이해해 주시오. 나는 아무것도 확실히 말할 수 없소. 이건 매우 중차대한 문제요.

눈먼 남자가 탁자 위로 손을 뻗었다. 보이지 않는 무엇인가를 매끄럽게 펴려는 듯. 대장 알카우에테의 비밀을 알고 싶겠지. 약점이 뭔지. 하지만 그녀 자체가 바로 약점이오.

제가 어떡해야 할까요?

하느님께 기도하시오.

네.

기도할 거요?

아뇨.

왜?

모르겠어요.

하느님을 믿지 않소?

그런 건 아니에요.

그녀가 무헤르수엘라(바람둥이)라서?

모르겠어요. 어쩌면 그럴지도 모르고요.

눈먼 남자는 가만히 앉아 있었다. 사람들이 춤을 추는군.

네.

그건 이유가 안 되는가 보오.

뭐가요?

그녀가 창녀라는 것.

네.

그녀를 포기할 거요? 정말?

모르겠습니다.

그럼 뭘 위해 기도해야 할지도 모르겠군.

네. 뭐라고 기도해야 할지 모르겠어요.

눈먼 남자는 고개를 끄덕였다. 그리고 몸을 숙였다. 팔꿈치 하나를 탁자에 괴어 고해성사를 듣는 신부처럼 이마를 엄지에 얹었다. 음악을 듣는 듯했다.

화이트 레이크에 오기 전부터 그녀를 알았잖소.

그녀를 보았지요. 네.

라 베나다에서.

네.

그 역시 그랬소.

네. 그랬겠죠.

모든 게 그곳에서 시작된 거지.

네.

그는 쿠치예로(투사)요. 이 동네 말로는 필레로라고 하지. 냉혹하고 진지한 사람이오.

저 역시 진지합니다.

물론 그럴 거요. 그렇지 않았다면 아무 문제도 안 생겼겠지.

존 그래디는 그 수동적 얼굴을 유심히 살폈다. 세상이 닫혀 있는 동시에 세상에 닫혀 있는 얼굴.

무슨 말씀을 하시려는 겁니까?

할 말이 없소.

그가 그녀를 사랑한다고요.

그렇소.

하지만 그녀를 죽일 거라고요.

그렇소.

알겠습니다.

글쎄. 이것 하나만은 분명하오. 당신의 사랑에는 친구가 없소. 친구가 있다고 생각하겠지만 그렇지 않소. 전혀. 심지어 하느님조차도 그 사랑에는 등을 돌릴 거요.

선생님은요?

의지가 못 되지. 앞으로 무슨 일이 일어날지 안다면 모두 말해 주겠지만, 알 수가 없소.

제가 머저리라고 생각하시는군요.

아니. 그렇지 않소.

속으로 그리 여기시더라도 말씀은 안 하시겠죠.

그렇소. 하지만 거짓말은 결코 하지 않지. 전혀 그렇게 생각지 않소. 사람이 사랑을 추구할 때는 언제나 옳은 법이오.

설령 그 때문에 죽어도요?

그래요. 그리 생각하오. 설령 그 때문에 죽어도.

그는 부엌 쪽 마당에서 마지막 쓰레기 더미를 모닥불로 싣고 가 손수레를 기울인 뒤 물러나 서서, 황혼으로 덮인 하늘을 따라 솟구치는 검은 연기 속에서 혈떡이는 진홍빛 불꽃을 응시했다. 그리고 팔목으로 이마를 훔치고 몸을 숙여 손수레 손잡이를 다시 쥐고 픽업트럭으로 가 짐칸에 손수레를 싣고는 짐칸 문을 올려 빗장을 걸고 집으로 돌아갔다. 엑토르가 빗자루로 바닥을 쓸고 있었다. 그들은 옆방에서 식탁을 가져오고 의자를 날랐다. 엑토르가 보조 탁자에서 램프를 가져와 식탁에 놓고 유리 등피를 들어 심지에 불을 붙였다. 성냥을 불어 끄고 유리 등피를 바로 하고는 황동 손잡이로 불꽃을 조절했다.

산토는 어디 있어?

아직 트럭에 있어. 내가 가져올게.

그는 밖으로 나가 트럭 운전석에서 남은 짐을 모두 챙겨 왔다. 조잡한 나무 성상을 화장대에 올려놓고 시트를 풀어 침대에 깔았다. 엑토르가 문가에 서 있었다.

도와줄까?

아니. 고마워.

엑토르는 문설주에 기대어 담배를 피웠다. 존 그레디는 시트를 매끄럽게 다듬은 뒤 베갯잇을 펴서 깃털 베개에 씌우고, 소코로가 선물한 퀼트 이불을 펼쳤다. 엑토르가 담배를 입에 문 채 침대 맞은편으로 와 이불 펴는 것을 거들고는 물러섰다.

이만하면 다 된 것 같군. 존 그레디가 말했다.

그들은 부엌으로 돌아갔다. 존 그레디는 상체를 숙여 램프 위에 두 손을 모으고 입바람을 불어 불꽃을 끈 뒤 밖으로 나가 문을 닫았다. 그는 마당을 가로지르다 뒤돌아 오두막을 바라보았다. 밤하늘을 구름이 휘덮고 있었다. 어둡고 흐리고 추웠다. 그들은 트럭으로 걸어갔다.

네 저녁을 챙겨 뒀을까?

그럼. 당연하지. 엑토르가 말했다.

그냥 우리 목장에서 먹어도 돼.

괜찮아.

그들은 차에 올라 트럭 문을 닫았다. 존 그래디가 시동을 걸었다.

제수씨가 말을 탈 줄 알아? 엑토르가 말했다.

응. 탈 줄 알아.

차가 울퉁불퉁한 길을 달려가자 짐칸의 장비들이 미끄러지며 챙강거렸다.

엔 케 피엔사스?(무슨 생각 해?) 존 그래디가 말했다.

나다.(아무것도.)

2단 기어로 덜컹덜컹 달려가며 전조등이 일렁였다. 첫 번째 굽잇길을 돌자 저 아래 60킬로미터 너머 평원에서 휘황하게 빛나는 도시의 불빛이 보였다.

여기 위쪽은 더 추울 텐데.

엑토르가 말했다.

그래.

여기서 밤을 보낸 적 있어?

두어 번 자정 지나서까지 있었지.

그는 엑토르를 바라보았다. 셔츠 주머니에서 담배 꾸러미를 꺼내 새 담배를 말고 있었다.

티에네스 투스 두다스.(회의적인가 보군.)

엑토르는 어깨를 으쓱했다. 성냥을 엄지손톱에 부딪쳐 담배에 불을 붙이고는 입바람으로 성냥을 껐다.

옴브레 데 프레카우시온.(원래 신중한 성격이잖아.)

요?(내가?)

요.(내가.)

올빼미 두 마리가 흙길 위에 웅크리고 있다 심장 모양의 해쓱한 얼굴을 돌려 전조등 불빛에 눈을 깜빡이더니 하얀 날개를 펴서 승천하는 영혼인 양 소리 없이 올라가 머리 위 어둠 속으로 사라졌다.

부오스.(수리부엉이야.) 존 그래디가 말했다.

레추사스.(가면올빼미야.)

테콜로테스.(아무튼 올빼미과야.)

엑토르가 씩 웃었다. 그리고 담배를 피웠다. 검은 얼굴이 검은 유리에 번득였다.

키사스.(아마도.)

푸에다 세르.(그럴 수도.)

푸에다 세르. 시.(그래. 그럴 수도.)

부엌에 들어서니 오렌이 아직 식탁에 앉아 있었다. 그는 모자를 못에 걸고 싱크대로 가 세수하고 커피를 따랐다. 소코로가 방에서 나와 스토브에서 비키라고 손짓하자 그는 커피를 들고 식탁에 가 앉았다. 오렌이 신문에서 고개를 들었다.

무슨 뉴스라도 있나요?

좋은 뉴스, 나쁜 뉴스?

글쎄요. 중간 걸로요.

그런 건 없어. 좋지도 나쁘지도 않은 게 무슨 뉴스겠어.

듣고 보니 그러네요.

맥그레거네 딸내미가 선카니발 여왕으로 뽑혔대. 그 앨 본 적이 있나?

아뇨.

귀여운 아가씨지. 그래, 집은 어찌 되어 가나?

잘되고 있어요.

소코로가 그의 접시와 천으로 덮인 비스킷 접시를 내려놓았다.

도시 처자는 아니겠지?

네.

다행이군.

네. 그래요.

빌리 말이, 얼룩 강아지만큼이나 이쁘다며.

빌리 형은 내가 미쳤다고 생각해요.

그래. 약간은 미쳤을 거야. 그리고 빌리도 약간은 샘이 날 거고.

오렌은 아침을 먹는 앳된 청년을 가만히 바라보았다. 커피를 마시며.

내가 결혼했을 때 친구들 모두 나더러 미쳤다고 했지. 후회할 거라고.

후회하시나요?

아니. 잘되진 않았지만 그렇다고 후회하지도 않아. 그녀 잘못이 아니었어.

어쩌다 깨졌는데요?

나도 몰라. 많은 일들이 있었지. 가장 주된 이유는 처갓집 식구랑 내가 잘 안 맞았다는 거야. 장모님이 여간 지독해야지. 볼 꼴 못 볼 꼴은 이미 다 봤다고 생각했는데 그게 아니었어. 장인이 살아 있었다면 그래도 좀 나았을 텐데. 하지만 심장이 약하셨지. 점점 끝이 다가오는 게 보이더군. 장인어른한테 안부를 물은 것은 그냥 인사 삼아 하는 말이 아니었어. 결국 장인이 쓰러져 돌아가시자 장모가 우리 집으로 왔지. 세간살이를 모조리 챙겨서. 그걸로 끝이었지.

오렌은 식탁에서 담배를 집어 들어 불을 붙였다. 그리고 생각에 잠겨 연기를 뿜었다. 앳된 청년을 바라보며.

그때가 결혼한 지 3년 가까이 되는 때였지. 안 믿겠지만, 집사람이 나를 씻겨 주곤 했어. 나도 좋아라 집사람을 씻겨 주었고. 만약 그녀가 고아였다면 우리는 아직도 같이 살았을 거야.

안됐네요.

결혼을 하게 되면 앞으로 무슨 일이 벌어질지 알 수 없지. 안다고 생각하겠지만 어림없는 착각이야.

그럴 것 같아요.

내가 어디가 잘못되었고, 그걸 고치려면 어떻게 해야 하는지 주구장창 듣고 싶다면 처갓집 식구만 집 안에 들이면 돼. 그러면 완벽한 보고서를 듣게 될걸. 내 보장하지.

그녀는 가족이 없어요.

잘됐군. 정말 현명한 선택이야.

오렌이 나간 후 그는 한참을 커피를 마시며 앉아 있었다. 창문 너머 남쪽 멀리 시커먼 멕시코 하늘 가장자리에서 가녀린 하얀 고사리 같은 번개가 소리 없이 날름거렸다. 들리는 소리라고는 복도에서 재깍대는 시계 소리뿐이었다.

마구간에 들어서니 빌리의 방에 아직 불이 켜져 있었다. 그는 강아지를 넣어 둔 칸으로 가 낑낑 몸을 비트는 어린 것을 안아 들고 자기 방으로 갔다. 그러다 문가에서 돌아보았다.

잘 자요. 그는 소리쳤다. 그리고 커튼을 한쪽으로 걷어붙이고 전등 줄을 찾아 어둠 속을 더듬었다.

잘 자. 빌리가 소리쳤다.

존 그래디는 씩 웃었다. 전등 줄을 내버려 둔 채 어둠을 가르고 들어가 간이침대에 앉아 강아지의 배를 쓰다듬었다. 말 냄새가 풍겨 왔다. 바람이 와락 들이쳐 마구간 반대편 쪽 헐렁한 양철 지붕을 챙챙대다 사라졌다. 방을 휘덮은 한기에 그는 작은 등유 난로를 켤까 하다가 그냥 부츠와 바지를 벗고 강아지를 상자에 넣고 담요 아래로 기어들었다. 바깥을 휩쓰는 바람과 방을 에워싼 추위는 그가 어릴 적 할아버지 집에서 살 때 맛본 텍사스 북부 평원의 겨울밤 못지않았다. 폭풍이 북쪽에서 밀려와 주변의 초원이 불현듯 번갯불에 하얗게 바래고 집이 천둥소리에 파르르 떨던 그때. 처음으로 망아지를 갖게 된 해에 그런 밤과 아침일 때면 어린 그는 담요로 몸을 휘감고 마구간으로 향했다. 상체를 숙여 바람을 뚫고 걷는데 첫 번째 빗방울이 자갈처럼 세차게 갈겨 댔다. 판자벽 틈새로 느닷없는 스타카토로 내리꽂히는 빛줄기에 길쭉한 마구간은 쉴 새 없이 하얗게 명멸하는 전기로 꽉 찬 무대 같았다. 그는 수의를 걸친 난민처럼 계속 걸음을 내딛다 자그마한 말이 기다리고 있는 칸에 이르러 빗장을 벗기고 들어가 두 팔로 말의 목을 감고 짚 바닥에 앉아 말의 떨림이 가라앉기를 기다렸다. 밤이 새도록 새벽이 다 가도록 그렇게 앉아 있는데 아르투로가 말 먹이를 주러 들어왔다. 아르투로는 다른 식구가 깨기전에 그를 데리고 집으로 돌아가 한마디 말도 없이 그가 두르고 있던 담요에서 지푸라기를 털어 주었다. 마치 그가 어린 군주라도 되는 듯. 전쟁이나 전쟁의 기계라 해도 그의 상속권을결코 박탈할 수 없다는 듯. 어릴 적 그의 꿈은 매번 똑같았다. 무엇인가가 겁에 질리면 그는 다가가 다독였다. 지금도 여전히 그런 꿈을 꾸었다. 그리고 이런 꿈도 꾸었다. 춥고 바람 부는 날 검은 양복과 새 검은 넥타이 차림으로 할아버지의 장례식장에 서 있는 꿈. 바로 그런 춥고 바람 부는 날 그는 하루가시작되기 전 추운 새벽에 바로 그런 차림으로 맥 맥거번 마구간의 자기 방에 서 있었다. 반토막 난 상자와 흩어진 크레이프 종이와 잘린 끈이 침대 위에 나뒹굴고 있었다. 그가 끈을자르는 데 쓴 칼은 그의 아버지 것이었다. 빌리가 문가에 서서그를 바라보고 있었다. 그는 코트의 단추를 잠그고 그대로 서있었다. 두 팔을 내려 손목에서 교차한 채. 방의 거친 벽판을지탱하는 두께 5센티미터에 너비 10센티미터인 목재에 걸어둔 자그마한 거울 속에 그의 파리한 얼굴이 담겨 있었다. 그일대에 내린 겨울 빛이 드리운 파리함. 빌리는 몸을 숙여 겨에침을 뱉고 몸을 돌려 마구간을 나가 아침을 먹으러 집으로향했다.

그가 그녀를 마지막으로 만나기로 한 곳은 바로 그 도스 문도스의 2층 모퉁이 방이었다. 그녀가 운전사에게 돈을 내는 것을 창문에서 바라보던 그는 문으로 나가 계단을 오르는 그녀를 바라보았다. 그녀가 침대 가에 새근대며 앉아 있는 동안 그는 그녀의 손을 꼭 쥐었다.

에스타스 비엔?(괜찮아?).

시. 크레오 케 시.(네. 괜찮은 것 같아요.)

그는 그녀에게 정말 마음이 바뀌지 않았느냐고 물었다.

노. 이 투.(네. 당신은요?)

눙카.(절대.)

메 키에레스?(날 사랑해요?)

파라 시엠프레. 이 투?(영원히. 당신은?)

아스타 엘 핀 데 미 비다.(내 목숨이 다할 때까지 사랑해요.)

푸에스 에소 에스 토도.(그럼 아무 문제없어.)

그녀는 두 사람을 위해 기도하려고 했지만 할 수가 없었다고 말했다.

포르케 노?(왜?)

노 세. 크레이 케 디오스 노 메 오이리아.(모르겠어요. 하느님이 내 말을 들으시지 않을 것 같아서요.)

엘 오이라. 레사 엘 도밍고. 딜레 케 에스 임포르탄테.(들으실 거야. 일요일에 기도해. 중요한 일이라고 말씀드려.)

사랑을 나눈 후 그녀는 그의 곁에서 몸을 둥글게 말고는 작은 움직임도 없이 조용히 숨을 쉬었다. 그는 그녀가 깨어 있는지 알 수 없었지만, 아직 말하지 않은 과거의 삶에 대해 이야기했다. 쿠아트로 시에네가스의 아센다도(목장주) 밑에서 있었던 일, 주인집 딸과의 마지막 만남, 살티요의 감옥에서 얼굴에 얻은 흉터. 그가 이야기해 주겠다고 약속했지만 결코 이야기하지 않은 이야기들. 텍사스주 샌안토니오의 마제스틱 극장 무대 위에서 본 어머니, 아버지와 함께 말을 타고 달린 샌앤젤로 북쪽 구릉지, 할아버지와 목장과 서쪽 구역에 가로지르는 코만치 길. 아이였을 적 가을 어느 밤 달빛 속에서 그 길을 달리고 있는데, 마지막 목격자가 지날 때까지 이 세상에서 끝도 없이 되풀이하도록 운명 지어진 탓에 나타났다가 그를 지나쳐 다시 다른 세계로 간 코만치 유령들.

그들이 떠날 때쯤 방에는 그림자가 길게 드리워졌다. 그는 말했다. 운전사 구티에레스가 라 카예 데 노체 트리스테에 위치한 카페에서 그녀를 태워 국경 너머로 데려다 줄 거라고. 국경을 건너는 데 필요한 서류는 운전사가 모두 가지고 있을 거라고.

토도 에스타 아레글라도.(모든 게 다 잘 준비되어 있어.)

그녀가 그의 손을 더 꼬옥 쥐었다. 그녀의 검은 눈이 그를 응시했다.

그는 두려워할 필요 없다고 했다. 라몬은 그들의 친구이며, 서류는 잘 준비되었고, 그녀는 무사할 거라고.

엘 테 레고헤라 아 라스 시에테 포르 라 마냐나. 티에네스 케 에스타르 아이 엔 푼토.(아침 7시에 그가 데리러 올 거야. 당신은 늦지 않게 와 있기만 하면 돼.)

에스타레 아이.(꼭 갈게요.)

케다테 아덴트로 아스타 케 엘 예게.(그가 올 때까지 카페 안에 들어가 있어.)

시, 시.(그럴게요.)

노 레 디가스 나다 아 나디에.(누구한테든 아무 말 말고.)

노. 나디에.(네. 절대 안 할게요.)

노 푸에데스 트라에르 나다 콘티고.(아무것도 가져오지 마.)

나다?(아무것도요?)

나다.(아무것도.)

텡고 미에도.(무서워요.)

그는 그녀를 안았다. 무서워하지 마.

그들은 더없이 조용히 앉아 있었다. 거리에서 행상들이 소리치기 시작했다. 그녀는 그의 어깨에 얼굴을 묻었다.

아블란 로스 사세르도테스 에스파뇰?(신부님이 스페인어를 할 줄 아나요?)

시. 에요스 아블란 에스파뇰.(그래. 할 줄 알아.)

키에로 사베르, 시 크레에스 아이 페르돈 데 페카도스.(죄가 용서될 수 있다고 생각해요?)

그가 대답하려고 입을 여는데 그녀가 그의 입술을 손으로 막았다. 로 케 크레에스 엔 투 코라손.(마음 깊은 곳의 생각을 말해 줘요.)

그는 그녀의 검은 눈과 반짝이는 머리카락 너머 도시의 거리에 짙어 가는 어스름을 응시했다. 자신이 믿는 것과 믿지 않는 것에 대해 생각했다. 잠시 후 그는 하느님을 믿지만, 인간이 하느님의 마음을 알 수 있다는 주장에 대해서는 회의적이라고 말했다. 그러나 용서하지 못하는 하느님은 더 이상 하느님이 아니라고 했다.

쿠알키에르 페카도?(그 어떤 죄악이라도?)

쿠알키에르. 시.(그 어떤 죄악이라도. 그래.)

신 엑셉시온 데 나다?(어떤 예외도 없나요?)

그녀는 또다시 손으로 그의 입술을 막았다. 그는 그녀의 손가락에 키스하고는 그녀의 손을 내렸다.

콘 라 엑셉시온 데 데세스페라시온. 파라 에소 노 아이 레메디오.(절망의 죄악[45] 말고는. 그건 절대 용서받을 수 없는 죄악이지.)

마지막으로 그녀는 그에게 평생 자신을 사랑하겠느냐고 묻고는 손가락을 그의 입에 대려고 했지만 그가 그녀의 손을 잡았다.

노 텡고 케 펜사를로. 시. 파라 토도 미 비다.(생각할 필요도 없어. 그래. 평생 사랑하겠어.)

그녀는 두 손으로 그의 얼굴을 감싸고 키스했다.

테 아모. 이 세레 투 에스포사.(사랑해요. 그리고 당신의 아내가 되겠어요.)

그녀는 일어나 몸을 돌려 그의 손을 쥐었다.

데보 이르메.(가야 해요.) 그녀가 말했다.

그는 일어나 그녀를 안고 어둠이 짙어지는 방에서 키스했다. 계단참까지 배웅하려 했지만 문간에서 그녀가 말리기에 키스

---

45) 자살을 의미한다.

를 나누고 이별의 인사를 했다. 그는 계단을 내려가는 그녀의 발소리를 가만히 들었다. 그녀를 보려고 창가로 갔지만 거리 안쪽으로 걷는지 보이지 않았다. 그는 텅 빈 방의 침대에 앉아 바깥 세계에서 물건을 사고파는 낯선 소리에 귀 기울였다. 오래도록 가만히 앉아 자신의 삶을 생각하고, 미래의 예측 불가능성을 헤아리고, 굳센 의지와 세밀한 계획에도 불구하고 삶이 얼마나 제멋대로 흘러갈 것인지 염려했다. 방이 어둠에 묻히고 호텔의 네온 간판이 켜지고 얼마 후 그는 일어나 침대 옆의 의자에서 모자를 집어 쓰고 문으로 나가 계단을 내려갔다.

교차로에서 택시가 섰다. 검은 크레이프 상장(喪章)을 팔에 두른 자그마한 남자가 거리로 들어와 팔을 들자 택시 운전사는 모자를 벗어 계기판 위에 얹었다. 소녀는 목을 쭉 빼고 살폈다. 거리에서 나팔 소리와 말발굽 소리가 울렸다.

모습을 드러낸 악사들은 먼지투성이 검은 양복을 차려입은 노인들이었다. 꽃으로 덮인 판을 어깨에 짊어진 이들이 그 뒤를 따랐다. 꽃은 갓 죽은 젊은 남자의 창백한 얼굴을 둘러싸고 있었다. 두 손을 옆구리에 내려뜨린 젊은 남자가 목상처럼 누워 있었다. 집시의 움푹 팬 나팔이 내뿜은 거친 음들이 가게 유리창이나 낡은 흙벽이나 치장 벽토벽에 되튕기고, 검은 레보소(스카프)를 두른 여인네 한 무리가 훌쩍이며 나아가고, 검은 옷을 입거나 검은 상장을 두른 남자와 아이들 사이에서 딸의 손을 잡은 늙은 마에스트로가 고통 어린 표정으로 조금씩 조금씩 걸음을 옮겼다. 그 뒤를 서로 어울리지 않는 말 두 마리가 끄는 낡은 나무 수레가 따랐는데, 짚이나 왕겨가 지저분하게 널려 있는 짐칸에는 손으로 켠 목판을 그 옛날 세파르디[46]가 만든 상자처럼 쇠못 없이 나무못만 박아 짠 관이 실려 있었다. 불에 그슬려 시커멓게 만든 뒤 밀랍과 등유를 바른 탓에 희미한 나무 흔적을 제외하면 번쩍이는 쇠로 만든 관 같았다. 수레 뒤에는 남자 하나가 죽음을 참회하는 사람처럼 관 뚜껑을 등에 지고 있었는데, 밀랍을 발랐는지 안 발랐는지 몰라도 온몸과 옷이 시커멨다. 택시 운전사가 조용히 성호를 그었다. 소녀도 성호를 긋고 자기 손가락 끝에 키스했다. 수레가 덜컹덜컹 지나며 살 달린 바퀴가 맞은편 길가에서 느릿느릿 나아갔다. 그곳 상점 앞에는 사람들이 부채꼴로 편 카드처럼 늘어서서 진지한 표정을 짓고 있었다. 거리에 쏟아지는 기다란 빛 타래가 회전하는 바큇살에 부서지며 돌 위에 드리운 타원형 바퀴 그림자가 똑바로 혹은 비스듬히 타각타각 나아가는 말 그림자를 쫓아 쉴 새 없이 돌아갔다.

소녀는 두 손을 쳐들고 퀴퀴한 시트 등받이에 얼굴을 묻었다. 얼굴을 돌려 어깨로 숙이고 한 손으로 눈을 가렸다. 그러다가 그녀는 두 팔을 늘어뜨린 채 똑바로 앉아 소리를 질러 댔다. 운전사가 몸을 획 돌렸다.

세뇨리타? 세뇨리타?(아가씨? 아가씨?)

콘크리트 방 천장에는 거푸집으로 쓴 나무판 무늬가 그대

---

46) 15세기에 이베리아 반도에서 추방당한 유대인과 그 후손.

로 새겨져 있었다. 콘크리트 옹이, 못대가리, 어느 산의 제재소에서 회전 톱날이 박아 넣은 포물선 화석. 그을음이 낀 알전구 하나가 마지못해 오렌지 빛을 뿜고 있고, 그 주위를 밤나방이 시계 방향으로 돌며 마구잡이로 순찰했다.

그녀는 강철 탁자에 가죽으로 묶여 누워 있었다. 강철의 차가움이 짧은 하얀 원피스 환자복을 뚫고 등에 스몄다. 그녀는 전구를 바라보았다. 그리고 고개를 돌려 방을 살펴보았다. 얼마 후 간호사가 잿빛 금속 문으로 들어오자 그녀는 얼룩으로 지저분해진 얼굴을 간호사 쪽으로 돌렸다.

포르 파보르. 포르 파보르.(부탁합니다. 부탁해요.) 그녀는 나직이 속삭였다.

간호사가 가죽끈을 풀고 그녀의 얼굴에서 머리카락을 치워주더니 마실 것을 가지고 오겠다고 했다. 하지만 문이 닫히자 그녀는 벌떡 일어나 탁자에서 내려갔다. 자기 옷을 두었을 만한 곳을 찾았지만 맞은편 벽에 붙어 있는 또 하나의 강철 탁자 외에는 아무것도 보이지 않았다. 문을 여니 불이 어슴푸레 켜진 기다란 초록 복도가 나왔고, 그 끝에 닫힌 문 하나가 보였다. 그녀는 복도를 걸어가 문을 열어 보았다. 콘크리트 계단과 금속 파이프 난간이 모습을 드러냈다. 그녀는 계단참 세 개를 지나 시커먼 거리로 들어섰다.

이곳이 어디인지 알 수 없었다. 모퉁이에서 어느 남자에게 엘 센트로(시내)로 가는 길을 묻자 그는 그녀의 가슴을 멍하니 응시했다. 심지어 말을 하면서도 시선을 들지 않았다. 그녀는 깨진 인도를 따라 걸어갔다. 유리나 돌을 밟지 않도록 조심했다. 자동차 불빛이 달려가며 그녀의 날씬한 몸을 벽에 비추었다. 강렬한 검은 투명성이 옷을 불태우고 뼈를 비추다시피 했으나 비틀대던 그녀는 이내 어둠 속에 묻혔다. 한 남자가 차를 세우더니 그녀를 따라 천천히 차를 몰며 음담패설을 쏙살거렸다. 그러고는 앞쪽에 차를 세우고 기다렸다. 그녀는 두 건물 사이의 흙길로 들어가 찌그러진 강철 드럼통 뒤에 웅크려서 바들바들 떨었다. 한참을 기다렸다. 몹시 추웠다. 다시 큰길로 가니 차는 사라지고 없었다. 그녀는 걸어갔다. 개가 울타리를 따라 소리 없이 달리더니 모퉁이에서 자신의 하얀 숨결에 휘감긴 채 서서, 걸음을 옮기는 그녀를 소리 없이 지켜보았다. 어둠에 묻힌 집의 마당에서 역시나 잠옷 차림인 늙은 남자가 흙벽에 오줌을 누며 서 있었다. 그들은 꿈속에서 마주친 사람들처럼 시커먼 공간 너머로 서로에게 소리 없이 고개를 끄덕였다. 인도가 끝나자 그녀는 길가의 차가운 모래 위로 걸어가다 때때로 멈추어 휘청휘청 서서는 피가 흐르는 발꿈치에서 자그마한 남가새 풀의 가시를 뽑아냈다. 그리고 도시의 흐릿한 불빛을 향해 한참을 걸어갔다. 보울레바르드 16 데 셉티엠브레에서 이글대는 전조등 불빛에 눈을 내리뜨고 가슴 앞에 단단히 팔짱을 끼고는 요란한 경적 소리를 뚫고 반벌거숭이 꼴로 길을 건너는 그녀의 모습은 마치 어둠의 서품에서 쫓겨나 잠시 세상으로 내려왔다가 다시 인간의 꿈의 역사 속으로 사라질 누더기 유령 같았다.

그녀는 도시 북쪽의 옛 흙벽과 양철 창고 벽을 따라 별빛만이 드리워진 모랫길을 나아갔다. 누군가가 그녀가 어릴 적 듣던 노래를 길에서 부르고 있었다. 그녀는 이내 도시로 걸어가는 여자와 마주쳤다. 그들은 서로에게 저녁 인사를 하고 지나쳤지만 여자가 걸음을 멈추고 몸을 돌려 소리쳐 불렀다. 아돈데 바?(어디로 가나요?)

아 미 카사.(집에요.)

여자가 가만히 서 있었다. 소녀가 자기를 아느냐고 묻자 여자는 아니라고 했다. 여자가 이 바리오(근방)에 사느냐고 물었고 소녀는 그렇다고 했고 여자는 그렇다면 어떻게 우리가 서로를 모를 수 있느냐고 물었다. 소녀가 대답하지 않자 여자가 길을 되짚어 천천히 다가왔다.

케 파소?(무슨 일이에요?)

나다.(아무 일도 아녜요.)

나다.(아무 일도 아니라고요.)

가슴 앞에 팔짱을 낀 채 바들바들 떨고 있는 소녀의 주위를 여자가 반원을 그리며 돌았다. 방향만 잘 잡으면 사막의 푸른 별빛이 소녀의 정체를 밝혀 주리라는 듯.

에레스 델 화이트 레이크.(화이트 레이크에 사나 보군요.)

소녀는 고개를 끄덕였다.

이 레그레사스?(돌아가는 길인가요?)

시.(네.)

포르 케?(왜요?)

노 세.(몰라요.)

노 사베스.(모른다고요.)

노.(네.)

키에레스 이르 콘미고?(나랑 같이 갈래요?)

노 푸에도.(그럴 수 없어요.)

포르케 노?(왜요?)

소녀는 뭐라 해야 할지 몰랐다. 여자가 다시 물었다. 함께 가면 그녀의 집에서 그녀의 아이들과 함께 살 수 있다면서.

소녀는 그녀를 모른다고 나직이 말했다.

테 구스타 투 비다 포르 아야?(그곳에서의 삶이 좋나요?)

노.(아뇨.)

벤 콘미고.(그럼 같이 가요.)

소녀는 바들바들 떨며 서 있었다. 안 된다고 고개를 저으며. 태양이 곧 떠오를 터였다. 머리 위 어둠 속에서 별 하나가 떨어지더니 어둑새벽의 차가운 바람에 종이가 펄럭펄럭 날아올라 길가 나뭇가지에 걸려 잠깐 파닥거리다 다시 날아올랐다. 여자가 동쪽 사막의 하늘을 바라보았다. 그리고 소녀를 바라보았다. 추우냐고 묻기에 소녀는 그렇다고 대답했다. 여자가 다시 물었다. 키에레스 이르 콘미고?(나랑 같이 갈래요?)

소녀는 그럴 수 없다고 했다. 사흘 후 사랑하는 남자와 결혼한다고. 친절히 대해 주어 고맙다고.

여자는 소녀의 얼굴을 손으로 들어 올려 가만히 바라보았다. 소녀는 여자가 말하기를 기다렸지만 여자는 소녀의 얼굴을 마음에 새기려는 듯 가만히 들여다보기만 했다. 소녀를 이곳으로 이끈 길을 간접적으로 읽으려는 듯. 무엇을 잃고 무엇이 파괴되었는지. 무엇이 사라졌는지. 혹은 무엇이 남아 있는지.

코모 세 야마?(성함이 어찌 되시죠?)

소녀가 물었지만 여자는 대답하지 않았다. 여자는 소녀의 얼굴을 쓰다듬은 뒤 손을 내리고는 몸을 돌려 시커먼 길을 따라 걸어갔다. 어둠에 묻힌 바리오를 벗어나며 그녀는 돌아보지 않았다.

에두아르도의 차는 보이지 않았다. 소녀는 창고 아래 통로를 따라 바들바들 떨며 기어가 문을 열려고 했지만 잠겨 있었다. 문을 두드리고 기다리다 다시 두드렸다. 한참을 기다렸다. 결국 그녀는 거리로 다시 나왔다. 주름진 벽을 따라 불빛 속에서 숨이 하얗게 돋아났다. 다시 통로를 들여다본 소녀는 건물 앞으로 걸어가 대문을 지나 진입로를 올라갔다.

여자 문지기의 화장한 얼굴은 스텐실로 인쇄된 원피스를 걸친 채 몸을 팔로 감싸고 서 있는 소녀를 보고도 전혀 놀라지 않는 듯했다. 여자가 문을 잡고 뒤로 물러서자 소녀는 안으로 들어서며 고맙다고 한 뒤 살롱을 가로질렀다. 두 남자가 바에 서 있다 돌아보았다. 추운 바깥에서 불운을 겪고 떠돌던 창백하고 지저분한 방랑자는 눈을 내리깔고 가슴 앞에 팔짱을 한 채 걸음을 옮겼다. 참회자가 지나간 자리인 양 카펫 위에 피투성이 발자국을 남기며.

도시 다른 곳에서 사업상 용무가 있었는지 그는 신경 써서 차려입은 차림새였다. 그는 황금 커프스단추가 달린 소매를 살짝 올려 손목시계를 보았다. 연회색 산둥 실크 양복에 같은 빛깔의 실크 넥타이를 매고 있었다. 셔츠는 연한 레몬 빛깔이고, 양복의 가슴주머니에는 노란 실크 손수건이 꽂혀 있고,

안쪽에 지퍼 달린 목 짧은 부츠는 새로 닦아 반짝였다. 그는 매음굴 복도가 침대차인 양 여러 켤레의 신발을 문밖에 늘어 놓곤 했다.

그녀는 그가 내준 샛노란 가운을 입고 앉아 있었다. 내려뜨린 발이 닿지도 않을 만큼 높은 골동품 침대에. 고개를 숙여 머리카락을 허벅지에 늘어뜨리고, 떨어질까 두려운 듯 두 손으로 침대를 짚은 채로.

그는 합리적인 남자의 말투로 합리적인 남자의 말을 했다. 그가 합리적으로 말하면 말할수록 그녀의 텅 빈 심장에는 더욱 차가운 바람이 불었다. 한 대목이 끝날 때마다 그가 말할 기회를 주었지만 그녀는 한마디도 하지 않았다. 그러한 침묵은 가차 없이 다음 죄목으로 그녀를 끌었고, 내뱉는 순간 흔적도 잔류물도 그림자도 없이 사라질 무형의 말로 이루어진 구조물이 무게를 지닌 채 유령처럼 방에 남아 그녀의 생명을 옥죄었다.

말을 모두 마친 그는 그녀를 가만히 바라보았다. 할 말이 있으면 해 보라고 했다. 그녀는 고개를 저었다.

나다?(없어?)

노. 나다.(네. 없습니다.)

케 크레에스 케 에레스?(너는 네가 뭐라고 생각하지?)

나다.(아무것도 아니라고요.)

나다. 시. 페로 피엔사스 케 아스 트라이도 우나 디스펜사 에스페시알 아 에스타 카사? 케 디오스 테 아 에스코히도?(아무것도 아니라고. 맞아. 하지만 너는 이 집에서 특별하다고 생각하지? 하느님이 너를 선택했다고 생각하잖아?)

능카 크레이 탈 코사.(절대 그렇게 생각해 본 적 없어요.)

그는 돌아서서 창살 박힌 자그마한 창문을 바라보았다. 길이 사막에 묻히고 모래 더미와 쓰레기 더미가 돋아난 도시의 경계선, 쓰레기 태우는 연기가 반달족의 사인처럼 지평선을 따라 치솟아 저 너머 헤아릴 수 없는 황무지로 사라지는 정오의 새하얀 한계선. 그는 돌아서지 않고 말했다. 그녀가 이곳에 와서 버릇이 잘못 들었다고. 너무 어리기 때문이라고. 그녀의 병은 병일 뿐이며, 이 집 여자들이 맹신하는 미신을 믿는 것은 머저리 짓이라고. 그리고 그 여자들을 믿는 것은 두 배로 멍청한 짓이라고. 질병을 막거나 사랑하는 이의 사랑을 얻거나 그네들이 기도하는 피투성이 야만적 신 앞에서 영혼을 정화시킬 수 있다고 믿는다면 그녀의 살조차 기꺼이 뜯어먹을 사람들이라고. 그녀의 병은 병일 뿐이며, 조만간 닥치겠지만 결국 그 병으로 죽으면 그것이 입증될 거라고.

그는 돌아서서 그녀를 유심히 살폈다. 숨결에 따라 오르내리는 어깨선. 박동하는 목의 동맥. 그녀는 고개를 들어 그의 얼굴을 본 순간 그가 자신의 심장을 들여다보았음을 깨달았다. 사실인 것과 거짓인 것. 그는 단호한 입술로 미소를 지었다.

네 애인은 모르고 있군. 말해 주지 않았군.

만데?(네?)

투 아마도 노 로 사베.(네 애인은 모르고 있군.)

노. 투 아마도 노 로 사베.(네. 그이는 몰라요.)

그는 체스판에 말을 대충 늘어놓고 판을 휙 돌렸다. 한 판 만 더 둬요.

맥은 고개를 저었다. 그리고 시가를 집어 식탁 너머로 천천히 연기를 뿜은 뒤 잔을 들어 남은 커피를 모두 들이켰다.

이만하면 됐어.

예, 사장님. 멋진 게임이었어요.

자네가 비숍을 희생하리라고는 상상도 못 했어.

쉰버거의 비결 중 하나죠.

체스 책을 많이 읽었나?

아뇨. 많이는 아닙니다. 쉰버거 것만 읽었죠.

포커도 할 줄 안다고 했지.

조금요, 사장님.

조금이 아닐 텐데.

포커는 많이 해 보지 않았습니다. 아버지가 포커 선수셨죠. 포커의 문제는 두 가지 돈으로 게임을 해야 하는 것이라고 늘 말씀하셨어요. 이겼을 때는 부정 이득인 반면, 졌을 때는 되찾기 힘든 돈이라고요.

아버님이 포커를 잘 하셨나?

예, 사장님. 최고였죠. 저더러는 포커를 멀리하라고 하셨어요. 포커 인생은 인생이라고 할 수 없다고요.

그러면 아버님은 왜 하셨지?

아버지가 잘 하는 것은 두 개밖에 없었으니까요.

다른 하나는 뭔데?

카우보이요.

상당히 뛰어난 카우보이였겠군.

예, 사장님. 더 뛰어났다는 사람 이야기를 들었는데, 아마 사실일 겁니다. 하지만 제가 직접 본 적은 없어요.

포로수용소에 계셨나?

예, 그랬어요.

이 고장 출신도 많이 잡혔지. 멕시코인도 더러 있었고.

예. 그랬다더군요.

맥은 시가를 입에서 빼어 창 쪽으로 연기를 뿜었다. 빌리하고는 잘 지내나, 아니면 여전히 삐걱대나?

잘 지냅니다.

들러리를 서 준다던가?

예, 사장님.

맥은 고개를 끄덕였다. 신부는 들러리 설 사람이 있나?

아뇨. 소코로 아주머니가 가족들이랑 같이 올 거예요.

잘됐군. 나도 3년 만에 양복을 입어 보겠군. 미리 한 번 입어 봐야겠어.

존 그레디는 마지막 말을 상자에 넣고 튀어나온 말을 정리한 다음 나무 뚜껑을 닫았다.

소코로더러 옷을 챙겨 놓으라고 해야겠어.

그들은 앉아 있었다. 맥은 담배를 피웠다.

자네 가톨릭은 아니지?

예, 사장님.

내가 뭐 특별히 해야 할 일은 없나?

예, 사장님.

화요일이랬지.

예, 사장님. 2월 17일이에요. 사순절 전날이죠. 아니면, 전전날이든지요. 아무튼 그날을 놓치면 부활절까지 결혼을 못 해요.

너무 아슬아슬한 것 아닌가?

다 잘될 거예요.

맥은 고개를 끄덕였다. 그리고 시가를 입에 물고 의자를 밀쳤다.

잠깐만 기다리게.

존 그래디는 그가 복도를 지나 방으로 가는 소리를 가만히 들었다. 그가 돌아와 의자에 앉아 식탁에 금반지를 내려놓았다.

3년째 화장대 서랍에 들어 있었지. 거기 있어 봐야 무슨 쓸모가 있겠나. 우리는 모든 것에 대해 이야기했는데, 이 반지에 대해서도 이야기했지. 집사람은 반지를 끼고 묻히고 싶어 하지 않았어. 그러니 자네가 가지게.

사장님, 그럴 수는 없습니다.

받아. 이미 자네가 무슨 말을 할지 다 생각해서 대책을 마련해 뒀으니 이러쿵저러쿵 떠드느라 힘 빼지 말고 주머니에 넣어 뒀다가 화요일에 새 신부 손가락에 끼워 주게. 크기를 조절해야 할 거야. 이 반지를 꼈던 여인은 아름다운 여인이었네. 누구한테든 물어봐. 나만 그렇게 생각하는 게 아니야. 하지만 겉만 번듯한 게 아니었어. 우리는 아이를 낳고 싶었지만 생각대로 안 됐지. 노력을 안 한 건 아니네. 집사람은 상식이 있는 여자였어. 나는 추억을 위해 반지를 가지고 있으라고 하나 보다 했지만, 아내는 때가 되면 이 반지를 어떻게 해야 할지 알게 될 거라고 말했지. 물론 아내 말이 옳았어. 그녀의 말은 옳지 않은 게 없었지. 자랑으로 하는 말은 아니지만, 아내는 이 반지를 무척 아꼈어. 그 어떤 것보다도. 심지어 우라지게 멋진 말보다도. 그러니 이걸 받아 주머니에 넣어. 더 이상 말다툼하기 싫네.

예, 사장님.

그럼 이만 자러 가겠네.

예, 사장님.

잘 자게.

안녕히 주무십시오.

하리야스 산맥의 북쪽 고갯길에서 그들은 샘 아래 초록 단구와, 여전히 시퍼런 아침 대기를 수직으로 오르는 가느다란 스토브 연기를 바라보았다. 그들은 말 위에 앉아 있었다. 빌리가 턱으로 풍경을 가리켰다.

어릴 적 뉴멕시코에 살 때 동생이랑 산으로 들어가다 목장 남쪽에 이렇게 벤치처럼 생긴 단구에 들러서는 집을 돌아보았지. 겨울이면 눈이 내리거나 땅에 눈이 쌓여 있었고, 스토브에 늘 불을 때서 굴뚝으로 항상 연기가 나왔지. 멀찍이 떨어진 단구에서 바라보노라면 뭔가 달라 보였어. 늘 그랬지. 확실히 뭔가가 달랐어. 겁쟁이 소들을 골짜기에서 몰고 나와 사료를 먹이느라 한 번씩 종일 산에 들어가 있어야 했는데, 그럴 때면 가는 길에 꼭 단구에 들러 집을 바라보았지. 겨우 한 시간 거리이고, 스토브 위 커피는 여전히 따끈할 텐데도 마치 아득히 먼 세상처럼 보였어. 다른 세상 같았지.

멀리 곧게 뻗은 가느다란 고속도로 위를 장난감 같은 트럭이 소리 없이 달려갔다. 강가의 초록 지대와, 산과 산을 넘어 저 멀리 솟은 멕시코의 산줄기. 빌리는 그를 가만히 바라보았다.

저기로 돌아갈 생각 있어?

어디요?

멕시코.

모르겠어요. 가고 싶어요. 형은요?

나는 됐어. 그만큼 갔으면 충분해.

멕시코를 떠날 때 달아나는 중이었어요. 한밤중에요. 겁이 나서 불도 못 피웠죠.

총에 맞을까 봐.

네. 거기 사람들은 무조건 집에 숨겨 줘요. 내가 없다고 거짓말도 하고요. 하지만 무슨 짓을 했는지는 결코 묻지 않죠.

빌리는 안장 머리에 두 손을 교차해 얹고 있었다. 그러다 몸을 숙여 침을 뱉었다.

나는 저기 세 번 갔었지. 하지만 한 번도 원하는 것을 찾아서 돌아오지 못했어.

존 그래디는 고개를 끄덕였다. 카우보이가 아니라면 뭘 하고 싶어요?

글쎄. 뭐든 하겠지. 너는?

카우보이 말고 다른 일은 상상도 할 수 없어요.

그래도 뭔가를 생각해 내야 해.

네.

멕시코에서 살고 싶어?

네. 가능하다면요.

빌리는 고개를 끄덕였다. 바케로 봉급이 얼만지는 알고 있
겠지.

알아요.

운이 좋으면 주임이나 감독관 자리를 얻을 수도 있겠지. 하
지만 어차피 조만간 백인들은 저 땅에서 모두 쫓겨날 거야. 심
지어 바비코라 목장도 못 버틸걸.

알아요.

돈이 있으면 수의학을 배워도 좋겠군. 어떻게 생각해?

네. 그러고 싶어요.

어머니하고 연락하고 지내?

그게 어머니랑 무슨 상관이에요?

상관은 없지. 그저 네가 얼마나 몹쓸 놈인지 아나 싶어서.

왜요?

왜 알고 싶냐고?

왜 내가 몹쓸 놈이냐고요?

몰라. 그냥 너는 몹쓸 놈의 심장을 가지고 있어. 전에도 그
런 인간을 본 적이 있지.

멕시코에서 살고 싶다고 해서요?

그것 때문만은 아냐.

이런 생활이 그나마 가능한 곳은 저 아랫동네밖에 없잖아
요?

그렇겠지.

형도 좋으면서, 뭘.

뭐라고? 이런 생활이 뭘 의미하는지도 모르겠구먼. 멕시코가 뭔지도 모르겠고. 내 생각에 그건 네 머릿속에 있어. 멕시코 말이야. 그 동네라면 실컷 싸돌아다녀 봤지. 란체라[47]를 처음 들으면 그 나라 자체가 다 이해되는 듯하지. 하지만 100번쯤 들으면 아무것도 알 수 없어. 그 후로도 영원히 알 수 없지. 나는 저 동네하고는 이미 오래전에 담쌓았어.

빌리는 안장 머리에 다리 하나를 척 걸치고 담배를 말았다. 그들이 고삐를 놓자 말들이 고개를 숙여, 골짜기 사이로 내달리는 바람에 파르르 떠는 성긴 풀을 아쉬운 대로 뜯어 먹었다. 그는 바람을 피해 등을 굽혀 성냥을 엄지손톱에 부딪쳐 담배에 불을 붙이고 돌아보았다.

나만 그런 게 아니야. 거긴 완전히 다른 세상이야. 거기로 돌아간 사람들은 모두 뭔가를 찾고 있었지. 아니면 뭔가를 찾고 있다고 생각하거나.

네.

포기하는 것과 그만둘 때를 아는 것은 엄연히 다른 거야.

존 그래디는 고개를 끄덕였다.

너는 그렇게 생각하지 않지. 안 그래?

존 그래디는 저 멀리 산줄기를 가만히 바라보았다.

네. 그렇게 생각하지 않아요.

그들은 오래도록 앉아 있었다. 바람이 불었다. 빌리는 한참

---

47) 향수와 염세론이 지배적인 멕시코 전통음악.

전에 다 태운 담배를 쥐고 있다 부츠 밑창에 비볐다. 그리고 다리를 내려 등자에 발을 걸고는 몸을 숙여 고삐를 집어 들었다. 말들이 발을 구르며 서 있었다.

언젠가 아버지가 말씀하시길, 세상에서 가장 불쌍한 사람 중에는 자기가 늘 꿈꾸던 것을 기어이 얻어 낸 사람도 포함되어 있다고 하더군.

글쎄요. 저는 그냥 모험을 해 볼래요. 다른 방식은 이미 해 볼 만큼 했어요.

그래.

모두에게 모든 것을 말할 수는 없어요. 젠장, 그건 단지 자신을 표현하는 방법 중 하나일 뿐이에요. 그것조차도 쉽지가 않지만요. 그저 최선을 다해 판단하고 시도할 뿐이에요.

그래. 세상은 너의 판단에 대해 아무것도 모르지.

알아요. 심지어 그것보다 더 나쁘죠. 세상은 나의 판단에 대해 아무 관심도 없어요.

사순절 직전의 일요일 어둑새벽에 그녀는 불붙인 초를 접시에 얹고는, 문틈으로 빛이 새어 나가지 않도록 옷장 옆에 접시를 내려놓았다. 비누와 천으로 세면대에서 씻은 뒤 상체를 숙여 검은 머리를 늘어뜨려 천으로 위에서 아래로 50번쯤 문지르고는 50번도 넘게 빗질했다. 손바닥에 향수 몇 방울을 알뜰하게 부어 두 손바닥을 맞댄 다음 머리와 목덜미에 향을 입혔다. 그러고는 머리를 모아 쥐고 땋아 쪽을 지어 핀으로 고정했다.

자기 소유의 나들이옷 세 벌 중 하나를 조심스레 입고 으스레한 빛 속에서 거울에 자신을 비추어 보았다. 목깃과 소매에 하얀 띠를 두른 남색 원피스 차림의 그녀가 거울 속에서 몸을 돌리고 어깨 너머로 손을 뻗어 위쪽 단추를 채운 뒤 다시 돌아섰다. 그리고 의자에 앉아 검은 펌프스 구두를 신고 일어나 옷장으로 가 핸드백을 꺼내 안에 들어갈 만한 화장품 몇 개를 집어넣었다. 노 코하 나다.(아무것도 필요없어.) 그녀는 나직이 말했다. 깨끗한 속옷을 접어 넣고 빗과 장식 빗을 넣고 핸드백을 힘주어 잠갔다. 노 코하 나다.(아무것도 필요없어.)

의자 등받이에서 스웨터를 집어 들어 어깨에 걸치고 몸을 돌려 마지막으로 방을 돌아보았다. 조잡하게 깎아 만든 산토가 여전히 제자리에 서 있었다. 풀로 삐딱하게 붙인 막대를 쥐고. 그녀는 세면대 옆 수건걸이에서 수건을 집어 들어 산토를 감싸고는 의자에 앉아 무릎에 올려놓고 핸드백을 어깨에 걸친 채 가만히 기다렸다.

한참을 기다렸다. 시계가 없었다. 아득히 멀리 시내에서 울리는 종소리에 귀를 기울였지만 때때로 사막에서 불어온 바람이 종소리를 앗아 갔다. 시간이 흐르고 흘러 수탉이 울어댔다. 마침내 크리아다의 슬리퍼가 복도를 걷는 소리에 소녀가 몸을 일으켰다. 문이 열리며 할멈이 들여다보더니 몸을 돌려 복도를 살펴본 뒤 손사래를 치며 방으로 들어와 손가락 하나를 입에 댄 채 살며시 문을 닫았다.

리스타?(준비됐니?) 할멈이 속삭였다.

시. 리스타.(네. 준비됐어요.)

부에노. 바모노스.(좋아. 가자.)

할멈이 어깨를 휙 올리고는 얼핏 신이 난 듯 얼굴을 기울였다. 동화 속 분칠한 계모처럼. 판자를 향해 손짓하는 남루한 음모자처럼. 소녀가 핸드백을 움켜쥐고 일어나 산토를 겨드랑이에 끼자 할멈이 문을 열어 밖을 내다본 뒤 어서 오라며 손을 흔들고 복도로 발을 내밀었다.

소녀의 구두가 타일 바닥에 또각거렸다. 할멈이 내려다보았다. 소녀는 살짝 몸을 숙여 발을 하나씩 들어 구두를 벗어 산토 옆에 끼웠다.

할멈이 문을 닫자 그들은 복도를 나아갔다. 할멈은 어린아이를 잡듯 소녀의 손을 꼭 쥐고는 앞치마를 뒤져 빗자루 손잡이의 묶인 열쇠 뭉치를 꺼냈다.

현관문에서 소녀가 다시 구두를 신는 동안 할멈은 묵직한 빗장을 자기 레보소로 감싸 소리를 죽여 열쇠를 돌렸다. 이윽고 문이 추위와 어둠을 향해 활짝 열렸다.

그들은 서로를 마주 보며 서 있었다. 라피도, 라피도.(어서, 어서.)할멈이 속삭이자 소녀는 미리 약속해 둔 돈을 그녀의 손에 쥐어 주고는 그녀의 목에 팔을 두르고 가죽처럼 마른 뺨에 키스한 뒤 몸을 돌려 문밖으로 걸음을 디뎠다. 계단에서 몸을 돌려 할멈의 축복을 받으려고 했으나 크리아다는 혼란스러운 듯 아무 반응도 보이지 않았다. 소녀가 현관문의 불빛에서 멀어지려는 순간 할멈이 소녀의 팔을 움켜쥐었다.

노 테 바야스. 노 테 바야스.(가지 마. 가지 마.) 할멈이 나직이 속삭였다.

소녀는 할멈의 손아귀에서 팔을 비틀어 빼냈다. 소매가 어깨선을 따라 찢어져 너덜거렸다.

노. 노.(안 돼요. 안 돼요.) 소녀가 물러서며 속삭였다.

할멈이 팔을 뻗었다. 그리고 거친 목소리로 소리쳤다. 노 테 바야스. 메 에키보케.(가지 마. 내가 실수했어.)

소녀는 산토와 핸드백을 움켜쥐고 골목길을 내려갔다. 큰길에 이르기 전 마지막으로 뒤돌아보았다. 라 투에르타는 여전히 문가에 서서 그녀를 바라보고 있었다. 페소 뭉치를 가슴에 쥔 채. 이윽고 서서히 외눈을 깜박이더니 문을 닫고 열쇠를 돌린 뒤 빗장이 세상 위에 영원히 질러졌다.

소녀는 골목길에서 큰길로 들어가 시내 쪽으로 방향을 틀었다. 개들이 짖어 대고, 콜로니아(마을)의 나지막한 흙 오두막의 장작불에서 피어오른 연기가 자욱했다. 그녀는 사막의 모랫길을 따라 걸었다. 머리 위에서 별들이 홍수를 이루었다. 하늘 가장자리를 검은 산줄기가 들쭉날쭉 베어 물고, 평원 위도시의 불빛이 호수에 담긴 별들처럼 반짝였다. 그녀는 걸음을 옮기며 옛 노래를 나직이 읊조렸다. 두 시간 후면 새벽이 시작될 터였다. 한 시간 후면 시내에 이를 터였다.

길에는 차가 없었다. 언덕에서 사막 너머 동쪽을 보니 8킬로미터 너머, 치와와에서부터 뻗어 나온 고속도로 위에 되는 대로 놓인 트럭이 서서히 움직였다. 대기는 고요했다. 어둠 속에 하얗게 숨결이 돋아났다. 저 앞 어디에선가 왼쪽에서 오른쪽으로 달려가는 자동차의 불빛이 점점 멀어졌다. 이 세상 어디엔가 에두아르도가 있었다.

교차로에 이르자 그녀는 차가 달려오지 않는지 양쪽을 살핀 뒤 길을 건넜다. 도시 외곽 지대의 좁은 길로만 걸어갔다. 오코티요 따위 덤불로 얼기설기 엮은 벽의 창문으로 벌써 기름등이 빛을 뿜었다. 이따금씩 도시락이 담긴 돼지기름 통 손잡이를 쥐고 이른 아침 차가운 대기 속에서 나직이 휘파람을 불며 출근하는 노동자와도 마주쳤다. 구두 신은 발에서 다시 피가 흘렀다. 축축한 피가 선득했다.

카예 데 노체 트리스테에는 카페에만 불이 켜져 있었다. 이웃 신발 가게의 시커먼 유리창 안쪽에 진열된 신발 사이에서 고양이 한 마리가 소리 없이 거리를 지켜보고 있었다. 그녀가 지나가자 고양이가 고개를 틀어 그녀를 응시했다. 그녀는 김 서린 유리문을 밀어 카페로 들어섰다.

창가 탁자에 앉아 있던 두 남자가 고개를 들더니, 걸어가는 그녀에게서 시선을 떼지 않았다. 그녀는 뒤쪽 자그마한 나무 탁자에 앉아 핸드백과 꾸러미를 옆 의자에 내려놓고 크롬 받침대에서 메뉴판을 뽑아 들어 바라보았다. 웨이터가 다가왔다. 그녀가 카페시토(커피)를 주문하자 웨이터가 고개를 끄덕이고 카운터로 돌아갔다. 카페 안은 따뜻했다. 잠시 후 그녀는 스웨터를 벗어 의자에 내려놓았다. 남자들은 여전히 그녀를 주시하고 있었다. 웨이터가 커피를 가져와 스푼과 냅킨과 함께 그녀 앞에 놓았다. 어디서 왔느냐고 묻는 소리에 그녀는 화들짝 놀랐다.

만데?(네?)

데 돈데 비에네?(어디서 왔나요?)

치아파스에서 왔다고 하자 웨이터가 잠깐 쳐다보았는데 그 눈길이 마치 그곳 출신자들은 자신이 아는 사람들과 어떻게 다른지 확인하려는 것처럼 보였다. 그는 손님 한 분이 물어 달라고 해서 물었다고 했다. 그녀가 돌아보자 남자들이 미소를 지었지만, 그 미소에는 어떤 기쁨도 담겨 있지 않았다. 그녀는 웨이터를 바라보았다.

에스토이 에스페란도 아 운 아미고.(곧 친구가 올 거예요.)

포르 수푸에스토.(알겠습니다.)

그녀는 커피를 앞에 두고 오래도록 앉아 있었다. 바깥 거리가 2월의 새벽빛 속에서 점점 잿빛으로 변해 갔다. 카페 앞쪽의 두 남자는 이미 한참 전에 커피를 다 마시고 떠났고, 다른 사람들이 들어와 그 자리에 앉아 있었다. 주위 상점들은 여전히 문이 닫힌 채였다. 트럭 서너 대가 거리를 지나갔고, 사람들이 추위를 피해 들어왔고, 웨이트리스가 이 탁자에서 저 탁자로 움직였다.

7시 직후 파란색 택시가 문 앞에 멈추더니 운전사가 나와 카페로 들어와 안을 살폈다. 그리고 카페 뒤쪽으로 걸어와 그녀를 내려다보았다.

리스타?(준비됐습니까?) 그가 말했다.

돈데 에스타 라몬?(라몬은 어디 있죠?)

그는 생각에 잠긴 듯 이를 쑤시며 서 있었다. 라몬은 올 수 없다고 했다.

그녀는 카페 앞쪽을 바라보았다. 택시는 추위 속에 시동이 걸린 채 서 있었다.

에스타 비엔. 바모노스. 데베모스 다르노스 프리사.(괜찮아요. 갑시다. 서둘러야 해요.)

그녀가 존 그래디를 아느냐고 묻자 그는 고개를 끄덕이고 이쑤시개를 흔들어 댔다. 시, 시.(그럼요, 그럼.) 그는 모두를 안다고 했다. 그녀는 거리에서 연기를 뿜고 있는 택시를 다시 바라보았다.

그는 그녀가 일어날 수 있도록 뒤로 물러섰다. 그리고 그녀가 핸드백을 놓아둔 의자를 바라보았다. 매음굴 수건에 감싸인 산토를. 그녀는 핸드백과 꾸러미 위에 손을 얹었다. 그가 들고 가기라도 할까 봐. 그녀는 그에게 누구이며, 누구한테 돈을 받았느냐고 물었다.

그는 이쑤시개를 다시 입에 물고 그녀를 바라보며 서 있었다. 마침내 그가 대답했다. 돈은 받지 않았다고. 자신은 라몬의 사촌이며, 라몬이 40달러를 받았다고. 그리고 빈 의자 등받이에 손을 얹고 가만히 그녀를 내려다보았다. 숨결에 따라 그녀의 어깨가 오르내렸다. 힘겨운 일을 시도하는 사람처럼. 그녀는 그 일에 대해서는 모른다고 했다.

그가 상체를 숙였다. 미레. 수 노비오. 엘 티에네 우나 시카트리스 아키.(이봐요. 아가씨 남자 친구. 여기에 흉터 있죠.) 그가 검지로 뺨을 가로질렀다. 3년 전 살티요 카울에야르의 카르셀(감옥) 코메도르(식당)에서 벌어진 싸움에서 그녀의 연인이 칼을 맞고 얻은 흉터 자리였다.

베르다드?(맞죠?) 그가 말했다.

시. 에스 베르다드. 이 티에네 미 타르헤타 베르데?(네. 맞아요. 내 입국 허가증은 가지고 왔겠죠?) 그녀가 나직이 말했다.

시.(그럼요.)

그가 주머니에서 입국 허가증을 꺼내 탁자에 얹었다. 허가증에는 그녀의 이름이 인쇄되어 있었다.

에스타 사티스페차?(이제 됐나요?)

시. 에스토이 사티스페차.(네. 이제 됐어요.) 그녀는 나직이 말했다. 그리고 일어나 짐을 모아 들고 탁자에 커피 값을 놓은 뒤 그를 따라 거리로 나왔다.

차가운 새벽빛에 세상이 지저분한 모습을 반쯤 다시 드러냈다. 그녀는 잠에서 깨어나는 거리를 가로지르는 택시 뒷좌석에 조용히 앉아 조잡한 나무 성상을 움켜쥐고는 자신이 아는 모든 것과 다시는 보지 않을 모든 것에게 소리 없이 작별을 고했다. 문가에 나와 오늘 날씨를 살펴보는 검은 레보소 차림의 늙은 여인에게 작별하고, 최근에 내린 비로 거리에 고인 웅덩이를 조심스레 돌아 미사를 보러 가는 자기 또래의 세 여자애들에게 작별하고, 거리 모퉁이의 늙은이와 개와 장사를 시작하려고 수레를 밀고 가는 행상과 문을 여는 상점 주인과 양동이 곁에 무릎 꿇은 채 걸레로 산책로 타일을 닦는 여자에게 작별했다. 머리 위 전선에 나란히 앉아 잠이 들었다가 이제 막 깨어나는 이름 모를 작은 새들에게 작별했다.

차가 도시 외곽을 벗어나자 숲 왼쪽에 강이 흘러가고, 다른 나라의 도시에 높다란 건물이 솟아 있고, 햇살이 곧 내려앉을 황량한 바위산이 우뚝했다. 차는 버려진 낡은 시립 건물들을 지나쳐 달려갔다. 바람이 남긴 휴지들로 어수선해진 마당에 나뒹구는 녹슨 물탱크. 느닷없이 나타나 오른쪽에서 왼쪽으로 차창을 소리 없이 휘덮고 달려가는 가느다란 강철 말뚝 울타리. 미처 시선을 피할 새도 없이 이어지는 말뚝의 행진에 마법에 걸린 듯 잠이 쏟아졌다. 그녀는 두 손으로 눈을 가리고 깊이 숨을 쉬었다. 손바닥의 어둠 속에서 차가운 하얀 방의 차가운 하얀 탁자 위에 누워 있는 자신이 보였다. 문과 창문의 유리가 철망으로 빽빽이 덮여 있고, 창녀와 창녀의 하녀들이 와글와글 모여 그녀를 향해 울부짖고 떠들어 댔다. 그녀가 탁자에서 벌떡 일어나 앉아 비명을 내지르듯 혹은 노래를 부르듯 고개를 뒤로 젖혔다. 정신병원에 송환된 젊은 프리마돈나처럼. 어떤 소리도 나오지 않았다. 차가운 성령이 스쳐 지나갔다. 그녀는 성령을 불러 세워야 했다. 눈을 뜨니 택시는 도로에서 벗어나 흙길을 덜컹덜컹 달려가고 있었다. 운전사가 거울로 그녀를 주시하고 있었다. 차창을 바라보았지만 다리가 보이지 않았다. 나무 사이로 강이 뻗어 있고, 물안개가 넘실대고, 그 너머로 바위산이 우뚝할 뿐 도시는 없었다. 강가의 나무 사이로 움직이는 형체가 보였다. 여기서 국경을 건너느냐고 물으니 운전사가 그렇다고 했다. 곧 국경을 건널 것이라고. 이윽고 공터에 들어서자 택시가 멈춰 섰다. 이른 아침 햇살 속에 공터를 가로질러 다가오는 것은 웃고 있는 티부르시오였다.

5시경 그는 목장을 떠나 어둠에 잠긴 술집 앞에 차를 세웠다. 술집 안에서 시계가 어슴푸레 빛났다. 그는 트럭을 자갈 주차장으로 후진시켜 놓고 도로를 바라보았다. 시시때때로 시계를 돌아보는 짓을 멈추려 했지만 어쩔 수가 없었다.

자동차 서너 대가 지나갔다. 6시 직후 전조등 한 쌍이 느려지자 그는 운전대 뒤에서 벌떡 일어나 앉아 재킷 소매로 앞 유리를 닦았으나 전조등은 그대로 지나쳐 갔다. 택시가 아니라 보안관의 순찰차였다. 되돌아와 여기서 뭘 하고 있느냐고 묻지 않을까 싶었지만 차는 그대로 달려갔다. 트럭에 앉아 있자니 몹시 추웠다. 잠시 후 그는 차에서 내려 서성이다 팔을 흔들고 발을 굴렀다. 그리고 트럭으로 되돌아갔다. 술집 시계가 6시 30분을 가리켰다. 동쪽을 바라보니 풍경이 잿빛 형체를 띠어 갔다.

800미터 너머 고속도로 가의 주유소 전등이 꺼졌다. 트럭이 고속도로를 따라 달려왔다. 그는 택시가 오기 전에 저리로 가 커피나 한 잔 할까 고민했다. 8시 30분에는 커피를 마시고 나면 택시가 올 것이라고, 그러니 커피를 마시러 가자고 결심하고 시동을 켰다. 그러나 이내 도로 꺼 버렸다.

30분 후 트래비스의 트럭이 고속도로를 달려갔다. 몇 분 후 트럭이 되돌아와 속도를 늦추며 주차장으로 들어섰다. 존 그래디는 차창을 내렸다. 트래비스가 차를 세우고 그를 바라보았다. 그리고 상체를 내밀어 침을 뱉었다.

뭐하는 거야? 혼자 놀러 나온 거야?

아뇨.

나는 또 트럭을 누가 훔쳤나 했지. 차가 고장난 건 아니지?

네. 그냥 누굴 기다리는 중이에요.

언제부터 이러고 있었어?

좀 됐어요.

차에 히터 없어?

있으나 마나예요.

트래비스는 절레절레 고개를 저었다. 그리고 고속도로를 내다보았다. 존 그래디는 몸을 숙여 소맷자락으로 다시 앞 유리를 닦았다.

그만 가 볼게요.

무슨 문제가 있는 거야?

예. 어쩌면요.

여자 문제로군.

예.

여자 따위에 괜히 속 끓이지 마.

다들 그렇게 말하더군요.

그래. 멍청한 짓 하지 말고.

그건 너무 늦은 것 같아요.

저지르지만 않으면 늦을 일은 없어.

저는 괜찮아요.

그는 손을 뻗어 열쇠를 돌리고 시동 단추를 눌렀다. 그리고 고개를 틀어 트래비스를 바라보았다. 먼저 가 보겠습니다.

그는 주차장에서 나와 고속도로로 들어섰다. 트래비스는 트럭이 시야에서 사라질 때까지 가만히 바라보며 앉아 있었다.

4부

카예 데 노체 트리스테의 카페는 손님들로 북적댔다. 여자는 달걀 주문을 받고 토르티야 바구니를 가져다 주고 치우느라 허둥대고 있었다. 그녀는 아는 게 아무것도 없었다. 이제 겨우 한 시간 전에 일하러 왔다고 했다. 그는 그녀를 따라 부엌으로 들어갔다. 요리사가 스토브에서 고개를 들어 여자를 바라보았다. 키엔 에스?(누구지?) 여자는 어깨를 으쓱했다. 그리고 존 그래디를 바라보았다. 여자는 팔 위에 접시들을 절묘하게 얹어 문을 밀고 나갔다. 요리사도 아는 게 없었다. 웨이터의 이름은 펠리페인데 지금 없다고 했다. 오후 늦게야 출근한다는 것이었다. 존 그래디는 손가락으로 그릴 위의 토르티야를 뒤집는 그를 잠시 가만히 바라보았다. 그리고 문을 밀고 나가 카페를 가로질렀다.

거리의 여러 술집을 돌며 택시 운전사의 흔적을 쫓고 다른 운전사들에게 캐물었다. 밤을 샌 술집 주인들이 술잔을 움켜쥐고 있다가 열린 문으로 햇살이 들이치자 음모를 짜던 범죄자처럼 눈을 찌푸렸다. 그가 술을 거절하는 바람에 두 번이나 싸움이 날 뻔했다. 베나다로 가서 문을 두드렸지만 아무도 나오지 않았다. 모데르노 밖에 서서 안을 들여다보았지만 어둠에 에워싸인 채 닫혀 있었다.

음악가들이 즐겨 찾는 마리스칼 거리의 당구장으로 갔다. 벽에 기타며 만돌린이며 황동이나 양은 호른이 걸려 있었다. 멕시코 하프도 있었다. 마에스트로에 대해 물었지만 아무도 본 사람이 없었다. 정오가 되자 화이트 레이크 말고는 갈 곳이 없었다. 그는 카페에서 블랙커피를 앞에 두고 앉아 있었다. 한참을 앉아 있었다. 갈 곳이 한 군데 더 있었지만 그곳 역시 가고 싶지 않았다.

하얀 코트를 입은 난쟁이가 그를 복도로 안내했다. 건물에서 축축한 콘크리트 냄새가 풍겼다. 밖에서 착암기 소리와 경적 소리가 울렸다.

난쟁이가 복도 끝의 문을 밀어 붙들고는 들어오라며 턱짓한 뒤 손을 뻗어 전등을 켰다. 청년은 모자를 벗었다. 최근에 죽은 네 명이 죽음의 판자에 누워 있었다. 수도 파이프로 만든 다리가 떠받치는 판자 위에 죽은 자들이 손을 옆구리에 늘어뜨리고 눈을 감은 채 목덜미에 시커멓게 얼룩진 나무 베개를 베고 있었다. 시트는 덮여 있지 않았지만 변사체로 발견되었을 당시 입고 있던 옷을 그대로 입고 있었다. 대기실에서 쉬고 있는 피곤한 여행자들 같았다. 그는 천천히 탁자들을 지

334

나쳐 걸어갔다. 머리 위 천장에 박힌 전구는 자그마한 철망에 싸여 있었다. 벽은 초록색으로 칠해져 있었다. 바닥에 황동 배수로가 있었다. 밀대 걸레의 잿빛 조각이 탁자 다리의 바퀴에 엉겨 있었다.

그가 영원한 사랑을 맹세했던 소녀가 마지막 탁자에 누워 있었다. 그날 아침 골풀을 베러 나온 이들이 버드나무 아래 여울에서 물안개에 휘감긴 그녀를 발견했을 때의 모습 그대로 누워 있었다. 축축하게 젖은 머리카락이 헝클어진 채로. 너무도 까만 머리. 죽은 갈색 잡초 가닥이 걸려 있었다. 너무도 창백한 얼굴. 절단되어 쩍 벌어진 목에서는 피가 흐르지 않았다. 깨끗한 푸른색 원피스가 비틀린 채 그녀의 몸을 감고 있고, 스타킹이 찢어져 있었다. 구두는 사라지고 없었다.

피는 모두 씻겨 나가 보이지 않았다. 그는 손을 뻗어 그녀의 뺨을 어루만졌다.

오 하느님.

라 코노세?(아는 사람이오?)

오 하느님.

라 코노세?(아는 사람이오?)

그는 판자로 몸을 숙이며 모자를 움켜쥐었다. 다른 손으로 눈을 훔치고 머리를 움켜쥐었다. 힘만 있었다면 그의 두개골이 바스러졌으리라. 눈앞의 이 모습이 영원히 잊히지 않으리라.

세뇨르.(이보세요.)

청년은 몸을 돌려 검시관을 밀치고 비틀비틀 걸어갔다. 검시관이 소리쳤다. 문가에 서서 복도에 대고 소리쳤다. 여자를 안다면 이름을 알려 주어야 한다고. 서류를 작성해야 한다고.

길게 뻗은 세다 스프링스 골짜기에서 소들이 턱을 놀리며 그를 쳐다보더니 다시 고개를 숙였다. 그가 탄 말의 태도만 보고도 소가 그의 의도를 알아차린다는 것을 그는 알고 있었다. 그는 그곳을 지나 구릉지로 들어가 고원에 올라 가장자리를 따라 천천히 말을 몰았다. 바람을 맞으며 말 위에 앉아, 25킬로미터 너머 골짜기를 오르는 기차를 보았다. 남쪽 강가의 가느다란 초록 선이 어린애의 크레용 자국처럼 연자주색과 황갈색 황무지를 가로질렀다. 그 너머로 파리한 푸른색과 회색의 멕시코 산맥이 아스라이 돋아 있었다. 고원 가장자리의 풀들이 바람에 배배 몸을 꼬았다. 시커먼 구름장이 북쪽으로 달려가고 있었다. 자그마한 말이 고개를 내렸다 올리자 그는 말 머리를 돌려 나아갔다. 말이 혼란스러운지 서쪽을 바라보았다. 길을 기억하려는 듯. 그는 말의 옆구리를 때렸다.

걱정할 것 없어.

그는 고속도로를 건너 맥그레거 목장의 서쪽 가장자리를 가로질렀고 한 번도 와 본 적 없는 곳을 나아갔다. 이른 오후에 그는 안장 머리에 두 손을 교차해 살짝 얹고서 말 위에 앉아 있는 남자와 마주쳤다. 잘생긴 검은색 거세 수말은 눈에 지혜를 품고 있는 듯했다. 흙먼지 탓에 무릎 아래가 황토 빛으로 물들어 있고, 비세일리아 등자를 단 낡은 림파이어 안장의 커피 접시만 한 안장 머리가 납작했다. 말 위의 남자는 담배를 씹으며 존 그레디에게 고개를 끄덕였다. 도움이 필요하오?

존 그래디는 몸을 숙여 침을 뱉었다. 남의 땅에서 뭘 하냐는 뜻이겠지요. 존 그래디는 말 위의 남자를 바라보았다. 그보다 서너 살 많아 보였다. 남자는 연푸른 눈으로 그를 응시했다.

나는 맥 맥거번 씨 밑에서 일합니다. 그분을 아시겠죠. 존 그래디가 말했다.

그렇소. 알지. 가축을 이리로 몰고 온 거요?

아닙니다. 아니에요. 그냥 나 혼자 이쪽으로 온 겁니다.

남자는 엄지로 모자챙을 살짝 젖혔다. 그들이 마주친 곳은 풀 한 포기 없이 진흙만 펼쳐진 범람지였다. 들리는 소리라고는 바람에 옷자락이 펄럭이는 소리뿐이었다. 북쪽의 높다란 절벽에 걸린 시커먼 구름에서 가느다란 번개가 소리 없이 뻗어 내려 파르르 떨다 다시 사라졌다. 말 위의 남자는 몸을 숙여 침을 뱉고 기다렸다.

이틀 후 결혼할 예정이었죠.

말 위의 남자는 고개를 끄덕였지만 청년은 더 이상 아무 말도 하지 않았다.

마음이 바뀌었나 보군.

청년은 대답하지 않았다. 말 위의 남자는 북쪽을 바라보다 다시 그를 바라보았다.

아무래도 비가 올 것 같군.

그러게요. 시내에는 지난 이틀간 비가 내렸죠.

점심은 먹었소?

안 먹은 것 같군요.

우리 집으로 갑시다.

그냥 돌아가겠습니다.

여자가 마음이 바뀌었나 보군.

청년은 시선을 피했다. 아무 대답도 없었다.

다른 사람을 곧 다시 만날 거요. 두고 봐요.

다른 사람은 없어요.

우리 집에 가서 같이 식사나 합시다.

감사합니다. 그만 돌아가야 해요.

당신을 보니 옛일이 떠오르는군. 나도 마음에 뭔가를 품은 채 말을 타고 하염없이 돌아다니곤 했지.

존 그래디는 고삐를 느슨하게 쥐고 앉아 있었다. 한없이 뻗은 풍경을 한참을 바라보다 마침내 입을 열었다. 말 위의 남자는 그의 말을 듣기 위해 몸을 숙여야 했다.

나도 그럴 수 있으면 좋겠어요. 정말요.

말 위의 남자는 엄지 아랫부분으로 입가를 훔쳤다.

지금은 돌아가지 않는 편이 좋을지도 모르겠소. 그냥 잠시 더 기다리는 거요.

절대 뒤돌아보지 않고 계속 말을 타고 나아가고 싶어요. 과거의 그 어떤 흔적도 찾을 수 없는 곳으로. 되돌아가려면 영원이 걸린다 해도 계속 앞으로 가겠어요.

나도 그런 적이 있지.

그만 가 봐야겠습니다.

정말 갈 생각이오? 우리는 점심을 아주 거나하게 잘 먹는데.

말씀만으로도 감사합니다.

그럼.

여기에도 비가 내리길 빌지요.

고맙소.

그는 말 머리를 돌려 드넓은 범람지를 따라 남쪽으로 향했다. 말 위의 남자도 말 머리를 돌려 북쪽으로 나아가다 도중에 말을 세웠다. 그리고 넓은 골짜기를 따라 멀어지는 청년을 바라보았다, 한참을. 청년이 더 이상 보이지 않자 그는 등자에 발을 걸치고 살짝 일어났다. 소리쳐 부르기라도 할 것처럼. 청년은 한 번도 돌아보지 않았다. 청년이 완전히 사라진 후에도 남자는 그대로 머물러 있었다. 고삐를 놓고 한쪽 발을 올려 안장에 걸친 채 앉아 있다 모자를 젖히고 상체를 숙여 침을 뱉은 뒤 주변을 유심히 살폈다. 아까 그 청년이 이곳을 지나갔다는 것을 말해 줄 뭔가를 찾기라도 하는 듯.

거의 어둑해졌을 무렵 그는 말을 타고 여울을 건너 빈터를 에워싼 미루나무 아래에서 내렸다. 고삐를 놓고 오두막으로 가 문을 밀었다. 안에는 어둠이 자욱했다. 그는 문가에 서서 밤을 뒤돌아보았다. 어둠이 짙어져 가는 땅. 서녘 하늘에 태양이 남기고 간 시뻘건 빛깔과 폭풍에 앞서 내려앉는 자그마한 검은 새들. 바람이 연통에서 길고도 메마른 신음을 뱉었다. 그는 침실로 갔다. 성냥을 꺼내 램프에 불을 붙이고 심지를 내려 유리 등피를 덮고는 침대에 앉아 두 손을 무릎 사이에 끼웠다. 나무를 깎아 만든 산토가 그림자들 사이에서 비웃어 댔다. 그의 그림자가 뒷벽에 높이 치솟았다. 커다란 몸집은 그의 모습을 전혀 담고 있지 않았다. 잠시 후 그는 모자를 벗어 바닥에 내려놓고 얼굴을 두 손에 파묻었다.

그가 다시 말에 오를 무렵에는 별 한 점 없이 깜깜한 하늘 아래 차가운 바람이 세차게 불어 개천 가 풀들이 몸부림치고 자그마한 나무가 전선인 양 윙윙댔다. 말이 파르르 몸을 떨며 걸음을 내딛다 바람을 향해 코를 들었다. 다가올 폭풍에 폭풍 아닌 그 무엇이라도 있는지 탐색하듯. 그는 개천을 건너 옛 길을 내려갔다. 여우 짖는 소리를 들은 듯하여 길 위쪽에 실루엣을 드러낸 가장자리 바위를 따라 왼쪽으로 쭉 훑었다. 밤의 멕시코에는 평원이 잘 보이는 시커먼 화성암 절벽 위에 여우가 지나가곤 했다. 더 작은 생명체가 어스름을 뚫고 나타나지 않을까 염탐하듯. 혹은 기도받을 자격이 충분한 양 어둠이 짙어 가는 하늘을 등지고 소리 없이 버티고 있는 이집트 성상처럼 하느님이 빚은 벽 위에 그저 조용히 앉아 있는 것인지도.

오두막에 켜 둔 채 남겨 놓은 램프 탓에 부드러운 빛을 머금은 창문이 어서 오라며 정겹게 손짓하는 듯했다. 혹은 또 다른 눈처럼 보이기도 했다. 그에게는 모든 게 끝이었다. 개천을 건너고 꼭 갈 수밖에 없는 길에 들어선 후 그는 한 번도 뒤돌아보지 않았다.

마당에 이르렀을 때는 부슬비가 내리고 있었다. 빗방울로 흐려진 부엌 창문 너머로 저녁을 들고 있는 동료들이 보였다. 그는 마구간으로 가서 말을 세우고 뒤돌아보았다. 그가 목장에 오기 전의 어느 시간에 있는 그들을 보는 듯했다. 혹은 그가 알지 못하는 역사와 삶을 지닌 다른 집의 다른 누군가를 보는 듯했다. 무엇보다도 그들 모두 결코 이룰 수 없는 세상이 이루어지기를 기다리고 있는 듯했다.

그는 마구간으로 들어가 안장에서 내려 말을 내버려 둔 채 자기 방으로 갔다. 말들이 칸막이 문 너머로 고개를 내밀어, 지나가는 그를 바라보았다. 그는 전등을 켜지 않았다. 선반에서 손전등을 꺼내 무릎 꿇고는 사물함을 열어 비옷과 셔츠를 꺼내고, 한때 아버지의 것이었던 사냥칼을 사물함 바닥에서 찾아내고, 돈을 넣어 둔 갈색 봉투를 집은 뒤 전부 다 침대에 늘어놓았다. 그리고 셔츠를 벗어 새 셔츠로 갈아입고 비옷을 걸치고 사냥칼을 비옷 주머니에 넣었다. 봉투에서 지폐 몇 장을 꺼낸 뒤 사물함에 도로 넣고 뚜껑을 닫았다. 손전등을 꺼 선반에 얹고는 다시 밖으로 나갔다.

길 끝에 이르자 그는 말에서 내려 고삐를 안장 머리에 모아 묶은 다음 말을 돌려세워 진흙으로 미끈대는 길을 되짚어 끌고 가다 굴레를 놓고 말의 엉덩이를 철썩 쳤다. 진창길을 총총히 걸어 비와 어둠 속으로 사라지는 말을 그는 가만히 바라보았다.

고속도로 가장자리에 서 있는 그를 처음으로 포착한 전조등이 속도를 늦추다 멈추었다. 그는 차 문을 열고 안을 들여다보았다.

부츠가 흙투성이입니다.

올라타게. 진흙 좀 칠한다고 차가 죽기야 하겠나.

그는 차에 올라 문을 닫았다. 운전사는 기어를 넣고 상체를 숙여 실눈으로 도로를 응시했다.

밤에는 우라지게도 안 보인다니까. 비 내리는데 길에서 뭘 하고 있었나?

비에 젖는 것 말고요?

비에 젖는 것 말고.

시내에 볼일이 있어서요.

운전사가 그를 바라보았다. 운전사는 피골이 상접한 늙은 목장주였다. 옛날 식으로 모자를 쓰고 있었다.

망할. 엄청 다급한 일인가 보군.

그런 건 아닙니다. 처리해야 할 일이 좀 있어서요.

미루거나 아예 하지 않으면 안 될 일인가 보지?

네. 그렇습니다.

나도 마찬가지네. 벌써 30분 전에 잠자리에 들었어야 하는데 이러고 있지.

네, 어르신.

자비의 심부름이지.

네?

자비의 심부름. 가축 하나가 쓰러졌거든.

운전사는 운전대에 바짝 몸을 숙인 채 차를 하얀 중앙선 위로 몰았다. 그러다 청년을 바라보았다.

뭐라도 나타나면 내 차에 치여 죽고 말 거야. 운전이야 잘하지. 다만 앞이 안 보여서 탈이지.

네, 어르신.

어디서 일하나?

맥 맥거번 씨 목장에서요.

맥네로군. 좋은 주인이지. 안 그런가?

네, 그렇습니다.

포드 트럭이 닳도록 돌아다녀봐도 그보다 좋은 주인은 못 만날걸세.

네, 그럴 겁니다.

암말이 쓰러졌어. 젊은 암말이. 새끼를 낳으려는 모양이야.

옆에 누가 있나요?

마누라가 집에 있어. 아니, 마구간에 있다고 해야 정확하겠군.

차는 달려갔다. 비가 전조등 불빛 속에서 길을 내리치고, 와이퍼가 앞 유리를 좌우로 오갔다.

4월 22일이면 함께 산 지 60년이지.

해로하시네요.

그래. 그리 오래된 것 같지도 않은데 벌써 그리됐지. 우리 마누라는 오클라호마에서 가족들하고 포장마차를 타고 여기로 왔지. 결혼했을 때 우린 둘 다 열일곱이었어. 신혼여행으로 댈러스 박람회에 갔는데, 방을 내주지 않더군. 둘 다 너무 어려 보여서 부부처럼 안 보인다는 거야. 지난 60년 동안 단 하루도 주님께 감사하지 않은 날이 없다네. 그런 좋은 여자를 내게 주시다니. 부족하기 짝이 없는 나한테 말이야. 하긴 아무리 괜찮은 남자라 하더라도 우리 마누라한테는 부족하지.

빌리는 검문소에 통행료를 내고 다리를 건넜다. 다리 아래쪽 강가에 늘어선 소년들이 장대에 매단 양동이를 쳐들며 큰소리로 구걸했다. 그는 관광객들 틈에 끼어 후아레스 거리를 내려가며 술집과 골동품 상점과 문가에서 외쳐 대는 호객꾼들을 지나쳤다. 플로리다로 들어가 위스키를 주문해 마시고 돈을 낸 뒤 다시 밖으로 나갔다.

틀락스칼라 거리를 올라가 모데르노로 갔지만 문이 닫혀 있었다. 그는 노크를 한 뒤 초록색과 노란색 타일이 박힌 아치 아래에서 기다렸다. 건물 옆으로 돌아가 창살을 친 창문의 깨진 모퉁이로 안을 들여다보았다. 건물 뒤편 바에 자그마한 전등이 켜져 있었다. 그는 빗속에 서서 상점과 술집과 나지막한 집들 사이의 좁은 통로를 바라보았다. 공기에서 디젤과 나무 태운 냄새가 풍겼다.

그는 후아레스 거리로 되돌아가 택시를 탔다. 운전사가 백미러로 그를 바라보았다.

코노세 엘 화이트 레이크?(화이트 레이크 압니까?)

시. 클라로.(네. 그럼요.)

부에노. 바모노스.(좋아요. 그리로 갑시다.)

운전사가 고개를 끄덕이고 차를 몰았다. 빌리는 시트에 기대 앉아 비 내리는 오후의 빛 속을 스쳐 가는 국경도시의 황량한 거리를 바라보았다. 택시가 포장도로를 벗어나 외곽 지대의 흙길을 달려갔다. 팔 장작을 높이 짊어진 당나귀가 웅덩이의 물을 튀기며 지나가는 택시를 향해 고개를 틀었다. 모든 것이 진흙으로 덮여 있었다.

택시가 화이트 레이크 앞에 서자 빌리는 차에서 내려 담배에 불을 붙이고는 청바지 뒷주머니에서 지갑을 꺼냈다.

여기서 기다릴까요? 택시 운전사가 말했다.

괜찮습니다.

안에 들어가서 기다려도 됩니다.

한참 걸릴 겁니다. 요금이 얼마지요?

3달러입니다. 정말 안 기다려도 괜찮나요?

네.

운전사는 어깨를 으쓱한 뒤 돈을 받고 창문을 올리고 차를 몰고 떠났다. 빌리는 담배를 입에 문 채 도시 변두리에 진흙과 판자로 지은 집과 주름진 철판 벽의 창고로 에워싸인 건물을 바라보았다.

그는 건물 뒤쪽으로 걸어가 창고를 지난 뒤 골목길로 들어가 두 문 중 첫 번째 것을 두드린 뒤 기다렸다. 담배꽁초를 진창에 던졌다. 다시 두드리려고 손을 드는 순간 문이 열리고 늙은 크리아다가 내다보았다. 그를 보자마자 문을 닫으려고 했지만 빌리는 문을 밀치고 들어갔다. 그녀는 몸을 돌려 한 손을 머리에 올린 채 비명을 지르며 허둥지둥 달려갔다. 그는 문을 닫고 복도를 바라보았다. 머리카락을 종이로 만 창녀들의 머리가 닭처럼 비쭉 나왔다가 도로 들어갔다. 문들이 닫혔다. 3미터도 안 가서 족제비처럼 얼굴이 갸름한 남자가 검은 양복 차림으로 나타나 그의 팔을 잡으려고 했다.

실례합니다. 실례합니다. 남자가 말했다.

빌리는 그의 팔을 휙 쳐냈다. 에두아르도는 어디 있지?

실례합니다.

남자가 빌리의 팔을 다시 잡으려고 했다. 실수였다. 빌리는 그의 멱살을 틀어쥐고 그를 벽에 쿵 찧었다. 너무도 가벼워 무게가 느껴지지 않았다. 남자는 아무 저항도 하지 않고 그저 무언가를 잃어버린 양 주위를 더듬었다. 빌리는 주먹 가득 움킨 검은 실크를 제때 풀었다. 가느다란 칼날이 그의 벨트를 스치고 지나자 뒤로 껑충 뛰며 두 팔을 올렸다. 티부르시오가 몸을 웅크린 채 칼을 휘두를 듯 움찔거렸다.

이 망할 자식.

빌리가 멕시코인의 입을 정통으로 날리자 그는 벽에 쿵 부딪고 주저앉았다. 칼이 복도에서 빙그르르 돌며 챙강거렸다. 복도 끝에서 할멈이 손을 입에 문 채 바라보고 있었다. 외눈박이 눈이 감겼다 다시 뜨이는 것이 마치 음란한 윙크를 요란스레 보내는 듯했다. 포주에게로 고개를 돌린 빌리는 멕시코인이 징 박힌 검은 바지 앞쪽에 늘어진 사슬에 여전히 매달려 있는 작은 은색 주머니칼을 손에 쥐고서 일어서려고 버둥대는 모습을 보고 화들짝 놀랐다. 그의 옆머리를 갈기자 뼈 부러지는 소리가 울렸다. 포주는 머리를 옆으로 휙 틀며 미끄러지더니 죽은 새처럼 시커먼 몸을 배배 꼬았다. 할멈이 비명을 내지르며 비틀비틀 달려왔다. 그는 지나쳐 가려는 그녀를 움켜쥐고 돌려세웠다. 할멈은 두 팔을 쳐들고 외눈을 꾹 감았다.

아이에. 아이에.(아이고. 아이고.) 그녀가 울부짖었다.

그는 그녀의 손목을 움키고 흔들었다. 돈데 에스타 미 콤파네로?(내 친구는 어디 있어?)

아이에.(아이고.) 그녀는 울부짖으며, 바닥에 쓰러져 있는 포주에게로 달려가려고 했다.

디가메. 돈데 에스타 미 쿠아테?(말해. 내 친구는 어디 있어?)

노 세. 노 세. 포르 디오스, 노 세 나다.(몰라요. 몰라요. 하느

346

님께 맹세코, 아무것도 몰라요.)

돈데 에스타 라 무차차? 막달레나? 돈데 에스타 막달레나?(여자는 어디 있어? 막달레나? 막달레나는 어디 있어?)

헤수스 마리아 이 호세 텐 콤파시온 노 에스타. 노 에스타.(예수님 마리아님 요셉님 굽어살피소서. 여기 없어요. 여기 없어요.)

돈데 에스타 에두아르도?(에두아르도는 어디 있어?)

노 에스타. 노 에스타.(여기 없어요. 여기 없어요.)

망할, 아무도 없단 말이야?

빌리가 손을 풀자 할멈은 쓰러진 포주에게로 몸을 던져 그의 얼굴을 품에 안았다. 빌리는 혐오스러운 듯 고개를 저은 뒤 걸어가 칼을 집어 들고는 문과 문설주 사이에 칼날을 끼워 넣어 분질렀다. 그리고 칼 손잡이를 내던지고는 몸을 돌려 되돌아갔다. 크리아다가 몸을 움츠리며 한 팔을 머리 위로 처들었지만 그는 그녀를 지나쳐 포주의 조끼에 달린 은사슬을 낚아채 주머니칼의 칼날 역시 분질렀다.

이 망할 새끼한테 칼이 또 있어?

아이에.(아이고.) 크리아다는 포주의 기름칠한 머리를 품에 안고 앞뒤로 몸을 흔들며 탄식했다. 정신이 든 포주가 퉁퉁 부은 한쪽 눈을 떠서 할멈의 늘어진 머리카락 사이로 쳐다보았다. 한쪽 팔이 버둥거렸다. 빌리는 손을 뻗어 그의 머리채를 움켜쥐고 얼굴을 젖혀 올렸다.

돈데 에스타 에두아르도?(에두아르도는 어디 있지?)

크리아다가 신음하고 통곡하며 빌리의 손가락을 포주의 머리에서 떼어 내려고 했다.

엔 수 오피시나.(사무실에.) 포주가 나직이 뱉었다.

빌리는 머리채를 놓고 일어나 손에 묻은 기름을 바지에 문질러 닦은 뒤 복도 끝으로 걸어갔다. 에두아르도의 은박 문에는 손잡이가 없었다. 그는 가만히 문을 바라보며 서 있다 발을 들어 걷어찼다. 나무가 쩌억 갈라지며 경첩에서 떨어져 나가 옆으로 슬쩍 틀다 바닥으로 나동그라졌다. 에두아르도는 책상에 앉아 있었다. 묘하게 태연해 보였다.

그는 어디 있지? 빌리가 말했다.

미스터리한 친구 말이로군.

그의 이름은 존 콜이야. 머리카락 하나라도 건드렸다가는 그날로 죽은 목숨일 줄 알아.

에두아르도는 의자에 등을 기댔다. 그리고 책상 서랍을 열었다.

신발 상자 가득 권총을 넣어 뒀어도 소용없어. 빌리가 말했다.

에두아르도는 시가를 집어 들고 서랍을 닫은 뒤 주머니에서 금빛 시가 커터를 꺼내 시가를 끝을 잘라 입에 물고는 커터를 도로 주머니에 넣었다.

내가 왜 권총이 필요하지?

바른 대로 말 안 하면 권총이 필요한 이유를 아주 길게 이야기해 주지.

문은 잠겨 있지 않았어.

뭐?

문은 잠겨 있지 않았다고.

잘난 문짝이야 어쨌든.

에두아르도는 고개를 끄덕였다. 주머니에서 꺼낸 라이터의 펄럭대는 불꽃 끝에 물린 시가가 손가락을 따라 입 안에서 천천히 돌아갔다. 그는 빌리를 바라보았다. 그러다 빌리 너머를 보았다. 빌리가 돌아보니 알카우에테가 한 손으로 문설주를 짚고 천천히 숨을 고르며 문가에 서 있었다. 한쪽 눈이 퉁퉁 부어 반쯤 감긴 데다 부푼 입술에서 피가 흐르고, 셔츠가 찢어져 너덜거렸다. 에두아르도가 턱을 약간 쳐들어 가 보라고 지시했다.

여기 오는 주정뱅이와 온갖 인간쓰레기들을 우리가 어떻게 다루는지는 잘 알겠지?

에두아르도는 라이터를 주머니에 넣고 고개를 들었다. 티부르시오는 여전히 문가에 서 있었다.

안달레 푸에스.(가 보게.)

티부르시오는 독사 같은 표정으로 빌리를 잠시 쳐다보더니 몸을 돌려 복도를 걸어갔다.

자네 친구는 경찰에 수배되었네. 여자애가 죽었어. 오늘 아침 시신이 강에서 발견되었지.

지옥으로 꺼져.

에두아르도는 시가를 유심히 살폈다. 그리고 빌리를 바라보았다.

무슨 일이 있었는지는 잘 알겠지.

그녀를 보내 주지 않았군.

지난번 대화를 잘 기억하고 있을 텐데.

그래. 잘 기억해.

나를 믿지 않았지.

믿었어.

친구한테 이야기했나?

그래. 했지.

하지만 친구는 당신 말을 무시했군.

그래. 그랬어.

이젠 나도 도와줄 수 없어. 잘 알겠지만.

누가 당신 도움이 필요하대.

지금 이런 상황에서 얼마나 더 관여해야 할지 곰곰이 따져 보는 게 좋을걸.

대답이나 하시지.

에두아르도는 시가를 깊이 빨고는 아무도 없는 사무실 중앙을 향해 서서히 연기를 뿜었다.

당신은 기묘한 그림을 제시하는군. 하지만 어떤 시각에서 보든 이 일은, 당신 친구가 남의 재산을 탐낸 나머지 결과는 생각지 않고 무모하게 가로채려고 덤비다 벌어진 거야. 물론 무모함이 결과를 없애 주지는 않지. 안 그런가? 그리고 지금은 당신이 반쯤 미쳐서 헐떡대며 내 영업장에서 난동을 부리고 내 부하를 두들겨 팼어. 내 책임 하의 여자를 빼내는 데 공모해 결국 그녀를 죽음으로 몰아넣고서 말이야. 그러면서 자기 문제를 해결해 달라고 여기에 얼굴을 내밀다니. 왜지?

빌리는 자신의 오른손을 보았다. 이미 심하게 부어 있었다. 빌리는 책상에 비스듬히 앉은 포주를 바라보았다. 꼰 다리에 신겨 있는 값비싼 부츠를.

나한테 힘이 없다고 생각하나?

당신한테 뭐가 있든 없든 그건 내 알 바 아니야.

나는 이 나라 역시 잘 알고 있지.

아무도 이 나라를 알 수는 없어.

빌리는 돌아섰다. 문가에 서서 복도를 바라보았다. 그리고 다시 포주를 돌아보았다.

지옥으로 꺼져. 너랑 너희 족속들 모두.

그는 텅 빈 방에서 무릎에 모자를 얹고 철제 의자에 앉아 있었다. 마침내 문이 열리고 경관이 바라보더니 나오라며 손끝을 흔들었다. 그는 일어나 경관을 따라 복도를 걸어갔다. 죄수 하나가 닳아빠진 리놀륨을 밀대로 닦고 있었다. 그들이 지나가자 죄수는 뒤로 물러나 기다렸다가 다시 밀대질했다.

경관이 경감의 사무실 문을 손가락으로 두드리고 문을 열더니 빌리더러 안으로 들어가라고 손짓했다. 빌리가 안으로 들어서자 뒤에서 문이 닫혔다. 경감은 책상에 앉아 뭔가를 쓰고 있었다. 그러다 힐긋 고개를 들었다. 그리고 다시 쓰기를 계속했다. 얼마 후 그가 턱을 살짝 움직여 왼쪽의 두 의자를 가리켰다.

앉으시죠.

빌리는 의자에 앉아 옆 의자에 모자를 내려놓았다. 그러다 다시 모자를 집어 들었다. 경감이 펜을 놓고 종이 뭉치를 들어 탁탁 두드려 가장자리를 맞추어 옆에 놓고는 그를 바라보왔다.

무슨 일로 오셨죠?

오늘 아침 강에서 시신으로 발견된 여자 때문에 왔습니다. 여자의 이름을 알려 드리려고요.

누군지는 우리도 압니다.

경감이 등받이에 등을 기댔다.

친구 사이인가요?

아뇨. 딱 한 번 본 게 답니다.

창녀죠.

네.

경감은 두 손바닥을 맞댄 채 앉아 있었다. 그러다 몸을 숙여 책상 모서리의 참나무 쟁반에서 반질대는 커다란 사진을 집어 책상 너머로 건넸다.

그 여자가 맞습니까?

사진을 받아 든 빌리는 뒤집어 살펴보았다. 그리고 경감을 바라보았다.

글쎄요. 사진으로는 잘 모르겠습니다.

사진 속 여자는 밀랍 인형 같았다. 잘린 목이 잘 보이도록 몸이 돌려져 있었다. 빌리는 조심스레 사진을 쥐고 있었다. 그러다 다시 경감을 바라보았다.

아마 맞는 것 같습니다.

경감이 팔을 뻗어 사진을 받아 들고 뒤집어 쟁반에 놓았다.

친구가 있지요.

예.

이 여자와 그 친구는 어떤 관계였죠?

결혼하려고 했습니다.

이 여자와요.

예.

경감이 펜을 들어 뚜껑을 돌려 열었다.

친구의 이름이 뭐죠?

존 그래디 콜입니다.

경감이 받아썼다.

친구는 어디 있죠?

모릅니다.

그를 잘 압니까?

네. 그렇습니다.

그가 여자를 죽였나요?

아닙니다.

경감이 펜 뚜껑을 도로 덮고 의자에 기댔다.

좋습니다.

좋다뇨, 뭐가요?

그만 가도 좋습니다.

올 때 자유였듯 갈 때도 허락 따윈 필요 없습니다.

그가 보내서 왔습니까?

아뇨. 그렇지 않습니다.

좋습니다.

할 말이 그것뿐인가요?

경감이 다시 두 손을 맞댔다. 손가락 끝으로 이를 두드렸다.

복도에서 이야기 나누는 소리가 웅성거렸다. 거리를 오가는 차량들 소리 너머로.

이름을 어떻게 발음하지요?

네?

당신 이름요.

파햄. 파햄이라고 하면 됩니다.

파햄.

적지 않으시나요?

네.

벌써 적혀 있군요.

네.

역시.

더 이상 할 말이 없습니까?

빌리는 모자를 내려다보았다. 그러다 고개를 들어 경감을 바라보았다.

포주가 죽었다는 걸 알고 있잖습니까.

경감이 이를 두드렸다.

친구 분과 이야기해 보고 싶습니다.

내 친구하고는 이야기하면서 포주하고는 안 하는군요.

그는 이미 만났습니다.

네. 무슨 얘기를 했을지 뻔하군요.

경감이 지쳤다는 듯 고개를 저었다. 그리고 종이 위의 이름을 보았다. 다시 고개를 들어 빌리를 바라보았다.

파햄 씨. 우리 집안의 모든 남자는 3대째 공화국을 위해 죽었습니다. 할아버지들, 아버지들, 삼촌들, 형제들. 모두 열한 명이죠. 그들이 가졌던 믿음과 희망은 지금 내 안에도 있습니다. 헛소리가 아니라 진실입니다. 알겠습니까? 나는 이들에게 기도합니다. 그들의 피가 거리와 도랑과 개천과 사막의 돌 사이를 흘렀죠. 그들은 나의 멕시코이며, 나는 그들에게 기도하고 그들에게, 오직 그들에게만 대답합니다. 다른 그 누구에게도 대답하지 않지요. 포주에게도요.

그렇다면 제 말을 취소하겠습니다.

경감이 고개를 기울였다.

빌리는 쟁반의 사진을 턱으로 가리켰다.

그놈들이 무슨 짓을 한 겁니까? 시신에 말입니다.

경감이 한 손을 들었다 도로 내렸다.

그는 이미 시신을 봤습니다. 오늘 아침에요.

여기 왔었다고요?

네. 우리가 시신의 정체를 알아내기 전에요. 영어로 뭐라더라? 프라티칸테(검시관). 프라티칸테가 부서장님께 말하길, 스페인어를 아주 잘 하더라는군요. 시카트리스(흉터)가 있고요. 흉터 말입니다. 여기에.

그렇다고 그가 나쁜 사람인 건 아닙니다.

나쁜 사람인가요?

한없이 착하죠. 그렇게 착한 사람은 두 번 다시 없을걸요.

그가 어디 있는지 모른다고요.

네. 모릅니다.

경감이 잠시 가만히 있었다. 그러다 일어나 손을 내밀었다.

이렇게 와 주셔서 감사합니다.

빌리는 일어나 악수를 하고 모자를 썼다. 문에서 다시 돌아섰다.

그가 화이트 레이크의 주인은 아니죠? 에두아르도 말입니다.

네.

주인이 누구인지 안 알려 주시겠죠.

그건 중요하지 않습니다. 사업가죠. 이 일과는 아무 상관도 없습니다.

그 역시 포주라고 생각하지는 않으시겠죠.

경감이 그를 가만히 바라보았다. 빌리는 기다렸다.

아뇨. 그렇게 생각합니다.

그렇다니 다행이군요. 저도 그렇습니다.

경감이 고개를 끄덕였다.

무슨 일이 있었는지는 모릅니다. 하지만 왜 그런 일이 벌어졌는지는 압니다. 빌리는 말했다.

말씀해 보십시오.

그는 그녀를 사랑했습니다.

친구 분 말이군요.

아뇨. 에두아르도요.

경감이 손가락으로 책상 가장자리를 살며시 두드렸다.

그래요?

그렇습니다.

경감이 고개를 저었다.

매음굴을 운영한다는 자가 창녀를 사랑하다니.

그러게요.

네. 왜 하필 이 여자였죠?

저도 모릅니다.

이 여자를 딱 한 번 보았다고 했죠.

네.

친구 분을 바보라고 생각하지는 않겠죠.

그 친구 면전에 대고 머저리라고 말해 주었죠. 어쩌면 내가 틀렸는지도 모르겠지만요.

경감이 고개를 끄덕였다. 나 역시 바보가 아닙니다, 파햄 씨. 그를 이리로 데려오지 않을 거라는 것 압니다. 그가 정말 죽었다 해도요. 아니, 그렇다면 더더욱 안 데리고 오겠죠.

빌리는 고개를 끄덕였다. 안녕히 계십시오.

그는 거리로 나와 가장 먼저 눈에 띈 술집에 들어가 위스키를 주문하고는 술잔을 들고 뒤쪽 공중전화로 갔다. 소코로가 전화를 받았다. 그는 무슨 일이 있었는지 설명하고 사장님을 바꿔 달라고 했지만, 맥은 이미 수화기를 들고 있었다.

어찌 된 일인지 나중에 상세히 말해 주게.

네. 그러겠습니다. 혹시 녀석이 오면 다시 나가지 못하게 단단히 붙들고 계십시오.

어떻게 하면 녀석을 붙들 수 있는지도 말해 주지 그러나.

되도록 빨리 돌아가겠습니다. 몇 군데만 둘러보고요.

처음부터 뭔가 이상하다 싶더니만.

예, 사장님.

녀석이 어디 있는지 아나?

아뇨, 모릅니다.

뭐라도 알게 되면 바로 연락 주게. 알겠나?

예, 사장님.

아무 정보를 못 얻어도 전화 주게. 밤새 애태우기는 싫으니까.

예, 사장님. 그러겠습니다.

빌리는 전화를 끊고 위스키를 털어 넣고 빈 잔을 바로 가져가 내려놓았다. 오트라 베스.(한 잔 더.) 바텐더가 술을 따랐다. 주정뱅이 하나 빼고 술집은 텅 비어 있었다. 빌리는 두 번째 잔을 마신 뒤 바에 15센트를 놓고 밖으로 나갔다. 후아레스 거리를 걸어가는데 택시 운전사들이 소리쳐 부르며 쇼를 보러 가자고 했다. 여자를 보러 가자고.

존 그래디는 켄터키 클럽에서 물 타지 않은 위스키를 한 잔 마시고 돈을 낸 뒤 밖으로 나가 모퉁이에 서 있는 택시 운전사에게 턱짓했다. 차에 오르자 택시 운전사가 몸을 틀어 돌아보았다.

어디로 모실까요, 손님?

화이트 레이크.

운전사는 몸을 바로 해 시동을 켜고 차를 출발했다. 빗줄기는 여린 가랑비로 바뀌어 있었지만 거리는 온통 물바다였다. 화려한 조명을 단 배인 양 택시들이 후아레스 거리를 천천히 나아가며, 요동치고 비틀대다 제자리를 찾는 검은 물 위로 그림자를 드리웠다.

에두아르도의 차는 시커먼 창고 옆 골목길에 세워져 있었다. 그는 마당을 가로질러 차로 가 문을 열어 보았지만 열리지 않았다. 그는 발을 들어 차창을 걷어찼다. 전등 빛 속에서 얇은 유리가 움푹 패며 하얀 거미줄이 돋아났다. 다시 걷어차자 유리가 푹 꺼지며 시트로 떨어져 내렸다. 그는 팔을 뻗어 경적에 손바닥을 대고 세 번 누른 뒤 물러섰다. 소리가 골목에 메아리치다 사그라들었다. 그는 비옷을 벗고 주머니에서 칼을 꺼내 웅크리고 앉아 청바지 끝자락을 부츠 안에 쑤셔 넣고 칼을 칼집째로 왼쪽 부츠에 꽂았다. 그리고 비옷을 자동차 후드에 걸쳐 놓은 뒤 다시 경적을 눌렀다. 메아리가 막 사라지는데 건물 뒷문이 열리고 에두아르도가 나와 전등 빛이 미치지 않는 벽에 기대어 섰다.

존 그래디는 차에서 걸어 나갔다. 성냥이 타오르더니 작은 시가리요(담배)를 입에 문 에두아르도의 비스듬한 얼굴이 드러났다. 꺼져 가는 성냥이 골목에 호를 그리며 날아갔다.

구혼자 납셨군.

에두아르도는 빛 속으로 걸어 나와 철제 난간에 기댔다. 담배를 피우며 어둠을 둘러보았다. 그리고 청년을 내려다보았다.

그냥 노크를 하지 그랬나.

존 그래디는 자동차 후드에서 비옷을 들어 접어 옆구리에 끼고는 골목에 서 있었다. 에두아르도는 담배를 피웠다.

빚을 갚으러 왔나 보군.

당신을 죽이러 왔어.

포주는 시가리요를 천천히 빨았다. 살짝 고개를 기울여 가느다란 입술에서 가느다란 연기를 위로 뿜었다.

어림없는 소리.

에두아르도는 몸을 돌려 계단참 세 개를 느긋하게 내려와 골목에 들어섰다. 존 그래디는 왼쪽으로 걸어가 가만히 기다렸다.

본인도 자기가 여기 왜 왔는지 모르고 있군. 정말 슬픈 일이야. 하지만 내가 가르쳐 주지. 아직 배울 시간이 있을 거야.

에두아르도는 다시 시가리요를 빨다 내버리고 부츠로 짓이겼다.

존 그래디는 그가 칼을 뽑는 것을 보지도 못했다. 아마 손바닥에 숨기고 있었으리라. 날카로운 찰칵 소리가 나직이 울리며 칼날이 번쩍였다. 그리고 또다시 번쩍였다. 손으로 칼을 돌리는 것 같았다. 존 그래디는 부츠에서 칼을 뽑고 오른팔에 비옷을 감아 끝자락을 주먹에 쥐었다. 에두아르도가 빛을 등지도록 걸음을 옮겼다. 조심스레 물웅덩이를 피해. 파리한 실크 셔츠가 빛 속에서 물결쳤다. 포주가 몸을 틀어 청년을 바라보았다.

마음 고쳐먹고 돌아가. 산 사람은 살아야지. 아직 앞날이 창창하잖아.

너를 죽이든 내가 죽든 둘 중 하나야.

아.

수다나 떨려고 온 게 아니야.

형식상 한번 말해 본 것뿐이야. 하도 어린 녀석이어서 말이지. 남의 나이 걱정은 붙들어 매시지.

포주는 골목길에 서 있었다. 셔츠 윗단추를 풀어 둔 채. 기

름을 칠해 매끄러운 머리가 전등 빛에 푸르게 빛났다. 한 손에
는 가느다란 잭나이프가 느긋이 쥐어 있었다.

자네를 그냥 봐주고 싶은 마음은 여전해.

포주는 거의 티도 안 나는 걸음으로 다가와 있었다. 그리고
가만히 섰다. 고개를 한쪽으로 살짝 기울인 채. 기다리며.

내가 몇 수 접어 주지. 싸움을 별로 안 해 봤을 테니. 싸움
에서는 보통 마지막으로 말하는 자가 진다는 걸 명심하게.

포주는 조용히 하라고 주의시키듯 입술에 두 손가락을 댔
다. 그리고 손가락을 모아 청년에게 오라고 손짓했다.

어서 오게. 시작을 해야지. 이건 첫키스 같은 거야.

그렇게 했다. 존 그래디는 앞으로 다가가 공격하는 척하다
칼을 비스듬히 포주에게 뻗은 뒤 물러섰다. 에두아르도는 고
양이처럼 등을 굽히고 팔꿈치를 쳐들어 칼날을 피했다. 창고
벽에 드리워진 그림자는 마치 연주를 시작하려고 지휘봉을
쳐든 검은 지휘자 같았다. 포주가 미소를 짓더니 주위를 돌았
다. 매끄러운 머리가 반짝였다. 포주가 왼쪽에서 오른쪽으로
나직이 몸을 숙여 들어오는가 싶더니 칼날이 잽싸게 세 번 휙
휙 지나갔다. 너무도 빨라 눈으로 쫓을 수도, 볼 수도 없을 정
도였다. 존 그래디는 비옷을 감은 오른팔로 칼날을 막으며 뒤
로 비틀대다 균형을 잡았으나 에두아르도는 다시 주위를 돌며
실실 웃고 있었다.

너 같은 인간을 처음 봤을 것 같나? 전에도 숱하게 보았지.
내가 미국을 모를 것 같아? 미국을 잘 알지. 내가 몇 살이나
된 것 같나?

포주는 멈추어 몸을 웅크리고 칼을 뻗을 것처럼 하다 다시 맴을 돌았다.

마흔 살이야. 노인이지. 안 그래? 공경받아야 마땅하지 않아? 골목에서 칼부림이나 할 나이가 아니라고.

포주가 다시 다가왔다. 그리고 물러섰을 때 팔꿈치 바로 아래가 베여 노란 실크 셔츠가 피로 검게 물들었다. 그런데도 전혀 알아차리지 못하는 듯했다.

사랑에 목매는 촌놈하고 이 나이에 이러고 있다니. 하긴 그런 놈들이야 끝도 없이 생겨나니까.

포주는 움직이다 말고 몸을 틀어 다른 방향으로 맴을 돌았다. 무대 위를 서성이는 배우 같았다. 때로는 존 그래디를 전혀 의식하지 못하는 것 같기도 했다.

문둥이 천국에서 내려와서는 그곳에는 이미 사라지고 없는 무엇인가를 찾지. 이제는 이름조차 잊힌 그 무엇을 말이야. 물론 그런 촌놈들이 제일 먼저 들여다보는 곳이 바로 매음굴이지.

소매에서 피가 뚝뚝 떨어졌다. 검은 핏방울이 발치의 시커먼 모래 속으로 스멀스멀 사라졌다. 포주는 시계 방향으로 느릿느릿 돌며 칼을 앞뒤로 저어 댔다. 되는 대로 잡초를 쳐내듯.

그럴 때면 당연히 갈망이 정신을 덮어 버리지. 정신이라는 게 있다면 말이야. 가장 단순한 진실은 모호한 법이지. 창녀에 관한 가장 기본적인 요소조차 제대로 보지를 못하고…….

어느샌가 포주가 존 그래디 앞에 나직이 몸을 숙이고 있었다. 거의 무릎을 꿇듯. 애원하듯. 존 그래디는 그가 어떻게 이리 가까이 왔는지 알 수 없었지만, 그가 물러나 다시 맴을 돌

때 존 그래디의 허벅지에는 깊은 상처가 쩍 벌어져 따뜻한 피가 다리를 타고 흘러내렸다.

창녀가 창녀라는 것을 잊지.

에두아르도는 몸을 숙이고 칼을 휘두르는 척하다 다시 맴을 돌았다. 그러다 다가와 칼을 날려 처음 상처에서 3센티미터도 떨어지지 않은 위쪽에 또 다른 칼집을 냈다.

그 애가 나한테 자기 방으로 오라고 빌었다는 걸 모르나? 그 애가 나한테 해 달라고 했던 것을 모두 말해 줄까? 촌놈의 머리로는 상상도 못 할걸. 아무렴.

거짓말하지 마.

우리 구혼자께서 입을 여셨군.

존 그래디는 칼을 휘둘렀지만 에두아르도는 옆으로 비켜나 몸을 작게 말고 투우사처럼 경멸하듯 고개를 틀었다. 그들은 맴을 돌았다.

내 손에 죽기 전에 마지막으로 목숨을 구할 기회를 주지. 그냥 보내 주겠어, 구혼자. 너는 그냥 가기만 하면 돼.

존 그래디는 그를 주시하며 옆으로 걸었다. 다리를 적신 피가 차갑게 식어 있었다. 칼을 쥔 쪽 손의 소맷자락으로 코 아래를 훔쳤다.

네 목숨이나 잘 챙기시지, 매음굴 대장.

나를 모욕하다니.

그들은 맴을 돌았다.

이성 같은 건 아예 없는 놈이군. 친구고 뭐고 눈에 보이는 게 없어. 눈먼 마에스트로든 누구든. 죽은 창녀의 무덤에 몸을 던지는 것 말고는 바라는 게 없다니. 게다가 감히 나를 모욕해.

포주는 얼굴을 치켜들고 있었다. 충고의 헛됨을 보여 주듯 한 손을 쳐드는 것이 마치 보이지 않는 목격자에게 호소하는 듯했다.

촌놈도 여간 촌놈이 아니군.

포주는 왼쪽으로 움직이는 척하다 존 그래디의 허벅지를 세 번째로 갈랐다.

내가 어떻게 할지 말해 주지. 사실 이미 하고 있지만. 하지만 알려 줘도 네 놈은 막지 못할걸. 그래, 알려 줄까?

우리 구혼자께서 아무 말도 않는군. 아주 잘 했어. 그래, 내 계획은 이거야. 의학적 이식이지. 구혼자의 정신을 허벅지 안에 옮겨 심는 거야. 어떻게 생각하나?

포주는 맴을 돌았다. 칼날이 서서히 앞뒤로 너울거렸다.

정신이 벌써 거기 가 있을걸. 그러면 생각은 어떻게 할까? 정신이 제자리를 벗어나 다른 데 가 있으니. 여전히 살고 싶겠지. 당연하지. 하지만 점점 약해지지. 모래가 피를 빨아먹고 있거든. 어떻게 생각하나, 구혼자? 어디 한번 말해 보지 그래?

포주는 다시 찌르는 척하다 뒤로 물러나 계속 돌았다.

아무 말도 않는군. 지금까지 몇 번이나 경고를 들었지? 몇 번이나 그 애를 사려고 했지? 그 순간부터 지금까지 결과는 불 보듯 뻔했는데도 말이야.

존 그래디는 맴을 도는 척하다 칼을 두 번 휘둘렀다. 에두아르도는 떨어지는 고양이처럼 몸을 비틀었다. 그들은 맴을 돌았다.

너는 캄포(시골) 출신 창녀들하고 똑같아. 광기가 신성하고 고귀한 것이라고, 하느님의 특별한 손길을 받았다고 믿는 걸 보면.

포주는 칼을 허리 높이로 들어 천천히 앞으로 내밀었다 거두기를 반복했다.

하지만 광기가 하느님에 대해 뭘 알려 주지?

그들은 동시에 움직였다. 존 그래디는 그의 팔을 움키려고 했다. 그들은 칼을 휘두르며 맞붙어 싸웠다. 포주가 청년을 밀어내고 뒤로 물러나 맴을 돌았다. 셔츠 앞자락이 찢어져 훤히 드러난 배에 붉은 선이 하나 그어져 있었다. 청년은 두 손을 내려뜨린 채 가만히 서 있었다. 그의 팔에 난 상처가 쩍 벌어지고, 칼이 모래땅에 떨어져 있었다. 청년은 포주에게서 시선을 떼지 않았다. 배를 가로지른 두 상처에서 피가 왈칵왈칵 쏟아졌다. 풀린 비옷이 딜렁대자 청년은 천천히 도로 감아 끝자락을 손에 꼭 쥐었다.

우리 구혼자께서 칼을 잃어버렸나 보군. 별로 좋지 않지, 안 그래?

포주는 몸을 틀어 반대 방향으로 돌았다. 그리고 칼을 내려다보았다.

이제 어떡하면 좋을까?

존 그래디는 대꾸하지 않았다.

저 칼을 준다면 대신 내게 뭘 주겠나?

존 그래디는 그를 주시했다.

어디, 거래를 제안해 봐. 지금 저 칼을 도로 줄 수 있다면 대신 뭘 내놓겠나?

존 그래디는 고개를 돌려 침을 뱉었다. 에두아르도가 방향을 틀어 천천히 뒷걸음쳤다.

눈 하나 어때?

존 그래디가 몸을 숙여 칼을 집으려 하자 에두아르도가 매섭게 다가와 얇은 검은 부츠로 칼을 밟고 섰다.

눈알을 하나 뽑게 해 주면 칼을 돌려 주지. 아니면 당장 목을 따 버리겠어.

존 그래디는 아무 말도 하지 않았다. 그저 가만히 바라보았다.

생각해 봐. 남은 눈알 하나로도 얼마든지 나를 죽일 수 있어. 마구잡이로 찌르다 보면 운 좋게 제대로 하나 맞을지 모르잖아. 누가 알겠어? 세상에 불가능은 없어. 어때?

에두아르도가 살짝 왼쪽으로 갔다가 되돌아왔다. 칼이 모래 속으로 파고들어가 있었다.

왜, 말이 없나? 그래, 내가 봐주지. 더 좋은 거래를 제안하지. 귀 하나를 내놔. 어때?

존 그래디는 돌진해 그의 팔을 움켜쥐었다. 몸을 트는 에두아르도의 칼날이 배를 두 번 긋고 지나갔다. 청년은 떨어진 칼을 집으려고 했지만 포주가 이미 칼을 밟고 서 있었다. 배를 움켜쥔 채 뒤로 물러서는 청년의 손가락 틈으로 따뜻한 피가 샘솟았다.

죽기 전에 내장 구경은 실컷 하고 죽겠군. 에두아르도는 뒤로 물러서며 말을 이었다. 어서 집어.

존 그래디는 그를 가만히 바라보았다.

집어. 농담하는 것 같나? 어서 집어.

존 그래디는 몸을 숙여 칼을 집어 들어 칼날을 바지 자락에 문질러 닦았다. 그들은 맴을 돌았다. 에두아르도의 칼날이 난도질한 배의 근막이 열기와 통증을 내질렀다. 손이 피로 끈적했지만 존 그래디는 차마 손을 내릴 수 없었다. 비옷이 다시 풀려 너덜대자 그는 손을 흔들어 비옷을 벗겨 내 뒤로 내던졌다. 그들은 맴을 돌았다.

교훈을 얻기란 쉽지 않지. 자네도 동의할걸. 그래도 지금 이 순간 미래가 그리 불확실하진 않지. 뭐가 보이나? 쿠치예로 대 쿠치예로. 필레로 대 필레로.

에두아르도는 잭나이프로 찌르는 척했다. 그리고 씩 웃었다. 그들은 맴을 돌았다.

우리 구혼자께서는 뭘 보고 있을까? 여전히 기적이 일어날 거란 희망? 자기 창자를 보면서 마침내 진실을 깨달았는지도 모르겠군. 캄포의 늙은 브루호(마술사)들처럼 말이야.

에두아르도는 칼을 쥐고 다가가 존 그래디의 얼굴을 찌를 것처럼 하다, 포물선으로 사위는 빛 속으로 칼을 내려 존 그래디의 허벅지에 수평으로 그어진 선 세 개를 수직선으로 이어 E자를 완성했다.

그리고 왼쪽으로 돌았다. 고개를 젖혀 기름 바른 머리카락을 뒤로 넘겼다.

내 이름이 뭔지 아나, 시골뜨기? 내 이름을 알아?

포주는 존 그래디에게서 등을 돌리고 천천히 걸어갔다. 그리고 어둠을 향해 말했다.

우리 구혼자께서 죽음을 눈앞에 두고 자신을 망친 것이 신비에 대한 갈망이었다는 걸 절실히 깨닫고 있나 보군. 창녀들. 미신. 그리고 마지막으로 죽음. 그 때문에 지금 이 꼴이 됐지. 그게 바로 네가 찾던 거였어.

포주는 돌아섰다. 그리고 천천히 낫질하듯 칼을 휘두르고는 묻는 듯이 바라보았다. 마침내 대답을 할 것이냐고.

그것 때문에 지금 이 꼴이 되었고, 앞으로도 계속 그렇게 되겠지. 너 같은 인간들은 세계가 정상이라는 걸 견디질 못해. 이런 세계가 아닌 다른 세계를 꿈꾸지. 하지만 멕시코의 세계는 장식으로 뒤덮여 있어도, 그 속은 지극히 명료해. 반면 너희 세계는……. 포주는 칼을 베틀을 가르는 북처럼 획획 저어 댔다. 너희 세계는 무언의 의문들로 이루어진 미로 위에서 비틀대지. 우리 세계가 너희 세계를 모조리 삼켜 버릴걸, 친구. 너랑 너의 그 파리한 제국 전부를.

포주는 다시 움직였지만 존 그래디는 전혀 방어하려고 들지 않았다. 무조건 칼을 내지를 뿐이었다. 물러서는 에두아르도의 팔과 가슴에 새로운 상처가 새겨져 있었다. 포주는 다시 고개를 젖혀 부드러운 검은 머리를 뒤로 넘겼다. 존 그래디는 멍하니 서서 눈으로 그를 쫓았다. 온몸이 피로 범벅된 채.

두려워할 것 없어. 그리 아프지는 않으니. 내일은 아프겠지. 하지만 내일은 오지 않을 거야. 에두아르도는 말했다.

존 그래디는 배를 움켜쥐고 서 있었다. 피로 끈적한 손 안에 뭔가가 와락 쏟아지는 듯했다. 그들은 다시 맞붙었다. 에두아르도의 칼이 팔등을 쩍 갈랐지만 존 그래디는 팔을 배에 댄 채 가만히 있었다. 그들은 맴을 돌았다. 부츠가 나직이 차박차박거렸다.

창녀를 위해. 창녀를 위해. 포주가 말했다.

그들은 다시 맞붙었고, 존 그래디는 칼을 쥔 손을 낮추었다. 에두아르도의 칼날이 갈비뼈에서 미끄러져 윗배를 가르는 것이 느껴졌다. 숨이 막혔다. 그런데도 달아나거나 피하려 하지 않았다. 그는 무릎께에 들고 있던 칼을 위로 쳐들어 푹 찌른 뒤 비틀비틀 물러났다. 멕시코인의 턱이 닫히며 이가 탁 부딪는 소리가 울렸다. 에두아르도의 칼이 발치의 자그마한 웅덩이로 떨어지며 살짝 물을 튀겼다. 에두아르도가 돌아섰다. 그리고 뒤를 돌아보았다. 기차에 타려는 사람처럼. 사냥칼 손잡이가 턱 아래에 비쭉 나와 있었다. 포주는 손을 들어 손잡이를 더듬었다. 찡그린 입을 꾹 다물고. 두개골에 못 박힌 턱. 포주는 칼을 뽑을 듯 두 손으로 손잡이를 쥐었지만 뽑지 않았다. 그대로 걸어가 몸을 돌려 창고 벽에 기대었다. 그리고 주저앉았다. 무릎을 끌어당겨 잇새로 거칠게 숨을 쉬었다. 그러다 두 손을 내려뜨리고 존 그래디를 보더니 창고 벽에 기댄 채 서서히 몸을 숙여 바닥에 누워서는 다시는 움직이지 않았다.

존 그래디는 두 손으로 배를 움키고 반대쪽 벽에 기대어 있었다. 앉지 마. 앉지 마.

존 그래디는 몸을 추스르고는 헐떡대는 숨을 참고 아래를 내려다보았다. 피투성이 셔츠가 너덜거렸다. 잿빛 창자가 손가락 사이로 삐져나와 있었다. 그는 이를 악물고는 창자를 도로 밀어넣고 구멍을 손으로 막았다. 웅덩이로 걸어가 에두아르도의 칼을 집어 들고 골목을 가로질렀다. 여전히 배를 움킨 채, 죽은 적의 실크 셔츠를 찢어 낸 뒤 칼을 입에 물고 벽에 기대어 서서 셔츠 자락으로 몸을 단단히 감았다. 그리고 칼을 모래 바닥에 내버리고는 몸을 돌려 비틀비틀 걸어 길로 나왔다.

큰길은 되도록 피했다. 새벽이 영원히 깃드는 듯한 사막에서 도시의 빛 웅덩이를 보고 방향을 가늠했다. 피로 가득 찬 부츠가 모랫길에 피투성이 발자국을 새겼다. 개들이 냄새를 맡고 쫓아와 목털을 곤두세우고 으르렁대다 슬금슬금 달아났다. 그는 걸어가며 중얼거렸다. 발걸음 수를 헤아렸다. 멀리서 사이렌이 울렸다. 걸음을 내디딜 때마다 움킨 손가락 사이로 따뜻한 피가 스륵스륵 새어나왔다.

카예 데 노체 트리스테에 다다르자 머리가 멍하고 발이 휘청거렸다. 그는 벽에 기대어, 거리를 건널 기운을 모았다. 차는 한 대도 지나가지 않았다.

아무것도 먹지 않았어. 정말 다행이야.

그는 벽에서 억지로 몸을 떼어 냈다. 인도와 차도의 경계에 서서 한 발을 차도에 내밀었다. 차가 언제 달려올지 몰라 서두르고 싶었지만 넘어질까 봐 두려웠다. 쓰러진다면 다시 일어날 수 없을 것 같았다.

잠시 후 그는 길을 건넌 일을 돌이켜 보았지만 아득한 옛일인 것만 같았다. 저 앞에 불빛이 보였다. 토르티야 공장이었다. 체인 전동 장치를 단 낡은 기계가 철컹거리고, 밀가루로 범벅된 앞치마 차림의 일꾼 두서넛이 노란 전구 아래에서 이야기를 나누고 있었다. 그는 비틀비틀 걸음을 옮겼다. 검은 집을 지나. 텅 빈 공터를 지나. 바람이 몰고 온 쓰레기에 반쯤 묻힌 채 내려앉은 낡은 흙벽을 지나. 그는 속도를 늦추다 휘청이며 섰다. 앉지 마.

하지만 그는 앉았다. 그를 깨운 것은 피에 흠뻑 젖은 주머니를 뒤지는 누군가의 손길이었다. 그는 앙상한 손목을 움켜쥐고는 아이의 얼굴을 바라보았다. 남자아이는 팔을 격렬하게 흔들고 다리를 차 대며 빠져나가려고 했다. 친구들을 소리쳐 불렀지만 그들은 공터 너머로 달아나고 있었다. 모두들 그를 죽은 시체로 여겼던 것이다.

그는 아이를 바짝 끌어당겼다.

미라. 에스타 비엔. 노 테 몰레스타레.(이봐. 괜찮아. 해치지 않을게.)

데하메.(놔줘요.)

에스타 비엔. 에스타 비엔.(괜찮아. 괜찮아.)

아이가 팔을 비틀어 댔다. 친구들을 찾았지만 모두들 어둠 속으로 사라지고 없었다.

데하메.(놔요.)

아이의 얼굴에서 이내 눈물이 쏟아질 듯했다.

존 그레디는 말에게 말하듯 아이에게 말했다. 얼마 후 아이는 몸부림을 멈추고 가만히 있었다. 그는 아이에게 말했다. 자신은 위대한 필레로라고, 방금 사악한 악당을 죽였다고, 아이의 도움이 필요하다고. 경찰이 자신을 찾고 있다고, 경찰을 피해 숨어야 한다고. 그는 오랫동안 말했다. 투사로서의 업적을 말한 뒤 마지막 힘을 다해 뒷주머니에서 지갑을 꺼내 아이에게 주었다. 그 안에 돈이 있으니 가지라고 하고는 해야 할 일을 말해 주었다. 그리고 아이에게 되풀이해 말해 보라고 했다. 그는 아이의 손목을 놓고 기다렸다. 아이는 물러섰다. 피로 얼룩진 지갑을 쥔 채 서 있었다. 그러다 쪼그리고 앉아 그의 눈을 들여다보았다. 앙상한 무릎을 두 팔로 감고.

푸에데 안다르?(걸을 수 있어요?)

운 포키토. 노 무초.(조금. 조금만.)

에스 펠리그로소 아키.(여기는 위험해요.)

시. 티에네스 라손.(그래. 맞는 말이야.)

아이가 그를 일으켰다. 그는 좁은 어깨에 기대어 공터의 구석으로 향했다. 담 뒤에 나무 상자로 지은 아지트가 있었다. 아이는 무릎을 꿇어 삼베 천을 걷어 올린 뒤, 그가 안으로 기어들어가도록 거들었다. 초와 성냥이 있다고 아이가 말하자 부상당한 필레로는 어두운 게 더 안전하다고 말했다. 그의 온몸에서 다시 피가 흘렀다. 손바닥 아래에서 피가 느껴졌다. 베테. 베테.(가거라. 어서.) 아이는 커튼을 내렸다.

그가 깔고 누운 쿠션은 비 때문에 축축했고, 악취를 풍겼다. 목이 몹시 말랐다. 그는 생각하지 않으려고 애썼다. 거리에서 차가 달려가는 소리가 들렸다. 개가 짖어 댔다. 의식용 장식 띠처럼 그의 몸에 두른 적의 노란 실크 셔츠가 피로 까맣게 물들어 있었다. 그는 갈라진 배를 피투성이 손으로 움켜잡았다. 자신이 육신을 떠나지 않도록. 그럴 것만 같은 순간이 수시로 왔다. 온몸을 부둥켜안았지만 영혼은 너무나 가벼워 몸의 출구에서 주저하듯 서서였다. 우리의 열린 문에 서서 공기를 시험하듯 서 있는 민첩한 짐승처럼. 아득히 먼 도시의 대성당에서 종이 울리고, 이국 땅의 춥고 어두운 놀이집에서 피투성이가 되어 누워 있는 자신의 숨소리가 모호하게 나직이 새근거렸다.

살려 주소서. 살릴 가치가 있다고 여기신다면. 아멘.

마구간에 안장을 얹은 채 서 있는 말을 본 그는 말을 끌고 나와 존 그래디의 작은 어도비 집을 향해 어두운 옛길을 나아갔다. 말이 말을 할 수 있다면 얼마나 좋을까. 오두막의 불 켜진 창문이 보였다. 그는 말을 빠르게 몰아 자그마한 개천을 첨벙첨벙 건너 마당으로 들어가 말을 세우고 안장에서 내려 집을 향해 소리쳤다.

그리고 문을 벌컥 열어젖혔다.

이봐? 이봐?

그는 침실로 걸어갔다.

이봐?

아무도 없었다. 그는 밖으로 나가 소리치고 기다린 뒤 다시 소리쳤다. 도로 들어가 스토브 문을 열었다. 장작과 불쏘시개와 신문지에 불꽃이 어른댔다. 그는 스토브를 닫고 밖으로 나갔다. 아무리 소리쳐도 대답이 없었다. 그는 말에 올라 고삐를 늦춘 채 무릎으로 쳐서 말이 알아서 방향을 잡게 했지만 말은 그저 개천을 건너 도로를 내려갈 뿐이었다.

그는 말 머리를 다시 돌려 오두막에서 한 시간을 기다렸지만 아무도 오지 않았다. 다시 목장으로 돌아갔을 때는 자정이 다 되어 있었다.

그는 간이침대에 누워 잠을 청했다. 멀리서 기차가 가느다랗게 경적을 울리는 듯했다. 잠이 든 것은 분명했다. 꿈을 꾸었으니. 죽은 여자가 손으로 목을 가리고 찾아왔다. 온몸이 피투성이가 된 채로 말을 하려고 했지만 소리가 나오지 않았다. 그는 눈을 떴다. 본채에서 전화벨 소리가 어슴푸레 들렸다.

부엌으로 가니 소코로가 잠옷 차림으로 전화를 받고 있었다. 그녀는 빌리에게 마구 손짓을 해 댔다. 시. 시. 시, 호베. 에스페라테.(그래. 그래. 그래, 애야. 기다려.)

땀과 추위 속에서 깨어나자 온몸이 갈증으로 타들어 가는 듯했다. 격심한 고통으로 보아 새로운 하루를 살아서 맞이한 것이 분명했다. 몸을 움직이니 옷에 엉겨붙은 핏덩이가 얼음처럼 와스락와스락 갈라졌다. 그때 빌리의 목소리가 들렸다.

이봐. 이봐.

눈을 떴다. 빌리가 무릎 꿇고 옆에 앉아 내려다보고 있었다. 뒤에서 남자아이가 커튼을 모아쥐고 있었고, 그 너머로 차가운 잿빛 세계가 보였다. 빌리가 남자아이를 돌아보았다. 안달레. 라피도. 라피도.(어서. 서둘러. 서둘러.)

커튼이 도로 드리워졌다. 빌리가 성냥을 켜 들었다. 이 빌어먹을 머저리 자식. 이 빌어먹을 머저리 자식.

빌리는 나무 상자에 못질해 붙인 선반에서 초 동강이 든 접시를 내려 불을 붙여서는 존 그래디를 비추어 보았다.

이, 망할. 빌어먹을 머저리. 걸을 수 있겠어?

이대로 둬요.

옮겨야 해.

국경을 건너는 건 불가능해요.

누가 모를까 봐 그러냐.

그자가 그녀를 죽였어요. 그 망할 자식이 그녀를 죽였어요.

알아.

경찰이 나를 쫓고 있어요.

JC가 트럭을 몰고 올 거야. 정 안 되면 국경 초소를 박살내고 넘어가면 돼.

이대로 둬요. 그냥 여기 있을래요.

웃기지 마.

어차피 글렀어요. 한동안은 살 수 있다고 생각했죠. 하지만 아니에요.

그냥 마음 편히 쉬어. 망할 소리는 그만 나불대고. 염병, 내 눈알엔 저보다 더한 상처가 났어도 멀쩡했다고.

형, 온몸이 갈가리 찢겼어요.

미국으로 가는 거야. 포기하지 마, 젠장.

형. 내 말 들어요. 괜찮아요. 내 몸은 내가 알아요.

내 말 들어.

아니. 내 말 들어요. 아휴. 시원한 물 한 모금만 마실 수 있으면 소원이 없겠어요.

가지고 올게.

빌리가 초를 내려놓으려 하자 존 그래디가 그의 팔을 붙잡았다.

가지 마요. 그 애가 돌아오면 그때 시켜요.

알았어.

그놈이 아프지 않을 거랬는데. 망할 거짓말쟁이. 아휴. 날이 밝고 있죠?

그래.

그녀를 봤어요, 형. 탁자에 뉘어져 있었는데, 그녀 같지 않았지만 그녀였어요. 강에서 발견했대요. 그놈이 목을 잘랐어요, 형.

알아.

그냥 그자를 죽여야 했어요. 형, 그럴 수밖에 없었어요.

나한테 말을 하지 그랬냐. 혼자서 뭘 하겠다고 이리 온 거야.

그냥 그자를 죽여야 했어요.

자, 편히 쉬어. 곧 차가 올 거야. 버티고만 있으면 돼.

괜찮아요. 더럽게 아파요, 형. 아휴. 괜찮아요.

물 가져올까?

아뇨. 여기 있어요. 그녀는 정말 무지하게 예뻤어요, 형.

그래, 그랬어.

종일 그녀 걱정을 했죠. 사람이 죽으면 어디로 가는지 같이 이야기하곤 했는데. 그냥 어디로든 갈 것 같아요. 거기 누워 있는 그녀를 봤어요. 그녀가 천국에 못 갈 것 같았어요. 왜, 형도 알잖아요. 천국에 못 갈 것 같았죠. 하느님이 용서를 해 준다고 하면, 그 망할 자식을 죽인 걸 용서해 달라고 빌까 말까 생각했어요. 사실 그 일이 조금도 후회스럽지 않거든요. 순진한 소리라고 생각하겠죠. 하지만 그녀가 용서받지 않았다면 나도 용서받고 싶지 않아요. 그녀가 천국이든 어디든 아무튼 거기 없다면 나도 거기 가기 싫어요. 헛소리 같죠. 하지만 거기 누워 있는 그녀를 보는 순간 더 이상 살고 싶은 마음이 사라졌어요. 내 삶은 끝나 버렸죠. 그게 안심이 될 지경이었어요.

그만 이야기해. 네 삶은 아직 한참 남았어.

그녀는 바르게 살고 싶어 했어요. 그게 중요한 거잖아요, 안 그래요? 나한테는 그래요.

나한테도 그래.

내 사물함 맨 위에 전당포 영수증이 있어요. 형이 좋다면 내 총을 가져요.

그래, 우리 같이 가서 총을 찾자.

30달러만 내면 돼요. 거기 돈도 있어요. 갈색 봉투에.

아무 걱정하지 마. 그냥 편히 쉬어.

사장님이 준 반지는 작은 양철통에 있어요. 돌려주세요. 아휴. 오지게도 아프네, 형.

버틸 수 있어.

우리 집 참 잘 꾸며 놨죠?

그래, 그래.

나 대신 강아지를 보살펴 줄래요?

네가 직접 보살필 수 있어. 걱정하지 마.

아파요, 형. 오지게 아파요.

알아. 조금만 더 버텨.

목이 너무너무 말라요.

조금만 버텨. 물 가져올게. 1분도 안 걸려..

빌리는 초 동강을 촛농으로 접시에 고정해 선반에 놓고 밖으로 나와 커튼을 내렸다. 텅 빈 공터를 서둘러 가로지르다 뒤를 돌아보았다. 네모난 커튼을 뚫고 새어나오는 노란 불빛이 무너지는 세계의 기슭에 자리한 희망의 안식처인 양 보였지만 마음은 염려로 오그라드는 것 같았다.

건너편의 자그마한 카페가 막 문을 열고 있었다. 자그마한 양철 탁자를 펼치던 여자는 밤을 샌 듯 부스스한 몰골로 미친 듯이 걸어오는 그를 보았다. 피를 흠뻑 머금은 매트에 무릎 꿇고 있었던 탓에 무릎 주위가 피범벅이었다.

아과. 네세시토 아과.(물. 물 주세요.)

여자는 그에게서 시선을 떼지 않은 채 카운터로 갔다. 술잔을 내려 병을 들어 따른 뒤 잔을 카운터에 놓고 물러섰다.

노 아이 운 바소 마스 그란데?(더 큰 컵은 없나요?)

여자는 그를 멍하니 바라보았다.

다메 도스. 도스.(두 잔 주세요. 두 잔.)

여자는 다른 잔을 꺼내 물을 채우고 카운터에 놓았다. 잿빛 새벽이었다. 별들이 희미해지며 시커먼 산줄기가 하늘을 따라 돋아났다. 그는 한 손에 한 잔씩 쥐고 조심스레 길을 건넜다.

나무 상자 집에 이르니 촛불이 여전히 타오르고 있었다. 그는 잔 두 개를 한 손에 쥐고 커튼을 젖혀 무릎 꿇고 앉았다.

여기 있어.

하지만 그는 벌써 보고야 말았다. 잔을 천천히 내려놓았다.

이봐, 이봐?

존 그래디는 얼굴을 촛불에서 돌린 채 누워 있었다. 두 눈을 뜨고. 빌리는 소리쳤다. 그가 벌써 멀리 가 버렸을 리 없다는 듯. 이봐, 이봐? 젠장. 이봐?

이 불쌍한 놈! 오지게 불쌍한 놈! 이봐? 아, 하느님. 이봐. 아, 하느님.

그는 존 그래디를 두 팔로 안아 들고 일어나 몸을 돌렸다. 망할 창녀들. 그는 울고 있었다. 눈물이 성난 얼굴 위로 흘러내렸다. 그는 깨어나는 아침을 향해, 이 모든 것을 보고 있을 하느님을 향해 소리쳤다. 이것 봐요. 보이나요? 보이냐고요?

안식일이 지난 잿빛 월요일 새벽, 푸른색 교복을 똑같이 차려입고 학교로 가는 아이들의 행렬이 모랫길을 따라 이어졌다. 한 여자가 인도에서 내려와 아이들이 교차로를 건너도록 이끌다 그를 보았다. 죽은 친구를 안고서 온몸이 피로 검게 물든 채 다가오는 그를. 여자는 손을 들었고, 아이들은 걸음을 멈추고 책을 꼭 껴안았다. 그는 지나갔다. 아이들이 그에게서 시선을 떼지 못했다. 죽은 젊은 남자의 젖혀진 머리에 반쯤 뜬 눈에는 지나가는 거리든 벽이든 파리해지는 하늘이든 어스름 빛 속에서 성호를 긋는 아이들이든 그 어느 것도 담겨 있지 않았다. 남자와, 남자가 안아 든 시신이 이름 없는 교차로들을 영원히 지나쳐 가자 여자는 다시 차도로 내려섰고 아이들이 뒤를 따랐다. 누군가는 세상이 시작되기 한참 전부터 이미 정해져 있다고들 믿는 그 지정된 장소를 향해 모두들 계속 나아갔다.

에필로그

사흘 후 그는 떠났다, 개와 함께. 춥고 바람 부는 날이었다. 강아지가 바들바들 떨며 낑낑대자 그는 강아지를 집어 들어 안장 앞에 태웠다. 맥과는 전날 저녁에 이야기를 끝낸 터였다. 소코로는 그를 쳐다보려 하지 않았다. 그녀가 앞에 내려놓은 접시를 가만히 바라보며 앉아 있던 그는 손도 대지 않은 채 일어나 복도로 걸어갔다. 10분 후 마지막으로 다시 부엌을 지나갈 때에도 접시는 여전히 식탁에 있었고, 소코로도 여전히 스토브 앞에 있었다. 그녀가 불멸을 원하기라도 했다는 듯 필멸을 상기시켜 주고자 그날 아침 신부가 엄지로 찍어 준 재를 이마에 묻힌 채. 맥이 봉급을 건네자 그는 돈을 접어 셔츠 주머니에 넣고 단추를 채웠다.

　언제 떠나나?

　아침에요.

꼭 떠나야 하는 건 아니잖나.

죽음 빼고는 세상에 꼭 해야 하는 건 없죠.

마음이 변하지 않겠나?

네, 사장님.

그래. 세상에 영원한 건 없지.

어떤 것은 영원하죠.

그래. 어떤 것은 영원해.

죄송합니다, 사장님.

나도 정말 유감이네, 빌리.

제가 더 잘 보살폈어야 했어요.

우리 모두 마찬가지네.

예, 사장님.

그 애의 사촌이 한 시간 전에 도착했네. 대처 콜이라더군. 시내에서 전화했어. 어렵게 그 애 엄마랑 연락이 닿았다지.

엄마가 뭐라고 했다던가요?

그런 말은 않더군. 3년 동안 그 애 소식을 못 들었다던데. 어떻게 생각하나?

아무 생각 없습니다.

나도 마찬가지네.

샌앤젤로로 가실 건가요?

아니. 가야겠지. 하지만 안 가겠네.

예, 사장님. 그럼 이만 가 보겠습니다.

모두 잊게.

그러고 싶습니다. 시간이 걸리겠지요.

그렇겠지.

예, 사장님.

맥이 그의 부어오른 푸르스름한 손을 턱으로 가리켰다.

치료를 받아야 하지 않겠나?

괜찮습니다.

여기에 자네 자리는 늘 비어 있네. 군대가 접수하더라도 어떻게든 이 고장에 머물 생각이야.

감사합니다.

언제 떠나나?

이른 아침에요.

오렌에게 이야기했나?

아뇨, 사장님. 아직 안 했습니다.

아침 식사할 때 보겠군.

예, 사장님.

하지만 빌리는 아침 식사할 때 오렌을 보지 않았다. 그는 동트기 한참 전에 말에 올라서는 해가 떠올랐다 다시 질 때까지 말 위에 있었다. 다음 몇 해 동안 끔찍한 가뭄이 텍사스 서부를 덮쳤다. 그는 여기저기 옮겨 다녔다. 그 고장에는 어디든 일자리가 없었다. 초지의 출입문이 훤히 열려 있고, 모래가 길 위에 나뒹굴었다. 몇 년 후에는 어떤 종류의 가축이든 좀처럼 보이지 않았고, 그는 계속 떠돌았다. 세계의 나날들. 세계의 연연(年年)들. 그렇게 늙어 갔다.

새 천 년의 두 번째 해 봄에 그는 텍사스주 엘패소의 가드너 호텔에서 지내며 영화 엑스트라로 일했다. 그 일이 끝난 후에도 계속 호텔에 머물렀다. 로비에 텔레비전이 있어 그의 또래나 젊은 남자들이 저녁이면 낡은 의자에 앉아 텔레비전을 봤지만 그는 그것을 조금도 좋아하지 않았다. 그들은 그에게 할 말이 없었고, 그 역시 그들에게 할 말이 별로 없었다. 돈이 떨어졌다. 3주 후 그는 쫓겨났다. 안장은 이미 오래전에 팔아버려 없었고 AWOL 가방[48]과 담요 꾸러미만 달랑 들고 거리로 나갔다.

몇 블록 걸어가니 신발 수선집이 보여 안으로 들어가 부츠를 고쳐 달라고 했다. 수선공이 부츠를 보고 고개를 저었다. 밑창이 종이처럼 얇았고, 바늘땀이 가죽과 이어져 있었다. 수선공은 부츠를 뒤로 가져가 기계로 박고서 돌아와 카운터에 올려놓았다. 돈은 받지 않겠다고 했다. 어차피 오래가지 않을 거라며. 하지만 오래갔다.

일주일 후 그는 애리조나주 중앙의 어딘가에 있었다. 북쪽에서 비구름이 몰려와 날씨가 선선해졌다. 그는 콘크리트 고가도로 아래에 앉아 들판을 두드리는 빗줄기를 바라보았다. 육지를 오가는 트럭들이 차폭등을 환히 밝히고는 거대한 바퀴를 터빈처럼 돌려 비에 에워싸여 달려갔다. 동서로 달리는 차량들이 소리 죽여 쿵쿵대며 머리 위를 지나갔다. 그는 담요로 몸을 감고 누워 차가운 콘크리트 위에서 잠들려고 했지만 아무리 기다려도 잠이 오지 않았다. 뼈마디가 쑤셨다. 그는 일흔여덟 살이었다. 오래전 군대의 모병 사무소 의사들이 덜컥

---

48) 군인용 작은 가방.

댄다며 퇴짜를 놓았던 심장이 여태 멀쩡했다. 담요를 바짝 여민 그는 얼마 후 잠들었다.

70년 전 죽어 포트 섬너 근방에 묻힌 누이가 꿈에 나타났다. 뚜렷이 보였다. 변하거나 희미해진 건 아무것도 없었다. 누이는 집을 지나쳐 흙길을 따라 천천히 걸어가고 있었다. 할머니가 시트를 잘라 주름을 잡고 태팅 레이스 가장자리에 푸른색 리본을 박아 만든 하얀 원피스. 누이는 그 옷을 입고 있었다. 그리고 부활절에 썼던 밀짚모자를 쓰고 있었다. 집을 지나친 누이가 다시는 집으로 돌아오지 않으리라는 것을, 다시는 누이를 볼 수 없으리라는 것을 알고 있던 그는 소리쳐 불렀지만 누이는 뒤돌아보지도, 대답하지도 않고 그저 무한한 슬픔과 무한한 상실 속에서 텅 빈 길을 내려갔다.

눈을 뜬 그는 어둠과 추위 속에 누워 누이를 생각하고, 멕시코에서 죽은 동생을 생각했다. 세상과 인생에 대한 그의 모든 생각은 틀린 것이었다.

짧은 아침 시간을 향해 차들이 고속도로 위를 굼뜨게 달렸다. 비가 그쳐 있었다. 그는 부들부들 떨며 일어나 앉아 담요를 어깨에 단단히 둘렀다. 길가 식당에서 구해 코트 주머니에 넣어 둔 크래커를 먹으며 길 너머 야생의 젖은 들판에 내려앉는 어스름한 빛 무더기를 바라보았다. 캐나다의 여름 거주지를 향해 북쪽으로 날아가는 두루미들의 울음소리가 아스라이 울린 듯하자 그는 오래전 새벽에 멕시코의 범람지에서 부리를 날개에 박고 한 발로 서서 자고 있던 두루미들을 떠올렸다. 두건을 쓰고 기도하는 승려처럼 줄지어 있던 잿빛 형체들.

고가도로의 맞은편 교대(橋臺)를 보니 또 다른 남자가 홀로 외로이 앉아 있었다.

남자가 손을 들어 인사했다. 그도 손을 들었다.

부에노스 디아스.(안녕하시오.) 남자가 소리쳤다.

부에노스 디아스.(안녕하시오.)

케 티에네 데 코메르?(먹을 것 있어요?)

우나스 가예타스, 나다 마스.(크래커 몇 조각 있다오.)

남자가 고개를 끄덕였다. 그리고 얼굴을 돌렸다.

포데모스 콤파르티를라스.(같이 먹읍시다.)

부에노. 그라시아스.(좋지요. 고맙습니다.)

야이 보이.(내가 그리로 가죠.)

하지만 남자가 일어나 소리쳤다. 내가 그리로 가겠습니다.

남자는 콘크리트 비탈을 내려와 길을 건너 가드레일을 넘어 둥근 콘크리트 기둥들 사이를 지나 북쪽 차선을 건너, 빌리가 앉아서 바라보고 있는 곳으로 올라왔다.

얼마 되지는 않소만 같이 듭시다. 빌리는 주머니에서 남은 크래커 봉지를 꺼내 내밀었다.

무이 암블레.(정말 감사합니다.)

에스타 비엔.(괜찮아요.) 처음에는 다른 누구가 아닐까 생각했죠.

남자는 앉아서 다리를 쭉 펴고 발목을 꼬았다. 송곳니로 봉지를 뜯어 크래커를 꺼내 쥐고 가만히 바라보더니 반을 깨물어 씹었다. 성긴 콧수염이 나 있고, 부드러운 피부는 갈색이었다. 나이를 가늠할 수 없는 얼굴이었다.

누구라고 생각했는데요?

그냥 있습니다. 기다리고 있거든요. 지난 며칠간 한두 번 힐 긋 본 것 같았어요. 하지만 제대로 본 적은 한 번도 없죠.

어떻게 생겼는데요?

모릅니다. 점점 더 친구처럼 보이는 듯해요.

내가 저승사자라고 생각했군요.

그럴 수도 있다고 생각했죠.

남자는 고개를 끄덕였다. 그리고 씹었다. 빌리는 가만히 바라보았다.

저승사자 아니시죠?

네.

그들은 메마른 크래커를 먹으며 앉아 있었다.

아돈데 바스?(어디로 가십니까?) 빌리가 말했다.

알 수르. 이 투?(남쪽으로요. 당신은요?)

알 노르테.(북쪽으로요.)

남자가 고개를 끄덕였다. 그리고 웃었다. 케 클라세 데 옴브레 콤파르타 수스 가예타스 콘 라 무에르테?(세상 어느 누가 저승사자와 크래커를 나눠 먹을까요?)

빌리는 어깨를 으쓱했다. 세상에 어느 저승사자가 크래커를 먹겠습니까?

듣고 보니 그렇군요.

이런들 어떻고 저런들 어떻겠소. 데 토도스 모도스 엘 콤파르티르 에스 라 레이 델 카미노, 베르다드?(나눠 먹는 것이 길의 법칙이 아니던가요?)

데 바라스.(아무렴요.)

적어도 나는 그렇게 배웠지요.

남자는 고개를 끄덕였다. 멕시코에는 특정한 날에 저승사자가 먹을 음식을 식탁에 차려 놓는 풍습이 있죠. 아마 아시겠지만.

네.

상다리가 휘어지게 차리지요.

네.

아마 크래커 몇 조각은 저승사자가 모욕으로 받아들일걸요.

아마 형편 따라 먹지 않겠습니까. 우리들처럼요.

남자는 고개를 끄덕였다.

네. 그럴 수도 있겠네요.

고속도로에서 차들이 쌩하고 달려갔다. 사방이 환했다. 남자가 두 번째 봉지를 뜯었다. 그러고는 저승사자는 좀 더 큰 시각에서 볼 것이라고 말했다. 평등주의적 관점에서 나름 기준을 정해 인간들의 선물을 평가하여 가난뱅이의 선물이나 부자의 선물이나 똑같이 볼거라고.

하느님처럼요.

예. 하느님처럼요.

나디에 푸에데 소보르나르 아 라 무에르테.(아무도 저승사자에게는 뇌물을 줄 수 없죠.) 빌리가 말했다.

데 베라스. 나디에.(아무렴요. 그렇죠.)

하느님에게도요.

하느님에게도요.

빌리는 도로 너머 들판에 고인 웅덩이의 형체가 빛을 잡아끄는 것을 바라보았다.

우리가 죽으면 어디로 갈까요? 빌리가 말했다.

글쎄요. 지금 우리는 어디 있는 걸까요?

태양이 그들 뒤쪽에서 떠올랐다. 남자가 남은 크래커 봉지들을 도로 내밀었다.

그냥 가지십시오. 빌리가 말했다.

노 키에레스 마스?(당신은 안 드십니까?)

너무 목이 메어서요.

남자는 고개를 끄덕이고 크래커를 주머니에 넣었다.

파라 엘 카미노.(길 가다 먹겠습니다.) 나는 멕시코에서 태어났지요. 오랫동안 고향을 못 봤어요.

지금 돌아가는 길입니까?

아뇨.

빌리는 고개를 끄덕였다. 남자는 시작되는 하루를 유심히 바라보았다. 내 인생이 딱 중간에 이르렀을 때 지도에 인생의 길을 그려 한참을 살펴보았지요. 패턴을 찾으려고요. 삶의 패턴을 알아내 분석하면 남은 삶을 더 잘 살 수 있을 것 같았거든요. 앞으로 남은 인생길이 어떨지 미래를 볼 수 있다고요.

그래서 어떻게 되었습니까?

생각과는 전혀 다르더군요.

그때가 인생의 중간인 걸 어떻게 아셨죠?

꿈을 꾸었어요. 그래서 지도를 그렸죠.

어떻게 생겼나요?

지도요?

네.

흥미로웠죠. 각도에 따라 전혀 다르게 보였거든요. 놀라웠죠.

당신이 갔던 곳을 모두 기억하나요?

아, 그럼요. 당신은요?

글쎄요. 워낙에 돌아다녀서. 예. 가능할 수도 있겠군요. 마음만 먹는다면야. 본격적으로 파고들면 기억이 날 것도 같아요.

예. 그럼요. 저도 그랬어요. 한 가지를 기억해 내면 다른 것들이 따라서 떠오르죠. 지나온 인생을 잊을 수 있을 것 같지는 않아요. 좋은 것이든 나쁜 것이든.

뭐처럼 보였나요? 지도 말예요.

처음에는 얼굴 같았죠. 하지만 돌려서 다른 각도에서 보았다가 도로 돌리니 얼굴은 사라지고 없더군요. 다시는 얼굴처럼 보이지 않았죠.

어떻게 그렇죠?

나도 모르겠습니다.

얼굴을 보았습니까, 아니면 보았다고 생각한 겁니까?

남자가 씩 웃었다. 케 프레군타.(좋은 질문이군요.) 그 둘이 어떻게 다르지요?

글쎄요. 그냥 다를 것 같은데요.

예, 저도 다를 것 같습니다. 하지만 어떻게 다를까요?

글쎄요. 지도가 진짜 얼굴처럼 보일 리는 없을 것 같군요.

네. 연상 작용이죠. 운 보스케호. 운 보라도르, 키사스.(윤곽선. 대충 그린 밑그림 같은 거죠.)

네.

어쨌든 자신의 욕망 바깥에 서서, 나름의 의지를 갖고 있는 삶을 직시한다는 것은 어려운 일이죠.

보이는 대로 본다는 말 같군요.

네. 그것에 대해 생각하지는 않죠.

그 꿈은 어떤 꿈이었죠?

꿈이라.

말하기 싫으면 안 해도 됩니다.

제 속을 바로바로 짚으시는군요.

싫은데야 얘기할 이유가 없죠.

그렇겠죠. 그래도 얘기해 드리죠. 한 남자가 산을 넘다 오래전 순례자들이 모이던 곳에 도착했어요.

그 꿈에서요?

네.

안달레 푸에스.(말씀하십시오.)

그라시아스.(감사합니다.) 순례자들이 오래전에 모이던 곳이었죠. 엔 티엠포스 안티구오스.(옛날 옛날에 말입니다.)

전에도 이 꿈 이야기를 한 적이 있으시죠.

네.

안달레.(말씀하십시오.)

엔 티엠포스 안티구오스.(옛날 옛날에.) 산중의 높은 고개였는데, 아주 오래된 바위 탁자가 놓여 있었죠. 태초의 어느 날 높은 페냐스코(바위산)에서 고갯길로 떨어져 비바람과 태양볕에 갈라지고 다듬어졌죠. 그 평평한 표면에는 신의 노여움을 달래기 위해 살육된 제물들의 핏자국이 아직 남아 있었죠. 사라지고 없는 이들의 핏속에 있던 철 성분이 바위에 시커멓게 박혔던 거죠. 날카롭게 새겨진 도끼 자국과 칼 자국이 그 과정을 생생히 드러냈죠.

그런 곳이 정말 있나요?

글쎄요. 예. 더러 있죠. 하지만 여긴 현실의 장소가 아니라 꿈속의 장소입니다.

안달레.(말씀하십시오.)

여행자는 해 질 녘에 그곳에 도착했죠. 주위 산들이 어스름에 잠기고, 고갯길에 바람이 어둠의 기운을 머금고 차가워지자 그는 짐을 내려놓고 쉬었어요. 모자를 벗어 바람을 쐬다가, 천 년의 비바람도 폭풍도 지워 내지 못한 핏자국으로 얼룩진 돌 제단에서 시선을 멈추었죠. 하느님의 은총 덕분에 세상의 불행을 맛보지 못한 이들이 흔히 지니는 무모함 탓에 여행자는 그곳에서 밤을 보내기로 했어요.

그 여행자는 누구였죠?

모릅니다.

당신은 아니었습니까?

아닌 것 같습니다. 하지만 현실에서도 자기 자신을 못 알아보는데 꿈속에서야 오죽하겠습니까?

나라면 나인지 아닌지 알 것 같은데요.

네. 하지만 전에 한 번도 본 적 없는 사람을 꿈에서 만난 적은 없나요? 아니면 깨어 있을 때는요?

당연히 있죠.

그들은 누구였죠?

글쎄요. 꿈속 사람들이겠죠.

스스로 지어낸 사람이라 여기는군요. 꿈이 빚어낸 사람들.

네. 그런 것 같군요.

깨어 있을 때도 그럴 수 있습니까?

빌리는 무릎에 팔을 얹고 앉아 있었다. 아뇨. 그럴 수 없을 것 같군요.

네. 어쨌든 꿈에서든 현실에서든 자아란 스스로 보기를 선택한 자아일 뿐이라고 생각합니다. 세상 누구나 자신이 알지 못하는 면을 갖고 있죠.

안달레.(말씀하십시오.)

네. 여행자는 그런 사람이었습니다. 그는 짐을 내려놓고 어둠에 물들어 가는 풍경을 둘러보았죠. 바위와 돌 더미 말고는 아무것도 없었어요. 결국 여행자는 밤중에 뱀이 지나갈까 두려워 제단으로 가 손을 얹었죠. 멈칫하긴 했지만 그리 오래 망설이지는 않았어요. 여행자는 돌 제단에 담요를 깔고 바람에 날려가지 않도록 가장자리에 돌멩이를 놓은 뒤 부츠를 벗었죠.

그게 어떤 바위인지 알고 있었나요?

아뇨.

그럼 누가 알고 있었던 거죠?

꿈꾸는 사람이죠.

당신 말이군요.

네.

그렇다면 당신과 여행자는 분명 서로 다른 사람이군요.

에필로그

어째서요?

둘이 같은 사람이라면 한쪽이 아는 것을 다른 쪽이 모를 리 없을 테니까요.

현실에서는 그렇죠.

네.

하지만 그건 현실이 아니에요. 꿈이었죠. 현실에서는 그런 의문이 일어날 리 없죠.

안달레.(말씀하십시오.)

여행자는 부츠를 벗었죠. 그리고 바위에 올라 담요로 몸을 말았어요. 그 차갑고 끔찍한 제단 위에서 잠을 청했죠.

행운을 빌어 주어야겠군요.

네. 그래도 어쨌든 잠이 들었어요.

당신의 꿈속에서 여행자가 잠이 들었군요.

네.

그가 잠이 들었는지 어떻게 알죠?

잠을 자고 있는 그를 보았으니까요.

여행자가 꿈도 꾸었나요?

남자는 자기 신발을 내려다보며 앉아 있었다. 발을 풀어 아래에 있던 발목을 위로 얹었다.

글쎄요. 어떻게 대답해야 할지 잘 모르겠군요. 무슨 일인가가 일어났죠. 그런데 그 일에 관한 몇 가지 사항은 불확실하게 남아 있죠. 예를 들면, 그 일이 언제 일어났는지 알 수 없다든가.

왜죠?

그 꿈은 어떤 밤에 꾸었어요. 그리고 꿈에 여행자가 나타났죠. 하지만 그날이 언제였을까요? 여행자가 바위 위에서 밤을 보낸 것은 여행자의 삶에서 언제였을까요? 여행자가 잠을 잤고 사건이 일어난 것은 분명하지만, 그것은 과연 언제 있었던 일일까요? 뭐가 문제인지 아실 겁니다. 사건이 일어난 것은 여행자의 꿈속이었지만 여행자의 현실은 여전히 불확실하다고 합시다. 불확실한 사람의 세계를 어떻게 평가하죠? 여행자에게 잠이란 무엇이고, 현실이란 무엇일까요? 어쩌다 현실에서 그 밤에 그리로 가게 된 것일까요? 구체적인 상황이 필요하죠. 영혼에 육신이 필요하듯 말이죠. 꿈속의 꿈은 흔히들 생각하는 것보다 훨씬 복잡미묘한 것이죠.

꿈속의 꿈은 꿈이 아닐지도 모르죠.

그럴 가능성도 염두에 두어야겠죠.

제게는 그저 미신처럼만 들리는군요.

그게 뭐죠?

미신요?

네.

글쎄요. 존재하지 않는 무엇인가를 믿는 것 아닐까요?

내일처럼요? 아니면 어제처럼요?

당신의 꿈속에 나온 사람이 꾸는 꿈 같은 거죠. 어제는 여기 있고, 내일은 곧 다가오죠.

어쩌면요. 어쨌든 그 남자의 꿈은 그 남자만의 꿈이죠. 내 꿈과는 별개의 것입니다. 내 꿈에서 그 남자는 돌 위에 누워 자고 있었어요.

하지만 꿈은 모두 당신의 머리가 만들어 낸 것 아닐까요.

엔 에스테 문도 토도 에스 포시블레. 바모스 아 베르.(세상
에 불가능한 것은 없죠. 좀 더 두고 봅시다.)

지도에 그린 인생 그림과 비슷하죠.

코모?(네?)

에스 운 디부호 나다 마스.(그건 그냥 그림입니다.) 당신의 인
생이 아니지요. 그림은 진짜가 아니라, 그림일 뿐이죠.

그럴 수도 있겠죠. 하지만 당신의 인생은요? 그것이 보입니
까? 삶은 나타나는 순간 사라져 버리죠. 매분 매초. 그러다 삶
이 더 이상 나타나지 않게 되죠. 세상을 보면 보이는 그대로 기
억되는 순간이 있나요? 그 둘은 어떻게 다를까요? 그 차이는
전혀 입증할 방법이 없죠. 삶을 그린 지도와 그림에서 그 차이
는 빠지고 없죠. 하지만 우리는 누구나 그것을 가지고 있죠.

그 지도가 쓸모가 있었는지 없었는지 궁금하군요.

남자가 검지로 아랫입술을 두드렸다. 그리고 빌리를 바라보
았다. 네. 그 얘기를 하게 될 겁니다. 하지만 지금으로서는 삶
이 끝날 때 지도와 삶의 수렴(收斂) 정도를 산출할 계산법을
알아내고 싶었다는 말만 해 두지요. 제한 조건 내에서 말하기
와 듣기는 공통의 형태나 영역을 갖고 있는 것이 분명합니다.
그렇다면 그림 역시 아무리 부분적 형체라 할지라도 경향을
보이기 마련이고, 그렇다면 어떻게 그려지든 길을 따라가기 마
련이죠. 한 사람의 인생을 그림으로 그릴 수는 없다고 하셨죠.
하지만 우리는 아마 서로 다른 것을 의미한 것이 아닌가 싶
습니다. 그림은 그림 자체가 결코 갖고 있지 않은 형체 내에서
포착되고 고정되기를 추구하죠. 우리의 지도는 시간을 전혀

모릅니다. 지도라는 존재 자체에 내재된 시간마저 전혀 보여 주지 않죠. 지나온 시간이든 다가올 시간이든. 하지만 최종 형체에서 지도와 삶은 마지막 순간 수렴할 수밖에 없습니다.

그럼 제가 여전히 옳다 해도 그것은 틀렸기 때문에 옳은 거군요.

아무래도 꿈을 꾸는 사람과 그의 꿈 이야기로 돌아가는 편이 좋겠습니다.

안달레.(말씀하십시오.)

여행자가 깨어 있었고 그 일은 전혀 꿈이 아니었다고 말씀하실지도 모르겠군요. 하지만 저는 꿈이었던 것이 더 지혜로운 길이었다고 봅니다. 만약 그 일이 꿈이 아니었다면 여행자는 아예 깨지도 않았겠죠. 얘기를 들으면 아시겠지만요.

안달레.(말씀하십시오.)

나 자신의 꿈은 전혀 다른 문제입니다. 내 꿈속의 여행자는 악몽으로 몸을 뒤척였죠. 내가 그를 깨워야 했을까요? 꿈꾸는 자가 꿈에 대해 가지는 권리는 제한적이죠. 꿈속 인물을 마음대로 주무르려고 했다가는 아예 사라져 버릴 수도 있죠. 무슨 말인지 아실 겁니다.

네, 슬슬 알 것도 같습니다.

네. 여행자 역시 나름의 삶을 가지고 있고, 그 삶에는 나름의 흐름이 있죠. 여행자가 그 꿈에 나타나지 않았다면 꿈은 매우 달라졌을 것이고, 그 여행자 이야기는 아예 나오지도 않았을 겁니다. 여행자는 정말로 존재하는 것이 아니며, 따라서 역사도 없다고 말씀하실 수도 있겠지만, 제 생각에는 여행자가 무엇이고 무엇으로 만들어졌든 역사가 없다면 존재도 있을 수 없다고 봅니다. 그의 역사가 지닌 단단함은 나의 역사나 당신의 역사와 다르지 않죠. 우리 자신의 현실과 모든 것을 우리에게 보장해 주는 것은 바로 우리의 지나온 삶이기 때문입니다. 이 여행자의 역사에서 그날 하룻밤을 우리가 특별한 위치에서 보았다는 것은 모든 지식은 빌려 온 것이고 모든 사실은 빚임을 깨닫게 해 주지요. 각 사건은 가능한 다른 모든 사건을 포기함으로써 우리에게 나타나는 것이죠. 우리에게 그 여행자의 전체 인생은 그 시간의 그 장소에서 수렴합니다. 우리가 그 인생사를 알든 모르든, 그 삶이 무엇으로 만들어진 것이든. 데 아쿠에르도?(이해가 됩니까?)

안달레.(말씀하십시오.)

네. 여행자는 잠을 청했습니다. 그날 밤 산에 폭풍이 일어 번개가 번쩍이고 골짜기에서 바람이 신음해 대는 통에 푹 잘 수가 없었습니다. 주위의 황량한 봉우리들이 반복되는 번개에 거듭해서 모습을 드러냈죠. 비 내리는 바위 골짜기에서 횃불을 들고 노래인지 기도문인지를 나직이 읊조리며 내려오는 사람들이 번개 빛에 드러나자 여행자는 깜짝 놀랐습니다. 그는 더 잘 보려고 벌떡 일어났죠. 횃불은 내려오는 이들의 머리와 어깨만 겨우 비추었지만 저마다 차림새가 제각각인 것은 확연히 눈에 띄었죠. 새 깃털이나 살쾡이 가죽이나 명주원숭이 털가죽으로 만든 원시적 모자를 쓰고 있었죠. 구슬이나 돌이나 바다 조개로 만든 목걸이에다, 숄은 이끼로 짠 것 같았죠. 빗속에서 씻씻대며 연기를 피우는 횃불이 그들의 어깨에 젊어진 들것을 비추었죠. 바위 사이에 나팔 소리가 맴돌고, 북이 두웅두웅 메아리쳤죠.

그들이 길에 들어서자 더 잘 보였죠. 맨 앞의 남자는 마노와 벽옥을 상감세공한 바다거북 껍질 가면을 쓰고 있었죠. 손에 든 홀의 머리에는 남자와 비슷한 모양의 조각상이 새겨져 있고, 그 조각상의 손에 들린 홀의 머리에 역시 그와 비슷한 조각상이 새겨져 있었죠. 그렇게 닮은꼴이자 대체 존재가 끝도 없이 무한히 반복되리라는 것은 상상할 수 있겠죠.

바로 뒤의 남자는 물푸레나무 테에 소금에 절인 생가죽을 씌워 만든 북을 치고 있었죠. 단단한 나무 공이 달린 일종의 도리깨를 막대에 묶어 북채로 썼는데, 저음의 북소리가 우렁차게 울렸죠. 도리깨를 위로 휘둘러 북을 치고는, 그때마다 북을 조율하듯 남자가 고개를 숙여 귀를 기울였죠. 그 뒤의 남자는 칼집에 든 검을 가죽 쿠션에 받쳐 들고 있었고, 그 뒤를 횃불을 든 사람들이 따랐고, 그 뒤를 들것을 젊어진 사람들이 따랐죠. 여행자는 들것 위의 사람이 죽었는지 살았는지 알 수 없었고, 비 내리는 밤에 산을 지나는 장례 행렬인지 아닌지도 확신할 수 없었죠. 행렬 뒤쪽에는 구리철사로 감은 등나무에 술을 달아 만든 나팔을 든 사람들이 있었죠. 기다란 관에서 뿜어져 나온 세 가지 음이 어둠의 수의에 감싸인 대기에서 무게를 가진 실체인 양 맴돌았죠.

모두 몇 명이었죠?

여덟 명이었던 것 같군요.

그렇군요.

그들은 길을 따라 다가왔고, 여행자는 제단 아래로 다리를 늘어뜨리고 앉아 담요를 어깨에 두르고 기다렸죠. 그가 앉아 있는 곳 맞은편에 이르자 그들이 걸음을 멈추었어요. 여행자는 가만히 바라보았죠. 호기심만큼이나 두려움이 일었죠.

당신은요?

내가 가진 건 호기심뿐이었어요.

그가 두려워한다는 걸 어떻게 알았죠?

남자가 비탈 아래의 텅 빈 길을 응시했다. 얼마 후 입을 열었다. 그 여행자는 내가 아니었어요. 그 남자가 나의 일부였다 해도 나는 그렇게 인식하지 않았죠. 공통적 역사에 대한 논쟁이 다시 또 나오겠군요.

꿈을 꾸는 동안 당신은 어디에 있었죠?

내 침대에서 잠자고 있었죠.

꿈에는 나오지 않았군요.

네.

빌리는 상체를 숙여 침을 뱉었다. 나는 일흔여덟살이라오. 그 긴 세월 꿈을 많이도 꾸었소. 내가 기억하는 한 나는 늘 꿈 속에 나오는 인물 중 한 사람이었어요. 나는 없이 다른 사람만 나오는 꿈은 하나도 기억나지 않소. 내 생각에 꿈은 자기 자신에 대한 것이 많은 것 같소. 한번은 죽은 내가 꿈에 나오기도 했지. 내가 내 시신을 바라보며 서 있었소.

알겠군요.

뭘 말이오?

꿈에 대해 많이 생각한다는 걸요.

꿈에 대해 생각하지 않소. 그저 꿈을 꾸었을 뿐이오.

원래의 질문으로 돌아가도 될까요?

그러시오.

감사합니다.

모두 지어낸 이야기는 아니겠죠?

남자는 빙그레 웃었다. 그리고 길과 들판 너머를 바라보더니 고개를 저을 뿐 대꾸하지 않았다.

그 질문으로 다시 돌아갑시다.

문제는 당신의 질문이 바로 이 이야기의 토대를 이루는 바로 그 질문이라는 거죠.

트레일러를 단 트랙터가 머리 위를 지나가자 콘크리트 천장에 둥지를 튼 제비가 날아올라 맴을 돌다 되돌아갔다.

끝까지 들어 보세요. 모든 이야기처럼 이 이야기는 하나의 의문에서 시작되죠. 커다란 울림을 주는 이야기는 하나같이 이야기하는 사람을 끌어내 그와 그의 동기를 모든 기억에서 지우죠. 따라서 누가 그 이야기를 하느냐 하는 의문은 지극히 콘시기엔테(필연적)죠.

모든 이야기가 다 의문에서 시작되는 건 아니오.

아니, 그래요. 모든 것을 알고 있는 곳에서는 이야기가 있을 수 없지요.

빌리는 상체를 숙여 다시 침을 뱉었다. 안달레.(말씀하십시오.)

여행자는 호기심과 두려움을 동시에 느꼈어요. 큰 소리로 인사를 건네자 목소리가 바위 사이에서 메아리쳤죠. 어디로 가느냐고 물었지만 아무도 대답하지 않았죠. 사람들은 햇불과 악기와 들것을 든 채 고개를 지나는 옛길에 다닥다닥 모여서서 아무 말도 없이 어둠 속에서 기다렸죠. 그 여행자야말로 그들에게 미스터리라는 듯 말이죠. 혹은 그가 뭔가 특별한 말을 해야 하는데 아직 하지 않았다는 듯 말이죠.

그는 정말은 잠을 자고 있었군요.

내 생각으로는 그렇습니다.

만약 그가 깨어나면요?

그렇다면 그가 보는 것은 더 이상 보이지 않겠죠. 나도 마찬가지고요.

왜 그냥 사라지거나 없어질 거라고 말하지 않는 거죠?

어느 쪽이죠?

어느 쪽이냐뇨, 뭐가요?

데사파레세르 오 데스바네세르세.(사라지거나 없어지거나.)

아이 우나 디페렌시아?(서로 다른가요?)

시. 로 케 세 데스바네세 에스 심플레멘테 푸에라 데 라 비스타. 페로 데사바레시도?(네. 사라지는 것은 단지 눈에서 보이지 않는 거죠. 하지만 없어지는 건요?) 남자는 어깨를 으쓱하고는 말을 이었다. 세상 만물은 어디로 가죠? 여행자와 그의 모험들 같은 경우엔 사라지면 어디로 가는지 알 수 있는 것이 거의 없죠. 애초에 어디서 온 것인지조차 불확실하니까요. 그런 경우에는 심지어 시작부터 모호해질 수 있죠.

한마디 해도 될까요?

물론입니다.

내가 보기엔 당신은 필요 이상으로 복잡하게 생각하는 경향이 있는 것 같소. 그냥 이야기를 해 주면 안 될까요?

좋은 충고로군요. 어디 한번 이야기를 해 볼까요.

안달레 푸에스.(말씀하십시오.)

애초에 의문을 제기한 쪽은 당신이었다는 말은 꼭 해야겠지만요.

아니오, 그렇지 않습니다.

아니오, 그렇습니다.

그냥 이야기나 합시다.

그러죠.

여기에는 침묵이 곧 말이지요.

코모?(네?)

아니오. 이제 입 다물고 아무것도 안 묻겠다는, 뭐 그런 말이라오.

좋은 질문들이었는걸요.

이야기를 마저 듣고 싶군요.

여행자는 잠에서 깨려고 애썼죠. 밤 추위가 매서운 데다 딱딱한 돌이 배기는데도 눈을 뜰 수가 없었죠. 그러는 동안에도 사방은 온통 고요했죠. 비도 바람도 그치고 없었죠. 사람들이 자기네끼리 논의하더니 들것을 짊어진 이들이 앞으로 나와 바위 땅에 들것을 내려놓았죠. 들것 위에는 죽은 것처럼 눈을 감고 두 손을 가슴에 모은 처녀가 누워 있었죠. 여행자는 그녀를 보고, 그녀 주위에 서 있는 사람들을 보았어요. 밤이라 안 그래도 추울 텐데 바람을 맞으며 골짜기에서 내려왔으니 오죽

춥겠어요. 게다가 걸치고 있는 옷도 얇았죠. 어깨에 두른 담요나 망토는 성글게 짠 거라 구멍이 숭숭 뚫려 있었고요. 그네들의 얼굴과 가슴팍에서 돋은 땀이 횃불에 번득였죠. 외모도, 하는 짓도 괴이했지만 또한 묘하게 친숙해 보였어요. 언젠가어디선가 본 듯한 느낌이었죠.

꿈속에서처럼요.

그런 꿈을 원한다면요.

그런 건 내 마음대로 되는 게 아니죠.

이 꿈이 어떻게 끝날지 짐작이 가지요.

몇 가지 추측은 하고 있습니다.

맞을지 아닐지 궁금하군요.

이야기하십시오.

그들 무리 중에는 허리에 비약(秘藥)을 찬, 화학자라 할 수 있는 사람이 하나 있었는데, 무리의 대장이 그와 뭔가를 논의했죠. 용접공이 마스크를 올리듯 대장이 거북껍질 가면을 머리 위로 젖혔지만 여행자에게는 그의 얼굴이 보이지 않았죠. 논의가 끝나자 반라의 남자 셋이 무리에서 떨어져 나와 제단을 향해 다가왔죠. 그들은 병과 컵을 가지고 있었는데, 제단위에 컵을 놓고 병에 담긴 것을 잔뜩 따라 여행자에게 건넸죠.

신중하게 대처해야 할 텐데.

너무 늦었죠. 여행자는 그네들만큼이나 진지하게 두 손으로 컵을 받아 들어 입술에 대고 마셨어요.

안에는 뭐가 들었지요?

모릅니다.

어떤 컵이었죠?

뿔에 열을 가해 쓰러지지 않도록 모양을 잡은 컵이었죠.

그래서 여행자는 어떻게 되었습니까?

여행자는 망각하게 되었어요.

망각이라고요? 모든 걸?

삶의 고통을 잊었고, 그 결과 받게 될 벌도 이해하지 못하게 되었지요.

그렇군요.

여행자는 다 마신 뒤 컵을 내밀었고, 거의 그 즉시 모든 것을 잊고서 다시 어린애로 돌아갔죠. 커다란 평화가 깃드는 대신 두려움이 누그러져, 그때나 지금이나 신에 대한 모욕이나 다름없는 피의 의식에도 적극 동참하게 되었죠.

그게 바로 벌이었나요?

아뇨. 그보다 더 큰 대가를 치러야 했죠.

어떤 대가였죠?

그 역시 모두 잊어야 했죠.

그게 그렇게 끔찍한 건 아니지 않습니까?

좀 더 들어 보세요.

말씀하십시오.

여행자는 컵을 들이켰고 고대 세라노(산(山) 사람)들의 어두운 자비에 자신을 내맡겼죠. 그들은 여행자를 제단에서 일으켜 길로 이끌었죠. 그들은 그와 함께 이리저리 거닐었어요. 마치 바위와 산과, 우주의 영원한 검은 천궁도에 종처럼 달려 있는 별들을 유심히 살피라고 독려하는 듯했죠.

그들이 뭐라고 말했죠?

모릅니다.

들리지 않던가요?

남자는 대답하지 않았다. 그저 머리 위 콘크리트를 가만히 응시하며 앉아 있었다. 높다란 모서리에 자그마한 흙 아궁이를 뒤집어 다닥다닥 붙여 놓은 듯 제비 둥지가 매달려 있었다. 오가는 차량이 늘어나 있었다. 트럭이 드리운 상자 모양 그림자가 고가도로 아래를 지나며 잠시 사라졌다가 맞은편 햇살 속에서 다시 나타났다. 남자가 천천히 뭔가를 던지듯 한 손을 들었다.

그 질문에는 대답할 방법이 전혀 없군요. 머릿속에 자그마한 사람들이 들어가 있어 대화를 나누는 그런 게 아닙니다. 아무 소리도 안 나죠. 그들은 어떤 언어를 쓸까요? 어쨌든 여행자는 깊이 잠들어 있었고, 그런 꿈에서 쓰는 언어는 세상 그 어떤 말보다 오래된 것이죠. 아예 다른 체계의 언어라 거짓말을 할 수도, 진실을 조작할 수도 없죠.

그들이 말을 했다고 하신 줄 알았습니다.

꿈속에서는 그들이 말을 했을 수 있죠. 아니면 이야기를 그럴싸하게 하느라 제가 덧붙였든지요. 여행자의 꿈은 다른 문제죠.

말씀하십시오.

고대 세계는 우리에게 설명을 요구하죠. 우리 아버지들의 세계는…….

당신의 꿈속에서 그들이 말을 했다면 여행자의 꿈속에서도 그들이 말을 했을 것 같습니다만. 그 둘은 기실 같은 꿈이죠.

같은 질문이로군요.

대답이 뭐죠?

곧 답이 나올 겁니다.

안달레.(말씀하십시오.)

우리 아버지들의 세계는 우리 안에 머물러 있죠. 만 세대 전부가요. 역사가 없는 형체는 결코 영속할 수 없죠. 과거가 없으면 미래도 없어요. 우리 삶의 핵심에는 우리 삶을 이루는 역사가 있어요. 그 핵심은 단어가 아니라 지식이고, 이를 우리는 꿈속에서도 현실에서도 공유하죠. 최초의 인간이 말하기 전에도, 최후의 인간이 영원히 침묵한 후에도. 어쨌든 여행자는 결국 말을 해요.

그렇군요.

그들과 거니는 동안 여행자는 마음이 차분해졌어요. 자신의 목숨이 다른 사람 손에 들어가 있다는 걸 알면서도요.

심적 갈등이 전혀 없었나 보군요.

인질을 잊고 있군요.

처녀 말이로군요.

네.

말씀하세요.

여행자가 자발적으로 스스로를 포기한 것은 아니라는 점을 유념해야 합니다. 불을 갈망하는 순교자는 그들에게 적합한 후보가 아니었죠. 벌이 없다면 상도 없는 법이니까요. 아시겠지만요.

계속하세요.

그들은 여행자가 어떤 결정을 내리기를 기다리는 듯했습니다. 뭔가를 말해 주기를요. 그는 볼 수 있는 모든 것을 보았습니다. 별과 바위와, 들것 위에서 잠자는 처녀의 얼굴을. 자신을 사로잡은 사람들을. 그들의 모자와 옷을. 그들이 들고 있는 횃불을. 속이 빈 파이프에 기름을 채우고 밧줄 심지를 넣어 만든 횃불에는 나팔 모양으로 두드려 편 구리판 지붕과 운모 벽이 있어 바람에 불이 꺼지지 않았죠. 여행자는 그들의 눈을 들여다보려고 했지만 눈은 까맸죠. 설원이나 모래 벌판을 가로질러야 할 사람처럼 눈가가 까맣게 칠해져 있었죠. 어떤 신발을 신고 있나 싶어 여행자가 그들의 발을 내려다보았지만, 긴 옷에 덮여 있어 보이지 않았죠. 그가 본 것은 세계의 낯섦과 지식의 미미함과 다가올 일에 대한 어설픈 준비였죠. 사람의 삶은 찰나에 불과하지만 시간은 영원한 것이기에 모든 사람은 언제나 영원히 여정의 중간에 있죠. 나이가 몇이든, 얼마나 멀리 왔든. 세계의 침묵 속에서 거대한 음모가 보이는 듯하자 여행자는 자신이 이 음모의 일부가 되어야 한다는 것을, 자신은 이미 자신을 사로잡은 이들의 계획을 넘어섰다는 것을 깨달았죠. 그가 어떤 계시를 받았다면 그것은 바로 이것이었습니다. 과거의 모든 사고방식을 포기하기만 했는데도 이러한 깨달음을 얻었다는 것이죠. 그리하여 여행자는 그들에게 돌아서서 말했습니다. 나는 당신들한테 아무 말도 안 하겠습니다.

나는 당신들한테 아무 말도 안 하겠습니다. 그는 그렇게 말했고, 더 이상 아무 말도 안 했죠. 다음 순간 그들은 여행자를 제단으로 이끌어 그 위에 눕힌 뒤 들것의 처녀를 일으켜 끌고 왔죠. 처녀의 가슴이 철렁거렸죠.

네?

가슴이 철렁거렸다고요.

네.

처녀가 상체를 숙여 그에게 키스하고 물러서자, 대장이 검을 들고 나와 두 손으로 검을 높이 올려 여행자의 머리를 몸에서 떼어 냈어요.

이게 이야기의 끝인가 보군요.

전혀 아닙니다.

머리가 잘린 후에도 여행자가 살아 있었다는 말인가요.

네. 여행자는 꿈에서 깨어나 추위와 공포에 바들바들 떨며 앉아 있었죠. 아까와 다름없는 황량한 고개였고, 아까와 다름없는 황량한 산맥이었고, 아까와 다름없는 세계였죠.

당신은요?

남자는 곰곰이 생각에 잠겨 웃었다. 어린 시절을 회상하듯. 이런 꿈은 세계 역시 드러내 보이죠. 잠에서 깨어났을 때 꿈을 이루고 있는 사건들은 잘 기억나는 반면 전체 이야기는 모호하고 애매할 때가 많죠. 하지만 꿈의 생명은 이야기이고, 사건은 종종 대체되기도 하지요. 반면 현실 세계에서는 사건은 확고하고, 이야기는 이런 사건들을 잇고 있는 뜻밖의 축이죠. 그래서 우리로 하여금 이들 사건을 재고 분류하고 체계화하게 하죠. 사건을 이야기로 조립하는 것은 우리이기 때문에 이야기는 곧 우리입니다. 모든 사람은 누구나 자기 존재를 이야기하는 시인이죠. 이를 통해 세계와 하나 되는 거지요. 세계의 꿈에서 깨어나면 이는 즉각 벌이자 상이 됩니다. 아무렴요. 내가 잠에서 깼을 때는 세계가 너무 가까워 바위 위 여행자가 희미해지기 시작했죠. 나는 아직 그와 헤어지고 싶지 않아 그를 소리쳐 불렀지요.

여행자한테 이름이 있었나요?

아뇨. 이름은 없었습니다.

그럼 뭐라고 불렀나요?

그냥 거기 있으라고 소리쳤고, 여행자는 거기 있었습니다. 그래서 나는 다시 잠이 들었고 여행자는 나에게로 돌아와 기다렸죠.

여행자가 당신을 보고 놀랐겠군요.

좋은 질문이군요. 여행자는 정말 놀란 것 같았습니다. 하지만 꿈에서야 아무리 터무니없는 일도 자연스럽게 느껴지고, 아무리 불가능한 환상도 평범해 보이곤 하지 않습니까. 세상을 편리하게 만들기 위한 우리 삶의 열망은 온갖 역설과 난국을 초래하죠. 그 결과 우리 수중의 모든 것은 내적 불안으로 끓어오르고요. 하지만 꿈에서 우리는 가능성의 거대한 민주주의를 누리고, 우리 자신은 방랑자가 되죠. 우리는 나아가며 만나야 할 것을 만납니다.

궁금한 것이 하나 있군요.

여행자가 꿈을 꾼 것이라는 걸 알고 있었는지, 정말 그가 꿈을 꾸었는지 궁금하겠죠.

아까 하신 말씀처럼 전에도 이 이야기를 해 본 적이 있으시죠.

네.

그래 답은 무엇입니까?

마음에 들지 않을 겁니다.

그렇다고 안 들을 수야 없지요.

여행자도 내게 같은 질문을 했습니다.

자기가 꿈을 꾼 것인지 궁금하다고요?

네.

정확히 뭐라고 하던가요?

나도 그들을 보았느냐고 묻더군요.

이상한 옷을 입고 불을 든 사람들 말이군요.

네.

그리고요.

그래서 당연히 보았다고 했죠.

그렇게 여행자에게 말했나요?

나는 진실을 말했습니다.

그것 또한 거짓이 아니었을까요?

어째서요?

여행자가 자신이 꾼 꿈이 꿈이 아니라 진짜라고 믿게 되었을 테니까요.

네. 문제를 제대로 짚으셨습니다.

빌리는 상체를 숙여 침을 뱉었다. 그리고 북쪽 풍경을 가만히 바라보았다. 이만 가 봐야겠습니다. 갈 길이 멀군요.

누가 기다리고 있습니까?

그래야 할 텐데요. 꼭 만나고 싶거든요.

여행자는 내가 목격자가 되어 주길 바랐지요. 하지만 꿈에서는 목격자가 있을 수 없지요. 아까 당신이 말했던 것처럼요.

그건 그냥 꿈입니다. 당신 꿈에 여행자가 나온 거죠. 그러니 여행자는 얼마든지 당신 뜻대로 할 수 있지요.

내가 그를 꿈에서 보기 전에 여행자는 어디 있었을까요?

말씀해 보시죠.

다시 말하지만, 제 생각은 이렇습니다. 그의 역사는 나나 당신의 역사와 똑같습니다. 그를 이루고 있는 것은 바로 역사죠. 달리 무엇이 있을까요? 신이 인간을 창조했듯 내가 그를 창조했다면 그가 입을 열거나 몸을 움직이기 전에 무슨 말이나 행동을 할지 내가 어떻게 모를 수 있을까요? 꿈에서 우리는 다음에 무슨 일이 일어날지 모릅니다. 그래서 깜짝 놀라죠.

그렇군요.

그렇다면 앞으로의 일은 어디서 오는 걸까요?

글쎄요.

바로 이 점에서 두 세계가 만납니다. 사람이 원하는 대로 미래를 만들 수 있다고 보나요? 현실에서든 꿈에서든 우리가 세상을 마음대로 빚을 수 있을까요? 숨을 쉬고 유리에 모습이 비치고 태양 볕에 그림자를 드리우는 형체를 만들 수 있을까요? 저마다의 기쁨과 절망을 가진 인물을 창조할 수 있을까요? 그리고 나 자신을 숨길 수 있을까요? 그렇다면 숨은 사람은 누구죠? 누구로부터 숨은 걸까요?

우리는 그저 하느님이 창조한 세계를 불러올 뿐입니다. 그

토록 애지중지하는 우리 인생 역시 마찬가지죠. 하지만 우리
는 이야기하기를 선택할 수 있습니다. 이야기는 애초에 무에
서 빚어지고, 우리 모두는 달라졌을 수도 있는 삶에 대해 이
야기하지만 그런 것은 없기에 헛소리에 지나지 않죠. 삶은 무
엇으로 만들어질까요? 어디에 감추어져 있을까요? 혹은 어떻
게 생겨날까요? 현실의 확률은 100퍼센트죠. 우리가 삶을 미
리 추측할 수 없다는 것은 너무도 확실합니다. 다른 역사를
상상하는 것은 무의미하죠.

그럼 이것이 이야기의 끝입니까?

아뇨. 여행자는 제단 앞에 서 있었죠. 제단에는 도끼와 칼
자국과, 그곳에서 죽은 이들의 피가 산화된 검은 얼룩이 뚜렷
했죠. 비바람도 그 흔적을 지우지 못했죠. 여행자는 거기에 누
워 죽음은 상상도 하지 못한 채 잠이 들었지만, 잠에서 깨어
난 후에는 죽음 외에 다른 것은 생각도 할 수 없었죠. 처형자
들 덕분에 그가 방문한 천국이 전혀 달라 보였던 거죠. 삶의
질서가 중간에서 바뀐 듯했죠. 우주의 섭리가 중간에 딱 얼어
붙었죠. 인간은 천국에서 자신의 운명과 기원을 같이하는 공
통의 운명을 보죠. 그런데 그 천국이 이제는 무모한 에너지로
약동하는 듯이 보였죠. 천국의 회전에 따라 이미 정해진 세상
사가 풀려나오는 것만 같았죠. 심지어 그러한 기록에는 시간
제한 벌칙이 있고, 새로운 사례를 기록할 방법이 전혀 없는 것
은 아닐까 싶었죠. 그게 중요할까요?

나한테 묻는 겁니까?

예.

당신한테는 중요할 것 같군요. 여행자한테는 어떨지 전혀 짐작도 하지 못하겠습다만. 어떻게 생각하세요?

남자는 잠시 생각에 잠겼다. 제 생각엔, 여행자는 자신이 어떤 교차로에 있다고 상상한 것 같습니다. 하지만 그곳은 교차로가 아니었죠. 우리는 선택할 수 없습니다. 여러 선택 중 하나를 고르는 것처럼 보일 때도 사실 갈 수 있는 길은 하나뿐이죠. 세계의 기록은 기재 사항으로 구성되어 있지만, 그 기록을 기재 사항별로 나눌 수는 없어요. 어떤 점에서 이 기록은 다른 모든 가능한 설명을 능가하는데, 여행자는 바로 이것을 깨달았던 겁니다. 세계에 대해 말하는 힘이 우리에게서 사라진다면 세계의 이야기도 실마리를 잃고, 그에 따라 권위를 잃게 되리라는 것을 깨달은 거죠. 다가올 세계는 지난 세계로 구성되어야 합니다. 다른 재료는 없지요. 하지만 여행자는 세계의 신비를 바로 눈앞에서 보았죠. 그가 여행을 위해 밟은 절차는 이제 세상 만물의 죽음으로부터 들려온 메아리처럼 보였죠. 끔찍한 어둠이 서서히 다가오는 것을 본 게 아닐까 싶어요.

이만 가 봐야겠습니다.

남자는 대답하지 않았다. 길가의 베가(습지)와 그 너머로 새로운 햇살에 반짝이는 황량한 땅을 생각에 잠겨 바라보았다.

이곳 사막은 한때 드넓은 바다였죠. 그런 것이 사라질 수 있을까요? 바다는 뭘로 만들어졌을까요? 혹은 나는? 당신은?

글쎄요.

남자가 일어나 몸을 쭉 폈다. 힘차게 팔다리를 뻗고 돌렸다.

그리고 빌리를 내려다보며 씩 웃었다.

이제 이야기가 끝난 겁니까?

아뇨.

남자가 쭈그리고 앉아 손을 들어 손바닥을 보였다.

손을 들어 보세요. 이렇게요.

무슨 맹세 같은 건가요?

아뇨. 당신은 이미 맹세했습니다. 언제나 그렇죠. 손을 드세요.

빌리는 남자의 말대로 손을 들었다.

닮은 점이 보이나요?

네.

네. 세상 만물이 서로 제각각 존재한다는 것은 말도 안 되죠. 세상과 세상 만물이 서로 닮아 있다는 건 이미 오래전에 발견되었죠. 하지만 세상의 이야기는, 이것이 곧 우리가 아는 세상인데, 이야기를 만드는 도구 밖에서는 존재하지 않죠. 사실 이들 도구 역시 자기네 각각의 역사 밖에서는 존재할 수 없어요. 그렇게 영원히 계속되죠. 당신의 삶은 세상의 그림이 아니에요. 세상 그 자체죠. 그리고 삶은 뼈나 꿈이나 시간으로 이루어지는 것이 아니라 경배로 이루어집니다. 다른 그 어떤 것도 세상을 품을 수 없고, 세상에 품어질 수 없죠.

그래서 여행자에게 어떤 일이 일어났습니까?

아무 일도 안 일어났습니다. 이 이야기에는 끝이 없죠. 여행자는 깨어났고, 세상은 그대로였죠. 여행자는 자유로이 떠났죠.

다른 사람의 꿈으로요.

아마도 그렇겠죠. 그런 꿈이나 그런 의식에는 끝이 있을 수 없죠. 추구하는 것은 모두 다르죠. 하지만 그것은 인간의 꿈 속에서 이루어지지, 인간의 행위로 이루어지는 것은 아닙니다. 꿈과 행위는 끔찍한 허기로 채찍질당하죠. 결코 만족시킬 수 없는 욕망을 꿈이 달성시켜 주니 당연히 우리는 꿈을 고마워해야 합니다.

당신은 여전히 잠들어 있었고요.

네. 꿈이 끝날 무렵 우리는 새벽빛 속을 거닐었죠. 아래쪽 평원에 부락이 있었지만 추운 날씨인데도 연기가 피어오르지 않았죠. 거리로 내려갔더니 텅 비어 있었습니다. 바위 땅에 가죽을 설철(屑鐵) 막대로 고정하여 지은 오두막 안에는 차가운 흙 접시 위에 손도 대지 않은 채 차갑게 식어 버린 오래된 음식이 남아 있었죠. 한쪽에는 금속 부분에 무늬를 새기고 금세공을 한 원시적인 고대의 무기가 쌓여 있었고, 북쪽 지방 동물의 가죽을 기워 만든 옷과, 모서리에 납작한 구리가 덧대어 있고 걸쇠가 달린 생가죽 트렁크가 놓여 있었죠. 긴 세월과 여행 탓에 여기저기 생채기가 난 트렁크 안에는 낡은 장부와 사라진 민족의 역사 기록이 들어 있었죠. 그들이 세계에서 밟아 온 길과 그 비용이 적혀 있었죠. 그리고 한쪽에는 오래된 세피아 빛 뼈들이 가죽 수의 속에 들어 있었고요.

우리는 폐허를 함께 거닐었어요. 사람들이 어떤 소명을 위해 떠난 것이냐고 내가 묻자 여행자는 그렇지 않다고 했죠. 무슨 일이 있었던 것인지 말해 달라고 하자 여행자가 나를 보며 말했죠. 전에 이곳에 왔었다고. 당신도 마찬가지라고. 여기 있는 모든 것은 마음대로 가질 수 있지만 아무것도 손대지 말라고. 그리고 나는 꿈에서 깨어났죠.

그의 꿈에서요, 당신의 꿈에서요?

깨어날 수 있는 꿈은 하나뿐이죠. 나는 그 세계로부터 벗어나 이 세계로 왔어요. 여행자처럼 내가 버린 모든 것을 다시 만나게 될 터였죠.

무엇을 버렸는데요?

우리가 여행할, 지도로 그릴 수 없는 세계. 산속의 고개. 피로 얼룩진 돌. 그 위에 새겨진 강철의 흔적. 부식될 석회 위의 돌 물고기와 고대의 조개껍데기 사이에 새겨진 이름들. 희미하거나 희미해져가는 것들. 말라 버린 바다의 바닥. 유목민 사냥꾼의 도구들. 그들의 칼날 위에 조각된 꿈들. 선지자의 유랑하는 뼈들. 침묵. 비의 점차적인 소멸. 밤의 도래.

이만 가야겠습니다.

안녕을 빕니다, 쿠아테(친구).

동감입니다.

친구들이 기다리고 있어야 할 텐데요.

그러게 말입니다.

모든 사람의 죽음은 다른 모든 사람의 죽음을 대신한 것이죠. 죽음은 예외 없이 찾아오기에 우리 대신 죽은 이를 사랑하는 것 말고는 죽음의 공포를 싸워 이길 방법이 없죠. 우리는 그의 역사가 기록되기를 기다리는 것이 아닙니다. 그는 오래전에 이곳을 떠났죠. 모든 사람인 그는 우리를 대신해 피고석에 섰죠. 그러다 우리의 때가 오면 우리가 그를 대신해야 하죠. 그를 사랑합니까? 그가 간 길을 존경합니까? 그의 이야기를 귀 기울여 들으시나요?

그날 밤 그가 고속도로 가에 놓인 콘크리트 하수관에 들어가 자고 있는데 도로 건설반이 작업을 했다. 흙 위에 커다란 노란색 유클리드 트럭이 서 있고, 그 너머로 동서 진입로를 받칠 벌거벗은 창백한 콘크리트 기둥들이 곡선을 그리며 늘어서 있었다. 기둥머리나 박공벽도 없이 우수수 솟은 모습이 마치 어스름 속에 서 있는 옛 체계의 폐허 같았다. 밤의 북풍에는 비 냄새가 배어 있었지만 비는 내리지 않았다. 사막의 젖은 크레오소트 냄새가 끼쳤다. 그는 잠을 청했다. 그러다 일어나 종 속의 사람처럼 콘크리트 하수관의 둥근 입구에 앉아 어둠을 내다보았다. 서쪽 사막에 옛 스페인 성당으로 보이는 것이 서 있었지만, 다시 자세히 보니 레이더 탐지소의 하얗고 둥근 돔이었다. 그 너머로 군데군데 구름에 가린 달빛 속에서 사람들이 늘어서서 바람에 시달리며 소리 없이 고함지르고 힘들어하고 있었다. 원피스처럼 생긴 긴 옷을 입은 것 같았는데, 몇몇이 넘어져 힘겹게 일어나 다시 버둥거렸다. 어둠에 잠긴 사막을 가로질러 그에게 다가오는 듯했지만 조금도 가까워지지 않았다. 파리한 차림이며, 자신들을 가두는 유리벽을 소리 없이 두들기는 모습이며 꼭 정신병원의 환자들 같았다. 그는 그들에게 고함쳤지만 바람이 소리를 가로채 갔다. 어쨌든 너무 멀어 들릴 리도 없었다. 얼마 후 그는 다시 하수관에 담요를 말고 누웠고, 얼마 후 잠이 들었다. 아침에 폭풍이 지나간 후 새로운 아침 햇살 속에서 그가 본 것은 바람이 몰고 와 울타리에 걸어 놓은 비닐봉지들뿐이었다.

그는 동쪽의 뉴멕시코주 드바카 카운티로 가 누이의 무덤을 찾아보았지만 찾을 수 없었다. 그 고장 사람들은 친절했고, 날씨는 따뜻했으며, 길 위의 삶을 사는 그로서는 원하는 것이 거의 없었다. 그는 걸음을 멈추고는 아이나 말에게 말을 걸었다. 여인들이 그를 부엌에 들여 먹을 것을 주었다. 그는 별 아래 담요를 덮고 누워 떨어지는 유성을 바라보았다. 어느 날 저녁 미루나무 아래 샘에서 머리를 숙여 비단처럼 매끄럽고 차가운 물 표면에서 물 한 모금을 머금고는 물고기들이 달아나다 다시 평정을 찾는 모습을 바라보았다. 나무 막대에 양철 컵이 꽂혀 있기에 그는 컵을 내려 가만히 쥐고 앉아 있었다. 컵이 비치된 샘은 몇 년 만이었다. 앞서 온 알지 못할 수천 명이 그랬듯 두 손으로 컵을 쥔 그는 성찬에 동참했다. 컵으로 샘물을 떠 높이 올려 시원한 물을 입에 부었다.

그해 가을 추위가 다가오자 뉴멕시코주 포트탈레스 바로 외곽 지대에 사는 한 가족이 그에게 거처를 내주었다. 그는 부엌 옆에 붙은 창고 방에서 잠을 잤다. 어린 시절을 지낸 곁방과 매우 비슷했다. 복도 벽에는 다섯 조각으로 나뉜 유리판으로 인화한 사진이 액자에 끼워져 있었다. 사진에는 기하학적으로 살짝 휜 서재에서 선조들이 당혹스러운 표정으로 모여 있었다. 그곳에 앉아 있는 인물들 각자에게 제3의 의미나 별도의 의미를 부여하며. 그들의 얼굴에. 그들의 형체에.

그 집에는 열두 살 난 여자애와 열네 살 난 남자애가 있었고, 아버지가 선물로 사 준 망아지가 집 뒤쪽 창고에 살고 있었다. 대단한 망아지는 아니었지만, 어느 오후에 아이들이 스쿨버스에서 내렸을 때 그는 밧줄과 고삐로 망아지 다루는 법을 보여 주었다. 남자애는 망아지를 좋아했고, 여자애는 망아지를 사랑했다. 저녁을 먹고 난 추운 밤에 여자애는 창고의 지푸라기 깔린 바닥에 앉아 망아지에게 말을 걸었다.

저녁 식사 후 때때로 안주인이 같이 카드를 하자며 그를 초대했고, 때때로 그는 식탁에 앉아 말과 소와 옛 시절 이야기를 아이들에게 들려주었다. 멕시코 이야기를 하기도 했다.

어느 날 밤 그 방에 보이드와 함께 있는 꿈을 꾸었다. 그는 동생을 소리쳐 부를 뿐 아무 말도 할 수 없었다. 눈을 뜨니 안주인이 그의 어깨에 손을 얹고서 그의 침대에 앉아 있었다.

파햄 씨, 괜찮으세요?

예, 부인. 미안합니다. 꿈을 꾸었나 보네요.

정말 괜찮으세요?

예, 부인.

물 한 잔 갖다 드릴까요?

괜찮아요. 감사합니다. 그냥 다시 자렵니다.

부엌 전등을 켜 둘까요?

그래도 괜찮다면요.

괜찮아요.

감사합니다.

보이드는 형제 분이신가 봐요.

네. 오래전에 죽었죠.

그래도 여전히 그립겠죠.

네. 늘 그립죠.

동생인가요?

네. 두 살 어렸죠.

그렇군요.

최고였죠. 우리는 같이 멕시코로 갔어요. 아직 어린애에 불과했죠. 부모님이 모두 돌아가신 뒤였는데, 우리는 도둑맞은 말을 되찾으려고 했죠. 새파란 애송이들이 말예요. 그래도 녀석은 말을 참 잘 다루었답니다. 녀석이 말 타는 모습을 볼 때면 늘 즐거웠죠. 녀석이 말 주위에 있는 것만 봐도요. 한 번만 더 녀석을 볼 수 있다면 뭐든 주어도 아깝지 않겠어요.

그렇겠지요.

너무 폐를 끼치는 건 아닌지 모르겠군요.

정말 물 안 드시겠어요?

예, 부인. 괜찮습니다.

안주인이 그의 손을 다독였다. 손마디가 툭 나오고, 밧줄 흉터가 새겨지고, 태양 볕과 세월에 점투성이가 된 손을. 심장과 이어진 밧줄 같은 정맥들. 사람들이 충분히 읽어 낼 수 있는 지도가 담긴 손. 세상을 빚어내고 창조한 하느님의 징표와 경이로 넘쳐나는 손. 안주인이 일어났다.

베티. 그가 말했다.

네.

나는 당신이 생각하는 그런 사람이 아닙니다. 아무것도 아닌 사람이죠. 왜 나를 도와주시는지 모르겠습니다.

파햄 씨, 당신이 누군지는 잘 압니다. 왜 당신을 돕는지도요. 이제 주무세요. 아침에 봬요.

네, 부인.

헌사

나는 당신이 안아 주어야 할 아이가 되겠습니다.

내가 나이 들면 당신은 내가 되겠죠.

세상이 차가워지고

이교도들이 분노하고

이야기가 들리면

책장을 넘기세요.

'국경 삼부작'의 마지막 작품,
대단원의 막을 내리다

　코맥 매카시의 작품을 네 권이나 한글로 옮기다니 번역가로서 큰 복이 아닐 수 없다. '국경 3부작' 중 마지막 작품인 『평원의 도시들(Cities of the Plain)』을 마무리 지으려니 무거운 짐을 내려놓듯 속이 후련하기도 하지만, 아쉬움과 허전함이 주저리주저리 맺혀 마음 한 켠을 들쑤신다. '작품 해설'에 무슨 말을 어떻게 써야 할지 막막한 것도 그 때문이 아닐까 싶다. 그래도 애써 마음을 추슬러 역자 후기의 정석을 떠올려 본다. 저자 소개, 줄거리 요약, 번역 소감.

　저자 소개는 『핏빛 자오선(Blood Meridian)』이나 『모두 다 예쁜 말들(All the Pretty Horses)』에서 이미 했으며, 이 책의 날개나 표지에 자세히 나와 있으리라 싶다. 다만, 코맥 매카시가 새로운 작품을 준비하고 있다는 놀라운 소식을 이 자리를 빌어 독자들에게 알려드리고 싶다. 이미 여든에 가까운 나이의 노작가인지라 많은 이들이 『로드(The Rood)』가 마지막 작품이 아닐까 예상했으리라.(실은 역자 역시 그러했다.) 그런데 전 세계적 권위를 자랑하는 신문《가디언》에 따르면, 코맥 매카시가 『승객(The Passenger)』을 비롯해 세 편의 소설을 집필 중이라고 한다. 『로드』에 버금가는 멋진 작품이 나오기를 간절히 빌어 본다.

그럼 이제 줄거리를 요약할 차례. 줄거리는 다음과 같다. 『모두 다 예쁜 말들』의 존 그래디 콜과 『국경을 넘어(The crossing)』의 빌리 파햄이 『평원의 도시들』에서 만나 엘패소 근방의 작은 목장에서 함께 일한다. 상처 받았으나 여전히 꿈꾸는 청년으로 성장한 존 그래디. 상처를 교훈 삼아 현실적인 삶을 살기로 했으면서도 존 그래디를 친동생처럼 아끼는 빌리. 그들은 국경인 강을 사이에 두고 미국의 엘패소와 마주한 멕시코 도시 후아레스로 놀러 갔다가 창녀 막달레나와 마주친다. 사람이든 짐승이든 상처 받은 존재를 보면 외면하지 못하고 늘 보듬고자 하는 존 그래디는 막달레나를 사랑하게 되어 매음굴에서 탈출시키려고 한다. 빌리는 불가능한 계획이라고 강력히 반대하면서도 끝내 존 그래디를 돕는다. 그러한 우정과 사랑 앞에 찬란한 햇살이 아닌 시커먼 먹구름이 스멀스멀 다가드는데……

마지막으로, 번역 소감을 쓰기만 하면 끝인데 막막하다 못해 먹먹하다. 이 느낌을 색으로 표현하자면 푸른빛이 도는 잿빛이 아닐까 싶다. 아니, 잿빛이 도는 푸른빛일까? 내 마음을 자세히 들여다보니 미묘하나마 알록달록하다. 어떤 곳은 잿빛이 강하고, 어떤 곳은 푸른빛이 짙고. 선연한 붉은색도 어느 한구석 있을 법한데, 잿빛이 휘덮어 버렸는지 보이지 않는다. 대신 옴지락옴지락대는 까만 점들이 보인다. 그뿐이다.

김시현

작가 연보

1933년   미국 로드아일랜드주 프로비던스에서 찰스 조지프 매
        카시와 글레디스 크리스티나 맥그레일 사이에서 여섯
        남매 중 한 명으로 태어남. 부모는 아일랜드 가톨릭교
        도였음.

1937년   변호사인 아버지를 따라 가족 모두 테네시주 녹스빌로
        이주함. 세인트 메리 교구 학교와 녹스빌 가톨릭 고등
        학교에 다녔고, 녹스빌에 있는 성모 무염시태 성당에서
        복사로 활동하며 미사 집전을 도왔음. 매카시는 학교
        교육이 별로 가치 있다고 생각하지 않았고, 자신의 관
        심사를 좇는 것을 선호함.

1951년   테네시 대학교에 입학했으나 1953년 미 공군에 합류하
        기 위해 중퇴하고 1957년까지 사 년간 복무. 알래스카
        에 주둔하는 동안 독서에 탐닉함.

1957년   테네시 대학교로 돌아가 학생 문예지 《더 피닉스》에
         C. J. 매카시란 이름으로 단편 소설 「익사 사건」과 「수전
         을 위한 경야」를 발표함. 매카시는 이 작품들로 1959년
         과 1960년에 잉그램 메릴 재단에서 수여하는 문예 창
         작 기금을 받았으나 1959년 테네시 대학교를 완전히
         중퇴하고 시카고로 떠남.

1959년   작가로서의 경력을 위해 자신의 이름을 찰스에서 코맥
         으로 개명. 코맥은 아일랜드의 고모들이 그의 아버지에
         게 지어 준 가족 애칭임. 다른 자료에서는 그가 블라니
         성을 지은 아일랜드 족장 코맥 매카시를 기리기 위해
         이름을 바꿨다고도 함.

1961년   대학 동창이던 리 홀먼과 결혼. 결혼 후 녹스빌 외곽
         스모키 산맥 부근으로 이주.

1962년   아들 컬런이 태어남. 아기를 돌보고 집안일을 하면서
         매카시는 아내에게 일자리를 구해 자신이 소설을 쓰는
         데 집중할 수 있도록 도와달라고 부탁함. 이에 실망한
         리가 이혼을 청구 후 와이오밍으로 이주함.

1965년   시카고에 있는 자동차 부품 공장에서 파트 타임으로
         일하며 꾸준히 쓴 첫 번째 장편 소설 『과수원지기』를
         랜덤하우스에서 출간. 랜덤하우스의 편집자 앨버트 어
         스킨은 그 후 이십 년간 매카시의 작품들을 맡아 편집
         하게 됨.

1966년   포크너 작품과의 유사성과 독특한 이미지 사용에 대
         한 비평가들의 호평 속에서 소설 『과수원지기』로 포크

너 상을 받음. 미국문예아카데미에서 받은 여행 지원
금으로 여객선 실바니아호를 타고 아일랜드로 가던 중
가수 겸 댄서로 일하던 앤 드라일을 만나 잉글랜드에
서 결혼함. 록펠로 재단에서 받은 지원금으로 남부 유
럽을 여행, 이비사섬에서 두 번째 소설 집필.

1968년   두 번째 장편 소설인 『바깥의 어둠』 출간.

1969년   테네시주 루이빌로 이주. 극심한 빈곤 속에서 다음 작
품을 쓰기 시작함.

1973년   애팔래치아 산맥 남부를 배경으로 하는 세 번째 장편
소설 『신의 아들』을 발표함.

1976년   두 번째 아내와 이혼 후 텍사스주 엘파소로 이주. 1974년
PBS 방송국의 리처드 피어스가 매카시에게 텔레비전
드라마 「비전스」의 한 해 각본을 의뢰함. 1928년에 출
간한 남북전쟁 이전에 유명한 기업가였던 윌리엄 그레
그를 다룬 전기에서 영감을 받아 각본을 완성. '정원사
의 아들'이라 이름 붙인 에피소드는 1977년 1월 6일 방
영된 이후 수많은 해외 영화제에서 상영되었고, 1977년
에미상 시상식에서 두 개 부문 후보에 오름.

1979년   테네시강 녹스빌에서의 경험을 바탕으로 쓴 반자전적
소설 『서트리』 출간.

1981년   맥아더 펠로우 상 수상. 상금으로 후속작을 쓰기 위한
미국 남서부 여행을 떠남.

1985년   『핏빛 자오선』 출간. 《뉴욕 타임스》로부터 "일리아스 이
래 가장 유혈이 낭자한 소설"이란 평을 얻으며 문단에

센세이션을 일으킴.

1992년 『모두 다 예쁜 말들』 출간. 육 개월 만에 양장본으로 19만 부 판매. 전미 도서상과 전미 비평가협회상 수상.

1994년 『국경을 넘어』 출간.

1998년 『평원의 도시들』 출간. 이로써 국경 삼부작을 모두 완성함.

2005년 1980년대를 배경으로 하는 서부극 『노인을 위한 나라는 없다』 발표. 2007년 코언 형제가 동명의 영화로 제작하여 아카데미 시상식 네 개 부문 시상, 전 세계 일흔다섯 개 이상의 상을 받음.

2006년 폐허가 된 100년 후 도시의 참혹한 삶을 그린 『로드』를 출간하여 퓰리처상 수상. 2007년 오프라 윈프리 북클럽 도서로 선정. 2009년 동명의 영화가 개봉하여 호평을 받음.

세계문학전집 **381**

평원의 도시들

1판 1쇄 펴냄 2009년 7월 24일
2판 1쇄 펴냄 2021년 7월 16일
2판 2쇄 펴냄 2023년 8월 24일

지은이 코맥 매카시
옮긴이 김시현
발행인 박근섭, 박상준
펴낸곳 (주)민음사

출판등록 1966. 5. 19. (제 16-490호)
서울특별시 강남구 도산대로1길 62(신사동) 강남출판문화센터 5층 (우편번호 06027)
대표전화 02-515-2000 팩시밀리 02-515-2007
www.minumsa.com

© (주)민음사, 2008, 2011, 2021. Printed in Seoul, Korea

ISBN 978-89-374-6381-5 04800
ISBN 978-89-374-6000-5 (세트)

세계문학전집 목록

세계문학전집은 계속 간행됩니다.